btb

Aus Freude am Lesen

Elia Contini ist seines Jobs als Privatdetektiv überdrüssig. Seit kurzem verdingt er sich als Journalist bei einer Lokalzeitung und frönt seinem alten Hobby: Füchse fotografieren. Doch dann geschieht ein scheußliches Verbrechen im beschaulichen Ferienort Corvesco: Eine Frau wird erschlagen aufgefunden, und ihre Tochter Natalia ist spurlos verschwunden. Elias detektivischer Spürsinn erwacht von neuem, als er einen Hinweis auf den Verbleib des Mädchens erhält. Sie soll alleine im Wald gesehen worden sein. Contini begibt sich auf die Suche, und tatsächlich läuft ihm das völlig verängstigte Mädchen in die Arme. Doch sie spricht nicht, steht offensichtlich unter Schock. Gelingt es Contini herauszufinden, was Natalia im Ferienhaus der Eltern gesehen hat? Denn längst schwebt sie selbst in höchster Gefahr …

Andrea Fazioli, geboren 1978, lebt in Bellinzona im Schweizer Kanton Tessin. Er studierte in Mailand und Zürich Romanistik. Sein Kriminalroman »Am Grund des Sees«, der als erster Fall für Privatdetektiv Elia Contini 2008 im btb Verlag erschien, wurde von Publikum und Presse begeistert aufgenommen und mit dem Premio Stresa ausgezeichnet.

Andrea Fazioli

Das Verschwinden

Roman

Aus dem Italienischen
von Barbara Schaden

btb

Die italienische Originalausgabe erschien 2009 unter dem Titel »La sparizione« bei Ugo Guanda Editore, Parma.

MIX
Papier aus verantwortungsvollen Quellen
FSC® C083411

Verlagsgruppe Random House FSC-DEU-0100
Das für dieses Buch verwendete
FSC®-zertifizierte Papier *Lux Cream*
liefert Stora Enso, Finnland.

1. Auflage
Deutsche Erstveröffentlichung Mai 2012,
btb Verlag in der Verlagsgruppe Random House GmbH, München

Umschlaggestaltung: semper smile, München
Umschlagmotiv: Heinz Wohner/Look-foto
Satz: Uhl + Massopust, Aalen
Druck und Bindung: CPI – Clausen & Bosse, Leck
SL · Herstellung: BB
Printed in Germany
ISBN 978-3-442-74311-7

www.btb-verlag.de

»Stille bedeutet nicht nur Abwesenheit des Redens, sie ist selber etwas: Sie ist eine innere Nähe, eine Tiefe und Fülle, Stille ist ein ruhiges Strömen verborgenen Lebens.«

Romano Guardini

ERSTER TEIL

Suche

1

Du musst jetzt stark sein

Enzo starb vor dem Frühstück, beim Binden des Krawattenknotens. Der Kaffee war fertig, Sonia rief ihn zwei Mal, aber er gab keine Antwort. Sie fand ihn zusammengesackt vor dem Spiegel, in der Hand eine blaue Krawatte mit dünnen weißen Streifen. Normalerweise trank Enzo, sobald er angezogen war, stehend in der Küchentür einen Kaffee und verließ dann gleich das Haus.

Sonia rief sofort den Notarzt und versuchte ihren Mann zu retten. Enzo war nicht bei Bewusstsein, er atmete nicht, hatte keinen Puls. Einen Defibrillator hatten sie nicht im Haus, aber Sonia war Krankenschwester und beherrschte die Technik der Reanimation. Bei Herzstillstand hängt alles von den ersten Minuten ab: *stay and play*, wie die Amerikaner sagen, jede verlorene Sekunde kann verhängnisvoll sein. Zwar ist die Statistik ermutigend, aber die Experten auf diesem Gebiet wissen, dass jeder Fall anders ist. Tatsächlich war Enzo schon tot, als der Notarzt kam.

Später, als ein erster Verdacht in ihr keimte, fragte sich Sonia, ob Enzo wohl gespürt hatte, dass ihm nicht mehr viel Zeit blieb. Er war schließlich Arzt und konnte sich kaum etwas vormachen. Aber seinen Körper vernachlässigte er sträflich – tat, als gäbe es die Bypässe nicht, nahm seine Tabletten nur widerwillig, arbeitete viel zu viel. Außerdem war da etwas, das ihm, wie Sonia bald herausfand, schwer auf dem Herzen lag.

Das Schlimmste war der Anruf bei Natalia.

»Was ist denn, Mama?«

Eine leichte Ungeduld schwang in ihrem Tonfall mit. Wir haben doch erst gestern Abend telefoniert – wieso rufst du schon wieder an?

Sonia brachte es nicht über sich, mit der Tür ins Haus zu fallen. »Bist du in Genf oder …«

»Ich bin in Barbaras Wohnung. Warum?«

Natalia war für eine Woche in die französische Schweiz gefahren, um sich die Universitäten von Genf und Lausanne anzusehen. Zwar hatte sie noch ein ganzes Schuljahr vor sich und genügend Zeit, um zu entscheiden, wie es nach der Matura weitergehen sollte, doch war sie ein vorausplanender Charakter und ließ die Dinge nicht gern einfach auf sich zukommen. Sonia zögerte.

»Also weißt du, ich rufe an, weil … Es geht um Papa.«

»Ist was mit ihm?«

Natalias Ton hatte sich verändert. Sonia seufzte tief.

»Er ist … Papa ist …«

»Ist er verletzt? Tot?«

Sonia nickte. Erst währenddessen wurde ihr klar, dass Natalia sie ja nicht sehen konnte. Sie schluckte trocken und sagte: »Du musst jetzt stark sein.«

Warum flüchtet man sich in solche Gemeinplätze? Angesichts des Todes benimmt sich jeder wie ein Nebendarsteller in einem alten Melodram; das fiel ihr schon in den ersten Stunden auf. Karge Worte, in einem eindringlichen Tonfall gesprochen, als hätten sie eine tiefere Bedeutung. Gedrückte Hände, gesenkte Augen, unvollendete Sätze. Auch Sonia kam unwillkürlich den Erwartungen entgegen. Sie bedankte sich, versicherte, dass sie notfalls Hilfe annehmen werde, versprach Anrufe, die sie nicht machen würde.

Du musst jetzt stark sein. *Sie* hatte mit solchen Floskeln angefangen. Wie kam sie nur auf die Idee? In den ersten Stunden war der Schmerz keine heranrollende Welle, sondern eine Reihe von Erschütterungen. Minutenlang ging sie gedankenlos irgendeiner Tätigkeit nach und erstarrte jäh mitten in der Bewegung, wie unter einem Schlag: Enzo ist tot. Enzo ist tot, und ich muss ein Bestattungsunternehmen anrufen. Eigentlich hätte ich allmählich Hunger, aber Enzo ist tot. Muss ich seine Verwandten anrufen? Enzo ist tot.

Fünfundzwanzig Jahre waren sie verheiratet gewesen. Ein einziges Kind, eine Tochter, Natalia, im Dezember siebzehn geworden. Enzo Rocchi hatte mit seinem Kollegen Peter Mankell eine Gemeinschaftspraxis in Lugano. Sonia hatte als Krankenschwester gearbeitet, jetzt unterrichtete sie halbtags an der Schwesternschule. Viele Verwandte waren es nicht, die verständigt werden mussten: zwei Vettern in Bern und Enzos neunundachtzigjähriger Vater, der im Altersheim lebte. Sonia rief ihn nicht an, sondern fuhr hin, um ihm, in Anwesenheit eines Arztes, die Nachricht schonend beizubringen. Augusto Rocchi war geistig nicht mehr auf der Höhe, aber er begriff, was geschehen war. Er nahm es mit Würde auf, fast ohne ein Wort. Nur eine leichte Besorgnis schwang in seiner Stimme mit, als er Sonia fragte: »Und du? Und Natalia? Wie geht es euch?«

Die Familie Rocchi wohnte am Hang, oberhalb von Lugano, am Ende der Via Al Roccolo in Massagno. Ein paar Stunden nach Enzos Tod wollte Sonia nur allein sein, keine Kollegen sehen, keine Freundin. Das leere Haus war wie eine Zuflucht. Bis zu diesem Zeitpunkt war ihr nie der Gedanke gekommen, wie wichtig Gegenstände sein können. Sie betrachtete die Sandalen ihres Mannes, seine Serviette, den Rasierschaum, einen Roman von Connelly, in dem auf Seite 46 ein Lesezeichen steckte. Jeder Gegenstand war wie ein Punkt, und wenn man sie alle miteinander verband – wie bei einem dieser Punktebilder aus der »Rätselwoche« –, kam Enzos Gestalt heraus, seine Gegenwart. Der Umriss seines Körpers im Sessel. Sein Mobiltelefon war noch ausgeschaltet: Niemand würde es je wieder einschalten, denn Sonia wusste die PIN nicht. Rufe ins Leere.

Jetzt reicht es aber, ermahnte sie sich, nicht pathetisch werden. Sie zwang sich zur Aktivität. Sie trat auf den Balkon hinaus und erledigte die anstehenden Telefonate, eines nach dem anderen, ohne sich eine Pause zu gönnen.

Es war ein schöner Junitag. Vom Balkon aus sah man bis hinunter zum See die Dächer von Lugano leuchten. Am Himmel zogen ein paar eilige Wolken herbei und wurden vom Wind gleich wieder vertrieben. Auf dem Wasser kreuzten sich die Bahnen der Motor- und Segelboote. Vor ein paar Jahren hatte sich Enzo zu einem Segelkurs eingeschrieben. Und ihn dann doch nicht angetreten, weil ihm die Zeit fehlte. Kurz darauf hatten die ersten Herzbeschwerden angefangen.

Peter Mankell, Enzos Kollege, wollte Einzelheiten wissen. Mit der nackten Tatsache gibt ein Arzt sich nie zufrieden. Sein Herz hat zu schlagen aufgehört, dachte Sonia. Welche Rolle spielen da das Abendessen vom Vortag und die körperliche Aktivität und die eingenommenen Medikamente?

»Seine Gesundheit war nie ein Thema für ihn.«

»Ja, das ist wahr.« Sonia registrierte die Vergangenheitsform. Es braucht nicht viel, um einen Tod zu bestätigen. »Enzo war ein bisschen stur. Weißt du ja.«

»Sag, soll ich vorbeikommen? Hättest du gern ein Beruhigungsmittel?«

»Nein danke. Aber ihr, was macht ihr – wie geht es denn mit der Praxis weiter? Kann ich was helfen?«

Peter lehnte dankend ab. Es sei jetzt nicht der richtige Augenblick, um an die Praxis zu denken. Sonia musste ihm beipflichten – sie wusste selbst nicht, weshalb sie überhaupt gefragt hatte. Vielleicht um irgendwas zu sagen oder um keine Verben in der Vergangenheitsform mehr benutzen zu müssen. Sie wollte sich nicht in der Vergangenheit verstecken, die imaginäre Linie, die ihr die von Enzo zurückgelassenen Gegenstände vorgaben, konnte sie nicht zeichnen. Die Zukunft verlangte zumindest konkrete Gesten. Bei Natalia sein, sich anziehen, essen, sich um die Beerdigung kümmern, allen danken, die halfen. Praktisches erledigen.

Sie rief ihren Rechtsanwalt an, Advokat Bossi.

»Sonia, ich bin wirklich … erschüttert. Wir haben uns gestern noch gesehen. Unvorstellbar.«

Sonia sagte nichts.

»Brauchst du was? Soll ich zu dir kommen?«

»Danke, vielleicht später.«

»Wir wollten in den nächsten Tagen mittags miteinander essen. Er hatte was zu besprechen, wollte meinen anwaltlichen Rat.«

Jetzt gibt es nichts mehr zu besprechen, dachte Sonia in dem Moment. Die Worte des Advokaten beeindruckten sie wenig.

»Bist du sicher, dass du allein sein willst? Natalia ist nicht da?«

»Alles in Ordnung. Aber du könntest mir vielleicht wirklich helfen.«

Sonia wusste nicht recht, was zu tun war. Ihre Eltern stammten aus der französischen Schweiz; als sie gestorben waren, hatte sich eine Großtante um alles Nötige gekümmert.

Jetzt stand sie allein da. Wie verhält man sich, wenn jemand stirbt? Man muss es doch bekannt machen, oder? Ein Inserat aufgeben?

»Mach dir jetzt darum keine Gedanken, Sonia.«

Worüber soll ich mir denn sonst Gedanken machen?

»Also wenn du mir dabei helfen könntest, Corrado, wäre ich …«

»Aber selbstverständlich!«, rief Rechtsanwalt Bossi aus. »Gar keine Frage!«

In den folgenden Tagen stellte Sonia fest, dass alles fast wie von selbst lief, wie eine effiziente Maschine. Die Mitarbeiter des Bestattungsunternehmens kamen ihr vor wie die Butler aus englischen Romanen. Sie wussten genau, wann es etwas zu sagen gab und wann sie besser schwiegen, nie unterlief ihnen eine unangebrachte Geste oder ein unpassendes Husten. Sonia befasste sich mit den schmerzlicheren Details: der Aufbahrung der Leiche, den Kleidungsstücken, dem Sarg. Sie wählte den Blumenschmuck für den Trauergottesdienst in der Kirche, die Musik für die Zeremonie in der Aussegnungshalle. Bob Dylan, *Knockin' on Heaven's Door*. Dann dachte sie darüber nach, was sie selbst tragen würde. Und Natalia. An die Anzeige in den drei Tessiner Tageszeitungen. Unser lieber Enzo. Die Ehefrau Sonia. Die Tochter Natalia.

Es waren aufreibende Tage. Der Schmerz überfiel sie unversehens, bei den alltäglichsten Verrichtungen. Oft ertappte sie sich dabei, wie sie Enzo etwas erzählen, einen Gedanken mit ihm teilen wollte. Sie wollte es sich nicht verbieten. Es war, als weigerte sich irgendetwas in ihr, sich dem Absurden zu fügen. Denn der Tod ist doch etwas Absurdes – das wurde ihr immer deutlicher bewusst, je näher die Beerdigung rückte.

Hin und wieder flüchtete sie sich in Objekte. Es war eine

gefährliche Verlockung: Wenn sie Enzos Sachen berührte, konnte sie sich minutenlang vorgaukeln, er sei noch da. Aber sie konnte nicht anders – sie *musste* seinen Kleiderschrank öffnen, sich an seinen Schreibtisch setzen. Die alten Fotos ansehen. Sie fand Postkarten, Briefe, die sie einander vor vielen Jahren geschrieben hatten. Und sie fand, in einer Ärztezeitschrift steckend, eine Notiz von seiner Hand, bei der ihr Corrado Bossis Bemerkung wieder einfiel. Es waren nur drei Zeilen, hastig hingeworfen.

DRINGEND – aber wie dringend? Mit Corrado reden?
Sonia erzählen? Bestätigung abwarten!
Unbedingt morgen früh anrufen (mobil)

Wen anrufen, fragte sich Sonia und legte den Zettel vor sich auf den Schreibtisch. Am Telefon hatte Corrado ja schon angedeutet, dass es um irgendeine juristische Angelegenheit ging. Was hatte Enzo auf dem Herzen gehabt? Sonia hob den Blick zu dem Foto, das gerahmt über dem Schreibtisch an der Wand hing. Skiferien im Engadin. Enzo mit Rucksack neben dem Gipfelkreuz des Monte Basso, oberhalb von Corvesco. Wozu an unerledigte Angelegenheiten denken? Warum saß sie noch hier? Enzo war tot, und sie musste sich um Natalia kümmern. Um das Haus. Jetzt war nicht die Zeit für Liegengebliebenes.

2

Der Geruch von Gras

Natalia hatte das Bedürfnis zu laufen. Sie marschierte die Promenade des Bastions auf und ab. Alles war in Bewegung – das Laub der Kastanien und Eichen, das Gras der Wiesen, die Kinder auf den Schachplätzen mit den riesigen Spielfiguren. Genf schien im Urlaub; es war, als blinzelte die Stadt träge in die Sommersonne. Natalia hingegen lief mit weit aufgerissenen Augen, sie lief und blieb dabei doch wie erstarrt. Am Abend hatte sie es eilig gehabt und nicht mit ihrem Vater telefonieren wollen. Jetzt war ihr Vater nicht mehr da. Erstarrt auch er.

Es ging ein leichter Wind. Wolkenfetzen zerfaserten am Himmel. Natalia bemühte sich, nicht zu lang in ihren Empfindungen, ihrem Gemütszustand zu verweilen. Wie wenn man die Hand einer Kerzenflamme nähert und sie ganz schnell zurückzieht, bevor sie die Haut ansengt. Aber die Flamme brennt, und wenn man es öfter probiert, zuckt die Hand irgendwann mal nicht schnell genug zurück.

Vor der Mauer des Bollwerks setzte sie sich in die Wiese.

Ringsum lagerten junge Leute im Gras, saßen im Schneidersitz oder hatten den Kopf an den Rucksack gelehnt. Manche lasen Zeitung, andere spielten Karten, wieder andere hörten über ihren iPod Musik. Am Ende der Grasfläche ragten, in die Mauer gemeißelt, vier Steinfiguren auf. Natalia musterte sie mit Abscheu. Vier mächtige steinerne Gestalten, von den Vögeln verunstaltet und ansonsten von niemandem beachtet. Sie waren wirklich erstarrt, diese Figuren, sie waren der Inbegriff der Erstarrung bis in alle Ewigkeit. Kein Blick für die bunten Klamotten, die Sonnenbrillen, die Schals.

Aber auch Natalia hatte keinen Blick dafür. Eine Zeitlang versuchte sie es mit Musik, bekam aber rasch genug davon; sie kontrollierte die Zeit auf ihrem Mobiltelefon. Sie beschloss, einen späteren Zug zu nehmen. Sie war einfach noch nicht so weit. Sie musste nachdenken, bevor sie ihre Mutter wiedersah, ihr Zimmer, die Straßen von Lugano. Bevor sie nach Hause zurückkehrte. Immer näher kamen ihre Gedanken der Kerzenflamme – und sie spürte den sengenden Schmerz in dem Moment, als sie glaubte, sie habe die Hand noch rechtzeitig zurückgezogen. Sie kehrte den vier steinernen Männern den Rücken und verließ den Parc des Bastions.

Barbara und Jenny hatten sich für halb zwölf auf der Place du Bourg-de-Four verabredet, und nachdem es nicht weit war, wollte sie zu ihnen stoßen. Vielleicht konnten die beiden sie überreden, nach Hause zu fahren.

Natalia war vor ihnen da. Sie setzte sich an einen Tisch im Freien und bestellte ein Frappé. Ringsum herrschte noch immer diese Ferienstimmung. Alles war leichter als sonst. Am Ende der abfallenden Straße sah sie die Wasserfontäne aus dem See schießen. Sie schien seltsam reglos, wie aus Glas. Um die Säule des Brunnens zu ihrer Linken wanden sich leuchtend bunte Blumenarrangements. Wie bei einem Dorffest.

Barbara und Jenny staunten nicht schlecht, sie zu sehen.

»Natalia! Bist du doch nicht gefahren?«

»Ich hab noch nicht gepackt.«

Barbara starrte sie sekundenlang an.

»Willst du nicht heim?«

Natalia hob die Schultern. »Ich weiß nicht.«

»Du musst aber heim, das weißt du.« Sie setzten sich zu ihr. »Deine Mutter braucht dich jetzt.«

Natalia nickte.

»Natalia.« Jenny legte ihr die Hand auf den Arm. »Barbara hat's mir erzählt. Von deinem Vater.«

Natalia nickte wieder. Was erwarteten sie von ihr?

»Ist denn klar …«, begann Jenny und unterbrach sich. »Ich meine, wisst ihr schon, was passiert ist?«

»Herzstillstand«, erklärte Natalia. »Sein Herz war nicht gesund.«

»Ach.«

»Aber so schlimm war es nicht, ich meine, wir hätten nie gedacht …« Natalia brach ab. Sie wechselte das Thema. »Aber ihr, was habt ihr denn heute vor?«

»Oh, nichts, ich muss lernen«, sagte Jenny. »Ich habe noch eine letzte Prüfung vor mir, und das verdränge ich gelegentlich.«

»Morgen schleppe ich dich in die Bibliothek«, sagte Barbara.

Natalia lächelte, und die beiden Mädchen fühlten sich ermutigt, sie mit allerlei Geplauder abzulenken. Natalia ging bereitwillig darauf ein und zögerte den nächsten Blick auf die Uhr hinaus.

»Trinken wir noch ein Frappé?«

Rechts vor ihnen stand der Justizpalast. Über dem Portal wehte die Schweizer Fahne, und auf einem Schild stand POLICE. Aber es wirkte seltsam unecht, fast spielerisch: Vor dem Eingang standen zwei winzige Autos, Smarts mit bunten Seitentüren und der gleichen Aufschrift POLICE, und sahen aus, als wären sie zur Zierde hier aufgestellt.

»Jedenfalls hätte er's doch gemerkt, wenn sich Camilla einen Schubs gegeben hätte.«

»Tja, die andere war eben schneller.«

»Ja, gut für sie, denn wenn sie gewartet hätte, bis Paolo einen Finger rührt...«

Ich muss nach Hause, dachte Natalia. Die Ferien sind vorbei. An den Häusern standen die Fenster weit offen, in der Ferne rauschte die Fontäne, und zwischen den Cafétischchen eilten die Kellner hin und her. Es war alles in Bewegung. Natalia konnte nicht länger warten. Sie musste nach Hause, zu ihrer Mutter, die Lampen im leeren Haus einschalten.

Die Hand an die Kerze halten.

Sie hatte noch immer einen starken Bewegungsdrang. Sie verschwieg ihrer Mutter die Ankunftszeit des Zugs und ging vom Bahnhof aus zu Fuß, durch die Via San Gottardo, von der sie rechts in die Via Praccio einbog. Als sie zum Vorort Massagno hinaufstieg, leuchteten ihr aus den Gärten blau die Swimmingpools entgegen, und auf den Terrassen standen aufgespannte Sonnenschirme.

Die Abendsonne warf längere Schatten über die Wiesen. Natalia schwitzte. Auf die Anstrengung konzentriert, zerrte sie ihren Koffer hinter sich her und heftete den Blick auf die nächste Straßenbiegung.

Zwei oder drei Kurven vor ihrem Elternhaus lag ein unbebautes, von einer Hecke eingefasstes Grundstück. Natalia blieb davor stehen und begrüßte den Gärtner, der, wie sie aus seinem Lieferwagen, dem Rasenmäher daneben, dem frischen Grashaufen in einer Ecke des Grundstücks schloss, die Wiese gemäht hatte. Der Gärtner holte Säcke von der Ladefläche seines Wagens. Natalia roch das frisch gemähte Gras.

Es war ein Sommergeruch, der tief in die Nase eindrang und verschwommene Erinnerungen weckte.

Mein Vater wird nie mehr frisch gemähtes Gras riechen, schoss es Natalia durch den Kopf.

Es war eine blitzartige Erkenntnis. In Sekundenschnelle fiel der Schmerz sie an und verließ sie nicht mehr. In den folgenden Stunden nahm er verschiedene Gestalten an, trat in unterschiedlicher Schärfe auf. Manchmal brach sie aus heiterem Himmel in Tränen aus, oder sie verschanzte sich hinter eisernem Schweigen. Aber sie war nicht mehr konfus, sie hatte keine Angst mehr vor ihren Gefühlen. Tags darauf, während der Vorbereitungen für die Beerdigung, war sie der Situation gewachsen.

Ihre Mutter, das spürte sie, beobachtete sie. Aber sie sagte nichts, sie suchte nicht die Einsamkeit. Im Gegenteil, sie redete ihrer Mutter zu, ins Restaurant essen zu gehen, die Verwandten in Bern anzurufen, Papas Kollegen zu empfangen, die sie besuchen wollten.

Das Händeschütteln erledigte Natalia ohne ein Zögern. Und sie fand gleich den richtigen Ton, um die Kondolenzen am offenen Grab entgegenzunehmen. Es waren immer die gleichen Formeln, manchmal gefolgt von einer Umarmung, einem Kuss auf die Wange. Viele weinten. Natalia schluckte ihre Tränen hinunter, mehrmals; jetzt war nicht der Moment, um zusammenzubrechen. Ein paar Mal musste sie unwillkürlich sogar lächeln. Zum Beispiel, als in der Aussegnungshalle nicht gleich die richtige Musik kam und statt *Knockin' on Heaven's Door* die ersten Takte von *Forever Young* einsetzten. Oder als der Großvater zu ihr sagte: »Diese ganzen Leute möchte ich auch auf meiner Beerdigung.«

Es bestand kein Anlass zur Heiterkeit, aber Natalia war sicher, dass ihr Vater der Erste gewesen wäre, der die humoristische Seite an einer Trauerfeier gesucht und gefunden hätte. Er hatte eine Schwäche für schwarzen Humor; in einträchtiger Begeisterung hatten er und Natalia sämtliche Filme von Quentin Tarantino gesehen. Auch die Leidenschaft für die klassische Musik hatte sie von ihrem Vater. Einmal waren sie miteinander nach Mailand gefahren und hatten an der Scala die *Traviata* gehört, sie im langen Kleid und er im dunklen Anzug. Natalia dachte an Violetta und deren Schmerz, der ihr übertrieben schien, sentimental. In der Oper wird geweint, man zerreißt sich die Kleider vor Gram, und im wahren Leben kommt es sogar vor, dass man lächelt. Aber es tut darum nicht weniger weh.

Während der nächsten Tage bemühte sich Natalia, nicht gegen die Ferien zu kämpfen. Es war schließlich Sommer, sie konnte nicht den ganzen Tag im Zimmer sitzen. Aber sie hatte auch keine Lust, zum See hinunterzugehen oder ihre Freundinnen zu treffen. Bis eines Abends ihre Mutter mit einem überraschenden Vorschlag kam.

»Wie wär's, wenn wir übers Wochenende in die Berge fahren?«

Früher war Papa derjenige gewesen, den es in die Berge zog; immer wieder hatte er sie beide in das Ferienhaus in Corvesco verschleppt. Die Mama hatte eigentlich gar nichts übrig für enge Horizonte, sie liebte das Meer.

»Ist das dein Ernst?«

»Der Garten ist bestimmt ganz verwildert, und im Haus müsste mal wieder aufgeräumt werden.«

Natalia sah sie verblüfft an. Sie war nicht sicher, ob es die beste Lösung war, in die Berge zu fliehen und Unkraut zu jäten, aber sie hatte auch keine Alternative.

»Na gut… hier hab ich sowieso nichts zu tun.«

Sonia fragte sich, ob Natalia einen Verdacht hatte. Aber ihre Tochter schien sehr mit sich beschäftigt. An diesem Abend las sie, schon im Bett, noch einmal den Brief, den sie zwischen Enzos Papieren gefunden hatte.

Lieber Doktor,
ich weiß nicht, ob es richtig ist, was ich tue, aber du hast schon Recht, wenn du sagst, dass Schweigen alles immer nur schlimmer macht. Ich habe Fotos von Vicky gemacht, bevor man sie fortgeschickt hat. Und ich habe auch meine Papiere, die echten – nicht den falschen Ausweis, den ich bei meiner Ankunft in der Schweiz bekam. Und ich habe die Adressen der Mädchen, die gleichzeitig mit Vicky hier waren. Ich traue weder dem Mobiltelefon noch dem Mail und schreibe dir deshalb – hoffentlich ist es die richtige Adresse.
Kate

Auf dem Umschlag stand eine handschriftliche Notiz von Enzo: NAMEN DER MÄDCHEN NACHPRÜFEN. Sonia hatte keine Ahnung, was sich dahinter verbarg, aber sie war beunruhigt. Was hatte Enzo ihr verheimlicht? War er illegalen Machenschaften auf die Spur gekommen? Aber was war es, worum ging es?

Nachdem sie hier keine weiteren Anhaltspunkte gefunden hatte, war ihr die Idee mit dem Ferienhaus in Corvesco gekommen: Vielleicht fand sich ja dort ein Hinweis.

Und wenn nicht, verbrachte sie zumindest ein paar ruhige Tage mit Natalia. Fernab vom Chaos der Stadt, von den Beileidsbesuchen der Freunde und Kollegen, den endlos langen Junitagen in Lugano. Vielleicht wäre ihr dort in den Bergen die Stille ausnahmsweise willkommen. Vielleicht fände sie heraus, womit sich Enzo beschäftigt hatte, bevor er gestorben war.

3

Kleine Chronik

»Der Jahrgang 1949 trifft sich, wie jeden Sommer, zum gemeinsamen Abendessen.« Gut, dachte Elia Contini, aber ein paar Details braucht es schon. »Treffpunkt auf dem Parkplatz gegenüber der Schule für Handwerk und Gewerbe von Bellinzona, und es wird gebeten, die nötige Ausrüstung für eine kurze Wanderung mitzubringen.«

Contini nickte zustimmend, übertrug die Angaben und stand auf. Er trat ans Fenster und blickte auf die Piazza Indipendenza hinaus. Wie das letzte Relikt einer untergegangenen Zivilisation ragte der Obelisk aus der Mitte des Platzes. Es war elf Uhr abends und die Stadt menschenleer – die Jugend von Bellinzona hängt nicht auf den großen Plätzen ab, sondern verzieht sich in die versteckten Innenhöfe oder die Bars der Via Codeborgo. Contini war allein in der Redaktion und hatte nicht viel anderes zu tun, als die Stellung zu halten und die Mitteilungen für die »Kleine Chronik« zu verfassen.

Seit ein paar Monaten war er jetzt bei der Zeitung. Eingestellt worden war er als Fotograf, dann war er in die Schlussredaktion gewechselt. Mit der Zeit hatte man ihm den einen oder anderen Artikel für den Lokalteil, die Todesanzeigen, die Redaktion der Service-Nachrichten anvertraut. Als junger Mann hatte Contini zwei Ausbildungen begonnen – erst zum Fotografen, dann zum Polizisten – und nicht abgeschlossen und danach bei etlichen Zeitungen gearbeitet. Eine Zeitlang hatte er sich als Privatdetektiv versucht und auch einigermaßen damit durchgeschlagen, aber als er auf die vierzig zuging, war er die Sache leid geworden.

Und so war er jetzt hier gelandet und füllte die Spalte »Tipps und Veranstaltungshinweise« mit einer Anzeige der Philatelisten-Vereinigung von Giubiasco, die Zeit und Ort der Vorstandssitzung bekannt machte, mit den Gewinnzahlen einer Lotteria Pro Restauri in Riviera, der Ankündigung eines Country-Grillabends im Bleniotal, mit Hinweisen auf Flohmärkte, Konferenzen, Dorffeste und bestens für Ansturm gerüstete Bars. Eine Arbeit, die ihm im Großen und Ganzen nicht missfiel. Sie ließ ihm viel freie Zeit, für sich, für Spaziergänge im Wald, Unternehmungen mit Francesca.

Ja, Francesca.

Ein wunder Punkt. Sie waren jetzt schon etliche Jahre zusammen, und sie wurde allmählich ungeduldig. Aber was erwartete sie von ihm – wollte sie zu ihm nach Corvesco ziehen? Gemeinsam auswandern? Heiraten womöglich? Contini wagte nicht zu fragen. Er hatte immer allein gelebt, in seinen Bergen; schon der Gedanke an Veränderung war ihm zuwider. Aber Francesca war zunehmend unruhig, und Contini wiederum mied das Thema wie der Teufel das Weihwasser.

Er zündete sich die letzte Zigarette des Tages an.

Er genoss diese einsamen Abende, wenn er mit der Spätschicht an der Reihe war. Der Verlagsort der Zeitung war Lugano; er saß in der Redaktion Bellinzona und Valli, und mit der Chefetage verkehrte er, wenn überhaupt, telefonisch. Spätabends war meist nicht viel zu tun, es sei denn, es war ein Unfall passiert, oder der Gemeinderat tagte. An diesem Abend schwieg das Telefon zum Glück, und Contini rauchte seine Zigarette unbehelligt.

Die Redaktion befand sich im Flügel eines mächtigen alten Wohnhauses, und der Raum, in dem er saß, wuchs unter den Schichten von Papieren, die sich in der Tiefe der Jahre verloren, nach und nach zu. Aus dem Archiv, dessen Fassungsvermögen begrenzt war, quollen Pressemitteilungen, lokale Publikationen, nicht abgelegte Korrespondenz, ausgeschnittene Artikel, alte Ausgaben der Zeitung – das Papier nahm die Schreibtische, den Fußboden, den Kühlschrank, sogar das Klo in Besitz. Contini fühlte sich in dem Durcheinander wohl, während sein Ressortleiter regelmäßige Anläufe zur Eindämmung des Chaos unternahm. Es war ein Kampf gegen Windmühlen.

Um elf Uhr abends jedoch war der Chef schon seit drei Stunden zu Hause. Contini ging zum Kühlschrank, holte sich eine Flasche Bier und kehrte an den Schreibtisch zurück. Das Bier in der Hand, legte er die Füße auf ein Regalbrett und nahm sich den Stoß Korrekturbögen vor, der auf ihn wartete. Er begann zu lesen.

Die Todesanzeigen waren bemerkenswert frei von Druckfehlern. Gute Arbeit. Sauber, präzise, jedes Wort, wo es hingehörte. Er las die Danksagung von Sonia und Natalia Rocchi an alle Trauergäste, die so zahlreich zur Beerdigung ihres lieben Enzo erschienen waren. Contini stutzte. Der Name kam ihm bekannt vor.

Er fuhr den Computer noch einmal hoch, ging ins Internet und öffnete seinen Posteingang – seinen privaten, nicht den der Redaktion. Nachdem er E-Mails so gut wie nie löschte, hatte er bald gefunden, wonach er suchte:

Sehr geehrter Herr Contini,
vielleicht erinnern Sie sich an mich: Wir sind uns in Corvesco schon mal über den Weg gelaufen, wo ich ein Haus besitze. Heute wende ich mich allerdings in einer geschäftlichen Angelegenheit an Sie, denn ich muss die Dienste eines Privatermittlers in Anspruch nehmen, und dabei dachte ich an Sie. Es handelt sich um eine recht delikate Angelegenheit. Wäre es möglich, dass wir uns treffen und die Sache unter vier Augen besprechen?
Mit bestem Dank und herzlichen Grüßen,
Enzo Rocchi

Contini sah nach, was er geantwortet hatte: Es war seine Standardabsage, die er in allen solchen Fällen erteilte. Vorbei ist vorbei.

Sehr geehrter Herr Rocchi,
leider kann ich nichts für Sie tun. Ich habe die Detektivarbeit an den Nagel gehängt und arbeite jetzt bei einer Zeitung.
Mit herzlichem Gruß,
Elia Contini

Und nun war Enzo Rocchi tot. Contini ließ den Blick durch den Raum schweifen und fragte sich, ob diese Anfrage in irgendeinem Zusammenhang mit seinem Tod stand. Wahrscheinlich nicht. Menschen sterben aus den unterschiedlichsten Anlässen, aber praktisch nie aus mysteriösen Gründen. Und vor allem sind Privatdetektive weit entfernt von mysteriösen Fällen. Sicher hatte Rocchi jemanden gesucht, der seine Frau beschattete, und sich an ihn gewandt, weil er ihn aus Corvesco kannte. Contini hatte jedoch Arbeit und Privatleben immer streng voneinander getrennt. Sein Detektivbüro war in Paradiso gewesen, direkt am Ufer des Luganer Sees und im Getümmel der Stadt. Corvesco war kein Ort für Anrüchiges.

Contini schätzte die Ruhe, die er an seinem neuen Arbeitsplatz hatte. An diesem Juliabend aber erwachte der Anflug einer Neugier in ihm, und er fragte sich, welche Geschichte sich wohl hinter diesen Allerweltsnamen zwischen Allerweltsanzeigen verbarg. Er schob seine Korrekturbögen von sich, schaltete die Lampe aus und saß eine Weile reglos am Schreibtisch, auf den der Lichtschein einer Straßenlaterne fiel.

Im matten Licht konnte er gerade noch die fett gedruckten Titel entziffern – der kleiner gedruckte Textteil, die Bildunterschriften waren nicht mehr zu lesen. Er dachte an die kleinen Unglücksfälle, Einweihungen, entlaufenen Tiere, verirrten Touristen … vielleicht waren diese Meldungen gar nicht so harmlos, wie sie schienen. Vielleicht hatte jede eine eigene Geschichte zu erzählen – der arme Enzo Rocchi, der seine Frau hatte beschatten lassen wollen, ebenso wie der Buchclub von Faido, dessen Mitglieder sich an jedem ersten Dienstag im Monat trafen.

Alles könnte eine Geschichte sein. Hinter allem könnte sich ein Geheimnis verbergen.

Hätte können.

Denn Elia Contini ging das nichts mehr an. Er knipste die Lampe an, leerte sein Bier. Dann zog er den Ausdruck wieder zu sich her. Die Leserbriefe waren noch nicht Korrektur gelesen.

4

Schlechte Nachrichten

Peter Mankell wunderte sich über nichts mehr, einem Arzt ist nichts Menschliches fremd. Auf den Tod reagiert jeder anders und meistens nicht so, wie die Mitmenschen es erwarten. Sonia Rocchi hatte offenbar das dringende Bedürfnis, alles, was ihrem Mann gehört hatte, zu sehen und anzufassen, jeden einzelnen Gegenstand. Auf Mankell machte sie einen leicht zwanghaften Eindruck, als er sie wie besessen in Enzos Sachen wühlen sah.

»Ich fürchte, du irrst dich«, sagte er. »Enzo hätte doch nie geheime Unterlagen hier aufbewahrt. Hier wird gearbeitet.«

»Ja, vielleicht hast du Recht.«

Mankell war klein und blond, trug die Haare zurückgekämmt und eine randlose Brille. Wie er so neben Sonia stand, die sich über Enzos Schreibtisch beugte, schien er ein halbwüchsiges Kind, das einem Erwachsenen über die Schulter späht.

»Also Sonia, ich will mich ja nicht einmischen …«

»Du findest, ich spinne, oder?«

»Nein, ich …«

»Enzo hatte irgendwas auf dem Herzen. Irgendein Problem, das an ihm genagt hat.«

»Hat er das gesagt?«

Sonia gab keine Antwort, und Mankell schloss daraus, dass

sie im Trüben fischte. Sie hatte wohl Briefe und Zettel gefunden, aber offenbar hatte sich Enzo niemandem anvertraut. Sicher hatte er es vorgehabt … Oder handelte es sich nur um eine von der Fantasie ins Gigantische aufgeblähte Lappalie? Mankell meinte Sonias Gedanken lesen zu können.

»Ich fürchte, ich vergeude deine Zeit«, sagte sie.

»Aber nein. Es ist nur …«

»Was ist das denn?«

Mankell betrachtete den Stoß Papiere, den sie ihm hinhielt.

»Briefe von Patienten. Enzo hat sie alle aufgehoben, er druckte sogar die Mails aus.«

»Beschwerdebriefe?«

»Nein, nein … Alles Mögliche. Anfragen, auch Dankesbezeugungen.«

»Kann ich sie mitnehmen?«

»Natürlich. Allerdings …«

»Danke. Hast du einen Umschlag?«

Mankell reichte ihr einen. Dann wandte er sich ab und trat ans Fenster. Die Gemeinschaftspraxis, die er sich mit Enzo geteilt hatte, bestand aus sechs Räumen in der vierten Etage eines Hauses im Zentrum von Lugano. Vom Büro aus sah man den Verkehr auf dem Corso Elvezia. Im Juli war wenig los, dennoch bildeten sich an den Ampeln kleine Schlangen. Mankell wartete die nächste Grünphase ab, ehe er sich wieder umdrehte. Er wollte nicht insistieren – Sonia hätte sich nur umso fester in ihre fixe Idee verbissen.

»Wie geht's Natalia?«

»Sie hat natürlich ziemliche Stimmungsschwankungen. Manchmal sperrt sie sich in ihr Zimmer ein und ist untröstlich, und Stunden später ist sie mit Freunden unterwegs.«

»Ist doch gut, dass sie ihr Leben lebt. Wart ihr in den Bergen?«

»Ja. Am Wochenende fahren wir noch mal hin. Da hab ich Zeit, diese ganzen Sachen hier zu lesen.«

»Sicher.« Mankell seufzte. »Sicher. Hast du mit Natalia darüber gesprochen?«

»Ich möchte sie lieber raushalten …«

Raushalten?, dachte Mankell, aus was denn raushalten? Sonia weiß nicht, was sie sagt. Er betrachtete sie, wie sie vor Enzos Schreibtisch kniete. Mit ihren Locken, die das schmale Gesicht mit den weichen Zügen umrahmten, wirkte sie jünger, als sie war. Ihre grauen Augen hatten etwas Resolutes.

»Möchtest du vielleicht einen Kaffee?«, fragte er.

Sie war so vertieft in Enzos Korrespondenz, dass sie ihn nicht hörte. Mankell räusperte sich. Er nahm seine Brille ab, putzte mit einem Hemdzipfel die Gläser und wiederholte die Frage.

Luciano Savi genoss den Augenblick der Ruhe, bevor der abendliche Rummel anfing. Um vier Uhr nachmittags hatte er die Räume des Tukan ganz für sich. Vor ein paar Stunden war er aufgestanden, hatte geduscht und ein Panino verspeist. Jetzt stand er mit nacktem Oberkörper oben auf der kleinen Treppe, die seine Privaträume vom Lokal trennte, und blickte auf sein Reich, das ihm zu Füßen lag. Aus dem Halbdunkel funkelte das stählerne Gestänge der Barhocker.

Er stieg die Stufen hinunter und umrundete die Theke mit schwerem Schritt. Er fühlte eine gewisse Müdigkeit auf sich lasten. Vielleicht hatte er wirklich ein paar Kilo zu viel auf den Rippen. Er nahm eine Flasche Talisker herunter und schenkte sich eine ordentliche Portion ein. Normalerweise trank er ja nicht vor fünf, weil er Alkohol am Nachmittag nicht gut vertrug. Aber die schlechten Nachrichten, die ihn an diesem Tag ereilt hatten, ertränkte er lieber gleich.

Sie hatten schon versucht, ihm das Tukan wegzunehmen, sein Lokal. Mehrfach sogar. Aber Savi ließ sich nicht unterkriegen, von niemandem. Natürlich hatte er Kompromisse machen und sich mit den richtigen Leuten anfreunden müssen, um es dahin zu bringen, wo er jetzt stand. Unterwegs hatte er sich den einen oder anderen Feind gemacht, das ließ sich nicht vermeiden, und wenn dieser Doktor Rocchi mit den falschen Leuten geredet hätte …

Lieber gar nicht dran denken.

Was für eine Erleichterung, als Rocchi den Löffel abgegeben hatte. Aber jetzt war tatsächlich die Ehefrau in seine Fußstapfen getreten und hatte angefangen, im Kehricht zu wühlen. Warum hatten es alle auf ihn abgesehen? Weil er den Leuten auf die Nerven ging, darum. Weil er einer war, der aus der Reihe tanzte, einer, der sich aus eigener Kraft hochgearbeitet hatte.

Er leerte sein Glas auf einen Zug und wischte sich die schweißnasse Stirn. Heiß war es. Er schaltete die Klimaanlage ein. Dann ging er ins Bad und trimmte seinen Bart, der den großen Stilwillen seines Besitzers verriet: Zu einem üppigen Schnurrbart gesellte sich ein dünnes, schmales Kinnbärtchen, und das Ensemble ergänzten die Koteletten, die seine Wangen diagonal durchschnitten.

Er zog sich ein T-Shirt mit dem Tukan, dem Logo des Lokals, über den Kopf, öffnete weit die Eingangstür und blinzelte in die grelle Sonne. Über kurz oder lang würde er sich auch der Frau des Doktors annehmen müssen, und zwar eigenhändig. Alle reißen nur immer das Maul auf, aber wenn es wirklich drauf ankommt, muss man die Sache selber in die Hand nehmen. Wie damals, als sich die Gemeinde Arbedo-

Castione über das Tukan beschwert hatte. Es war nur ein lästiges Gemunkel hinter seinem Rücken, natürlich – keine schweren Geschütze. Und es gab Proteste wegen der Frauen, wegen Drogen, wegen der Schlägereien. Dabei war Savi der Erste, der bei Raufereien eingriff, der Erste, der die Ruhe wiederherstellte!

Seine Überlegungen wurden von einem der Mädchen unterbrochen, das drüben im ersten Stock auf den Balkon trat. Savi, die Augen mit einer Hand beschirmt, blickte zu ihr hinauf. Das Mädchen gähnte.

»Was ist?«, fragte er.

»Nichts«, sagte sie überrumpelt. »Ich… Guten Morgen, wie geht's Ihnen?«

»Hör mal…«, begann Savi, überlegte es sich aber anders. »Na, mach schon, zieh dich an.«

Er wollte ihr sagen, dass sie nicht in aller Öffentlichkeit wie ein Seehund gähnen sollte.

Aber wozu? Es hätte sie nicht interessiert. Gutes Benehmen ist heutzutage ja ein Fremdwort.

Savi kehrte ins heimelige Halbdunkel des Tukan zurück und schloss die Tür hinter sich.

5

Eine Nacht im Tukan

Der Monte Ceneri ist gerade mal 554 Meter hoch. Für das Tessin aber ist er ein bedeutender Gebirgspass: Er teilt den Kanton in den nördlichen Teil Sopraceneri und das südliche Sottoceneri, zwei geografische Einheiten »ober-« und »unterhalb des Ceneri«, zwar nur halboffizielle Bezeichnungen, im Bewusstsein der Menschen aber sehr präsent. In Corvesco zum Beispiel, einem kleinen Dorf oberhalb des Ceneri, werden die Sommerfrischler aus Lugano bestenfalls toleriert, aber sicher nicht mit offenen Armen empfangen.

Die Rocchis waren da eine Ausnahme. Enzos Vater hatte eine Zeitlang hier gearbeitet, und im Lauf der Zeit hatten sich die Einheimischen an die Familie gewöhnt. Die Rocchis hatten ihr Haus an der Straße, die vom Tal herauf bis in den Dorfkern führt, ein modernes Gebäude mit riesigen Fenstern, Wänden aus Holz und einer granitgepflasterten Terrasse. Natürlich besaß es nicht die geringste Ähnlichkeit mit einer Berghütte. Linker Hand führte die Straße vorbei, rechts war ein Wald aus Buchen und Haselsträuchern.

Natalia verbrachte die Tage im Liegestuhl in der Sonne. Auf dem Dachboden hatte sie eine Kiste mit alten Krimis entdeckt, die meisten aus den siebziger Jahren, und verschlang einen nach dem anderen. Es war wie ein momentaner Stromausfall, der das Gewaber ihrer Gedanken vorübergehend stoppte. Wenn sie ins Lesen vertieft war, dachte sie nicht an ihren Vater, stellte sich weder Vergangenheit noch Zukunft vor. In diesen Krimis war selbst der Tod ein mondänes Gesellschaftsspiel.

»Natalia, darf ich kurz stören?«

Sie blickte auf. Ihre Mutter stand vor ihr und trug zu weißen Shorts ein kariertes Hemd, das Papa gehört hatte. Sie wirkte ein wenig angespannt. In der Hand hielt sie einen Stoß Papiere, und sie setzte sich ans untere Ende des Liegestuhls.

»Weißt du, ich finde, wir sollten über diese Sache mit den Mädchen reden.«

Natalia verdrehte die Augen und stöhnte.

»Ja, ich weiß, du findest das nicht, aber Papa hätte gewollt, dass …«

»Woher willst du wissen, was er gewollt hätte?«

»Hör dir an, was er auf die Rückseite eines Fotos von diesem Savi geschrieben hat. Seiner Meinung nach …«

»Ich will's nicht wissen.«

»… handelt es sich um ein schmutziges Geschäft, Frauenhandel womöglich. Hier steht: ›Wie viele Mädchen sind eingetroffen? Wo sind die Fotos?‹ Er suchte nach Beweisen, verstehst du?«

»Lass es.«

»Natürlich interessiert er sich für den medizinischen Aspekt: ›Wie viele Untersuchungen im letzten Jahr?‹ Und hier: ›Umfang der Verletzungen (überprüfen)‹. Anscheinend ist eines der Mädchen zu ihm in die Praxis gekommen. Oder …«

»Mama, hörst du mir überhaupt zu?«

»Was? Wenn er erfahren hatte …«

»Mama!«

»Ja, entschuldige.«

Natalia starrte ihre Mutter an. »Du willst Papa auf die eine

Art in Erinnerung behalten und ich auf eine andere«, sagte sie. »Verstehst du das? Ich schaff es einfach nicht, in seinen Sachen zu wühlen, nach Hinweisen zu suchen, um rauszufinden, womit er sich beschäftigt hat, seine … seine Hemden anzuziehen!«

Sonia senkte den Blick und hob ihn wieder, als sei ihr das Hemd erst jetzt zu Bewusstsein gekommen. Sie öffnete den Mund zu einer Erwiderung und schloss ihn wieder. Natalia hatte Recht. Sie war erst siebzehn, man konnte sie nicht wie eine Erwachsene behandeln.

»Weißt du, ich bin gern hier in den Bergen«, sagte Natalia jetzt. »Und ich denke auch oft an Papa. Warum fragst du mich nicht, ob wir spazieren gehen oder zu Pepito etwas trinken? Du willst immer nur in Papas Sachen graben …«

»Okay.«

»Wie lang soll das noch so gehen?«

Sonia stand auf. Es war nicht Natalias Schuld. Sie konnte es nicht verstehen.

»Du hast Recht. Ich kläre noch kurz was, und dann kümmere ich mich um dich.«

»*Kümmern* musst du dich ganz bestimmt nicht!«

»Ich meine, dann unternehmen wir was zusammen. Aber zuerst will ich diesen Savi treffen. Weißt du, Corrado hat vielleicht Recht. Ich habe ihm keine Einzelheiten genannt, nur die Sache als solche erwähnt, und er meint, ich soll die Finger davon lassen. Er ist Anwalt, er weiß, wovon er spricht, aber aus den Unterlagen geht hervor …«

»Mama …«

»Schon gut, schon gut. Jedenfalls mache ich nur noch einen Termin mit Savi, und danach …«

Sonia, die ein angriffslustiges Funkeln im Blick ihrer Tochter wahrgenommen hatte, verstummte. Mit einem Klaps auf

Natalias Bein wandte sie sich ab und ging auf das Haus zu. Unter der Tür drehte sie sich noch einmal zu Natalia um. Eine braun gebrannte, magere Gestalt mit schwarzer Lockenmähne um den Kopf. Lange Beine. Sie wird einmal eine schöne Frau, dachte sie. Das leicht eckige Gesicht und die blauen Augen hatte sie von Enzo. Sie hatte den gleichen Dickkopf wie er und den gleichen angespannten Ausdruck, wenn sie sich konzentrierte oder wenn sie sich ärgerte. Lassen wir sie erwachsen werden, dachte sie, an die Fenstertür gelehnt.

Drinnen war es kühler. Sonia hatte die Briefe, Notizen und Dokumente, die sie bei ihrem Mann gefunden hatte, auf dem Küchentisch ausgebreitet. Wie es aussah, besaß Enzo zwar noch nicht genügend Beweise, um Anzeige zu erstatten, doch was er gesammelt hatte, reichte aus, um ordentlich Staub aufzuwirbeln.

Schweizerische Eidgenossenschaft
Confédération Suisse
Confederazione Svizzera
Confederaziun svizra

A 7 Aufenthaltsgesuch für ausländische Artisten, Tänzerinnen und Discjockeys
(im Rahmen des den Begrenzungsmaßnahmen nicht unterstellten Aufenthaltes, gemäß Erläuterungen auf der Rückseite)
Der Arbeitgeber bestätigt, dass ein von ihm unterzubringender Künstler einen gesunden, heizbaren Schlafraum mit Tageslicht erhält und die hygienischen und sanitären Einrichtungen den zeitgemäßen Anforderungen genügen (fließendes Kalt- und Warmwasser, Bade- oder Duschgele-

genheit). Er verpflichtet sich, diese Ansprüche dem Künstler vertraglich zuzusichern.
Familienname, Vorname(n) des Künstlers: VALINSKI VIKTORIA
Unterschrift des Arbeitgebers: Luciano Savi

Auf der Rückseite des amtlichen Formulars stand eine Anmerkung von Enzo:

»Die Ergebnisse der ärztlichen Untersuchung hinsichtlich der Identität und der Eignung für Nachtarbeit müssen für wenigstens fünf Jahre aufbewahrt werden.«
Corrado fragen!!
Gesetz? → Art. 73 Abs. 1 lit. i und Abs. 2 OLL 1 // Praxis?
Überweisungen auf Savis Konto nachprüfen – unmöglich – Erpressung? – Hilferuf?

Im selben Bündel fand sich ein weiteres Dokument:

Sektion Bewilligungen und Einbürgerungen, Bellinzona
Gesuch Niederlassungsbewilligung (C) oder Gesuch Aufenthaltsbewilligung ohne Erwerbstätigkeit, Kurzaufenthalt zum Zweck einer Heilbehandlung, eines Studiums, bis zur Wiederaufnahme einer Erwerbstätigkeit, Unterbringung bei ………, Pflegschaft/Adoption etc. für die nachfolgend genannten Bewilligungen vom Typ (B) (Ci) (F) (L) (N)

<u>Ausländer/in</u> (Personalien)
Familienname, Vorname: VALINSKI VIKTORIA
Grund und Zweck des Aufenthaltes: KURZFRISTIGER AUFENTHALT/STUDIUM

Es bedurfte keines besonderen Spürsinns, um zu erkennen, dass hier etwas faul war. Diese Viktoria Valinski wurde erst als »Künstlerin« engagiert und beantragte dann eine dreimonatige Aufenthaltsbewilligung »zu Studienzwecken«. In einer Plastikmappe fand Sonia ein aus einem Schulheft herausgerissenes Blatt mit einer Namensliste und beigelegt unscharfe Fotos von einem übel zugerichteten Mädchen und einem schummrig beleuchteten Zimmer.

Ferner fand sie auf verschiedene Namen ausgestellte Ausweispapiere, auf denen von einem »Sprachaufenthalt« die Rede war und die Ausweisinhaberin sich verpflichtete, »ihre Ankunft in der Schweiz innert acht Tagen nach der Einreise dem Kanton zu melden, in dem sie sich niederlässt«. Mit Büroklammern waren diverse Bescheinigungen – über Sprachkenntnisse, Angehörige beziehungsweise Vormunde, den Gesundheitszustand – angeheftet. In einem Umschlag steckten zwei Anträge auf »Erteilung einer zeitweiligen Arbeitserlaubnis«.

Wie das alles zusammenhing, war Sonia noch nicht ganz klar, aber fest stand jedenfalls, dass mit Luciano Savis Lokal etwas nicht stimmte. Mädchenhandel? Gesundheitsgefährdung? Ausbeutung Minderjähriger? Zuhälterei? Sonia zügelte ihre galoppierende Fantasie. Vielleicht war Enzo einfach ein verwaltungsrechtlicher Verfahrensfehler aufgefallen – schließlich stand nirgendwo ein anklagendes Wort. Sicher war allerdings, dass Enzo die Absicht gehabt hatte, die Betroffenen zur Rede zu stellen.

Aber er konnte es nicht mehr, dachte Sonia. Also muss ich es machen.

Viele der Namen, die in diesen Unterlagen auftauchten, waren ihr bekannt. Der eine oder andere war eine Überraschung: Das waren Personen, denen sie den Verkehr in

Nachtclubs nie zugetraut hätte. Sie musste sehr vorsichtig sein, damit sie nicht völlig Unbeteiligte in den Schmutz zog.

Sie ging zum Kühlschrank und schenkte sich ein Glas Eistee ein. Dann nahm sie sich, bewaffnet mit einem Notizblock, noch einmal die gesamte Dokumentation vor, die ihr Mann zusammengetragen hatte. Wenn sie die Fakten übersichtlich aufschrieb, zeigte sich ja vielleicht, was da im Tukan vor sich ging und vor allem wer wirklich involviert war.

In einer Ecke stand eine Jukebox.

Natürlich funktionierte sie nicht. Aber sie war ein Original, ein Sammlerstück, eine Wurlitzer Model 800 Bubble Lite, die Savi von einem alten Kunden übernommen hatte. Noch vor dem Umzug nach Castione. Früher befand sich das Tukan in Melano, im Sottoceneri, aber nach einem Streit mit der Firma, die ihm Grundstück und Gebäude vermietete, hatte sich Savi nach einem neuen Geschäftslokal umsehen müssen.

Die Jukebox war mit umgezogen, und jetzt war sie eine von unten beleuchtete chromblitzende Zierde seines Ladens. Die Mitte des Lokals bildete eine runde Tanzfläche, auf der einige Paare zugange waren. Neben dem Tresen befand sich eine kleine Bühne mit geschlossenem Vorhang, und ringsum scharten sich, mit Geländern abgetrennt, kleine erhöhte Inseln mit Tischchen und Stühlen. Die höchste war die »VIP-Zone« direkt neben Savis Privatbereich.

»Gestatten?«

Ein dunkelhäutiges Mädchen hatte den Vorhang vor Savis Séparée beiseitegeschoben und spähte herein. Savi blickte mit gerunzelter Stirn auf.

»Kate«, sagte er. »Setz dich. Ich muss mit dir reden.«

Das Mädchen steckte in einem hautengen Body, der ihren Busen wider die Schwerkraft emporquetschte, und trug schwindelerregende Bleistiftabsätze und ein Handtäschchen, das gerade groß genug für einen Lippenstift und ein Mobiltelefon war. Unter schweren Lidern blitzten zwei schwarze, wachsame Augen hervor. Das Mädchen bewegte sich träge, neigte den Kopf nie mehr als nötig.

»Ist irgendwas?«

Savis Daumen flog tippend über die Tasten seines Mobiltelefons, und er sprach mit ihr, ohne aufzublicken. »Setz dich«, forderte er sie auf. »Ist dir ein gewisser Enzo Rocchi bekannt?«

»Enzo wie?«

»Seit wann kennst du ihn?«

»Ich …«

»Kate.«

»Mann, ich treffe hier jede Menge Leute! Wie soll ich noch wissen, wer …«

»Kate, du hast diesen Arzt, diesen Rocchi, getroffen. Was weiß ich, was du dir dabei gedacht hast. Was hast du ihm erzählt?«

»Aber es ist wahr, Signor Savi, ich schwöre dir, dass ich mich nicht erinnere! Wie sieht er aus, der Mann?«

Savi schob sein Telefon von sich und stand auf. Er legte Kate beide Hände auf die Schultern und zwang sie, den Kopf zu heben und ihn anzusehen. Hinter dem Vorhang seines Séparées wogte die Geräuschkulisse des Tukan – Ambient-Musik aus den Boxen, Gläserklirren, hier und dort Gelächter.

»Jemand hat dich auf merkwürdige Ideen gebracht, und ich weiß nicht, wer und wozu. Habe ich dich etwa nicht immer gut behandelt?«

»Ich weiß nicht, was …«

»Antworte! Habe ich dich gut behandelt oder nicht?«

»Doch, ja.«

»Aber jetzt sind die fetten Jahre vorbei. Jetzt gehst du nach Hause zurück.«

»Wie bitte? Wieso denn? Was habe ich …«

»Pst.«

Savi beugte sich vor, bis sein Mund Kates Lippen streifte, wich dann aus und drückte ihr einen Kuss auf die Wange.

»Pst«, wiederholte er. »Kein Wort zu irgendwem. Darum kümmere ich mich alleine.«

Mit der Hand an ihrem Ellenbogen nötigte er sie zum Aufstehen und führte sie ins Lokal hinaus. Von den farbigen Scheinwerfern abwechselnd ausgeleuchtet und ausgeblendet, durchquerte Kate den Saal. Sie wirkte leicht desorientiert. Sie stieg die Stufen zur Bühne hinaus und verschwand hinter dem Vorhang.

Savi betrachtete eine Weile sein Lokal.

Das Tukan *by night*. Ein Ort, an dem das Amüsement noch einen gewissen Stil hatte. Selbstverständlich wurde nicht jeder eingelassen. Hunde und Schweine hatten keinen Zutritt – schließlich galt es einen Ruf zu wahren. Für eine Nacht im Tukan musste man ein ganzer Kerl sein, einer, der das Beste will und sich's was kosten lässt. Das Tukan *by night*. Ein Mordsspaß.

Aber es gab Neider. Kleingeister, die Savi anschwärzten, weil er hart gearbeitet und seine Träume verwirklicht hatte. Savi zog sich in sein Séparée zurück und schenkte sich ein Glas Champagner ein. Vor Weibergetratsche musste er sich nicht fürchten.

Morgen würde er diese Rocchi aufsuchen und ihr klarmachen, wohin sie sich das angebliche Belastungsmaterial ihrer Nervensäge von Ehemann stecken konnte. Wenn nicht im Guten, dann im Bösen. Diese Arztgattin hatte ihn tatsächlich um einen Termin gebeten, wollte mit ihm reden: nicht nur, um ihn anzuschmieren, sondern um ihn womöglich noch zur Schnecke zu machen und sich nachher mit ihren Freundinnen im Tennisclub das Maul zu zerreißen. So etwas war mit Savi natürlich nicht zu machen. Savi war der Chef des Tukan.

Das Tukan *by night*. Kein Ort für Memmen.

6

Warum sagst du nichts?

Huhn. Wurst. Knoblauch und Zwiebeln, ein bisschen Safran. Garnelen. Beim ersten Mal hatten sie die Zutaten auf gut Glück zusammengestellt – in den Topf kam, was die Speisekammer hergab. Dann war eine Tradition daraus geworden. Jetzt war die »Notfallpaella« ein Indikator für die Etappen ihrer Beziehung. Und gegebenenfalls auch der Seismograf ihrer Krisen.

»Arbeitest du morgen?«, fragte Francesca.

»Ja.«

»Obwohl erster August ist?«

»Dafür habe ich übermorgen frei.«

Continis Haus war ein solider Bau mit dicken, weiß verputzten Mauern und grünen Fensterläden. Es stand ein Stück oberhalb des Dorfes und hatte eine Veranda, von der aus man auf die Lichter von Corvesco blickte.

»Und du«, fragte Contini, »was machst du morgen Abend?«

»Ach, weiß noch nicht. Ich glaube, ich bleibe in Locarno.«

Ab und zu zerriss ein Knall die Stille. Es war der Abend vor dem Nationalfeiertag, und anscheinend war jemand jetzt schon so aufgeregt, dass er es nicht mehr erwarten konnte. Am nächsten Tag sollte auf einer Wiese knapp außerhalb des Dorfs ein riesiger Scheiterhaufen brennen.

»Morgen gibt's ein Feuerwerk«, sagte Contini. »Hoffentlich verschrecken sie mir nicht die Füchse.«

»Hoffentlich.«

»Neulich ist es mir tatsächlich gelungen, eine Füchsin beim Baden zu fotografieren. Hast du gewusst, dass diese alte Geschichte von den Flöhen stimmt?«

»Was für eine Geschichte?«

»Ja, ich wollte schon lang wissen, was es damit auf sich hat. Die Legende besagt nämlich, dass der Fuchs seine Flöhe loswird, indem er mit einem Stück Moos oder einem Zweig oder ein paar dürren Grashalmen im Maul ins Wasser steigt …«

Contini pflegte seit seiner Kindheit die Füchse in den Wäldern rings ums Haus zu beobachten. Er fotografierte sie, und die besten Bilder klebte er in Alben mit festem Einband und dem Aufkleber FUCHSFOTOS. »Also«, erklärte er Francesca, »der Fuchs nimmt ein Stückchen Moos ins Maul und geht ins Wasser, ganz langsam, so dass die Flöhe in seinem Pelz Zeit haben, sich auf seinen Kopf zu flüchten. Dann lässt er das Moos los und taucht unter, die Flöhe springen auf das schwimmende Moos – und der Fuchs schwimmt unter Wasser davon. Die Flöhe bleiben auf ihrem Floß zurück. – Das hab ich jetzt mit eigenen Augen gesehen, stell dir vor. Zum ersten Mal in Jahrzehnten.«

Francesca schenkte sich einen Schluck Wein nach.

»Willst du die Fotos sehen?«

»Vielleicht später.«

Francesca trank ihren Wein. Sie aßen schweigend.

Contini war kein brillanter Unterhalter, aber das war nie ein Problem zwischen ihnen gewesen. Francesca war um einiges jünger, sie hatte Literaturwissenschaften studiert und unterrichtete jetzt als Vertretungslehrerin an einem Gymnasium. Sie liebte Bücher, Ausstellungen, Reisen. Aber sie war auch gern in Corvesco, trank gern ein Bier auf der Veranda.

»Ein schöner Abend heute, oder?«

»Hm.«

Sie schwiegen.

Bald blieb Contini nichts anderes übrig, als zu fragen: »Ist irgendwas?«

»Was glaubst du?«

Mit ihren langen dunklen Haaren, den braunen Augen und der sonnengebräunten Haut war Francesca im Halbdunkel der Veranda kaum zu erkennen. Sie hatten ein paar Kerzen angezündet, im Haus brannte kein Licht. Contini suchte ihren Blick, sagte aber nichts.

»Warum sagst du nichts?«, fragte sie.

»Ich weiß nicht, was ich sagen soll. Ist irgendwas?«

»Du wiederholst dich.«

»Ich weiß.«

Sie schwiegen.

»Ich finde, es kann so nicht weitergehen. Das ist.«

»Wie weitergehen?«

»Früher warst du Detektiv. Na gut, und ich hab studiert und in Mailand gewohnt. Schon das war eine irgendwie absurde Situation. Aber jetzt hast du eine feste Stelle, ich mache meine Vertretungen, wir leben beide im Tessin. Sollen wir uns weiter nur so ab und zu in der Freizeit treffen? Hast du nicht Lust auf was anderes … ich weiß nicht, auf was Ernsteres? Ein Projekt?«

»Ich mag keine Projekte.«

»Du magst keine Projekte?«

Ein Seufzen war zu hören. Ein gelbes Feuerband zog einen Bogen über den Himmel und explodierte in einem Funkenschauer. Contini schüttelte den Kopf.

»Warum vergeuden sie sie schon einen Tag früher …?«

»Willst du das Thema wechseln?«

»Nein, ich find's nur absurd.«

»Was?«

»Der erste August ist morgen. Wenn man sich schon eine Rakete kauft, warum wartet man dann nicht auf …«

Contini sah Francescas Gesichtsausdruck und verstummte.

»Ich meine es ernst«, sagte sie. »Ich will wissen, ob du irgendeine Vorstellung von uns hast und was du denkst, wie es mit uns weitergehen soll und wie wir überhaupt unsere Beziehung angehen sollen.«

Contini sagte nichts.

»Und?«

»Eine Beziehung geht man doch nicht an.«

»Was soll das heißen?«

»Geht's uns nicht gut so? Wir sitzen hier zusammen, essen unsere Paella und trinken einen Merlot. Was vermisst du?«

Francesca stand auf.

»Ist das dein Ernst?«

Contini zuckte die Achseln.

»Gut.« Francesca legte ihre Serviette auf den Tisch. »Dann lass ich dich jetzt nachdenken.«

»Wo willst du hin?«

»Heim. Wenn du irgendwann genauere Vorstellungen hast, kannst du mich ja anrufen.«

»Aber hör mal, wir haben doch noch gar nicht fertig …«

»Also ciao.«

»… gegessen. Wieso willst du schon weg?«

»Hab ich dir grad erklärt.«

Francesca drehte sich um, stieg die Verandastufen hinunter und ging auf den Parkplatz zu, auf dem sie, fünfzig

Meter weiter, ihr Auto abgestellt hatte. Wortlos, vor seinem Teller »Notfallpaella« sitzend, sah er sie davongehen.

Lange blieb er still sitzen. Irgendwann zündete er sich eine Zigarette an. Trank seinen Wein aus. Unten im Dorf explodierte hin und wieder ein Knallfrosch. Der graue Kater sauste den Weg herauf und suchte Zuflucht unter dem Tisch. Was ist, Kater, bist du ein Nationalfeiertagsfeind? Der Kater zuckte mit dem Schwanz. Ich weiß nicht, Contini, mich nervt der Krach, ich will in erster Linie meine Ruhe haben. Und du?

Ich? Tja. Was suche ich, dachte Contini, was will ich?

Zu komplizierte Frage für den Moment. Außerdem schätzen Katzen keine Fragen. Contini beugte sich zu dem Kater hinunter und strich ihm über den Kopf, dann stand er auf und ging ins Haus. Minuten später kam er mit dunkler Kleidung und seiner Kamera wieder heraus und steuerte auf den Wald zu.

Nach ein paar Metern zwischen Büschen und Haselnusssträuchern gelangte er auf den Pfad, folgte ihm eine Weile und bog dann erneut ab, um eine Böschung hinaufzuklettern. Er durchquerte ein Buchengehölz und stieg zum Tresalti ab. Jenseits des Wildbachs, das wusste er, gab es ein ausgedehntes Brombeer- und Himbeergestrüpp, und es kam häufig vor, dass sich ein Fuchs bis dorthin wagte, um Beeren zu fressen. Für die Brombeeren war es noch ein bisschen früh, aber die Himbeeren waren schön dick und reif.

Er suchte sich ein Versteck am Ufer des Tresalti, setzte sich bequem und schaltete seine Digitalkamera ein. Im Mondlicht bildete der Wald einen schwarzen Hintergrund, vor dem ein windbewegtes Geschnörkel aus Zweigen und Blättern hin und her wogte. Contini, an die Dunkelheit gewöhnt, machte sich auf längeres Warten gefasst.

7

Wie ein Kind

Warum ist die Schweiz eine Nation?

Es war eine Frage, die Natalia ab und zu durch den Kopf ging. Die Schweizer sprechen verschiedene Sprachen, hängen verschiedenen Religionen an und sogar verschiedenen Kulturen, sie haben unterschiedliche Küchen, unterschiedliche Trachten. Warum haben sie beschlossen zusammenzubleiben?

Es hat historische Gründe, das wusste Natalia natürlich, aber das praktische Zusammenleben ist doch eine andere Sache. Wenn sie mit einem Deutschschweizer zusammentraf, verstand sie so gut wie nichts. Wie kann es sein, dass zwei Landsleute nicht miteinander kommunizieren können? Im Übrigen war Natalia selbst das beste Beispiel für das Schweizer Rätsel: Auch wenn sie die Hoffnung, jemals Schwyzerdütsch zu verstehen, hatte fahren lassen, war sie stolz auf ihre Heimat und hätte sie für kein anderes Land der Welt eingetauscht. Immerhin haben die Schweizer das Privileg, ins Ausland reisen zu können, ohne dazu eine Landesgrenze überqueren zu müssen.

An jedem ersten August hängte Natalia die rote Fahne mit weißem Kreuz ins Fenster. Das war eigentlich ein Ritual, das sie gemeinsam mit ihrem Vater gepflegt hatte, wenn sie in Corvesco Ferien machten, und deshalb fühlte sie sich auch an diesem Morgen verpflichtet, die Tradition zu wahren. Vielleicht ging es ihr da ja auch nicht anders als ihrer Mutter – sie hatten eben beide das Bedürfnis, Papa in ihrem Leben zu halten, sei es mit Gegenständen oder mit Gesten.

»Kommst du mit, das Feuer anschauen?«

»Ich erwarte noch Besuch. Hab ich dir doch gesagt …«

»Sag bloß, du hast tatsächlich diesen Barmenschen angerufen!«

»Natalia, lass es sein. Geh du schon voraus, ich komme nach.«

Natalia presste die Lippen zusammen. Sie befanden sich in Papas Arbeitszimmer. Das Mädchen, in Jeans und Bluse, mit schwarzer Umhängetasche, um die Schultern ein Sweatshirt, stand in der Tür, Sonia saß am Schreibtisch, Tee trinkend, vor sich eine aufgeschlagene Mappe mit Notizen.

»Aber es ist doch schon neun!«

»Na und?«

»Wenigstens am Abend könntest du damit aufhören!«

»Dein Vater hat eine unerledigte Angelegenheit zurückgelassen, und ich will sie zu Ende bringen.«

»Mama, das ist doch absurd. Was sollen diese Spielchen, du bist doch kein Kind!«

»Das sind keine Spielchen. Und ich bitte um etwas mehr Respekt, Fräulein.«

»Na gut, ich bin weg. Tschau!«

Natalia ging und ließ die Tür extra laut zufallen. Sonia schüttelte den Kopf. Sie nahm einen Schluck Tee. Schwieriges Alter, dachte sie. Natürlich stand Natalia noch unter Schock; sie würde Jahre brauchen, um den Tod ihres Vaters zu verarbeiten. Sonia fragte sich, ob es ein Fehler war, dass sie ihre Tochter in dieser schweren Zeit so oft sich selbst überließ.

Zugleich aber hatte sie das unabweisliche Gefühl, dass das, was sie tat, wichtig war.

Sie hatte Corrado um Rat gefragt, allerdings ohne ihm Namen und nähere Umstände zu nennen, und er hatte abgewiegelt: Enzo hatte wahrscheinlich nur Material im Zusammenhang mit einer Stellungnahme zu den hygienischen Bedingungen in öffentlichen Gebäuden gesammelt. Sonia blieb skeptisch. Sie hatte etliche Anrufe getätigt und vermutlich einige Leute alarmiert. Vorsichtshalber hatte sie nicht von zu Hause aus telefoniert, sondern aus der Praxis, als sie Enzos Sachen abholte. Jetzt hatte sie einige Verabredungen.

Ob sie tatsächlich übertrieb? Vielleicht war alles Einbildung. Sie hatte überlegt, zur Polizei zu gehen, aber sie fürchtete, sich zu blamieren. Und Savi war ja ganz freundlich gewesen; er sagte, er habe mit Enzo zusammengearbeitet, um die medizinische Versorgung der Mädchen zu gewährleisten, die er als Tänzerinnen einstellte. Er werde ihr alles erklären, hatte er ihr versichert, und ihr sogar angeboten, nach Corvesco zu kommen.

Vielleicht aber hatte Natalia nicht so Unrecht.

Vielleicht *wollte* Sonia ihre Recherche nicht beenden: Das Geheimnis, das Enzo ihr hinterlassen hatte, war ihr irgendwie ans Herz gewachsen. Wenn sie Notizen und Briefe ihres Mannes las, hatte sie oft das Gefühl, er sei im Zimmer nebenan und werde gleich zu ihr herüberkommen.

Sie verscheuchte den Gedanken und trat ans Fenster.

Der Mond war hinter einer Wolke verschwunden, doch die Nacht war warm. Sonia atmete tief ein und nahm den feuchten Geruch des Unterholzes wahr. Vom Fenster in Enzos Arbeitszimmer waren es nur wenige Meter bis zum Wald, und die offene Glastür führte direkt auf die Terrasse hinaus.

Minutenlang stand sie da und starrte in die Dunkelheit.

Sie dachte an ihre Tochter. Sie stellte sich vor, wie sie am Dorfrand stand und mit großen Augen wie ein Kind das Nationalfeiertagsfeuer bestaunte.

Luciano Savi hielt sich für einen anständigen Mann. Nicht in dem Sinn, wie man über einen armen Teufel sagt: Im Grunde ist er ein anständiger Kerl. Savi sah sich wirklich als Mann von Ehre: Wenn er bei jemandem Schulden hatte, zahlte er sie pünktlich bis auf den letzten Rappen zurück. Er glaubte an harte Arbeit und an die Familie. Er und seine Frau hatten zu seinem größten Bedauern keine Kinder bekommen. Zwar hatte er die Hoffnung nie aufgegeben, aber dann war sie krank geworden.

Es war so ungerecht, dass Rosalba hatte sterben müssen.

Eine so vitale Frau und ein so entsetzliches Ende.

Er schaltete den Motor aus und blieb noch ein paar Sekunden im Wagen sitzen. Er durfte jetzt nicht an sie denken. Wenn er an seine Frau dachte, dann brachte er gar nichts mehr auf die Reihe. Was ihn am wütendsten machte, war seine Ohnmacht – gegen wen sollte er seine Wut denn richten? Am Ende hatte sogar er eingesehen, dass die Ärzte nichts mehr für sie tun konnten. Am Ende hatte er sie sterben sehen.

Er stieg aus und sah sich um. Er hatte absichtlich ein Stück entfernt geparkt. Nach der Wegbeschreibung der Rocchi stand ihr Haus noch ein ganzes Stück höher, hinter ein paar Kurven. Aber Savi wollte lieber keine Aufmerksamkeit auf sich lenken.

Er wusste sehr gut, was es heißt, einen geliebten Menschen zu verlieren.

Aber die Frau dieses Arztes wusste das anscheinend nicht. Statt zu trauern, fand sie die Zeit, um Detektiv zu spielen. Ihr machte es auch noch Spaß, mit tiefernster Stimme anzurufen, als klagte sie ihn wer weiß welcher Verbrechen an. Zum Glück hatte er gelernt, mit Leuten ihres Schlages umzugehen.

In aller Ruhe. Jedenfalls solange sie nicht eine gewisse Grenze überschritten.

Andernfalls hieß es eingreifen. Die Leute nicht übermütig werden lassen.

Sie habe mit niemandem gesprochen, hatte ihm Sonia Rocchi versichert. Umso besser. Wahrscheinlich war sie leichter zu überzeugen als ihr Mann. Savi hatte diesen ständigen Ärger satt. Er tat schließlich niemandem was, er wollte nur seine Ruhe haben und sein Lokal führen.

In kilometerlangen Serpentinen führte die Straße durch den Wald nach Corvesco hinauf. In der Kurve, in der das Haus der Rocchis stand, öffneten sich die Bäume zu einer Lichtung, und ein paar Hundert Meter oberhalb begann das Dorf.

Savi ließ die Straße links liegen und nahm eine Abkürzung über die Wiesen. Er steuerte auf ein freistehendes, hell erleuchtetes Haus zu – das musste es sein, Irrtum ausgeschlossen: Bis auf ein paar Schuppen ein Stück weiter war es das einzige weit und breit. Er bog in den Fußweg ein, der zur Haustür führte. Fuhr sich noch einmal durch die Haare und strich die Krawatte mit dem Logo des Tukan gerade. Dieser Arztgattin würde er schon zeigen, wo der Barthel den Most holt.

8

1. August

In der Mitte der Wiese loderte das Feuer in hohen Flammen. Ringsherum rannten kleine Kinder, und ein Mann in Feuerwehruniform stand dabei und ermahnte sie, schon hörbar ermattet: Sie sollten aufpassen, mit Feuer sei wirklich nicht zu spaßen. Am vorderen Rand der Lichtung waren Holztische aufgestellt, und ganz hinten gab es Funkenfontänen und Feuertöpfe, Laternen mit Schweizer Kreuz und das Nationalfeiertagsabzeichen zu kaufen.

Natalia hielt sich abseits. Die Gemeinde Corvesco hatte in Zusammenarbeit mit dem Grotto Pepito ein großes Makkaroniessen für das ganze Dorf spendiert; hier und dort wurde noch gegessen. Es roch nach Holzrauch und zerkochten Nudeln.

Natalia begrüßte Giocondo, den Besitzer des Pepito. Er strich ihr über den Oberarm und sagte: »Tut mir sehr leid.«

Natalia nickte stumm. Neben ihr stritten ein paar Kinder um eine Schachtel mit Spezialstreichhölzern Typ »Bengalo«, bis der Größte schließlich die Schachtel an sich riss und ein Streichholz anzündete: Die Flamme war rot, und als das Kind mit dem Arm wedelte, zeichnete sie Leuchtspuren in die Luft.

»Oh, Natalia, wie schön, dass du gekommen bist!« Signora Gervasio war eine Sommerfrischlerin aus Lugano. »Auf der Beerdigung konnte ich ja fast gar nicht mit dir reden.«

»Fast nicht« war immer noch zu viel. Natalia machte sich auf einen zweiten Angriff gefasst.

»Ist die Mama nicht da? Und wie geht's euch, braucht ihr irgendwas, kann man euch helfen? Was einkaufen? Du weißt, ich kann jederzeit vorbeikommen, wenn irgendwas ist. Man muss sich doch gegenseitig unterstützen, wenn's hart auf hart …«

In Natalias Kopf gerieten ihre Worte durcheinander und verschwammen zu einem unverständlichen Brei. Nach einer Weile stockte der Redefluss für einen Moment, und Natalia ergriff sofort die Gelegenheit: »Danke, Signora Gervasio. Jetzt muss ich mir aber das Feuer aus der Nähe anschauen.«

Auf der anderen Seite des brennenden Holzkegels bereiteten ein paar Männer das Feuerwerk vor: In wenigen Minuten sollte das Spektakel beginnen. Eine Batterie leerer Flaschen, in deren Hälsen die Raketen steckten, war schon aufgereiht; die Kinder wurden aus der Gefahrenzone verbannt, und die Männer arbeiteten mit so ernsten Gesichtern, als bestückten sie Schiffskanonen vor der Schlacht.

Natalia verdrückte sich in den Schatten, hinter die Kinder.

Sie genoss es, einfach zuschauen zu können, ohne von jemandem angesprochen zu werden. Farbige Kometen sausten über den Himmel, und es erblühten Päonien aus Lichtstrahlen: Das waren die Feuerwerkskörper, die in Nachbardörfern abgeschossen wurden oder auch von einem Einzelkämpfer aus Corvesco, der den ersten August für sich allein feierte und seine Raketen auf der Wiese vor seinem Haus in die Luft jagte.

Natalia ließ den Blick über Berge ringsum schweifen, auf denen die Lichter der Dörfer wie hingestreute Diamanten funkelten. In fast allen Siedlungen flackerte ein Feuer. Sie dachte an ihre Mutter, die allein zu Hause über ihren Papieren saß und über irgendeiner irgendwann von irgendwem auf einen Briefumschlag gekritzelten Bemerkung oder Telefonnummer brütete. Es war ihr ein Rätsel, wie man sich so verhalten konnte. Auch sie, Natalia, war am Boden zerstört, aber sie *versuchte* wenigstens, ein normales Leben zu führen: Sie ging sich das Feuer ansehen, sie unterhielt sich mit Signora Gervasio.

Also das geht so nicht, dachte Natalia.

Ich bin doch nur in Corvesco, weil *sie* es so wollte. Und jetzt hockt sie zu Hause und verfolgt irgendwelche mysteriösen Spuren und verabredet sich mit obskuren Leuten. So geht das nicht. Heute Abend wird sie mir den Gefallen tun und machen, was *ich* will. Natalia kramte in der Handtasche nach ihrem Telefon und musste feststellen, dass der Akku leer war. Also blieb ihr nichts anderes übrig, als heimzugehen, um ihn wieder aufzuladen, vor allem aber um ihrer Mutter Beine zu machen. Sie kehrte dem Feuer den Rücken und lief quer über die Wiese. Ringsum explodierten Knallfrösche und Kanonenschläge, und in dem Lärm ging das Zischen der Feuertöpfe völlig unter. Von allen Hügeln rasten pfeifende, fauchende Raketen in den Himmel.

»Hören Sie, das geht Sie doch alles überhaupt nichts an, Frau Doktor.«

»Das sehe ich allerdings anders. Was mein Mann mir hier hinterlassen hat …«

»Mit Ihrem Mann war ich mir längst einig.«

»Ach ja? Und weshalb liegen mir hier dann völlig widersprüchliche Gesundheitszeugnisse für eine gewisse Viktoria Valinski vor? Da, schauen Sie her – zuerst heißt es, sie sei vollständig gesund, dann ist sie auf einmal arbeitsunfähig, dann wieder ist sie geeignet für Nachtarbeit, ohne dass sie zwischendurch irgendwie ärztlich behandelt worden wäre. Jetzt sagen Sie mir …«

»Bitte, Frau Doktor! Ich …«

»Und wieso nennen Sie mich Frau Doktor?«

Luciano Savi begann sich zu verfärben.

»Schauen Sie, ich verstehe, worauf Sie hinauswollen.«

»Mir reicht es, wenn Sie mir erklären, was es damit auf sich hat, mehr verlange ich nicht. Deshalb habe ich Sie um ein Gespräch gebeten. Ich will Ihnen keinen Ärger machen. Aber ich will wissen, was dahintersteckt. Mein Mann hat sich nicht aus Jux und Tollerei diese Mühe gemacht.«

Zur Nervenberuhigung zog Savi ein Päckchen Camel aus seiner Hosentasche und hielt es ihr mit fragendem Blick hin.

Sonia drehte sich um und holte einen Kristallaschenbecher, den sie auf den Schreibtisch stellte.

»Also?«

»Moment.« Savi schüttelte den Kopf. »Das besprechen wir in aller Ruhe.«

»Ich *bin* ruhig. Verstehen Sie, ich hätte dieses Material hier auch zu meinem Anwalt oder zur Polizei bringen können, ich hätte …«

»Ruhe, sag ich!«

»In welchem Ton reden Sie denn mit mir! Wenn Sie keine Erklärung für mich haben, dann …«

»Geben Sie jetzt Ruhe oder nicht? Lassen Sie mich nachdenken!«

Savi stieß nervös den Rauch aus und starrte sie mit finsterer Miene an. Sie saßen einander am Schreibtisch gegenüber, zwischen ihnen lag Enzos Dokumentation ausgebreitet.

»Gut.« Sonia stand abrupt auf. »Offensichtlich haben wir einander nichts mehr zu sagen.«

Savi spannte die Kaumuskeln an. Eine dumpfe Wut hatte

ihn ergriffen. Er verstand nicht, weshalb diese Frau aus heiterem Himmel über ihn herfiel, geschweige denn, weshalb der Angriff ihm allein galt. Was hatte er denn mit der ganzen Sache zu tun, er stellte die Tänzerinnen schließlich nur ein und verlangte dafür lediglich, dass sie sich zur Verfügung hielten. Und selbstverständlich suchte er Scherereien mit der Bürokratie tunlichst zu vermeiden. *Er* war doch niemand, der Frauen misshandelte, im Gegenteil, er ertrug die Situation. *Und* er blechte.

»Was haben Sie vor?«, fragte er. »Was fangen Sie an mit dem Zeug hier?«

»Ich bringe es zu jemandem, der …«

»Das werden Sie nicht tun!«, knurrte Savi drohend.

In dem Moment läutete es an der Tür.

»Das wird meine Tochter sein«, sagte Sonia. »Wenn Sie mich bitte entschuldigen.«

Über den Schreibtisch gebeugt, sammelte sie die Papiere ein und verstaute sie in der Mappe. Savi begann unterdessen mit einem Erklärungsversuch, doch was er zusammenstotterte, war so hanebüchen, dass sie nur mit halbem Ohr zuhörte. Sie schloss die Mappe, sah ihn an und sagte: »Einen schönen Abend noch.«

»Warten Sie!«, stieß Savi hervor. »Jetzt warten Sie, so geht das doch nicht, Scheiße!«

»Bitte mäßigen Sie sich. Mir ist klar, dass Sie nichts weiter sind als ein Betrüger, der sich über…«

»Sie setzen sich jetzt wieder hin. Scheiße! Setz dich hin, verdammt!«

»…nommen hat. Gehen Sie bitte.«

»Sie hören mir jetzt zu! Sie bilden sich wohl ein, ich sehe tatenlos zu, wie Sie mich ruinieren!«

»Gehen Sie.«

»Ich bin ein ehrlicher und hart arbeitender Mann!«, schrie Savi. »Kein Krimineller! Was Sie da tun, ist Rufmord!«

»Lassen Sie uns ein andermal reden, ja? Für heute reicht es.«

Sonia nahm die Mappe an sich und wollte zur Tür gehen, doch Savi war mit einem Satz bei ihr, versperrte ihr den Weg und packte sie bei den Schultern.

»Sie setzen sich jetzt wieder hin und hören mir zu!«

Diese größenwahnsinnige Arztgattin, die ihn überhaupt nicht kannte, wagte es, sich in seine Angelegenheiten zu mischen. Sie wollte ihm tatsächlich mit Moral kommen, die Kriegerwitwe spielen, ihm Lektionen erteilen! Savis Gedanken rasten. Er war entschlossen, nicht eher zu gehen, als bis sie diese haltlosen Anklagen ihres feinen Herrn Gatten zerrissen und im Mülleimer versenkt hatte.

»Fassen Sie mich nicht an!«, fauchte sie.

»Schnauze!«

Savi fluchte. Er wollte nach der Mappe mit den Dokumenten greifen. Sie wich ihm aus, machte einen raschen Schritt zurück, Savi setzte ihr nach, und sie stolperte über einen Stuhl.

»He!«, rief sie. »Was fällt Ihnen …«

»Her mit den Wischen«, fauchte Savi. »Gib mir auf der Stelle dieses …«

»Jetzt hauen Sie endlich ab!«

Savi hatte sie abermals gepackt. Die Frau versuchte sich zu entwinden, aber er ließ sie nicht, hielt sie mit Eisengriff und presste sie seitlich gegen den Schreibtisch. Sie stemmte sich ihm mit aller Kraft dagegen. Er versetzte ihr einen Stoß, der sie gegen die Kante des Schreibtisches taumeln ließ. Sie stürzte rücklings zu Boden und riss im Fallen die Mappe, die Stifte, den Aschenbecher, den Briefbeschwerer, die Teetassen mit. Savi, jetzt ebenfalls auf den Knien, packte sie abermals und stieß sie brutal mit dem Kopf gegen die Seitenwand des Schreibtisches. Und noch einmal und noch einmal.

»Du hältst jetzt die Schnauze«, stieß er hervor, »du hältst die Schnauze …«

Natalia fand die Tür verschlossen. Sie verdrehte die Augen. Wieso sperrte ihre Mutter die Eingangstür ab, wenn sämtliche Fenster weit offen standen? Und wovor sollte man sich hier in Corvesco schon fürchten? Einbrecher kommen wohl kaum hier herauf!

Sie ging ums Haus und wollte vom Garten aus über die Terrasse hinein. Sie fragte sich, ob es normal war, sich so viel älter zu fühlen, als man tatsächlich war. Weshalb empfand sie ständig das Bedürfnis, für andere zu denken und für sie zu entscheiden? Und warum kam ihre Mutter ihr so dumm und ungeschickt vor?

Als sie am Fuß der Stufen zur Terrasse stand, hörte sie die Stimme ihrer Mutter, die ihr verändert erschien. Außer sich. Und gleich darauf eine männliche Stimme, die sie anschnauzte: »So geht das doch nicht, Scheiße!«

Natalia erstarrte. Die Hand an der Steinmauer, lauschte sie angestrengt. Da wurde gestritten, so viel war klar. Der Mann schrie ihre Mutter an, und die versuchte ihn loszuwerden. Natalia verzog angewidert das Gesicht. Sie hatte keine Lust, dem Kerl zu begegnen, diesem Fremden, der offenbar durchgeknallt war. Lieber durch den Hintereingang ins Haus und warten, bis er fort war.

Sie umrundete abermals das Haus und trat leise durch die Küchentür ein. Über der Schulter hatte sie ihre Tasche hängen. Sie zog ihr Telefon heraus und stöpselte das Ladegerät ein, das sie an der Steckdose neben der Tür anschloss. Dann spähte sie in den Flur, um zu sehen, ob der Mann jetzt endlich ging. Das Haus lag im Dunkeln, nur unter der Tür zum Arbeitszimmer schimmerte Licht.

»Sie hören mir jetzt zu!«, schrie der Mann. »Ob es Ihnen passt oder nicht!«

Natalia hörte ihn fluchen, hörte einen Stuhl über den Boden schrammen und begann sich Sorgen zu machen. Dieser Typ war womöglich ein Irrer? Vielleicht wollte er ihrer Mutter was tun? Das Herz schlug ihr bis zum Hals. Auf Zehenspitzen schlich sie den Flur entlang bis zum Arbeitszimmer und drückte langsam auf die Klinke.

Sie öffnete die Tür nur einen Spalt. Beugte sich vor und warf einen verstohlenen Blick ins Zimmer.

9

Des Mondes Missgestalt

Savi hörte ein Geräusch hinter sich. Er ließ die Arztfrau los und sah sie zu Boden sinken. Er war im Begriff, sich umzudrehen, doch sein Blick streifte das Gesicht der Frau, ihre weit aufgerissenen Augen, den verzerrten Mund. Sie rührte sich nicht. Er beugte sich über sie, packte sie an den Schultern, schüttelte sie.

»Los!«, rief er. »Stehen Sie schon auf, machen Sie keinen Blödsinn …«

Die Frau rührte sich noch immer nicht.

Ach du Scheiße, dachte Savi. Scheiße, Scheiße, Scheiße. Was hab ich getan.

Wieder meinte er etwas zu hören. Ein Atmen.

Jäh fuhr er herum und sah das Mädchen, das ihn anstarrte. Es bewegte die Lippen, sagte aber nichts.

»Wer bist du?«, fragte Savi. »Es war ein Unfall …«

Er stand auf und ging auf das Mädchen zu. Sie wich zurück, stieß rücklings gegen den Türstock.

»Ruhig«, sagte Savi. »Nur die Ruhe, es ist nichts passiert.«

Das Mädchen bewegte jetzt die Augen: Sein Blick ging zwischen ihm und der am Boden liegenden Frau hin und her wie das Pendel einer Uhr, immer wieder, ohne innezuhalten, als hätte sich ein Mechanismus verklemmt.

»Ich kann dir das erklären …«

Mit beschwichtigend erhobenen Händen trat Savi noch einen Schritt näher. Das Mädchen zuckte zusammen. Savi war nur noch eine Armlänge entfernt. Das Mädchen drehte sich abrupt um und rannte davon.

»Scheiße«, sagte Savi.

Er lief hinterher. Im dunklen Flur stolperte er und wäre fast gestürzt. Er sah das Mädchen vor sich am Ende des Korridors durch eine Tür verschwinden. Sekunden später war er im selben Raum. Er merkte, dass er sich in einer Küche befand, und wollte nach einem Lichtschalter tasten, doch in dem Moment sah er die Silhouette des Mädchens, das durch die Hintertür das Haus verlassen hatte und durch den Garten floh.

Er folgte durch die Tür. Draußen blieb er stehen und spähte in die Richtung, in die das Kind verschwunden war. Er hörte den Wind in den Baumkronen rascheln. Dunkel war es; der Mond, halb verborgen hinter Wolken, war eine Missgestalt, wie eine verpatzte Zeichnung.

Ringsum explodierten die Feuerwerkskörper.

Natalia flieht. Natalia will nicht sterben.

Der Mann hatte einen Schnauzbart und dunkle Augen.

Sie hat ihn deutlich gesehen, sie hat gesehen, wie er sich auf ihre Mutter gestürzt hat. Er hat sich auf sie gestürzt, und sie ist gefallen, und Natalia hat das Geräusch ihres Kopfes beim Zusammenprall mit dem Schreibtisch gehört. Sie hat es lange gehört. Ein langsames Geräusch, wie wenn etwas aufplatzt und in sich zusammenstürzt. Ein Geräusch, das sich endlos fortpflanzt. Es geht ihr nicht aus dem Kopf. Sie hört es noch immer. Sie hört zu.

Sie stand da wie erstarrt, konnte sich nicht rühren. Sie hatte nicht gedacht, dass es etwas Ernstes sei, sie dachte, es sei eben ein Streit. Aber dann packt der Mann ihre Mutter und schmettert sie gegen den Schreibtisch. Sie fällt, aber er lässt sie nicht in Ruhe, er schlägt sie immer wieder gegen den Schreibtisch.

Natalia kann sich nicht rühren. Aber dann bewegt sie sich doch, und er dreht sich um und sieht sie an.

Natalia erstarrt.

Als der Mann auf sie zukommt, ergreift sie die Flucht. Sie rennt durch den Flur, spürt ihn hinter sich. Sie will nicht sterben. Sie rennt durch die Küche, hinaus in den Garten, sucht Zuflucht im Gebüsch, das den Garten säumt.

Natalia denkt an ihre Mutter.

Hat er sie umgebracht?

Sie muss es wissen, sie muss zurück zu ihrer Mutter.

Natalia schleicht durch das Dickicht, bis sie auf der Höhe der Terrasse angelangt ist. Dann windet sie sich ins Freie, überquert die Wiese und stürmt die Stufen zur Terrasse hinauf. In der Nacht explodieren die Feuerwerkskörper, Natalia ringt nach Luft, das Herz hämmert in ihrer Brust. Sie nähert sich der Terrassentür.

Natalia wagt kaum zu atmen. Lautlos tritt sie ein und geht ein, zwei Schritte, um hinter den Schreibtisch zu spähen.

Dann hört sie ein Geräusch.

Er ist da.

Natalia bleibt fast das Herz stehen. Sie sieht seinen Rücken, über ihre Mutter gebeugt. Er ist zum Schreibtisch zurückgekehrt.

Er hat sie nicht bemerkt, und Natalia will abermals fliehen. Aber dann sieht sie ein Bein, es ist das Bein ihrer Mutter, das hinter dem Schreibtisch herausragt. Sie sieht den Mann an, sieht wieder, wie er ihre Mutter umbringt, wie brutal er sie gegen den Schreibtisch schlägt, hört draußen in der Nacht die Raketen explodieren, sieht das Blut unter dem Kopf ihrer Mutter. Natalia kann sie nicht im Stich lassen, sie kann nicht …

Plötzlich blickt der Mann auf, als habe er ein Geräusch gehört oder als sei ihm ein Gedanke gekommen. Natalia hält die Luft an. Der Mann steht auf und geht von ihr fort, zur Tür. Er hat sie nicht gesehen. Er wirft einen Blick in den Flur. Natalia sieht, dass er nervös ist. Vielleicht sucht er sie. Als der Mann das Zimmer verlässt, tritt Natalia auf ihre Mutter zu.

Sie liegt reglos.

Natalia beugt sich zu ihr. Ihre Mutter atmet nicht mehr. Sie ist tot. Natalia greift nach ihrem Handgelenk, lässt es wieder fallen. Sie ist tot, die Mutter ist tot. Stumm kauert Natalia vor ihr. Sie weiß nicht, was sie tun soll.

Sie hört Schritte. Hinter ihr im Flur.

Der Mann kommt zurück. Er darf sie hier nicht finden – niemals kann sie sich gegen ihn wehren. Sie muss fort! Aber als sie aufblickt und ihn vor sich sieht, ist sie wie gelähmt. Auch der Mann rührt sich nicht. Natalia will etwas sagen, und es geht nicht. Der Mann kommt näher.

»He!«, sagt er. »He! Halt!«

Natalia hat jetzt die Mappe mit den Unterlagen in der Hand. Und in der anderen den Aschenbecher. Sie erhebt ihn gegen den Mann. Sie will ihn anschreien, dass er sie ja nicht anrühren soll. Dass er verschwinden soll. Aber sie bringt keinen Ton heraus.

»Komm, gib das her«, sagt der Mann. »Was willst du denn damit?«

Natalia springt auf und flieht, über die Terrasse, die Stufen hinunter, sie rennt, ohne sich umzudrehen, stürzt sich wieder ins Gebüsch, zerkratzt sich an Zweigen und Dornen, rennt weiter, immer weiter, in den Wald hinein, rennt um ihr Leben.

Der Mann hinter ihr her.

Sie hört seine Schritte auf dem Waldboden.

Sie weiß nicht mehr, wohin sie läuft, weiß nicht, wo sie ist. Sie denkt nur eines: Flucht. Der Mann hinter ihr atmet schwer. Ein wenig Licht fällt zwischen den Baumkronen hindurch. Hoch über dem Wald steht der Mond am Himmel. Natalia stolpert und fällt. Sie rappelt sich wieder auf. Sie läuft so schnell, wie es in dem dunklen Wald geht. Sie hört Zweige knacken und explodierende Knallkörper und hinter sich die Schritte des Mörders.

ZWEITER TEIL

Flucht

1

Das Mädchen im Wald

Natalia rannte. Sie dachte nicht an die Straße. Sie wich Bäumen aus und mied freie Flächen, hielt sich, wann immer es ging, in der Nähe von Büschen. Das Gelände stieg bald an, bald fiel es ab, insgesamt aber ging es aufwärts. Irgendwann stolperte sie eine Böschung hinab. Einmal hielt sie inne, hielt sich an einem Ast fest und horchte.

Ein Knacken von Zweigen, dumpfe Schritte auf dem Waldboden.

Der Mann verfolgte sie noch immer. Natalia hetzte weiter. Am unteren Ende der Böschung stieß sie auf ein Bachbett. Sie bemühte sich, von einem Stein zum nächsten zu balancieren, doch natürlich rutschte sie aus und landete mit dem Fuß im Wasser. Sie achtete nicht darauf. Am anderen Ufer lagen mehrere Felsbrocken. Natalia wollte sich mit einer Hand an einem Felsen abstützen, um zu verschnaufen, und erst jetzt wurde ihr bewusst, dass ihre Hände nicht leer waren. Was war das für eine Mappe? Und diese Papiere, die halb heraushingen? Und was wollte sie mit dem Aschenbecher? Warum hielt sie das alles derart krampfhaft fest, dass sie Mühe hatte, die Finger zu öffnen?

Natalia wusste es nicht.

An einem Felsblock entlang sank sie zu Boden, und der harte Stein schrammte ihr über den Rücken. Ihre Finger ertasteten eine Felsspalte, fast eine kleine Höhle, halb von Moos überwuchert. Natalia stopfte die Mappe mit den Papieren in den Hohlraum und schob den Aschenbecher hinterher, um den Zugang zu verschließen. Zur Tarnung schichtete sie Moos und Steine davor.

Es war wichtig, dass die Sachen hierblieben, gut geschützt und versteckt. Es war wichtig, weil sie alles waren, was Natalia besaß, und sie musste es schützen und sicher verwahren.

Aber wie das Versteck wiederfinden? Natalia war ratlos, bis sie merkte, dass sie noch immer das Sweatshirt um die Schultern trug, und ihre Umhängetasche war auch noch da. Sie kramte darin, fand einen Schminkstift und machte damit ein Zeichen an der Flanke des Felsbrockens, ein kleines schwarzes Kreuz. Dann hob sie jäh den Kopf. Der Verfolger hatte nicht aufgegeben. Über das Murmeln und Rauschen des Bachs hinweg meinte sie knackende Zweige und schweres Atmen zu hören.

Er suchte sie noch immer. Er war ganz in der Nähe, er arbeitete sich durchs Dickicht die Böschung hinab. Bald wäre er bei ihr. Natalia konnte nicht bleiben, sie musste weiter, musste ihn abhängen, sonst war sie verloren.

Sie stemmte sich hoch und setzte ihre Flucht fort. Sie schlug die Richtung ein, aus der sie gekommen war und aus der ihr Verfolger kam – sie lief ihm praktisch entgegen, um ihn auf eine falsche Fährte zu führen. Wieder watete sie durchs Wasser. Sie quälte sich die Böschung hinauf und verfing sich in einem Brombeergestrüpp; als sie sich befreite, zerriss ihre Jeans. Sie durchquerte ein Brennnesselfeld. Und wieder ging es abwärts.

Sie war schweißüberströmt, die Haare hingen ihr wirr ins Gesicht. Finster war es im Wald, aber sie merkte nicht mehr, dass sie im Wald war, sie hörte nicht mehr die dumpfen

Explosionen der Feuerwerkskörper. Das einzige Geräusch schien ihr das heiße Keuchen ihres Atems zu sein, das immer lauter wurde, fast ohrenbetäubend in der Stille der Nacht.

Als sie gegen einen Baumstumpf prallte, hielt sie inne. Sie schloss die Augen, öffnete sie wieder, umrundete den Baum und hastete weiter. Jetzt ging es immer abwärts. Einmal verfing sich ihr rechter Fuß in einer Dornenranke, sie verlor das Gleichgewicht und taumelte mehrere Schritte weit am Rand des Stürzens dahin, fing sich dann doch wieder.

Im nächsten Moment verschwand der Boden unter ihren Füßen.

Unter ihr war nichts mehr – nur gähnende Leere. Vor Schreck japste sie nach Luft. Doch im selben Moment, in dem ihr bewusst wurde, dass sie fiel, fing ein Dickicht sie auf, das sie zerschrammte, aber die Wucht des Sturzes dämpfte. Sie rollte auf den Boden und schlug mit dem Kopf gegen einen Stein.

Halb betäubt befühlte sie ihre Schläfe und spürte, dass sie blutete.

Minutenlang blieb sie einfach liegen und wartete, dass ihr Herzklopfen sich wieder beruhigte. Mit einem Mal hatte sich eine große Stille über den Wald gelegt.

Von ihrem Verfolger war nichts mehr zu hören.

Natalia hatte es geschafft.

Sie war schneller gelaufen als er, sie hatte ihn abgehängt! Aber in ihren Schläfen hämmerte es, und die Wunde schmerzte, sie war nass bis auf die Knochen, in der Kehle, in der Brust brannte es wie Feuer. Und sie lag auf der Erde. Vorsichtig rappelte sie sich auf, klopfte sich notdürftig ab, pflückte Zweige und Blätter aus ihrem Haar. Ihr Kopf drehte sich – vom Sturz, von der Finsternis.

Sie hätte gern etwas gesagt, hätte nach Hilfe gerufen, aber

sie konnte nicht. Natalia brachte keinen Ton heraus. Sie wusste nicht, wo sie war, und erinnerte sich nicht, wie sie hierher geraten war. Sie wusste nur, dass sie um ihr Leben gerannt war: Es war, als hätte ihr diese lange Flucht jeden Gedanken geraubt. Aber eines immerhin war ihr klar: Sie war allein, und sie war in Gefahr.

2

Der Mörder

Luciano Savi schlief in einem Zimmerchen im ersten Stock direkt über dem großen Saal des Tukan. Als Rosalba noch bei ihm gewesen war, hatte er mit ihr in einem Häuschen am Nordrand von Bellinzona gewohnt, aber nach ihrem Tod wollte er von dem Haus nichts mehr wissen. Sich in die Arbeit zu stürzen war seine Art, bei Verstand zu bleiben, und da konnte er genauso gut hier wohnen, über seinem Lokal.

Aber in dieser ersten Nacht nach dem Unglück konnte Savi nicht schlafen, obwohl das Tukan geschlossen war. Er hatte seinem Personal den Abend des ersten August frei gegeben – nicht aus Großzügigkeit gegenüber seinen Mitarbeitern, sondern um sich auf das Gespräch mit der Frau des Doktors vorzubereiten. Aber das Treffen war denkbar schlecht verlaufen. Savi war in tiefster Nacht heimgekommen und hatte als Erstes zwei Gläser Whiskey in sich hineingeschüttet. Gesicht, Hals, Arme waren schweißnass. Er konnte von Glück sagen, dass ihm auf der Rückfahrt mit dem Auto nichts passiert war.

Nur ein einziger Gedanke ging in seinem Kopf herum: Was hab ich getan? Er verfluchte und beschimpfte sich mit allen Beleidigungen, die ihm in den Sinn kamen, und zwischendurch wiederholte er verzweifelt: Was hab ich getan, was ist mir nur eingefallen …

Und noch einen Gedanken hatte er gehabt: Hoffentlich hält mich die Polizei nicht auf.

Er hatte nichts getrunken, hatte nichts Illegales bei sich. Aber er hatte eine Frau umgebracht, hatte sie eigenhändig ermordet, und dass er das nicht verheimlichen konnte, war klar. Mit der Furcht, entdeckt und überführt zu werden, diesem Gefühl, am Abgrund zu stehen, würde er jetzt immer leben müssen. Nie wieder würde er einen Polizisten auf Streife sehen können, ohne dass ihm der Atem stockte und der Schweiß aus allen Poren brach.

Zu Hause, nach den zwei Whiskeys, hatte er sich unter die Dusche gestellt. Obwohl er ewig unter dem heißen Wasserstrahl stand, begann er, kaum abgetrocknet, zu frösteln. Er schaltete den Fernseher ein und zappte sich durch verschiedene Kanäle, aber es kamen nur unverständliche Filme und nackte Mädchen.

Mit der Whiskeyflasche ging er ins Bett. Ihm war so kalt, dass er zwei Decken brauchte und im langärmeligen T-Shirt schlief. Warum fror er dermaßen? Und wie sollte er den nächsten Tag überstehen? Und den übernächsten?

Zweifellos würden die Zeitungen den Tod dieser Frau melden. Die Zeitungen? Natürlich auch Radio und Fernsehen – alle würden es erfahren. Ob der Verdacht auf ihn fiele? Gute Frage. Savi wälzte sich schlaflos im Bett und ging im Geist fieberhaft die Berührungspunkte zwischen ihm und der Frau des Doktors durch.

Erstens: Der Doktor hatte Nachforschungen über ihn und das Tukan angestellt, und die Unterlagen darüber waren seiner Witwe in die Hände gefallen, die ihn daraufhin angerufen hatte. Aber diese Unterlagen waren nicht Beweis genug, um ihn des Mordes zu überführen.

Zweitens: Die Frau des Doktors hatte Savi angerufen, und

er war nach Corvesco gefahren. Aber es hatte ihn niemand gesehen, weder bei der Hin- noch bei der Rückfahrt; und sie hatte behauptet, sie habe ihn nicht von zu Hause aus angerufen – in der Aufstellung der geführten Telefonate dürfte seine Nummer also nicht aufscheinen.

Drittens: Dieses Mädchen.

Sie hatte ihn gesehen. Und hier gab es keinen Ausweg.

Sie hatte beobachtet, wie er die Frau des Doktors umgebracht hatte. Savi wusste nicht mal, wer sie war – er konnte nur vermuten, dass sie die Tochter war. Jedenfalls hatte sie sein Gesicht sehr genau gesehen und würde ihn selbstverständlich wiedererkennen. Deshalb war er ihr nachgerannt, als sie die Flucht ergriffen hatte. Bis sie ihm entwischt war.

Dieses Mädchen! Schwitzend und frierend zugleich, wie im Fieber, wälzte sich Savi unter seinen Decken. Dieses Mädchen würde gegen ihn aussagen, und dann käme die Polizei ins Tukan und nähme ihn fest.

Was tun? Fliehen? Blöde Idee – damit lenkte er den Verdacht doch sofort auf sich. Sich stellen? Er hatte schon alles verloren – er konnte jetzt nicht auch noch sein Lokal aufs Spiel setzen, seine Arbeit, die Frucht jahrelanger Kämpfe und Mühen. Vielleicht konnte er überzeugend nachweisen, dass er die Frau ja gar nicht hatte umbringen wollen, dass ihr Tod die Folge eines bedauerlichen Wutanfalls war, also nur fahrlässige Tötung und nicht Mord? Gab es dafür Strafmilderung? Aber er wollte keine Strafmilderung! Er wollte so weiterleben wie bisher.

Also erst einmal abwarten. Und am nächsten Tag die Zeitungen studieren, in aller Ruhe, dann käme ihm schon eine Idee. Vielleicht konnte er einen Anwalt zu Rate ziehen. Nein, lieber nicht. Anwälte machen immer Ärger. Im Grunde war es doch so, dass sein Wort gegen das des Mädchens stand.

Das schaffst du, dachte Savi. Nur Mut.

Dann dachte er an Rosalba, die ohne ein Wort der Klage gestorben war. Er dachte daran, wie sie gelitten hatte. Er entkorkte die Flasche und trank daraus, ohne sich aufzusetzen. Er dachte an die Frau des Doktors, an ihre Versuche, sich zu wehren. Was hab ich getan, was hab ich nur getan. Sie hat es nicht verdient, so zu sterben. Gut, im Grunde war sie selber schuld, dass es passiert war, trotzdem hat es niemand verdient, so zu sterben. Auch er verdiente nicht, im Gefängnis zu enden. Er hatte sein Lebenswerk. Er musste in Freiheit bleiben. Schon aus Selbstachtung. Und aus Liebe zu Rosalba.

De Marchi war sauer. Er wurde den Gedanken nicht los, dass ihm der Staatsanwalt mit Absicht diesen Fall aufgebrummt hatte. Nicht umsonst hieß Arno Bazzi »der Blutsauger«. Irgendwie schaffte er es immer, die Fälle zu bekommen, die er haben wollte, und dafür die Polizisten einzuspannen, die er sich aussuchte.

Eine Leiche in Corvesco. Wen schicken wir hin? Schauen wir mal, wer dort wohnt … Elia Contini, dieser Halbirre, der eine Zeitlang Detektiv war. Weißt du noch, wie er damals, vor ein paar Jahren, mit Commissario De Marchi wegen dieser Mordsache in Malvaglia aneinandergeraten ist? Und davor wegen der Familie Ruggeri? Dieser Contini klebte an ihm wie ein Schicksal.

Der Commissario, ein stämmiger Mann mit tiefliegenden Augen und rasiertem Nacken, war als harter Knochen verschrien. Die ideale Besetzung, um Privatdetektive in Schach zu halten. Und Journalisten.

Aber Pech kommt immer in Strähnen: Inzwischen war Contini Journalist geworden.

Und wenn man den Teufel nennt – da stand er, Contini in

leibhaftiger Gestalt, vor dem Gartentor der Familie Rocchi. In einem absurden weißleinenen Hemd mit Strohhut wie ein Sommerfrischler.

»Herr Kommissär, genau Sie hab ich gesucht!«

De Marchi fiel ihm unwirsch ins Wort: »Hier kommt keiner rein!«

»Aber Sie gehen doch rein.«

»Mit Ihnen rede ich nicht.«

»Aber Sie reden doch.«

De Marchi, der auf dem Weg zum Haus war, blieb abrupt stehen und sagte: »Mann, Contini, gehen Sie mir bloß nicht auf die Nerven!«

»Nervös sind Sie ja schon ...«

Der Kommissär hätte ihn am liebsten angebrüllt, um ihn loszuwerden, aber er wollte auch nicht mehr Schaulustige anlocken als nötig. Contini wohnte in Corvesco – vielleicht konnte er ihm nützlich sein. De Marchi kam noch einmal zurück und duckte sich unter dem gelben Absperrband hindurch. Er fasste Contini scharf ins Auge und sagte: »Sie wohnen doch hier, oder? Tun Sie mir einen Gefallen – reißen Sie sich zusammen und setzen Sie keine Gerüchte in die Welt. Hier hat ein Unfall stattgefunden, und wir wollen nicht, dass im ganzen Kanton darüber getratscht wird.«

»Ein Unfall oder ein Verbrechen?«

»Contini!«

»Schauen Sie, ich frage nicht aus persönlicher Neugier – mich interessiert das nicht. Aber meine Zeitung schickt mich, ich soll hier mal rumschnüffeln. Praktisch als Vorhut, bevor ein echter Reporter hier aufkreuzt.«

»Wollen sie etwa noch einen schicken?«

»Herr Kommissär, seit wann lassen Sie sich von einem *Unfall* hinter dem Ofen hervorlocken?«

Es war sinnlos. De Marchi wandte sich ab. Er wies einen in der Nähe postierten Polizisten an, den Exdetektiv im Auge zu behalten, und marschierte aufs Haus zu.

Im Vorraum erwarteten ihn zwei Mitarbeiter der Kriminaltechnik und Paolo Pessina, der Rechtsmediziner.

»Und?«, fragte De Marchi.

»Sehr viel kann man noch nicht sagen«, antwortete Pessina. »Jemand hat sie geschlagen, und sie ist tot.«

»Und das sagt die Wissenschaft!«, sagte ein Kriminaltechniker. De Marchi warf ihm einen vernichtenden Blick zu.

»Das Opfer weist diverse geschlossene Traumata auf«, präzisierte Pessina, »sowie zwei Läsionen an der Schläfe, verbunden mit einem Aufplatzen der Haut.«

De Marchi nickte. Etliche Schläge, zwei Verletzungen, blutend, übersetzte er sich.

»Womit wurde sie geschlagen? Gibt's eine Tatwaffe?«

»Am Schreibtisch finden sich Blutspuren«, sagte ein anderer Kriminaltechniker. »Auf den ersten Blick stimmt die Kante mit der einen Verletzung überein.«

»Das heißt?«

»Ich würde sagen, jemand hat sie gegen den Schreibtisch geknallt.«

»Und zwar mehrfach«, fügte Pessina hinzu. »Es sind mehrere Läsionen ersten Grades sowie einige Hämatome zweiten Grades festzustellen. Wahrscheinlich liegt auch ein Bruch der Nasenscheidewand vor.«

Sie waren vor der Tür zum Arbeitszimmer angelangt, vor der ein Beamter stand.

»Die Leiche ist schon abtransportiert?«, fragte De Marchi.

»Noch nicht.«

»Tun Sie's bitte diskret. Ich will keinen Menschenauflauf.«

Fotografen und Techniker hatten ihre Arbeit bereits weitgehend abgeschlossen. Der Rechtsmediziner hatte die Lage der Leiche dokumentiert und die ersten Befunde erhoben; jetzt stand das Zimmer dem Kommissär zur Verfügung. Der aber wusste nichts damit anzufangen.

Er trat ein und sah sich noch einmal um.

Die ersten Spuren erzählten die Geschichte eines geplanten Raubüberfalls. Vielleicht hatte jemand gehört, dass der Eigentümer des Hauses verstorben war, und wähnte die Witwe allein zu Haus und eine leichte Beute … Aber in Corvesco passiert doch so was nicht. Ein geplanter Raubüberfall … Und warum die Frau gleich töten? Noch dazu auf diese brutale Art. De Marchi hatte das Gefühl, dass dahinter eine ganz andere Geschichte stand.

Das Zimmer verriet nichts dergleichen. Ein Arbeitszimmer, ziemlich geräumig, mit Bücherregalen an den Wänden, einem kleinen offenen Kamin und einem Globus, der antik zu sein schien. Alte Fotos von Corvesco und ein paar Stiche mit Ansichten des Luganer Sees.

Alles sehr ordentlich und sauber. Bis auf die Leiche vor dem Schreibtisch.

Der Kommissär, die Hände in den Hosentaschen, drehte eine Runde durchs Zimmer. Sein Gefühl sagte ihm, dass er in eine hässliche Sache hineingeraten war. Die Erfahrung sagte: Versuchter Einbruch, der schiefgegangen ist. Doch De Marchi hatte seine Zweifel. Nicht zuletzt deshalb, weil niemand etwas vom Verbleib der Tochter wusste. Wo war sie?

Seit Stunden suchte die Polizei nach Natalia Rocchi. Sie war spurlos verschwunden.

3

Eine Wildnis

Natalia folgte dem Bachlauf. Irgendwann stieß sie auf einen Weg, der zwischen Farnen und Brennnesseln durchs Unterholz führte. Dann stand sie unvermittelt vor einer hohen Mauer.

In deren Mitte war ein Loch, aus dem Wasser sprudelte. Ringsum war blanker Fels. Am Fuß des Wasserfalls hatte sich ein dunkelgrüner Tümpel gebildet. Das Tosen des Wassers übertönte alle anderen Geräusche, und ein Gischtnebel wehte Natalia ins Gesicht. Der Pfad schlängelte sich rechts an der Mauer vorbei. Sie folgte ihm.

Die Mauerkrone war mehrere Meter dick. Natalia ging sie der Länge nach ab: Gut zehn Meter waren es, bis der gemauerte Stein mit der Felswand zusammenstieß. Auf der anderen Seite der Mauer, zwei, drei Meter tiefer, hatte sich der Bach ein steiniges Bett gegraben. Rechts führte eine Eisenleiter von der Mauerkrone zum Bach hinunter. Natalia kauerte sich nieder und legte eine Hand an die oberste Sprosse. Ihr Blick war abwesend, als wäre sie in Gedanken weit fort, aber schließlich raffte sie sich auf und stieg hinunter.

Vor ihr tat sich eine Wildnis auf.

Natalia sah alles wie zum allerersten Mal. Es war, als betrete sie ein verborgenes Reich, als sei jenseits der Mauer nichts mehr wie zuvor – als gebe es dort keine normalen

Menschen mehr, keine Häuser, kein bekanntes Land. Dicht standen die Bäume zu beiden Seiten des Bachs, und hier und dort bildete das Wasser reglose Tümpel, die im Morgenlicht glitzerten. Ein paar Hundert Meter weiter krümmte sich der Bach zwischen Felsen und Wald und verschwand, und Natalia war sicher, dass er sie, wenn sie ihm folgte, aus Zeit und Raum entführen würde.

Sie bewegte sich langsam, tastete sich vorsichtig von einem Stein zum nächsten. Sie wusste nicht, was ihr zugestoßen war, sie erinnerte sich nur, dass sie die ganze Nacht unterwegs gewesen war. Die Dunkelheit nahm kein Ende. Irgendwann hatte sie sich auf der Erde zusammengerollt, um kurz zu rasten, aber dann hatte die Kälte ihr zugesetzt, die Kälte und die Feuchtigkeit der Nacht. Daran erinnerte sie sich. Ihre Füße waren nass, auf ihren Haaren und Kleidern hatten sich Tröpfchen gebildet, und sie war frierend weitergelaufen, bis die Sonne aufging und sie allmählich wieder aufwärmte.

Hier und dort lagen entwurzelte Stämme quer über dem Bach und erschwerten das Durchkommen, und Natalia kletterte mühsam darüber hinweg. An anderen Stellen errichteten Äste, die bis ins Bachbett hingen, eine grüne Barriere; dann wich sie auf die Uferböschung aus und arbeitete sich durch Unterholz und Gestrüpp vorwärts, wo immer wieder tiefe Löcher klafften und Steine aus der Erde ragten.

Bevor sie am Morgen wieder aufgebrochen war, hatte sie die Schuhe ausgezogen und zum Trocknen in die Sonne gelegt. Sie hatte Wasser aus dem Bach getrunken und einen Müsliriegel gegessen, der sich in ihrer Umhängetasche fand. In der Ferne hatte sie zwischen Bäumen ein Stück Straße gesehen und ein vorbeifahrendes Auto. Sie hatte sogar eine Stimme gehört, die jemandem einen Gruß zurief. Aber sie hatte sich gehütet, sich zu zeigen.

Die Uferböschungen wurden immer steiler, und der Himmel über ihr schrumpfte zu einem kleinen Ausschnitt zusammen, einem Stück Blau zwischen Felsen und Baumwipfeln. Natalia verfing sich in einem Spinnennetz und fuhr sich angewidert mit der Hand übers Gesicht. Außer dem sprudelnden Bach und den darüber tanzenden kleinen Insekten war die Welt reglos. Das Tosen des Wassers war das einzige, alles überdeckende Geräusch, und besonders laut war es dort, wo Felsen das Bachbett zu einer schmalen Rinne zusammenschoben.

Natalia gelangte zu einem Felsabbruch, über den der Bach als Wasserfall hinabstürzte; unten hatte er sich eine Gumpe in sein steiniges Bett gehöhlt, und darin lag ein halb verwitterter Baumstamm. Sie blieb stehen. Beinahe senkrecht ging es unter ihr in die Tiefe, und die Felswände waren nass und glitschig. Hier kam sie nicht weiter. Kein Sonnenstrahl drang hierher, und der Bach wirkte dunkler, an manchen Stellen beinahe schwarz. Natalia setzte sich ans Ufer. Sie wusste nicht weiter. Sie hatte Angst.

Nach halber Fahrt durch unser Erdenleben / Fand ich in einem Wald mich, irrgegangen, / Weil ich des rechten Wegs nicht achtgegeben. Contini wusste die Verse längst auswendig. *In schwarzer Nacht, von wüstem Wust umfangen. / Noch jetzt – wie sagt sich's herb von all den Schrecken – / Ergreift ihr Nachbild mich mit Todesbangen.* Im Übrigen las er nur dieses eine Buch. Als Kind hatte er seinen Vater ganze Passagen aus der *Göttlichen Komödie* auswendig rezitieren hören. Und Contini junior hatte die Tradition dann für sich weitergeführt.

Sogar im Büro las er, wenn ein Leerlauf eintrat, immer wieder mal ein Stück Dante. Jetzt herrschte allerdings kein Leerlauf. Gianni Schiavo, der Chef vom Dienst, telefonierte mit dem Chefredaktor in Lugano. Contini klappte das Buch zu und machte sich wieder an die Arbeit: Er war damit beschäftigt, den Katalog mit den Archivausgaben der drei Tessiner Tageszeitungen und der wichtigsten Wochenzeitungen neu zu gestalten. Bis zu diesem Tag war ihm nicht bewusst gewesen, wie viele Publikationen die italienische Schweiz vorzuweisen hat.

»Natürlich habe ich Contini hingeschickt!« Schiavo warf ihm einen stirnrunzelnden Blick zu. »Aber was hätte er denn tun können?«

Eine Pause. Wieder blickte Schiavo zu ihm herüber, diesmal mit einer Grimasse. Er war ein beleibter Mann mit dauergeröteten Wangen und lebhaft funkelnden Äuglein. »Na gut«, knurrte er schließlich. »Ich sag ihm, er soll sich mal umschauen.«

Pause.

»Aber abgesehen von haltlosen Gerüchten haben wir ordentlich was beisammen. Erstens haben wir ein Foto des Opfers, zweitens wissen wir, dass es Mord war und dass, drittens, die Polizei keinen blassen Schimmer hat, wo die Tochter ist.«

Pause.

»Weg ist sie halt. Nein, glaub ich nicht, dass sie's war, aber was das Motiv betrifft, tappen sie sowieso im Dunkeln. Vielleicht ist sie ja irgendwie in die Sache verwickelt.«

Contini musste an Enzo Rocchis Anfrage denken. Kurz vor seinem Tod hatte er ihn per Mail in einer vertraulichen Angelegenheit um Hilfe gebeten und war nicht lang danach seinem Herzinfarkt erlegen. Als Nächstes wurde seine Frau überfallen und umgebracht; und noch in derselben Nacht verschwindet die Tochter. Gesetz der Serie? Tja. Das Leben ist voller Zufälle. Doch Contini war überzeugt, dass auch Zufälle nicht ohne Ursache sind.

Aber er war natürlich ein schlichter Geist ... Was war er schon? Halb Fotograf, halb Journalist, beides ungelernt. Einer, der im besten Fall für den Lokalteil taugte. Verbrechen fielen nicht in sein Ressort.

»Na gut, na gut«, sagte Schiavo ins Telefon. »Nachher versuche ich bei der Polizei durchzukommen. Okay, bis dann, ciao.«

Er legte auf, sah Contini an und sagte: »Dem passt sowieso nie was.«

Contini zuckte stumm die Achseln.

»Dafür, dass wir hier nur vier Hanseln sind, war das keine schlechte Arbeit, finde ich«, fuhr Schiavo fort. »Ich habe Gino auf die Verwandten angesetzt, aber es gibt praktisch keine. Vater tot, Tochter verschwunden.«

»Hat sie kein Natel?«, fragte Contini.

»Was weiß ich. Vielleicht ist es aus, oder sie hat es zu Hause gelassen.«

»Eigenartig. Ob sie auch umgebracht wurde?«

»Und die Leiche? Die Polizei hat rund ums Haus den Wald abgesucht, aber nichts. Nein, wenn du mich fragst, hat sie die Fliege gemacht. Da war doch ein Auto, oder?«

Contini hatte den Umstand genutzt, dass er in Corvesco jeden kannte, und ein paar Leute ausgefragt. Und dabei hatte er erfahren, dass irgendwann im Lauf des Abends ein Wagen vom Haus der Rocchis weggefahren war. Das konnte der Mörder gewesen sein, aber war es aus der Sicht eines Mörders nicht sträflicher Leichtsinn, direkt vor dem Haus zu parken? Vielleicht, dachte Gianni Schiavo, hatte jemand Natalia Rocchi mitgenommen.

»Ich weiß ja nicht, ob sie was mit dem Verbrechen zu tun hat oder nicht«, sagte der Chef vom Dienst, während er die Kaffeemaschine in Gang setzte. »Aber dass sich eine Siebzehnjährige mit dem Auto abholen lässt, finde ich jetzt nicht besonders eigenartig.«

»Ich meine, es ist eigenartig, dass sie ihr Handy nicht dabeihat.«

»Das ist wahr. Vielleicht ist sie ja entführt worden. Sozusagen mit Gewalt abgeholt.«

»Aber wozu?«

Schiavo schüttelte verdrossen den Kopf. Das war doch nur sinnloses Spekulieren. Er rief die zwei Journalisten herüber, die im Nebenzimmer saßen. Die Redaktionssitzung, bei der die Themen und die grobe Seitenaufteilung festgelegt wurden, fand normalerweise um zehn Uhr vormittags statt; an diesem Tag waren sie darauf eingestellt, die Titelseite noch in letzter Minute umzustoßen, falls sich neue Erkenntnisse ergäben.

»Daran ist natürlich Contini schuld«, sagte Gino, ein junger Mann frisch von der Uni. »Wir holen uns einen Exdetektiv, und siehe da, schon haben wir einen mysteriösen Mord!«

»Und das ist erst der Anfang«, fügte Giorgia hinzu, die andere Journalistin. »Als Nächstes kommt eine hübsche Schießerei, dann vielleicht noch ein Bankraub …«

»Leute«, sagte Schiavo, »ein bisschen mehr Ernst, wenn ich bitten darf. In Lugano haben sie gesagt, sie geben mir die Titelseite. Das muss tadellos werden.«

Contini wurde abermals nach Corvesco expediert, diesmal mit Kamera. Er sollte ein paar brauchbare Bilder vom Haus-des-Verbrechens liefern, außerdem eine Ansicht des Friedlichen-Dorfs-in-dem-noch-nie-was-passiert-ist, vielleicht auch ein Bild von der Polizei-beim-Lokalaugenschein. Außerdem sollte er sich hier und dort umhören und vielleicht die eine oder andere geheime Auskunft aus informierten Kreisen einholen. Gino wurde mit einem kurzen Artikel über Enzo Rocchi und ferner mit den nicht zum Mord gehörigen Nachrichten des Tages beauftragt. Giorgia bekam die Aufgabe, zur Erbauung der Leser die jüngsten Verbrechen im Kanton Tessin zusammenzustellen, und Schiavo wollte mit der Polizei reden und den Hauptartikel schreiben.

Auf der Fahrt nach Corvesco kramte Contini im Handschuhfach nach einer Kassette. Sein Auto war eines der letzten ohne CD-Player: nicht aus romantischer Nostalgie, sondern aus schlichter Faulheit. Wie es überhaupt wohl meistens an seiner Faulheit lag, dass er immer dieselben alten Chansons hörte.

Er fand eine Kassette mit Jacques Brel, legte sie ein und musste zugeben, dass es ein Fehler war. Zwei Takte genügten, und er war in Gedanken bei Francesca. Seit zwei Tagen herrschte Funkstille. Sie hatte sich nicht gemeldet, und er hatte sie einmal zu Hause angerufen, aber nicht erreicht. Er wusste nicht, ob sie absichtlich nicht ans Telefon gegangen war, er wusste nicht, was sie von ihm erwartete. Er konnte sich nicht für ein Vergehen entschuldigen, das er nicht begangen hatte. Francesca wusste doch, was für einer er war, sie kannten sich ja schon ein paar Jahre. Und sie hatte ihn so genommen, wie er war: Bisher hatte sie nie Anstalten gemacht, in verändernder Absicht an ihm herumzuschrauben.

In Corvesco angelangt, fuhr er direkt zum Haus Rocchi.

Die Polizei hatte einen Sicherheitskordon rundherum gezogen. Auf der Wiese standen zwei Autos, und in der Gestalt vor der Haustür erkannte Contini schon von weitem Emilio De Marchi. Der Kommissär hielt sich liebend gern an Tatorten auf.

Contini schoss zahlreiche Panorama- und Detailfotos, und als er befriedigt die Kamera ausschaltete, sah er zwei Polizisten aus dem Wald kommen. Er ging ihnen entgegen und fragte: »Kann ich vielleicht irgendwie nützlich sein?«

»Wie bitte?«, fragte der eine Polizist verblüfft.

»Ich heiße Contini und wohne hier.«

»Und was wollen Sie mit der Kamera?«

»Ich bin Fotograf.«

»Nein, Sie halten sich lieber raus.«

»Aber ich kenne ...«

»Na los, Abflug.«

»... diesen Wald sehr gut, und ich könnte vielleicht behilflich sein. Wenn ich eine Leiche zu verstecken hätte ...«

Die zwei wurden sofort misstrauisch.

»Was für eine Leiche?« und »Was wissen Sie von Leichen?«, fragten sie gleichzeitig.

»Nichts weiß ich. Ich meine ja nur ...«

Wie kam er nur auf diese dämliche Idee?

»Wieso reden Sie über Leichen?«, sagte der eine Polizist. »Wir sollten wohl besser den Kommissär verständigen.«

»Ach, vergiss es«, sagte der andere. »Den kenn ich. Der ist ein *private eye.*«

»Ein *was?*«

»Eine Art Detektiv. – Das ist Englisch und steht für *private investigator.*«

»Was du alles weißt. – Ja, mag ja sein, sei's drum. Trotzdem gibt's hier nichts zu sehen! Ziehen Sie Leine, Mann!«

Contini zog Leine. Aber nur widerwillig. Das Haus der Familie Rocchi stand, wie sein eigenes, außerhalb des Dorfkerns in einem Waldstück. Und Contini wusste natürlich, dass die Wälder mehr erzählen, als es auf den ersten Blick den Anschein hat.

Allerdings nur dem Aufmerksamen.

Er wartete ein Stündchen, und als die Polizisten abgezogen waren, wagte er sich in den Wald. Wenn man im Wald etwas – oder jemanden – sucht, gibt es nur eine Methode: die Augen offen halten und auf Ungewöhnliches achten – häufig stößt man auf etwas, das nicht an seinem Platz ist, und das deutet immer auf eine menschliche Gegenwart hin.

Für den Fall, dass sich jemand hier versteckt hielt und abwartete, bis die Luft rein wäre, um sich dann ins Haus der Rocchis zu schleichen, zog er erst, immer in Sichtweite der Straße, ein paar konzentrische Kreise. Dann schlug er den Fußweg ein, der zum oberen Teil von Corvesco führte. Aber es waren schon zu viele Menschen unterwegs gewesen; es war unwahrscheinlich, dass sich hier noch irgendein Hinweis fand. Er kehrte also wieder in die Nähe des Hauses zurück und ging talwärts einen kleinen Abhang hinunter.

Bei der Polizei wurde man für Suchaktionen dieser Art ausgebildet, das wusste Contini. Aus irgendeinem Grund war er jedoch überzeugt, dass der Wald in Natalias Fall für die Polizei reine Formsache war, eine widerwillig erledigte Pflicht: Das Mädchen, hieß es, habe kein Motiv gehabt, die relative Sicherheit des bewohnten Gebiets gegen den nächtlichen Wald einzutauschen. Contini glaubte nicht daran; er hielt die Hypothese von der Flucht im Auto für wahrscheinlicher.

Am Fuß des Abhangs floss der Tresalti dahin.

In derselben Sekunde, in der Contini beschloss, dem Flusslauf noch eine Weile zu folgen, ehe er zum Auto und dann nach Bellinzona zurückkehrte, um die Fotos abzuliefern, fiel sein Blick auf etwas Weißes am Ufer; im ersten Moment hielt er es für ein Taschentuch. Er trat näher und hob es auf; es war ein Stück Papier, ein abgerissener, einseitig beschriebener, vom Wasser halb aufgelöster Computerausdruck.

chtig Te numme n

Kate (na l) – 079 80 14

(Anr Wg tigung)

L. »Tukan«: 091 55

Tel. Luciano i: 4

änderamt: 8 21

Contini drehte den Zettel in den Händen hin und her.

Die Hälfte war sowieso nicht mehr zu lesen, und der Rest schien uninteressant. Das Tukan war, wenn er sich recht erinnerte, ein Nachtclub: Die Zeitung hatte einmal einen Bericht über die juristische Auseinandersetzung im Zusammenhang mit Vorwürfen übler Nachrede gebracht. Der Zettel schien der Überrest einer Aktennotiz zu sein, und Contini fragte sich, wie er ans Ufer des Tresalti geraten war. Aller Wahrscheinlichkeit nach hatte er weder mit dem Verbrechen noch mit Natalia zu tun. Trotzdem faltete er ihn zusammen und steckte ihn in seine Brieftasche.

Dann sah er sich um. Er stand mitten im Wald, in Bürokleidung, die Kamera um den Hals. Ohne andere Rechtfertigung als seine Manie, Detektiv zu spielen. Dabei hatte er den Beruf doch an den Nagel gehängt – weil er es satthatte, Material für Scheidungen zu sammeln, verwöhnten Teenagern nachzuspionieren, in anderer Leute schmutziger Wäsche zu wühlen. Wenn in diesem Wald eine Leiche lag, dann wollte ganz bestimmt nicht er derjenige sein, der sie fand.

Er stieg den Abhang wieder hinauf und verließ den Wald. Die Wiese war jetzt menschenleer. Ohne einen Blick auf das Haus der Rocchis ging Contini auf sein Auto zu und fuhr nach Bellinzona zurück.

Auch diesmal bekam ihm Jacques Brel nicht besonders.

4

Hunger

Natalia hatte den Bach hinter sich gelassen und sich den ersten Häusern des Dorfs genähert. Wo der Wald zu Ende war, lag eine abschüssige Wiese, an der eine Straße vorbeiführte, und hinter der Straße begann bewohntes Gebiet. Natalia kam um die Mittagszeit. Es roch nach Holzrauch und Grillfleisch.

Sie hatte Hunger. Sie folgte dem Geruch bis zu einem Haus, das gleich unterhalb der Straße stand. Rund um das Haus war ein Garten, und in diesem Garten stand ein kleiner gemauerter Grill. Daneben, unter zwei Sonnenschirmen, war ein Holztisch gedeckt. Ein Mann war am Grill beschäftigt; zwei weitere Männer und eine Frau standen dabei, ein Glas in der Hand, und sahen ihm zu. Aus dem Haus kam eine Frau, die eine Schüssel brachte.

Natalia konnte unmöglich hingehen und um Essen bitten. Diese Leute waren ihr sicher nicht wohlgesinnt, oder aber sie verrieten sie an jemanden, der ihr übelwollte. Sie überlegte, ums Haus zu schleichen, während die Bewohner im Garten saßen, und vielleicht einen zweiten Eingang zu finden.

Im hinteren Garten lag eine schwarze Katze im Gras und sonnte sich. Natalia wollte etwas zu ihr sagen, aber es kam ihr kein einziges Wort in den Sinn. Sie ging an ihr vorbei, um durchs Fenster zu spähen, und sah: ein Bett und eine weiße Wand und dem Bett gegenüber einen mächtigen alten

Schrank. Die Fensterflügel standen offen, doch die halb geschlossenen Läden waren blockiert. Natalia schaffte es, eine Hand durch die Lücke zu schieben und einen Laden auszuhängen. Sie öffnete ihn und kletterte aufs Fensterbrett.

Dann stand sie im Schlafzimmer. Es roch nach frisch gewaschener Bettwäsche, nach fabrikneuem Stoff. Lautlos öffnete Natalia die Tür und fand sich in einem Flur. Sie hörte die Stimmen aus dem Garten und huschte den Flur entlang. Der mündete in ein Wohnzimmer, dessen Glastür zur Terrasse offen stand, und der Fleischgeruch wehte in Schwaden herbei; vor Hunger krampfte sich ihr Magen zusammen. Sie hörte eine Frau lachen und eine tiefe Männerstimme antworten, aber was sie sagte, verstand Natalia nicht.

Das Wohnzimmer war mit einer blauen Sitzgruppe und einer Bücherwand mit Fernseher möbliert; linker Hand stand ein Esstisch mit Stühlen. Und dort, gleich hinter dem Tisch, war die Küche.

Sie war Natalias Ziel. Sie sah sich um: Auf der Arbeitsplatte lagen auf einem Brett drei noch rohe Spareribs und zwei Cervelatwürste in Plastik. Rasch griff sie nach den Würsten und ließ sie in ihrer Umhängetasche verschwinden. Dann öffnete sie den Kühlschrank und bediente sich: Sie nahm sich einen Karton Milch, zwei Becher Joghurt, ein Stück Käse und einen vakuumverpackten Schinken in Scheiben heraus. Aufs Geratewohl öffnete sie die Küchenschränke, bis sie eine Plastiktüte zum Transport ihrer Vorräte fand. In einer Kredenz entdeckte sie einen Laib Brot, eine Packung Kekse, zwei Tafeln Schokolade. Der Vollständigkeit halber nahm sie noch ein Messer und einen Löffel für den Joghurt mit.

Wieder hörte sie die Frau lachen, diesmal allerdings gefährlich nahe. Blitzschnell huschte sie aus der Küche durchs Wohnzimmer in den Flur, in der Hand ihre Tüte mit Essen, und verschwand im Schlafzimmer. Dort stand sie atemlos und mit klopfendem Herzen hinter der Tür und spähte sekundenlang durch den Spalt. Nichts geschah. Die Frau hatte von dem Mundraub offenbar nichts bemerkt.

Natalia kletterte wieder durchs Fenster und hastete durch den Garten, vorbei an der Katze, die nur träge den Kopf hob. Sie rannte über die Straße und kehrte in den Wald zurück.

Lange stieg sie bergauf. Seitdem sie zu essen hatte, fühlte sie sich sicherer. Sie entdeckte mehrere Plätze, die ihr günstig schienen, aber es war noch nicht das, was ihr vorschwebte. Endlich kam sie zu einer Lichtung mit einem flachen Felsen in der Mitte, fast wie ein Tisch, und in der Nähe floss, unsichtbar, doch an seinem Murmeln zu erkennen, ein Bächlein. Ob es derselbe Bach war, dem sie am Morgen eine Zeitlang gefolgt war? Es konnte sein Oberlauf sein – sie war jetzt ja viel höher. Sicher konnte man das Wasser problemlos trinken. So oder so hatte sie keine andere Wahl.

Sie setzte sich auf den Stein und packte ihre Vorräte aus. Heißhungrig verspeiste sie die beiden Würste mit Brot, einen Joghurt, ein Stück Schokolade und die Hälfte der Kekse; den Rest hob sie für später auf. Dann ging sie zum Bach und trank aus den hohlen Händen, die sie unter einen kleinen Wasserfall hielt. Glasklar war das Wasser und schmeckte köstlich.

Endlich gesättigt schlief sie auf dem Felsen ein. Angenehm warm war es, hier oben hatte die Sonne nichts Stechendes. Als Natalia wieder aufwachte, hatte sie das Gefühl, die Zeit sei stehen geblieben. Sie hatte keine Uhr, und am Stand der Sonne konnte sie nicht ermessen, wie lang sie geschlafen hatte.

Sie griff nach ihrer Handtasche und leerte sie auf dem Felsen aus. In Zukunft musste sie sich mit ihrem Besitz begnügen – das Risiko, in Häuser einzubrechen, durfte sie nicht allzu oft eingehen.

Ihre Tasche enthielt:

ein Schminktäschchen mit Augen-Make-up,

einen Lippenstift,

einen Kamm,

einen Taschenspiegel,

Papiertaschentücher,

eine Geldbörse mit zweiundfünfzig Franken,

eine Ausweishülle mit ihrem Bahn-Abo und der Bankomatkarte,

einen Antistress-Ball,

zwei Ohrstöpsel,

eine Schachtel mit fünf Tampons,

eine Sonnenbrille,

einen Terminkalender,

zwei Kugelschreiber und

einen USB-Stick.

Nichts, was für ein Leben im Wald hilfreich war. Bis auf die Sonnenbrille und vielleicht auch die Taschentücher und Tampons. Aber nichts, das ihr die Suche nach Nahrung erleichterte, und nichts Wärmendes gegen die Kälte der Nacht.

Natalia wollte so lange im Schutz des Waldes bleiben, bis ihr wieder einfiel, wie sie hierher geraten war. Sie wusste, dass sie knapp dem Tod entronnen war, aber von welcher Seite die Gefahr drohte und weshalb, war ihr ein Rätsel. In Sicherheit war sie jedenfalls nicht. Jemand suchte nach ihr, und wem konnte sie trauen? Sie fühlte sich unsäglich allein, wie abgeschnitten von der Welt: ausgesetzt in einem feindlichen Land und einem Volk, dessen Sprache und Gebräuche ihr gänzlich fremd waren.

Die Vorstellung, ins Dorf hinunterzugehen und mit jemandem zu reden, erfüllte sie mit blankem Entsetzen. Lieber blieb sie im Wald, geschützt vom Dickicht der Bäume, und wartete, dass ihre Lage sich klärte.

Sie verstaute ihre Habseligkeiten und steckte die Abfälle – den leeren Joghurtbecher, die Wurstverpackung, das Schokopapier – in die Plastiktüte: lieber keine Spuren hinterlassen. Sie stand auf, schüttelte ihre eingeschlafenen Beine aus, dann machte sie sich wieder auf den Weg. Sie musste einen Unterschlupf für die Nacht finden.

5

Wo kommst du denn her?

Luciano Savis früheste Erinnerung war ein Brennnesselfeld.

Sie rannten mitten hindurch, er und sein Bruder, selig, weil sie lange Hosen anhatten und die Brennnesseln ihnen nichts anhaben konnten. Sie rannten mit hoch erhobenen Armen, um jeden Kontakt zwischen Brennnessel und Haut zu vermeiden. Eine unauslöschliche Erinnerung. Halb so groß wie er selbst waren die Brennnesseln. Riesenpflanzen. Und er und sein Bruder fühlten sich ganz sicher.

Es gibt nichts Besseres, als sich sicher zu fühlen.

Mit bangem Herzen hatte Savi den Besuch der Polizei erwartet und sich gefragt, weshalb niemand kam, um ihn festzunehmen. Dann hatte er die Nachrichten im Radio gehört: Es wurden zwar keine Details genannt, aber jetzt wusste er immerhin, weshalb ihn niemand behelligte: Das Mädchen war spurlos verschwunden.

Jemand behauptete, sie sei entführt worden, andere spekulierten, sie sei von einem Freund abgeholt worden. Nur Savi kannte die Wahrheit: Sie war in den Wald geflohen, um ihrem Mörder zu entgehen.

Den ganzen Vormittag hatte er das Haus nicht verlassen. Es rief auch niemand an oder kam vorbei, man wusste ja, dass er spät aufzustehen pflegte. Er hätte sich gern auch den Nachmittag eingeigelt, aber das konnte er sich nicht erlauben; um keine Aufmerksamkeit zu erregen, musste er sich möglichst normal verhalten. Und er hatte eine Verabredung in Lugano, ein Arbeitsessen mit Ferdi, dem Typen, der den Kontakt mit den Leuten im Osten hielt.

Es würde kein angenehmes Treffen, so viel stand fest. Savi hatte schlechte Nachrichten: In der nächsten Zeit müssten sie sich, wie man so schön sagt, bedeckt halten. Keine Mädchen mit falschen Papieren mehr, keine Trickserеien mit Geburtsdaten, keine fingierten ärztlichen Gutachten. Früher oder später würde diese Göre wieder auftauchen. Und reden. Und Savi in arge Schwierigkeiten bringen, aber bis dahin musste er beweisen können, dass es im Tukan streng legal zuging. Im Grunde, sagte er sich wieder, stand sein Wort gegen das des Mädchens. Er hatte keine Spuren im Haus hinterlassen, hatte nichts angefasst. Und selbst wenn, dann konnte er immer noch sagen, er habe mit der Frau des Doktors ein Gespräch geführt, und selbstverständlich sei sie gesund und munter gewesen, als er sie wieder verlassen habe. Sein Wort gegen das des Mädchens.

Er duschte ausgiebig und suchte einen seiner besten Anzüge heraus: azurblaues Leinen, kombiniert mit einem weißen Hemd; Socken und Krawatte in Dunkelblau. Er rasierte die freien Flächen zwischen seinen Bärten unter besonderer Beachtung der Grenzen zwischen Koteletten und Kinnbärtchen. Er hatte kurz überlegt, den gesamten Gesichtsschmuck abzunehmen, um sich weniger kenntlich zu machen, aber die Idee wieder verworfen: Er hätte sich nur verdächtig gemacht.

Verabredet waren sie auf der Piazza della Riforma in Lugano. Savi verließ die Autobahn in Lugano Nord. Er parkte am Bahnhof und fuhr mit der Seilbahn in die Altstadt hinunter. Er genoss es, trotz der Umstände, durch die Gassen zu schlendern und die Schaufenster und Gäste in den Restaurants zu betrachten. Er war sich seiner Eleganz bewusst, er strahlte Vertrauenswürdigkeit aus. Er konnte doch nicht wegen eines dummen Fehlers sein ganzes Leben zum Teufel gehen lassen!

Gewiss, es war nicht alles rechtens, was im Tukan vor sich ging. Aber man muss eben auch mal fünf gerade sein lassen, wenn man heutzutage trotz Krise vorwärtskommen will. Alles in allem war seine Bilanz positiv: Letztlich tat er diesen Mädchen eher Gutes.

»Die Mädels wird es nicht freuen«, kommentierte Ferdi folgerichtig, als ihm Savi seine Absichten mitteilte.

»Leider«, erwiderte Savi. »Aber es ist besser so.«

Ferdi war ein furchteinflößender Bursche. Er hatte Verbindungen mit einigen gut strukturierten und diversifizierten Organisationen, die »Künstlerinnen« in den Westen lieferten. Nach Savis Geschmack durften sie weder zu jung noch zu alt sein: Im Allgemeinen waren seine Tänzerinnen zwischen siebzehn und fünfundzwanzig.

»Du bringst sie bestimmt anderswo unter«, sagte er zu Ferdi, während er sich ein Glas Weißwein einschenkte.

Ferdi musterte ihn mit halb geschlossenen Lidern, was typisch für ihn war. Trotz der weißlichgrauen, kränklich wirkenden Gesichtsfarbe war sein Körper muskulös und voller Spannkraft; seine Bewegungen aber waren immer träge, als schliefe er halb.

»Schon klar, Luciano. Aber ich wüsste gern, was deine so genannten Probleme sind.«

»Ach, nix Besonderes. Bürokratischer Ärger.«

»Sicher?«

»Sicher.«

Natürlich konnte sich Savi keine Vertraulichkeiten erlauben. Ferdi kannte gefährliche Leute, und er durfte niemanden auf seltsame Gedanken bringen. Dass im Fall eines Mordes auch ein Mädchenhandel in den Blickpunkt der Polizei gerät, ist schließlich nicht unwahrscheinlich. Und daran wäre dann er, Savi, schuld.

»Wie du meinst. Aber erinnere dich bitte, dass wir kein Restaurant *à la carte* sind. Durchaus möglich, dass du beim nächsten Mal nicht mehr die erste Wahl hast.«

»Klar, das ist fair. Ist nur fair.«

»Und auch wir haben unseren Ärger mit den Ämtern. Ich muss zugeben, dass mir diese Absage in allerletzter Minute äußerst ungelegen kommt.«

»Das ist mir klar.«

»Vor allem wenn man mit einrechnet, dass du mir fast alle Mädchen zurückgeschickt hast, die du für die letzten drei Monate hattest. Was für ein Sommer soll das werden, deiner Meinung nach?«

»Oh, ein ganz ruhiger, vielleicht mach ich ein bisschen Ferien.«

»Ferien?«

»Ja, genau.«

»Ferien«, wiederholte Ferdi mit halb geschlossenen Lidern. »Ferien … Komisch, aber aus deinem Mund hört sich das wirklich seltsam an, wer weiß, wieso.«

Sollte irgendetwas durchsickern und die Polizei eine Verbindung zwischen dem Mord und den ausländischen Künstlerinnen vermuten, würde sich Ferdi natürlich sofort in Luft auflösen, das war klar. Er würde Savi der Polizei zum Fraß vorwerfen und wäre nicht mehr greifbar. Savi hatte keine Telefonnummer von ihm, er wusste nicht mal, wie er wirklich hieß. Wenn sie sich trafen, dann immer zum Essen im Restaurant oder auf einen Apéro inmitten einer Menschenmenge.

»Na gut, lass uns was essen«, schlug Savi munter vor, um seine Erwähnung eines Urlaubs vergessen zu machen.

Sie saßen in einer Ecke der Piazza auf der Veranda eines Restaurants. Ferdi bestellte sich einen Salat und ein Mineralwasser, Savi eine Pizza mit Sardellen und ein großes Bier dazu. Während sie aufs Essen warteten, betrachtete er den Platz voller Touristen und Sonnenschein. Mütter mit Kinderwägen schlenderten vorüber, und zahlreiche Gruppen Jugendlicher hingen herum. Die hatten alle nichts zu tun.

»Jedenfalls haben wir doch immer gute Geschäfte gemacht, wir zwei, oder?«

»Natürlich.« Ferdi vermengte seinen Salat. »Immer gute Geschäfte.«

Savi konnte einfach keine Ruhe geben. Das Tukan war sein Leben. Was hätte er denn sonst angefangen – allein und in seinem Alter?

»Und das bleibt auch in Zukunft so!«, rief er. »Lass mir diesen einen Sommer Zeit, dann läuft mein Laden wieder rund.«

»Paar Wochen Ferien, was?«

Savi nickte und bemühte sich um ein Lächeln. Dann senkte er den Blick auf seine Pizza.

In dem Moment, als er auf eine Sardelle biss, kam ihm die rettende Idee. Außer ihm wusste schließlich keiner, dass dieses Mädchen in den Wald geflohen war; wer weiß, wo die Polizei nach der Göre suchte. Savi war also klar im Vorteil, und den galt es zu nutzen. Was, wenn er die Kleine als Erster fand?

Giovanni verließ den Weg und stieg – schräg, weil es recht steil abwärts ging – einen Hang hinunter. Am Fuß des Abhangs, das wusste er, machte der Tresalti eine Krümmung, und dort gab es einen schönen Tümpel. Auf einer kleinen Lichtung, noch im Schutz der Bäume, montierte Giovanni seine Angelrute.

Es war eine Teleskoprute, und um von der felsigen Uferböschung aus, zwischen den Ästen der Bäume, im Tresalti zu angeln, genügten drei Viertel der Maximallänge. Giovanni führte die Schnur durch die Ringe, zog einen Stopper auf und die Schnur durch die Öse am Schwimmer; dann befestigte er einen Wirbel an der Schnur und hängte daran einen Haken. Mit einem Klemmblei tarierte er den Schwimmer aus. Aus einer Innentasche seiner Jacke zog er die Dose mit den Würmern, suchte sich einen aus und spießte ihn auf den Haken. Derart gerüstet, schritt er zur Tat. Bevor er anfing, sah er sich alles in Ruhe an.

Das Wasser war glasklar. Giovanni blieb halb verborgen hinter einem Felsblock und ließ den Köder am Haken über dem Wasser baumeln; er zielte auf die näher gelegene Seite des Tümpels, knapp hinter den Stromschnellen, wo die weiße Gischt aufhörte, das Wasser aber noch munter dahinplätscherte, wenn auch mit reduzierter Geschwindigkeit: Dort sank der Haken in den Fluss, das war die richtige Stelle. Giovanni gab von Hand ein wenig Schnur nach und ließ den bestückten Haken laufen. Aus dem Augenwinkel hatte er bereits den idealen Aufbewahrungsplatz für die Forellen erspäht, eine kleine sandige Fläche rechts von ihm. Aber es biss keine an.

Er versuchte es abermals, und beim zweiten Mal verfing sich der Haken.

Giovanni kam aus seinem Versteck. Um den Haken von den Kieseln zu lösen, die ihn festhielten, musste er den Arm fast bis zur Schulter eintauchen. Kalt war es, aber nicht so eisig, wie er gedacht hätte. Die Forellen hatten sich jetzt natürlich in ihre Löcher verzogen.

Der Wald erschien ihm wie ein Bühnenvorhang. Ein Stück über ihm, hinter dem Dickicht der Haselnussstauden, schimmerte das Weiß eines Wasserfalls hervor. Kein Publikum: Das Schauspiel war nur für ihn. Sie waren allein miteinander, Giovanni, der Bach und die Forellen. In den schönsten Momenten vergaß er wirklich, dass es noch eine Welt außerhalb gab. Das ging oft ganz von selbst – nur manchmal musste er so tun, als existierte sie nicht.

Er versuchte es in einem anderen Tümpel. Er versenkte den Köder dort, wo das Wasser am dunkelsten war, neben einem untergegangenen Baumstamm. Gleich darauf spürte er einen Ruck, wartete den Bruchteil einer Sekunde, dann zog er an und kurbelte. Die Forelle flog durch die Luft und landete zwischen den Felsen. Giovanni legte die Angelrute ab, ging auf die Forelle zu und hob sie auf. Er schätzte ihre Länge: gut fünfundzwanzig Zentimeter. Sie schimmerte silbern, unten hell, oben dunkel, und die roten Punkte auf ihrem Rücken glänzten. Er betäubte den Fisch mit einem Stein und stach ihm mit seinem Anglermesser ins Herz.

Er fing noch zwei weitere Forellen, und nach diesem Anglerglück stieg er flussaufwärts bis zum Wasserfall, wo er sich auf einen Stein setzte, um zu rasten. Er war froh, dass er hier heraufgekommen war, entlang dem Bach, den er kannte wie seine Westentasche. Nach dem letzten Gewitter waren neue Tümpel entstanden. Während er wie hypnotisiert den Wasserfall betrachtete, vernahm er ein Geflatter. Eine Wasseramsel war aufgeschreckt und hatte in einer Holunderstaude Zuflucht gesucht.

Seine drei Forellen hatte er zusammen mit ein paar Farnblättern in einer Leinentasche verwahrt. Er holte die Fische hervor und schnitt ihnen die Flossen ab. Dann schlitzte er ihnen die Bäuche auf, zog die Eingeweide und inneren Organe heraus und warf sie ins Wasser. Er wusch sich die Hände mit Kies im Bach, und schließlich blickte er auf. Da sah er sie.

Normalerweise war er hier oben zuverlässig allein, hier kam nie jemand vorbei. Der Platz lag weitab von allen Wanderwegen, und es wuchsen hier nicht einmal Pilze.

Aber da stand ein Mädchen.

Sie machte nicht gerade den Eindruck, als fühlte sie sich wohl. Giovanni schätzte sie etwa so alt, wie er selber war. Gekleidet war sie städtisch, ungeeignet für Bergwanderungen; sie hatte sogar eine Handtasche dabei. Unter dem Blick dieser bohrenden Augen wurde Giovanni verlegen. Er stand auf und wischte sich die Hände an der Hose ab.

»Wo kommst du denn her?«, fragte er.

6

Die Familie Canova

Wokomstudenher.

Natalia hörte ihn reden und verstand nichts. Erst allmählich zerteilte sich die Schlange der Laute in einzelne Wörter.

Wo kommst du denn her.

Das war eine Frage.

Wo kommst du denn her?

Natalia gab keine Antwort. Sie sah den Jungen mit der Anglerjacke an und war drauf und dran, die Flucht zu ergreifen. Aber er lächelte nett.

»Haben sie dir die Zunge abgeschnitten?«, fragte er.

Natalia überlegte, was sie tun sollte, wenn er auch nur einen Schritt näher kam. Panik überkam sie, und sie drehte sich um und wollte fort. Er aber rief: »Warte, wo willst du denn hin?«

Er stellte ständig Fragen, dieser Junge. Natalia hielt inne; sie drehte sich wieder zu ihm um. Er lächelte immer noch. Er streckte ihr eine Hand hin.

»Giovanni.«

Das war offenbar sein Name. Natalia betrachtete seine ausgestreckte Hand und schüttelte den Kopf. Er nickte und zog seine Hand wieder zurück.

»Verstehe, der Fischgeruch.«

Natalia sah ihn an, als erwartete sie etwas von ihm. »Was machst du denn da heroben?«, fragte er.

Noch eine Frage.

»Ist alles in Ordnung mit dir?«

Natalia starrte ihn an und blieb stumm.

»Wenn du dich verlaufen hast, kann ich dir vielleicht helfen.«

Hatte sie sich verlaufen? Nein, das war keine Frage. Konnte er ihr helfen?

»Okay. Wenn du die Geheimnisvolle spielen willst, bitte ... Hey!«

Der Junge brach jäh ab. Jetzt starrte auch er sie mit aufgerissenen Augen an. Sekundenlang standen sie einander reglos gegenüber, sie ein Stück über ihm, am Saum des Waldes, er am Flussufer.

Dann sagte der Junge: »Ich glaube, ich weiß, wer du bist.«

Rechtsanwalt Corrado Bossi war ein liebenswürdiger Mann. Jede einzelne seiner Gesten war Ausdruck der Zurückhaltung, die seine zweite Natur war, fast als entschuldigte er sich im Voraus für eine allfällige Zudringlichkeit. Seine Augen verrieten grenzenlose Geduld, Stimme und Tonfall waren ruhig und leise. Über seiner kahlen Kopfkrone lag, wie ein Anflug von Ironie, ein fixierter Schopf langer Strähnen, die er von der rechten Schläfe herüberzukämmen pflegte. Doch seiner harmlosen Erscheinung zum Trotz war Bossi ein exzellenter Anwalt, ja eigentlich verdankte er es gerade dem strategischen Einsatz seiner scheinbaren Sanftmut, dass er stets seinen Willen durchsetzte.

»Sie haben doch vorher gewusst, dass ich Ihnen nichts sagen kann«, sagte er zu Commissario De Marchi. »Warum sind Sie trotzdem gekommen?«

De Marchi ließ sich sekundenlang Zeit, ehe er antwortete: »Wegen dem Mädchen.«

»Natalia?«

»Sie werden mir vielleicht sagen, dass der Tod von Enzo und Sonia Rocchi …«

»Enzo ist an einem Herzinfarkt gestorben.«

»Und gleich darauf hat jemand seine Frau umgebracht. Mag sein, dass die juristischen Anliegen der beiden nichts damit zu tun haben …«

»So ist es.«

»Aber wir müssen Natalia Rocchi finden, das hat für uns Vorrang.«

»Das ist mir klar. Ich würde Ihnen gern helfen, wenn ich könnte.«

»Wissen Sie wirklich nichts?«

»Wirklich nicht. Ich befasse mich lediglich mit den geschäftlichen Angelegenheiten. Häuser, Erbschaftsfragen. Nichts Wichtiges.«

»Gar nichts Ungewöhnliches? Irgendeine Verbindung mit der Tochter?«

Bossi hatte seine Kanzlei in der Via Balestra in Lugano. Von seinem Büro blickte er auf den Turm eines Parkhauses auf der anderen Straßenseite. Es war eine vielbefahrene Straße, aber Bossi machte der Lärm nichts aus, er hatte sogar die Fenster offen stehen. Aber nach De Marchis letzter Frage stand er auf und schloss sie. Er setzte sich wieder und faltete die Hände vor sich, ehe er antwortete. »Vielleicht gibt es doch etwas«, sagte er.

»Nämlich?«, fragte De Marchi ermutigend.

»Ein paar Tage vor seinem Tod wollte sich Enzo mit mir zum Mittagessen verabreden. Und nachdem er gestorben war, hat seine Frau mich angerufen.«

Bossi verstummte nachdenklich. De Marchi begriff, dass der Anwalt alle drei bis vier Sätze einen neuen Ansporn brauchte. »Was wollte sie denn?«, ermunterte er ihn.

»Sie hat bei den Papieren ihres Mannes gewisse Unterlagen gefunden. Anscheinend stellte er irgendwelche Ermittlungen an. Sie wollte mir nicht sagen, worum es ging; sie müsse noch was überprüfen, bevor sie mich in der Sache konsultiert, sagte sie.«

»Überprüfen? Was denn? Und wie?«

»Weiß ich nicht.« Bossi schüttelte den Kopf. »Offen gestanden, ich glaube nicht, dass es etwas Schwerwiegendes war. Wissen Sie, ab und zu hat sich eine staatliche Behörde oder ein Amt wegen eines Gutachtens oder einer Untersuchung an Enzo gewandt. Soweit ich verstanden habe, ging es um Nachtclubs – aber Sonia hat wirklich nur eine Andeutung gemacht.«

De Marchi sah ihn an, als hätte er in einer fremden Sprache gesprochen.

»Mehr weiß ich wirklich nicht, Herr Kommissär.«

»Nachtclubs?«

»Richtig.«

»Verstehe ich nicht.«

Bossi breitete die Hände aus.

»Ich kann mir höchstens vorstellen, dass es um eine Erhebung über den Gesundheitszustand von Varietékünstlerinnen ging. Vielleicht kann Ihnen ja sein Partner weiterhelfen, Doktor Mankell.«

»Mit Natalia kann das nichts zu tun haben?«

»Keine Ahnung. Aber das glaube ich nicht, das Mädchen ist doch noch in der Schule.«

De Marchi schnaubte. »Das heißt gar nichts«, sagte er. »Apropos: Was glauben Sie denn, wo sie ist?«

Der Anwalt runzelte die Stirn. »Das fragen Sie mich? Ich habe nicht die leiseste Ahnung.«

»Und wenn wir sie finden? Was wird aus ihr?«

»Tja …« Bossi presste die Lippen zusammen. »Scheußliche Sache. Natalia ist noch minderjährig, und sie hat keine nahen Verwandten, die in der Lage wären, sich um sie zu kümmern. Ich muss das Vormundschaftsamt kontaktieren, irgendeine Lösung muss gefunden werden. Aber das Wichtigste, lieber Herr Kommissär, ist natürlich die Frage, wo sie überhaupt ist.«

Der Commissario nickte. »Natürlich. Vorausgesetzt, sie …«

»Sagen Sie's nicht.« Bossi entflocht seine Hände und legte sie flach auf den Tisch. »Sagen Sie's nicht mal theoretisch. Wir müssen zuversichtlich sein!«

Der Junge redete und redete.

Am Ende lief Natalia doch davon. Ein Teil von ihr wollte bleiben, ihn um Hilfe bitten. Aber wie – sie konnte sich nicht äußern, sie konnte einfach nichts sagen! Und dann fing der Junge auch noch an, schwierige Dinge zu reden, die Natalia nicht verstand, und das schockierte sie zutiefst. Nach einer Weile wechselte der Junge die Taktik; er kam näher, aber nicht zu nahe; er hatte intuitiv erfasst, dass Natalia Angst vor diesen Wörtern hatte, und verwendete andere.

Er erzählte von sich. Er sagte noch einmal, dass er Giovanni heiße und dass er siebzehn sei – sie hatte ihn für älter gehalten. Er mache eine Druckerlehre, präzise Arbeiten machten ihm Spaß; und übrigens komme er jetzt schon das dritte Jahr in den Ferien nach Corvesco, mit seinen Eltern und Geschwistern. Komisch, dass sie einander noch nie begegnet seien.

Während der Junge redete, wich Natalia langsam in den Wald zurück, weil sie fürchtete, sie könnte sich nicht mehr losreißen, wenn sie noch länger dastand. Aber er folgte ihr einfach. Und während der ganzen Zeit redete er auf sie ein, er half ihr zuvorkommend durch unwegsames Gelände und redete. Einmal stolperte sie, und er hielt sie am Ellenbogen, damit sie nicht stürzte. Natalia protestierte nicht. Aber sie beschloss, bei der nächsten Gelegenheit zu fliehen.

Als sie auf dem Weg angelangt waren, ließ sie sich zurückfallen, bis sie hinter ihm ging. Und irgendwann, als das Unterholz dichter wurde, schlug sie sich seitlich in die Büsche.

»Hey!«, rief der Junge, als er ihr Verschwinden bemerkte. »Hey, wo willst du hin?«

Natalia rannte bergauf, während der Junge irgendwo weiter unten nach ihr rief. Mit einer Hand umklammerte sie die Tüte mit ihrem Essen, und die Umhängetasche schlug ihr bei jedem Schritt auf den Rücken. Minuten später, als sie schon keuchte, entdeckte sie einen anderen, halb überwucherten Weg, und nachdem der Junge nicht mehr zu sehen war, versuchte sie diesen.

Nach einer Weile kam sie zu einem hölzernen Brunnentrog. Der Wald öffnete sich zu einer Lichtung, und dort stand eine kleine Kirche. Dahinter erkannte Natalia Mauerreste zwischen den Bäumen.

Sie wunderte sich und verstand erst nicht, bis ihr das Ruinendorf Valnedo einfiel, der Geisterort, dessen Geschichte sie als Kind in Corvesco gehört hatte. Vor dreihundert Jahren war das Dorf bewohnt, aber irgendwann waren die Bewohner weggezogen, einer nach dem anderen, niemand wusste, weshalb. Die Leute ließen ihre Häuser und Felder im Stich, ihre Ställe und sogar die Mühle am Bach. Der Wald nahm die gerodeten Flächen wieder in Besitz, und von Valnedo blieben nur ein paar Ruinen im Bergwald.

Natalia schauderte. Über der gähnenden Türöffnung eines eingestürzten Hauses sah sie ein eingemeißeltes Kreuz. Sie umrundete eine von Gestrüpp überwucherte Mauer und erspähte dahinter die Ruine eines Gebäudes, das mächtiger gewesen war als die übrigen. Aus seiner leeren Mitte wuchs ein Baum, und dessen Krone beschirmte das Haus wie ein Dach.

Valnedo war der richtige Ort für sie.

Zwischen diesen halb zerfallenen Häusern würde sie sich verstecken, hier konnte sie beizeiten jeden Näherkommenden entdecken. Sie kehrte zum Brunnen zurück und erfrischte sich, und währenddessen betrachtete sie das Kirchlein. Sie ging darauf zu und versuchte die Tür zu öffnen, fand sie aber versperrt. Auf der Rückseite, unterhalb des kleinen Turms, war noch eine zweite, schmalere Tür, die nachgab, als Natalia auf die Klinke drückte, und sich schleifend öffnete.

Drinnen war es kühl und still. Zu ihrer Überraschung war die Kirche intakt, nur der Staub der Jahrhunderte deckte alles zu. Natalia bekreuzigte sich. Sie trat auf den Altar zu, hinter dem der Gekreuzigte hing, und dachte daran zu beten, aber sie wusste nicht, wie sie um Hilfe bitten sollte – sie wusste ja selbst nicht, was ihr geschehen war, wie es kam, dass sie jetzt hier im Halbdunkel der Kirche stand. Aber sie erinnerte sich an zwei Gebete, und sie sprach in Gedanken ein Vaterunser und ein Ave-Maria.

Rechts neben dem Altar war die Tür zur Sakristei. Auch hier war alles unversehrt; die hölzernen Schränke enthielten Altartücher und die Paramente des Priesters, es gab einen Tisch und zwei hölzerne Bänke, mottenzerfressene Teppiche und Vorhänge.

Natalia hatte ein Nachtquartier gefunden.

CORVESCO – Polizei sucht Tochter des Opfers

NATALIA ROCCHI: GEFLOHEN ODER ENTFÜHRT?

Seit mehr als vierundzwanzig Stunden ist die 17-jährige Gymnasiastin Natalia Rocchi aus Lugano verschwunden.

Laut telefonischer Auskunft des Staatsanwalts Arno Bazzi sei das Mädchen zuletzt in Corvesco nahe dem Feuer zum Nationalfeiertag gesehen worden. Besteht ein Zusammenhang zwischen dem rätselhaften Verschwinden und dem gewaltsamen Tod ihrer Mutter Sonia (siehe oben stehenden Artikel)? »Es liegen uns keine Hinweise vor, die für diese Hypothese sprechen«, erklärt Bazzi, »doch wir loten natürlich jede Möglichkeit aus.« Natalia hat das Haus ohne Vorankündigung, ohne ihr Mobiltelefon und ohne Kleider zum Wechseln verlassen. Wie aus polizeinahen Kreisen verlautet, ist noch unklar, ob das Mädchen in das Verbrechen verwickelt ist oder nicht. In Corvesco reden manche von Entführung, doch nach Auskunft der Polizei gibt es dafür keinerlei Anhaltspunkte.
Vor einigen Wochen starb Natalias Vater, der bekannte Luganer Arzt Enzo Rocchi, mit 55 Jahren an einem Herzinfarkt. Nach Ansicht eines Kollegen von Rocchi könnte »Natalia aufgrund des Todes beider Elternteile innerhalb so kurzer Zeit unter Schock stehen«. Wie Kommissär Emilio De Marchi vermeldet, hat die Kantonspolizei alle Bekannten und Freunde Natalias kontaktiert. De Marchi bittet die Bevölkerung um Mithilfe: »Allfällige Hinweise auf ihren Verbleib werden unter der Nummer 0848/255555 entgegengenommen.« Natalia ist 1,70 m groß, hat schulterlanges schwarzes, gelocktes Haar und blaue Augen, und zum Zeitpunkt ihres Verschwindens trug sie vermutlich hellblaue Jeans und ein weißes T-Shirt.
G. S.

Giovanni legte die Zeitung aus der Hand und sah seinen Vater an. Ernesto Canova war damit beschäftigt, die holzgetäfelte Fassade seines Hauses nachzulackieren. Giovanni war herausgekommen, um ihm zu helfen, doch als Erstes war sein Blick auf die neben der Lackdose liegende Zeitung gefallen.

»Und?«, fragte Ernesto. »Bist du zum Streichen oder zum Lesen her?«

»Tschuldigung«, antwortete Giovanni. »Ich hab nur was gesehen.«

Seine Geschwister Pietro und Viola, elf und sieben Jahre alt, spielten hinter dem Haus Federball, Giovanni hörte sie kreischen. Sie stritten sich, wer schuld sei, dass der Federball in einer Baumkrone gelandet war.

»Was ist? Was denkst du?«

»Nichts.«

Der Duft der Forellen, die seine Mutter zubereitete, drang durchs offene Küchenfenster. Sie machte sie nach einem alten Familienrezept: Mit ein paar Blättern Beifuß und Schafgarbe gefüllt, wurden sie in Mehl gewendet, gesalzen und bei niedriger Hitze in Butter gebraten.

»Gibst du mir mal den dickeren Pinsel? Ich möchte vor dem Essen fertig sein!«

Sein Vater klang leicht ungeduldig. Giovanni sah ihn von unten herauf an. Wie er in kurzen Hosen und Unterhemd auf der Leiter stand, auf dem Kopf einen Hut aus Zeitungspapier, kam er ihm vor wie ein echter Maler. Ernesto Canova war eigentlich ein Chamäleon: Er nahm stets das zu seiner jeweiligen Tätigkeit passende Erscheinungsbild an.

»Papa«, sagte Giovanni, »was sagst du denn zu dieser Mordgeschichte?«

»Ah, darüber haben wir doch schon geredet, oder?«

»Hast du sie gekannt, diese Rocchis?«

»Eigentlich nur vom Sehen. Sie waren nicht gerade kontaktfreudige Leute.«

»Und die verschwundene Tochter – Natalia?«

»Armes Mädchen«, sagte Ernesto und kam herunter, um die Leiter umzusetzen. »Eine Tragödie. Gib mir doch bitte mal den Lappen da.« Er kletterte wieder hinauf.

Giovanni reichte seinem Vater einen sauberen Lappen und nahm von ihm einen lackgetränkten Fetzen entgegen. Dann stellte er die Lackdose an den Fuß der Leiter, damit sein Vater den Pinsel eintauchen konnte. Es war der zweite Anstrich. Giovanni hatte die Wand Stunden früher zum ersten Mal gestrichen. Er hob den Kopf, um seine Arbeit zu begutachten.

Es war klar, dass ihm, wenn er jetzt nicht eine Entscheidung traf, die Forellen mit Bratkartoffeln nicht schmecken würden.

»Du, Papa, glaubst du, dass der Mörder auch die Tochter umbringen wollte?«

»Was redest du denn da?«

»Ich weiß nicht, sie ist doch abgehauen.«

»Oder man hat sie entführt. Also mich macht das nervös, dieses Thema, schau her, wie schlecht ich gestrichen habe.«

»Vielleicht ist es ein Schock?«

»Was für ein Schock?«

»Die Tochter der Rocchis. Vielleicht ist sie eben nicht entführt, sondern steht unter Schock und irrt durch den Wald. Angenommen, sie weiß auch nicht, was passiert ist und was sie jetzt machen soll. Sie hat beide Eltern verloren. Und in der Zeitung steht ...«

»Giovanni.«

»Ja?«

»Reim dir da nichts zusammen.«

»Aber ...«

»Es ist eine Tragödie. Darüber redet man nicht, als wär's eine Soap im Fernsehen.«

»Aber ich mein's ernst.«

»Ach ja? Du meinst also, sie ist im Zustand des Schocks geflohen. Und wie kommt es, dass diese Natalia seit zwei Tagen durch die Wälder läuft, ohne dass jemand sie gesehen hat?«

»Jemand hat sie gesehen.«

»Woher willst du das denn wissen?«

»Vielleicht hab ich sie gesehen.«

7

Angehörige

Elia Contini war sich bewusst, dass viele in ihm einen Sonderling sahen, um nicht zu sagen: den Dorftrottel. Im besten Fall einen Eigenbrötler, der mutterseelenallein in einem großen Haus lebte, der Privatdetektiv gewesen war, wie im Film, und den Füchsen im Wald auflauerte, um sie zu fotografieren. Und der zu allem Überfluss zum Spaß Schiffchen baute und im Tresalti schwimmen ließ.

Vielleicht hatten sie nicht ganz Unrecht. Vielleicht waren seine starren Rituale ein Versuch, keine Flanke ungeschützt zu lassen.

Zu seiner Überraschung fand sich diesmal kein einziges Floß im Sammelbecken. Am ersten August hatte er zehn Stück hineingeworfen, und anscheinend hatte der Tresalti alle mitgenommen. Vielleicht tauchte ja beim nächsten Regen noch eines auf. Contini nahm seinen Strohhut ab und wischte sich die schweißnasse Stirn. Er beschloss, sich ein kühles Bier zu gönnen. Er ging an seinem Haus vorbei durchs Dorf bis zum Grotto Pepito.

An der Bergflanke ein Stück oberhalb des Dorfs hatte vor über hundert Jahren ein gewisser Pepito Bottecchi eine Reihe von Höhlen aus dem Felsen geschlagen und Gast- und Kellerräume darin eingerichtet, in denen es immer kühl und dunkel war. Sommers saß man an Steintischen unter Eichen und Kastanien, trank Rotwein und aß Wurst und Käse. Giocondo Bottecchi, der Enkel des Gründers, empfing Contini mit finsterer Miene.

»Ich weiß«, sagte Contini. »Scheußliche Geschichte.«

»Sammelst du Material für die Zeitung?«

»Die zahlen mir mein Gehalt.«

In Corvesco wurden Journalisten und Tratsch nicht geschätzt. In dieser Hinsicht war Contini einer Meinung mit den Einheimischen, aber seitdem er bei der Zeitung arbeitete, begegnete ihm mancher mit Argwohn, als wäre er ein Fremder. Giocondo redete frei von der Leber weg.

»Du gehst aber nicht hin und erzählst unsere Angelegenheiten weiter?«

»Giocondo, du kennst mich.«

»Wieso will dieser Typ dann mit dir reden?«

Contini folgte der Richtung, in die Giocondos Kopf wies, und erblickte einen braun gebrannten Mann um die fünfzig mit graumeliertem Haar und Bart.

»Was will er?«

»Er heißt Canova«, sagte Giocondo. »Frag ihn selber.«

Es war zwei Uhr nachmittags. Contini bestellte ein Bier vom Fass für sich und einen Nusslikör für Canova.

»Entschuldigen Sie, Signor Contini, ich weiß, dass Sie nicht mehr Detektiv sind.«

»Das stimmt.«

»Aber ich bin im Zweifel, und wenn Sie erlauben, sage ich Ihnen, worum's geht.« Canova sprach hastig. »Ich persönlich wollte ja zur Polizei gehen, aber mein Sohn ist dagegen, er sagt, das Mädchen wäre stinksauer auf ihn. Außerdem bin ich nicht sicher, ob er wirklich Recht hat mit seiner Vermutung, und ich blamiere mich ungern. Das Mädchen …«

»Moment«, unterbrach ihn Contini. »Von welchem Mädchen reden Sie?«

»Natalia Rocchi. Sie wissen schon – die Tochter von …«

»Ich weiß, ja. Und was hat Ihr Sohn damit zu tun?«

»Tja, er sagt, er hat sie gesehen, gestern Nachmittag. Er war beim Angeln, und dann stand sie plötzlich da. Er sagt, er habe mit ihr geredet. Aber sie sei stumm gewesen wie ein Fisch. Giovanni meint, sie stehe unter Schock. Er sagt, sie sei abgehauen, womöglich aus Angst. Ich verstehe ja nichts von solchen Dingen, ist nicht mein Beruf … ich bin Buchhalter, verstehen Sie, aber ich denke, wenn Giovanni … Was meinen Sie?«

»Warum erzählen Sie mir nicht alles in Ruhe?«, fragte Contini.

Also begann Signor Canova noch einmal von vorn. Giovanni habe – eigentlich mehr zum Spaß – das Mädchen gefragt, ob sie diejenige mit der ermordeten Mutter sei. Zuerst habe er gedacht, sie ziere sich, weil sie nichts sagte. Aber dann seien ihm Zweifel gekommen. Und tags drauf habe er in der Zeitung das Foto gesehen und sie erkannt und ihm, seinem Vater, alles erzählt. Gemeinsam hätten sie die Verschwundene im Wald gesucht, aber ohne Erfolg.

»Und Sie sind nicht sicher?«, fragte Contini am Ende der Geschichte.

»Sie wissen doch, wie die jungen Leute sind. Warum hält sich das Mädchen denn versteckt? Ich möchte nicht umsonst die Polizei alarmieren. Jetzt hat man mir gesagt, dass Sie sich in den Wäldern hier auskennen, und vielleicht können Sie uns ja helfen zu überprüfen … Kurz und gut, man sollte sich wohl vergewissern, ob sich dieses arme Mädchen tatsächlich hier irgendwo versteckt.«

Contini dachte an das Mail, das ihm Enzo Rocchi Wochen

vor seinem Tod geschrieben hatte. Er dachte an die Anwesenheit von Commissario De Marchi in dem Haus, in dem Sonia Rocchi gestorben war. Und der Zettel, den er am Ufer des Tresalti gefunden hatte, fiel ihm wieder ein. Und er dachte daran, was ihm die Leute erzählt hatten, als er sie im Auftrag seines Chefs ausgehorcht hatte.

Es kam ihm fast vor, als ob Natalia irgendwo auf ihn wartete.

Francesca Besson saß auf einer Bank am Seeufer und las den jüngsten Roman von Anne Tyler.

Auch sie hätte ganz gut eine der Romanfiguren sein können: die Studentin, die sich mit einem Detektiv zusammentut und versucht, sein Leben zu ändern. Wie war es so weit mit ihr gekommen? Im Roman versucht Liam Pennywell mit sechzig Jahren alle Verbindungen mit seinem früheren Leben zu kappen und findet sich umzingelt von Exfrauen, Töchtern, Chaos.

Francesca hingegen ging vom anderen Extrem aus: Ihre Eltern waren tot, und Geschwister oder andere Verwandte hatte sie nicht.

Sie hatte Contini kennengelernt und wollte ihn nicht verlieren.

Touristinnen mit ausladenden Sonnenhüten zum Schutz ihrer bleichen Haut schlenderten gackernd und fotografierend die Seepromenade entlang bis zum Landesteg. Francesca blickte ihnen eine Weile nach, dann schloss sie die Augen und hielt das Gesicht in die Sonne. Sie saß gern lesend am See. Es brauchte nicht viel, um sich vom Plätschern des Wassers, den vorüberziehenden Stimmen der Passanten einlullen zu lassen, bis die Erdschwere von einem abfiel. Keine Termine mehr, keine Streitereien, keine

Versprechen. Auch sie war auf der Flucht, wie die Protagonisten ihres Romans.

Sie steckte ein Lesezeichen zwischen die Seiten und legte das zugeklappte Buch neben sich auf die Bank. In ihrer Handtasche hatte sie eine Zeitung, einen Apfel, eine Flasche Wasser. Sie trank einen Schluck und sah zwei auf Inlineskates vorbeiflitzenden Kindern nach. Sie hatte immer in Locarno und immer in der Nähe des Bahnhofs gewohnt, und sie stellte sich gern vor, dass die Wege zum See ihr privater Hinterhof seien. Auch die Touristen kamen ihr vor wie Angehörige.

Sie überflog die Schlagzeilen. Immer noch diese Geschichte in Corvesco. Und wieder musste sie an Contini denken: Sie kannte ihn gut, und sie war sicher, dass er es nicht fertigbrächte, sich herauszuhalten. Zwar beteuerte er ständig, er wolle ja nur seine Ruhe, aber Francesca wäre jede Wette eingegangen, dass er sich bereits umhörte und Fragen nach dieser armen Ermordeten stellte. Schließlich war die Sache in Corvesco passiert, seinem Revier – da fühlte er sich doch verpflichtet, sich einzumischen.

Contini fühlte sich immer zu allem Möglichen verpflichtet, aber warum er so tat, als hätte er keine Gefühle, war ihr ein Rätsel. Vielleicht war ihm auch gar nicht bewusst, dass er Gefühle hatte. Francesca war überzeugt, dass er tief in seinem Inneren tatsächlich Qualitäten wie Neugier, Zärtlichkeit, Zuneigung besaß.

Vielleicht war dort sogar Platz für Liebe.

Vielleicht.

Aber diesmal war sie zu keinen Abstrichen mehr bereit. Entweder es war ihm ernst, oder sie trennten sich. Sie würde leiden, das war ihr klar, aber sie war keine Romanfigur, sie hatte keine Familie, vor der sie fliehen musste. Für Francesca war es Zeit, etwas aufzubauen.

Sie faltete die Zeitung zusammen und hoffte, dass Contini sich nicht in die Mordermittlungen hineinziehen ließ.

Das hätte gerade noch gefehlt.

8

Allein auf der Welt

Da war ein Mann im Wald. Ein Stück oberhalb seines Hauses – Contini hatte ihn flüchtig gesehen. Er hatte dort oben schon Pilzsammler und verirrte Wanderer getroffen, aber diese dunkle, spähende Gestalt, die sich zwischen Ulmen und Walnussbäumen bewegte, schien ihm verdächtig und vage beunruhigend.

Für jeden Beobachter deutlich sichtbar, zog er einen weiten Bogen. Etwas weiter oben führte eine schmale Brücke über den Tresalti, und am anderen Ufer stand eine Kapelle mit einem Fresko, das dem Zahn der Zeit tapfer widerstand. Contini überquerte den Fluss, begab sich hinter die Kapelle und wartete.

Wenige Minuten später tauchte erwartungsgemäß die Gestalt auf der Brücke auf. Contini zündete sich eine Zigarette an und trat genau in dem Moment, als der Mann vorüberging, aus seinem Versteck, eine Hand an der Hutkrempe.

»Guten Morgen.«

Der Mann zuckte zusammen und blieb stehen.

»Oh … hallo! Haben Sie mich erschreckt!«

»Tut mir leid.«

»Ich kenne mich hier nicht aus.«

Mit seinen Lederschuhen, dem eng anliegenden T-Shirt, der leichten Sommerhose war der Mann nicht gerade passend für einen Waldspaziergang gekleidet. Sein Gesicht zierte ein kompliziertes Bartdesign aus Backen-, Kinn- und Oberlippenbehaarung. Contini streckte ihm forsch die Hand entgegen.

»Sehr erfreut. Contini.«

Der Mann drückte ihm überrascht die Hand und sagte nichts.

»Was hat Sie denn hierher verschlagen?«, erkundigte sich Contini.

»Ach, nichts. Ich bin nur ein bisschen gestresst, und in solchen Fällen komm ich ganz gern hier herauf und gehe ein paar Schritte in den Bergen.«

»Wenn Sie diesen Weg hier nehmen, kommen Sie zu dem verlassenen Dorf Valnedo.«

»Ach ja. Vielen Dank.«

»Bitte. Ich muss in die andere Richtung.«

Contini ging an ihm vorbei und über den Tresalti zurück.

»Von sieben bis fünfzehn sind es Kinder, von sechzehn bis achtzehn Jugendliche, von achtzehn bis fünfundzwanzig junge Erwachsene«, dozierte Commissario De Marchi. »Auch ich kenne das Gesetz.«

»Versteht sich«, nickte Rechtsanwalt Bossi. »Aber das Gesetz unterscheidet, ob ein Jugendlicher unter Anklage steht oder ob er lediglich Zeuge eines Verbrechens ist.«

»Sicher«, sagte De Marchi. »Aber das gilt ja für uns alle, oder?«

In Bossis Büro saß noch eine dritte Person, die einstweilen nur zuhörte. Brenno Bonetti war ein pragmatischer Mensch, dem nie etwas über die Lippen kam, das nicht dokumentiert oder dokumentierbar war. Er war Präsident der Regionalen Vormundschaftskommission 5 mit Sitz in Massagno. Vor Jahren war er zudem Jugendrichter gewesen und hatte viel mit Problemjugendlichen zu tun gehabt: höchst unterschiedliche Fälle je nach Verlauf und familiärer Situation, aber seine damaligen Jugendlichen waren immerhin fassbare Wesen. Jetzt redeten diese beiden über Natalias mögliche Beteiligung an der Ermordung der Mutter und über erforderliche Maßnahmen, um sie zu schützen und zu vernehmen. Dabei war dieses Kind unauffindbar.

Wie wollt ihr sie denn vernehmen, dachte Bonetti, wenn sie verschwunden ist?

»Meiner Ansicht nach greifen wir zu sehr vor«, sagte er zu dem Polizisten und dem Anwalt.

Die beiden drehten sich zu ihm um und betrachteten ihn mit einem gewissen Missfallen. Gleichwohl fragte der Anwalt mit gewohnter Liebenswürdigkeit: »Inwiefern, Signor Bonetti?«

»Insofern, als das Mädchen nun mal nicht da ist.«

»Danke für die Info«, schnaubte De Marchi, der allmählich nervös wurde.

Als Jugendrichter war Bonetti nach jahrelanger Tätigkeit pensioniert, doch die Leitung der Vormundschaftskommission hatte er noch nicht abgetreten. Er war ein stämmiger Mann mit breiten Schultern und hoher Stirn. Sein Gesicht wurde von einer quadratischen Brille beherrscht: Das Modell war nicht gerade der letzte Schrei, doch sein Blick blitzte furchteinflößend hinter den dicken Gläsern hervor.

»Herr Kommissär«, sagte er und fasste De Marchi scharf ins Auge. »Ich darf Sie daran erinnern, dass es meine Aufgabe ist, eine Unterbringung für das Mädchen zu finden, das Vollwaise ist, sowie dafür zu sorgen, dass seine Rechte …«

»Schon gut.« De Marchi hob beide Hände. »Regen Sie sich nicht auf.«

»Vielleicht«, schaltete sich der Anwalt in beschwichtigendem Tonfall ein, »wünschen die Herren eine Tasse Tee?«

»Herr Advokat …«, begann De Marchi.

»Oder einen Kaffee? Ein kaltes Getränk?«

Bonetti und De Marchi kapitulierten vor seiner Beharrlichkeit. Der Polizist entschied sich für einen Kaffee, Bonetti nahm einen Apfelsaft aus der Minibar in Bossis Büro. Dann setzten sie die Erörterung von Natalias rechtlicher Lage fort. Der Kommissär war sehr zuversichtlich, dass sie bald gefunden würde; und Bonetti gewann den Eindruck, dass die Polizei ihr zumindest eine Mitwisserschaft an dem Verbrechen unterstellte. Während er sich den Apfelsaft in ein Glas goss, ließ er den Blick vom einen zum anderen wandern und sagte: »In jedem Fall muss man behutsam vorgehen.«

»Sicher«, sagte Bossi. »Äußerst behutsam.«

»Natalia«, fuhr Bonetti fort, »ist erst siebzehn, verstehen Sie, und schon allein auf der Welt.«

Ein kurzes Schweigen trat ein. Dann fuhr Bonetti fort: »Was das Verbrechen betrifft, so habe ich Ihnen eine Mitteilung zu machen, die Sie interessieren dürfte, Herr Kommissär. Ich hätte Sie angerufen, aber nachdem wir ohnehin hier sind …«

De Marchi runzelte die Stirn. »Worum geht's?«

»Oh, es ist nichts Besonderes … ich kannte Enzo Rocchi persönlich, wir sind – vielmehr waren – Parteifreunde, Sie wissen schon, man trifft sich. Vor ein paar Wochen – wir hatten schon eine Weile nichts voneinander gehört – rief er meine Sekretärin an und wollte sich mit mir zum Mittagessen verabreden. Es fand sich aber kein Termin, das Treffen musste verschoben werden, und schließlich …« Bonetti verstummte mit einem Seufzen.

»Und warum wollte er sich mit Ihnen treffen?«, fragte De Marchi.

»Ich glaube nicht, dass sein Anliegen in irgendeinem Zusammenhang mit dem späteren Verbrechen steht«, antwortete Bonetti. »Aber man weiß ja nie. Rocchi wünschte Informationen über die Nachtlokale in unserem Kanton.«

Die beiden anderen horchten auf.

»Was für Nachtlokale?«, fragte De Marchi.

»Insbesondere«, fuhr Bonetti fort, ohne auf ihn einzugehen, »wollte er, nachdem ich ja einschlägige Kenntnisse besitze, von mir wissen, wie verbreitet der Nachtclubbesuch bei Minderjährigen ist, vor allem bei Minderjährigen aus problematischen Verhältnissen.«

»Und wieso? Hat er nicht gesagt, warum?«

»Ich schätze, es ging um eine ärztliche Angelegenheit. Er hat nur mit meiner Sekretärin gesprochen und nichts weiter dazu gesagt, tut mir leid. Ich weiß nicht, ob Ihnen das weiterhilft.«

Nach dem Gesichtsausdruck des Kommissärs zu urteilen wusste der es selbst nicht.

9

Ein Mädchen aus der Stadt

Contini machte sich auf die Suche nach Natalia. Jetzt ist es also so weit, dachte er auf dem Weg über die Brücke, ich stecke mittendrin in dieser Sache. Vielleicht wäre alles anders gekommen, wenn er Enzo Rocchis Bitte entsprochen hätte? Vielleicht aber auch nicht. Und sich schuldig zu fühlen, bloß weil man kein Detektiv mehr sein will, wäre ja übertrieben.

Nach dem Gespräch mit Ernesto und Giovanni Canova hatte Contini eine Vermutung gehabt, wo Natalia sich verstecken könnte. Für ein Mädchen aus der Stadt, das ein Leben in der Wildnis kaum gewöhnt ist, dürften zwei Nächte unter freiem Himmel wenig attraktiv sein. In dem Gebiet, in dem sie untergetaucht war, könnte die kleine Kirche San Rocco, nahe dem Ruinendorf Valnedo, eine gute Zuflucht sein. In der Nähe gab es sogar einen Picknickplatz und ein Klo für Ausflügler. Und ein nicht zu überschätzender Vorteil war, dass man von der Kirche aus den Wanderweg gut im Blick hatte.

Deshalb ging Contini nicht den Weg entlang. Den hatte er dem Spaziergänger mit dem Designerbart gewiesen und war dabei doch sicher, dass der Mann gar kein Interesse an landschaftlichen Schönheiten und archäologischen Schätzen hatte. Wäre er wirklich ein Wanderer gewesen, hätte er auch nach Valnedo gehen können. Aber wenn er sich, wie es den

Anschein hatte, eher für Contini interessierte, hätte er versucht, bei der nächsten Gelegenheit kehrtzumachen und ihm zu folgen.

Contini war allerdings keiner, der sich mitten im Wald beschatten lässt.

Er wusste selbst nicht, weshalb er derart argwöhnisch war. Vielleicht kehrte sein Ermittlerinstinkt zurück. Außerdem war ihm alles, was mit Natalia zu tun hatte, noch äußerst nebelhaft – als erzählten die Fakten eine ganz andere, verzerrte Geschichte, als verschleierte ein Taschenspielertrick die Wahrheit.

Valnedo. Wann immer er dort vorbeikam, schloss Contini die Augen und stellte sich die Stimmen der Bewohner vor. Einst war auf dieser jetzt vom Wald überwucherten Hügelkuppe eine lichte, sonnige Hochebene gewesen, Brunnen plätscherten, Kinder tollten herum, und die Hühner scharrten zwischen den Häusern in der Erde. Irgendwo hämmerte der Schmied ein glühendes Eisen, eine Frau fegte den gepflasterten Platz vor ihrem Haus, und ein Duft nach Gemüsesuppe wehte durchs Dorf. Contini lauschte mit geschlossenen Augen und suchte das untergegangene Leben zurückzuholen.

Jetzt verfielen die Mauern zusehends, und die Erde verschlang die Trümmer. Unter dem Klammergriff der Kletterpflanzen zerbröselte der Stein. Manchmal, wenn er herkam, betrat Contini die Ruine eines Hauses und stand dann einfach nur schweigend da. Von den Wurzeln der Buchen hatten die Wände Risse bekommen, Haselnussstauden streckten ihre Zweige durch leere Fensterhöhlen. Man meinte förmlich zu spüren, wie der Wald vorrückte, wie die Bäume sich verlorenes Terrain zurückeroberten.

Contini wartete ein paar Minuten, um sich zu vergewissern, dass er allein war. Dann stieg er den Hang hinauf und umrundete das Kirchlein in einem großen Bogen. Vor ein paar Jahren war es restauriert worden, und einmal im Jahr fand hier zu Ehren seines Schutzpatrons, des hl. Rochus, eine Messe mit anschließendem gemeinschaftlichem Essen statt.

Contini schlich sich leise durchs Unterholz an. Dann stürzte er mit einem Satz aus dem Dickicht auf die Mauer der Kirche zu, war mit zwei Schritten an der Tür der Sakristei und drückte auf die Klinke. Die Tür schrammte über den Boden, Contini trat ein. In den muffigen Geruch mischte sich ein Hauch Weihrauch und Wachs wie eine Erinnerung aus ferner Vergangenheit. Sekundenlang verharrte er, um sich an die Dunkelheit zu gewöhnen. Und kaum hatte er den ersten Schritt getan, kam von der anderen Seite her ein Geräusch. Sieh an, da war sie ja. Er rannte durchs Kirchenschiff.

Das Mädchen war am Haupttor und versuchte es von innen zu öffnen. Die Hände beschwichtigend erhoben, trat Contini näher. »Hey«, sagte er.

Das Mädchen drehte sich langsam um, gab aber keine Antwort.

»Nur die Ruhe«, sagte Contini. »Alles gut.«

Das Mädchen, das ihm wie ein in die Enge getriebenes wildes Tier vorkam, schien sich ein wenig zu beruhigen; es ließ ihn näher kommen. Bemüht, abrupte Gesten zu vermeiden, streckte er eine Hand aus und sagte: »Natalia Rocchi, nehme ich an.«

DRITTER TEIL

Schweigen

1

Eine Wand aus Eis

»Man muss den Willen des Mädchens berücksichtigen«, sagte Bonetti.

»Aber wenn sie nichts mitteilen kann«, entgegnete De Marchi.

»Sie kann nicht *reden*«, korrigierte Bonetti. »Das ist was anderes.«

Sie waren in Corvesco, im Haus der Familie Canova. Richter Bonetti und Kommissär De Marchi saßen auf Gartenstühlen, während Contini in einer Zimmerecke stand und zum Fenster hinausblickte. Es herrschte eine deutliche Spannung im Raum, auch eine gewisse Beklommenheit, ähnlich wie das bange Gefühl, das einen vor Unerklärlichem erfasst.

De Marchi wechselte das Ziel und wandte sich an Contini. »Sie haben uns noch gar nichts gesagt.«

»Ich habe Sie herbestellt.«

»Als das Mädchen bereits hier war. Drei Stunden später.«

Natalia war tatsächlich mit ihm gegangen. Er hatte sie gefragt: Willst du mitkommen? Sie hatte zwar keine Antwort gegeben, war aber halb neben, halb hinter ihm her durch den Wald bis zum Haus der Canovas mit ihm abgestiegen. Contini hatte es für das Beste gehalten, sie hierherzubringen, wo jemand war, der sich ihrer annehmen konnte. Marta Canova, die Hausherrin, hatte ihr ein heißes Bad einlaufen lassen, hatte ihr Kleider zum Wechseln gegeben und ihr zu essen und zu trinken gebracht. Beim Eintreffen der Polizei hatte Natalia zu verstehen gegeben, dass sie nicht die Absicht hatte, sich einen Schritt von der Stelle zu rühren. Als De Marchi ihr anbot, sie nach Lugano und nach Hause zu bringen, hatte Natalia mit panischem Blick wild den Kopf geschüttelt.

Und jetzt saßen sie beisammen und versuchten sich zusammenzureimen, was passiert war.

Denn Natalia sprach nicht.

Sie sagte kein einziges Wort.

Wenn sie etwas wollte, gelang es ihr, sich verständlich zu machen, aber sie sagte nichts, anscheinend konnte sie nicht einmal schreiben. Außerdem schien sie bestimmte Wörter und Wendungen nicht zu verstehen. Dr. Mankell, der Kollege ihres Vaters, war gerufen worden und untersuchte sie jetzt in einem Zimmer im ersten Stock.

»Damit wir uns recht verstehen«, sagte De Marchi, »mir ist bewusst, dass die Situation delikat ist. Aber dieses Mädchen ist in einen Fall von Totschlag verwickelt, und ich bin meinen Vorgesetzten Rechenschaft schuldig. Ganz zu schweigen von den Medien …« Der Kommissär unterbrach sich. »Apropos Medien«, sagte er, wieder an Contini gewandt, »haben Sie die Absicht, die jüngsten Entwicklungen Ihrer Zeitung weiterzuleiten?«

Contini schüttelte den Kopf. »Aber nein«, sagte er.

»Wir haben Ihnen zu bleiben erlaubt, weil das Mädchen offenbar Wert darauf legt und der hier anwesende Signor Bonetti es für geboten hält, ihr weitere Erschütterungen zu ersparen. Aber eines ist klar: Wenn auch nur ein einziges Wort …«

»Ich sage nichts.«

»Wird auch besser sein. Jetzt, Bonetti, schauen wir, wie wir vorgehen. Erstens: Wer kümmert sich um Natalia? Wer hat die gesetzliche Vormundschaft, und wo wird sie in der nächsten Zeit wohnen? Wir müssen wissen, wie wir sie erreichen können.«

De Marchi gab sich bärbeißig, aber Brenno Bonetti war ein guter Menschenkenner, und die Blässe, die nervöse Hand, mit der sich der Kommissär wiederholt über den Nacken fuhr, entgingen ihm nicht: Auch dieser Polizist war nicht immun gegen den Eindruck, den das stumme Mädchen auf sie alle machte.

»Wenn die Familie Canova nichts dagegen hat, könnte sie vielleicht für ein paar Tage hierbleiben.«

»Hier? Aber das geht doch nicht, das verstößt doch gegen die Vorschriften!«

»In solchen Fällen gibt es keine Vorschriften. In den nächsten Tagen setzen wir uns mit der Vormundschaftskommission zusammen, werden Verwandte und Freunde anhören und entscheiden, wie weiter verfahren wird. Das Mädchen hat, wie es aussieht, keine engen Verwandten, niemanden, der *ad hoc* intervenieren könnte.«

»Also?«

»Im Dezember ist sie volljährig, und bis dahin müssen wir einen gesetzlichen Vormund für sie finden. Natürlich sorgen wir dafür, dass das Trauma, unter dem sie offensichtlich leidet, behandelt wird, und was die Vernehmung betrifft … tja, was schwebt Ihnen vor?«

Der Kommissär gab keine Antwort. Auch er war sich bewusst, dass die Ermittlungen in diesem Fall vom normalen Procedere würden abweichen müssen. Abgesehen davon, dass sie kein Wort herausbrachte, schien Natalia sich an die Nacht des Verbrechens nicht zu erinnern, ja wenn sie darauf angesprochen wurde, verstand sie nicht einmal, was man von ihr wollte.

»Die Lage ist nicht rosig«, sagte Mankell, der in diesem Moment zur Tür hereinkam.

Alle drehten sich zu ihm. Dem Arzt stand der Schweiß auf der Stirn, und er schien sich nicht sehr wohl in seiner Haut zu fühlen.

»Was meinen Sie damit?«, fragte Bonetti.

»Ich weiß nicht, ob ich hier frei reden kann«, wandte Mankell ein. »Natalias Zustand ist ernst.«

Bonetti hatte unterdessen die Zügel in die Hand genommen. Seine quadratischen Brillengläser blitzten. »Reden Sie nur freiheraus«, sagte er. »Das ist der Herr Contini, der Natalia gefunden hat. Nachdem das Mädchen zu verstehen gegeben hat, dass sie seine Anwesenheit wünscht, kann er wohl auch Bescheid wissen. Den Herrn Kommissär De Marchi kennen Sie ja schon.«

»Ja.« Mankell deutete ein Lächeln an. »Tut mir leid, dass ich Ihnen nicht helfen konnte.«

Tags zuvor war der Kommissär bei ihm in der Praxis gewesen, um zu fragen, ob Mankell etwas über Rocchis Interesse an Nachtlokalen wisse. Aber auch dieser Ansatz hatte sich leider als Sackgasse erwiesen.

»Macht nichts«, erwiderte De Marchi. »Also?«

»Nun, es scheint sich um eine posttraumatische Belastungsstörung zu handeln, wie wir Mediziner sagen. Mit einigen zusätzlichen Komplikationen, die körperliche Ursachen haben – zum Beispiel muss Natalia gefallen sein, sie hat eine hässliche Prellung an der linken Schläfe.«

»Wie äußert sich denn so eine Störung?«, wollte Bonetti wissen.

»Sagen wir es so: Nach einem als außergewöhnlich belastend erlebten Ereignis kann sich ein bestimmter psychopathologischer Symptomkomplex entwickeln. Davon betroffen sind zum Beispiel häufig Überlebende eines schlimmen Unfalls.«

Der nächste Stichwortgeber war De Marchi. »Und was für Symptome wären das?«, fragte er.

»Das ist unterschiedlich. Manchmal wird das traumatische Ereignis im Geist zwanghaft immer wieder erlebt, aber das scheint hier nicht der Fall zu sein. Natalia hat das traumatische Erlebnis offenbar verdrängt. Abgesehen davon ist eine übermäßige Wachsamkeit festzustellen, eine dauernde Alarmbereitschaft hinsichtlich äußerer Reize mit entsprechenden Schlafstörungen sowie eine emotionale Loslösung von der Umgebung.«

Contini hatte sich vom Fenster abgewandt und war hinzugetreten. Auch De Marchi und Bonetti waren aufgestanden, und wie sich alle drei um Mankell scharten, wirkten sie wie Schüler, die an den Lippen ihres Meisters hängen. Der Arzt aber, wenngleich er sich auf diesem Gebiet gut auskannte und seine Kenntnisse mit souveränem Stolz vortrug, hatte keine Gewissheiten anzubieten.

»Natalias Fall kompliziert sich durch eine Form von Aphasie sowie eine partielle Amnesie. Möglicherweise wird sie irgendwann das traumatische Ereignis in Form wiederkehrender Albträume erleben, auf jeden Fall dürfte sie in der nächsten Zeit erheblichen Stimmungsschwankungen unterworfen sein.«

»Wäre es da nicht besser, man behandelt sie im Spital?«, fragte De Marchi.

»Sie braucht jedenfalls Hilfe«, erklärte Mankell. »Aber nicht unbedingt eine stationäre Behandlung. Eine familiäre Umgebung, die Anwesenheit von Menschen, zu denen sie

Vertrauen fasst, kann sehr viel bewirken. Gleichzeitig sollte eine psychotherapeutische Intervention beginnen, die den Schwerpunkt speziell auf die Verarbeitung des traumatischen Erlebnisses legt. Und eine Logopädie, die ihr hilft, das Sprechen wieder zu lernen.«

»Aber wenn sie sich doch nicht erinnert!«, entgegnete Bonetti.

»Tja.« Mankell seufzte und ließ sich auf einen der Stühle sinken. »Das ist ein Problem. Die Erkrankung hat akut begonnen, kann sich aber im weiteren Verlauf sehr wohl zu einer chronischen Störung entwickeln. Dem soll die Therapie eben vorbeugen.«

»Wie muss man sich das vorstellen?«, drängte Bonetti. »Wird sie ihr Gedächtnis wiederfinden? Und wieder sprechen lernen?«

»Das weiß ich nicht.« Mankell nahm seine Brille ab. »Zum gegenwärtigen Zeitpunkt lässt sich das überhaupt nicht sagen.«

»Und was können Sie als ihr Hausarzt tun?«

»Ich werde auf jeden Fall dafür sorgen, dass die nötigen Untersuchungen gemacht werden, und ihr bei der Suche nach einem geeigneten Psychotherapeuten helfen. Außerdem gibt es Medikamente, die sie unterstützend einnehmen kann, wie Paroxetin oder Sertralin, aber damit sollte man vorläufig besser noch warten. Wenn sie einen Schock erlitten hat und wenn infolge der Kopfverletzung tatsächlich auch ein physisches Trauma vorliegt … Kurzum, das klinische Syndrom ist komplex.«

»Keine Frage«, bemerkte De Marchi. »Und dass sie nicht redet, ist das normal?«

»Nein, das ist ein eher ungewöhnliches Symptom. Natürlich kann die Aphasie eine Folge der Verdrängung sein. Im

Allgemeinen sind Sprachstörungen die Folge eines Schädel-Hirn-Traumas. Natürlich, wenn eine Läsion der linken Gehirnhälfte vorliegt … Zur Abklärung muss auf jeden Fall ein CT gemacht werden.«

»Gibt es Therapien bei Aphasie?«, fragte Bonetti.

»Tja …« Vor dem unermesslich weiten Feld dieser Erkrankung schien Mankell zu verzagen. »Auf jeden Fall schadet es nicht, die Hilfe eines Logopäden in Anspruch zu nehmen.«

»Das heißt?«

»Natalia muss das Sprechen wieder neu lernen.«

»Ja, geht das denn?«

»Sagen wir so: Natalia hat sich infolge des Schocks oder auch eines physischen Traumas von der Welt abgeschottet und verweigert den Kontakt. Nicht vollständig, aber in weiten Teilen. Es ist, als sei sie hinter einer Wand aus Eis eingeschlossen. Mit der Zeit und der richtigen Temperatur wird das Eis schon tauen … Aber jemand muss eine Möglichkeit finden, um es zum Schmelzen zu bringen, verstehen Sie?«

Für eine Weile schwiegen sie alle – wie um nachzufühlen, wie es Natalia ging. Dann fragte Contini: »Kann ich das Mädchen sehen?«

»Sie schläft«, antwortete Mankell.

»Ich will nur einen Blick auf sie werfen.«

Mankell blickte zu De Marchi, dann zu Bonetti, der nickte. Mit einer Kopfbewegung forderte er Contini auf, ihm zu folgen. Sie stiegen die Treppe hinauf und gingen durch einen kurzen Flur bis zu einer Tür, die Mankell einen Spalt weit öffnete.

Natalia lag im Bett. Sie schlief, das Gesicht zur Decke gewandt, den Mund geschlossen. Ihr Atem ging ruhig.

Contini beobachtete sie ein paar Sekunden lang.

Natalia hörte die Tür sich schließen. Langsam öffnete sie ein Augenlid. Im Zimmer war es ganz still und friedlich. Der Mann, der sie in der Kirche gefunden hatte, hieß Contini. Sie kannte ihn vom Sehen: Dieses kantige Gesicht, diese bedächtige Art – daran erinnerte sie sich. Sie war ihm ab und zu in Corvesco begegnet. Sie wusste, dass er als etwas verschroben galt. War er nicht Forscher – oder wie das hieß?

Peter Mankell hatte sie untersucht. Es wird alles wieder gut, du wirst sehen, hatte er gesagt, doch seine Nervosität war unübersehbar. Zuerst hatte er ihr Fragen gestellt, und Natalia hatte sich bemüht, Antworten zu geben. In ihrem Kopf waren sie ja. Aber sie konnte sie nicht aussprechen. Im gleichen Moment, in dem sie zu Lauten werden sollten, flogen ihr die Wörter davon. Es war ein Gefühl völliger Machtlosigkeit. Wie wenn man einen Namen auf der Zunge hat, aber er kommt einfach nicht: So erging es Natalia, und das immer, bei fast jedem Wort.

Es lag ihr immer auf der Zunge.

Sie drehte sich auf die Seite. Sie starrte die weiße Wand an, den Holzschrank, das Bild daneben, das ein Kind mit Wasserfarben gemalt hatte. Es kam ihr vor, als habe sie jahrelang fernab der Zivilisation gelebt, als sei sie Monat um Monat durch die Wälder geirrt, ohne je einer Menschenseele zu begegnen. Vielleicht hatte sie mit den Bäumen und Felsen geredet, hatte alle ihre Wörter verbraucht, um zu schreien, wo niemand sie hörte.

Lieber Gott, was ist nur mit mir passiert? Natalia spürte ein dunkles Gebilde im Zentrum ihres Bewusstseins, das sich nicht fassen und nicht beschreiben ließ, und sie versuchte es auch gar nicht. Sie wandte sich innerlich davon ab, und doch kehrten früher oder später ihre Gedanken immer wieder zu diesem dunklen Etwas zurück und umkreisten es …

alles hatte angefangen, als … der Wald hatte sich um sie geschlossen, weil sie nicht … nach dem Lauf, nach der Flucht, die … er hatte es auf sie abgesehen, wollte sie umbringen, nachdem …

Warum, fragte sich Natalia immer wieder, und der Schweiß trat ihr auf die Stirn, warum kann ich mich nicht erinnern, was war?

Sie zerbrach sich vergeblich den Kopf. Sie wusste, dass irgendwo eine Gefahr lauerte. Todesgefahr. Vielleicht war das der Grund, weshalb sie in den Wald geflohen war und den Kontakt mit Menschen so weit wie möglich gemieden hatte. Wie die Überlebende einer Katastrophe: mit ein paar Gegenständen, die sie aus ihrem früheren Leben herübergerettet hatte. Sie musste sich ganz neu in der Welt einrichten.

Aber jemand war aufgetaucht. Giovanni, der am Bachufer kauerte mit seinen Forellen. Giovanni hatte mit ihr geredet. Zuerst wusste sie nicht, ob er Freund oder Feind war. Nach so viel Einsamkeit hatte sie nicht gleich verstanden, was er sagte, was er von ihr wollte, und war erneut geflohen. Hatte die kleine Kirche entdeckt, ihre Zuflucht, und ihre restlichen Lebensmittel verzehrt. Bis dann plötzlich Contini vor ihr gestanden hatte.

War es ein Fehler gewesen, mitzugehen? Natalia wusste es nicht. Sie wusste nur, dass sie weiterhin auf der Hut sein musste, die Gefahr konnte von allen Seiten kommen. Wenn sie daran dachte, dass ihr jemand wahrscheinlich nach dem Leben trachtete und sie nicht wusste, wie es dazu gekommen war, senkte sich ein schwarzer Schleier über ihr herab, und sie dachte: Das schaffe ich nie. – Dass sie in diese Lage geraten war, schien ihr zutiefst ungerecht.

Vorerst konnte sie nur ihre Lage im Bett verändern. Die Beine ausstrecken, den Blick auf einen Strohhut heften, der neben der Tür an einem Haken hing. Dieses Haus schien ein sicherer Hafen zu sein. Die Menschen, die hier wohnten, würden ihre Feinde fernhalten. Natalia war noch nicht besiegt. Sie war entschlossen zu kämpfen. Und irgendwann würde sie ihre Sprache wiederfinden.

CORVESCO – Sonia Rocchis Tochter im Wald verirrt

NATALIA HAT DAS GEDÄCHTNIS VERLOREN

von Gianni Schiavo

Natalia Rocchi ist wieder da. Gefunden hat sie unser Mitarbeiter Elia Contini, der ehemalige Privatdetektiv aus Corvesco: Die Siebzehnjährige hatte sich im Wald versteckt und in der kleinen Kirche San Rocco bei den Ruinen des alten Dorfs Valnedo Zuflucht gefunden. Seit der Nacht des 1. August, in der ihre Mutter umgebracht wurde, war sie durch den Bergwald oberhalb von Corvesco geirrt. Nach Auskunft der Polizei sei sie »in verwirrtem Zustand«. Sie spricht nicht und scheint ihr Gedächtnis verloren zu haben. Dr. Peter Mankell, der sie nach ihrer Rückkehr untersucht hat, meint, sie brauche jetzt »in erster Linie Ruhe und Frieden, um die Sprache wiederzufinden«. Die Behörden haben daher entschieden, Natalia vorerst nicht zu transferieren, sondern im Haus einer Familie von Feriengästen in Corvesco zu belassen.

Zahlreiche Fragen sind offen. Wie die Staatsanwaltschaft vermutet, hat Natalia möglicherweise das Verbrechen an ihrer Mutter beobachtet und dürfte somit die einzige Zeugin der Vorfälle in jener Nacht sein, in der Sonia Rocchi, wie wir berichtet haben, überfallen wurde und an einer

Kopfverletzung starb, die vermutlich durch den heftigen Zusammenprall mit der Kante eines Schreibtisches herbeigeführt wurde. Weshalb sie einer Gewalttat zum Opfer fiel, ist noch völlig unklar. Die von Staatsanwalt Arno Bazzi geleiteten Ermittlungen haben noch keinerlei Anhaltspunkt für ein Motiv, geschweige denn einen Täter ergeben. Es könnten Einbrecher gewesen sein, die nächtlicherweise ins Haus eindrangen und von der Bewohnerin überrascht wurden. Oder sollte es ein geplanter Mord gewesen sein? Die Ermittler tappen im Dunkeln.

Natalia Rocchi ist noch nicht vernehmungsfähig. Das nach dem Tod der Mutter unter Schock stehende Mädchen hat zudem vor wenigen Wochen den Vater verloren, den an einem Herzinfarkt verstorbenen bekannten Luganer Arzt Enzo Rocchi. Brenno Bonetti, vormaliger Richter, der heute Präsident der für Natalia zuständigen Vormundschaftskommission ist, wollte telefonisch keine Erklärungen abgeben, sondern betonte lediglich, Natalia brauche vorerst strikte Ruhe.

Unterdessen gehen die Ermittlungen weiter. Eine psychologische Betreuung soll Natalia helfen, den Schock und die körperlichen und seelischen Folgen des tagelangen Aufenthaltes im Wald zu überwinden: Dann könnte sie die Ermittler einen entscheidenden Schritt weiterbringen. Dieses Verbrechen, das wegen seiner unerklärlichen Brutalität in trauriger Erinnerung bleiben wird, muss so rasch wie möglich aufgeklärt werden.

Luciano Savi legte die Zeitung nieder und schob sie von sich. »Unerklärliche Brutalität«. Was wussten die denn. Tatsache ist, dass einen manchmal die Umstände zum Handeln zwingen, und dann muss man sich eben leider die Hände schmutzig machen. Das Leben ist kein Gesellschaftsspiel. Und Savi hing am Leben. Weitere Fehler durfte er sich auf keinen Fall leisten.

Die Fahrt nach Corvesco war ein kolossaler Fehler gewesen.

Was für eine unsinnige Idee, er könnte in einer völlig unbekannten Gegend der Polizei zuvorkommen! Zwar war ihm bekannt, dass sich das Mädchen im Wald aufhielt, aber wie undurchdringlich dieses verdammte Dickicht dort oben ist, hatte er nicht geahnt. Am Ende hatte er sich ausgerechnet von diesem Contini erwischen lassen, der aber zum Glück keinen Verdacht geschöpft hatte. Nein, um keinen Preis durfte er einen weiteren Fehler machen. Der nächste Schritt wollte sehr genau überlegt werden, und er musste erfolgen, bevor das Mädchen sein Gedächtnis wiederhatte.

Savi saß in seinem Büro, einem an den großen Saal des Tukan angrenzenden Kabuff. Dort pflegte er durch das Spionagefensterchen die Vorgänge nebenan zu beobachten. Doch um zwei Uhr nachmittags hatte das Tukan geschlossen, die Mädchen schliefen, und Savi konnte in Ruhe nachdenken.

Es tat ihm leid wegen Natalia. Aber schuld an der ganzen Sache war doch eigentlich ihre Mutter. Wäre die Frau des Doktors nicht auf die fatale Idee gekommen, ihn ohne Respekt vor seinem Lebenswerk und seinem Verlust mit unsinnigen Forderungen zu quälen, wäre nichts passiert. Savi fühlte sich für ihren Tod nicht direkt verantwortlich, auch wenn er nicht leugnen konnte, dass jetzt eine gewisse Verbindung zwischen ihm und dem Mädchen bestand. Er hatte, wenn auch versehentlich, einen Menschen umgebracht, mit eigenen Händen, und das Mädchen hatte ihn dabei beobachtet.

Beiden wäre es lieber gewesen, es wäre nicht geschehen. Aber jetzt war es eben so. Und Savi musste verhindern, dass aus diesem Urfehler weiterer Schlamassel entstand. Er hing an seiner Freiheit.

Er schob Papiere und Briefbeschwerer an den Rand der Schreibtischplatte, kreuzte auf der leeren Fläche die Arme und legte den Kopf darauf. Er fühlte sich erschöpft. Vielleicht war er da in etwas hineingeraten, das zu groß für ihn war. Es war eine Sache, das Tukan zu leiten und die richtigen Beziehungen zu knüpfen, um den Fallstricken der Gesetze und der Bürokratie auszuweichen; eine ganz andere war es, wegen Totschlags die Polizei auf dem Hals zu haben. Es war so ungerecht! Er hatte doch vom Leben nicht viel verlangt, und jetzt wurde ihm auch noch dieses Wenige genommen.

Aber er durfte sich nicht gehen lassen. Um Rosalbas Andenken willen. Und schließlich hatte er einen Ruf zu wahren. Aus der obersten Schreibtischlade nahm er eine Flasche Four Roses und schenkte sich großzügig ein. Es war ein minderwertiger Bourbon, und es war mitten am Nachmittag. Aber er konnte nicht unbewaffnet in den Kampf ziehen. Savi musste seinem Mut nachhelfen.

Er musste herausfinden, in welcher Verfassung sich Natalia Rocchi tatsächlich befand. Ferner galt es, in Erfahrung zu bringen, wie hoch ihre Chancen auf Besserung standen. Vielleicht kehrte ihr Gedächtnis ja nie mehr zurück.

Hoffentlich, dachte Savi. Wäre gut für sie.

Er hatte nichts gegen Natalia, er wollte ihr nichts Böses.

2

Das erste Wort

Mattias Bild auf dem Monitor hatte verschwommene Konturen. Man hätte meinen können, die Unschärfe liege an der Entfernung, aber in Wirklichkeit war der Bildschirm schuld.

Giovanni war kein Fan von Skype. Dabei war er von der Technik eigentlich begeistert – dass man mit jemandem reden konnte, der in Kanada war, und ihm ins Gesicht schaute, als säße er einem gegenüber, fand er faszinierend. Aber die Gespräche selber wollten nicht recht in Gang kommen, es fiel ihm einfach nichts ein. Und das, obwohl Mattia ein sehr guter Freund war: Wenn sie sich trafen, hatten sie jede Menge Spaß miteinander, und jedes Jahr arbeiteten sie beide als Gruppenleiter in einem Sommercamp.

Aber jetzt, wo Mattia in Toronto war, um Englisch zu lernen, hatte Giovanni das Gefühl, einen Wildfremden vor sich zu haben.

»Wie viel Uhr ist es bei dir?«

»Ich hab grad gefrühstückt.« Mattia warf einen Blick auf die Uhr. »Viertel nach acht. Ich bin noch nicht ganz wach.«

Giovanni grinste. »Hier ist es Viertel nach zwei, und ich bin auch irgendwie müde …«, sagte er.

»Du wirst alt, Mann!«

Sie lachten versuchsweise, doch aus dem Lautsprecher kam das Geräusch verzerrt, zu laut, wie eine Interferenz.

»Bist du noch in Corvesco?«, fragte Mattia.

»Ja.«

Wieder kam das Gespräch ins Stocken.

»Sie haben übrigens das Mädchen gefunden«, sagte Giovanni. »Sie ist jetzt hier, bei uns.«

»Welches Mädchen?«

»Na, du weißt schon, diese Natalia, die sich im Wald verlaufen hat. Ich hab dir doch erzählt, dass ich sie getroffen habe, oder? Aber sie ist dann wieder abgehauen. Dieser Typ, dieser Contini, hat sie schließlich gefunden und hergebracht, und jetzt wird sie vernommen.«

»Ach so, ja! Und was macht sie bei dir zu Hause?«

»Sie haben gesagt, es braucht einen ruhigen Platz für sie.«

»Und, was meinst du – hat sie was mit dem Mord zu tun?«

»Keine Ahnung. Glaub ich nicht.«

Giovanni verspürte einen gelinden Ärger. Nicht auf Mattia – Ärger auf sich, weil er das Gefühl hatte, Natalia Unrecht zu tun, wenn er so über sie redete. Er versuchte das Thema zu wechseln.

»Und du – machst du heute Abend Toronto unsicher? Hast du schon jemanden gefunden zum Weggehen?«

Aber Mattia ließ sich nicht ablenken. »Du musst schon noch mehr erzählen«, sagte er. »Wie ist sie, diese Natalia, was für ein Typ? Ist sie hübsch?«

Giovanni wurde sich bewusst, dass er nie in diesen Begriffen über sie nachgedacht hatte. Vielleicht sah auch er sie ganz falsch, wie eine Person, die nicht aus der realen Welt stammte. Dabei war sie in seinem Alter, sie ging aufs Gymnasium, sie wohnte in Lugano.

»Hübsch? Weiß nicht …«

»Wie ist sie denn? Hast du mit ihr geredet?«

Giovanni nickte.

»Und was sagt sie?«

»Nichts.«

»Wie, nichts? Wieso ist sie in den Wald abgehauen?«

Giovanni hob stumm die Schultern.

»Sie redet nicht. Wenn ich was weiß, sag ich's dir, aber im Moment weiß ich nix. Wann fängt überhaupt dein Kurs an?«

Natalia ließ nicht erkennen, dass sie verstand, was man zu ihr sagte. Ab und zu sah sie ihr Gegenüber sinnierend an, als hoffte sie, sich mittels Gedankenübertragung verständlich zu machen. Aber bald wandte sie den Blick wieder ab und schlug, fast beschämt, die Augen nieder.

Contini war sich darüber im Klaren, dass die Polizei seine Anwesenheit nur widerwillig tolerierte. Ebenso die Verantwortlichen der Vormundschaftskommission: Sie akzeptierten ihn nur, weil er Natalia gefunden hatte und sie in seiner Gegenwart etwas weniger verängstigt schien. Auch Giovanni Canova übte eine irgendwie beruhigende Wirkung auf sie aus, was daran liegen mochte, dass er und Contini die Ersten waren, die versucht hatten, sie aus dem Wald in die menschliche Gesellschaft zurückzuholen.

Commissario De Marchi hatte im Esszimmer der Familie Canova eine Dependance seines Kommissariates eingerichtet. Der Ikea-Tisch war in einen Schreibtisch umgewandelt worden, vier stoffbespannte Campingstühle und ein Schemel umringten ihn. Auf der Tischplatte lag De Marchis Aktentasche, aus der eine Flut von Papieren, Polizeiberichten, ärztlichen Gutachten und Ausdrucken von Fotos quoll. Daneben lagen eine Füllfeder und ein Päckchen Brissago; der Aschenbecher stand bereit.

»Nett«, sagte Contini. »Ihr Sommerbüro?«

»Wir haben Ihnen erlaubt, hier zu sein. Nicht, den Hanswurst zu spielen!«

Brenno Bonetti, der zusammen mit Contini eingetreten war, räusperte sich und hob die Hand. »Bitte, meine Herren, bleiben wir doch ruhig«, sagte er. »Es geht doch um das Mädchen.«

»Ich bin die Ruhe selbst«, antwortete Contini. »Der Herr Kommissär weiß das.«

De Marchi umklammerte mit der Rechten sein Feuerzeug und ließ es wild auf- und zuschnappen; das war seine Methode, letzte Geduldsreserven anzuzapfen.

In diesem Moment erschien Natalia in Begleitung von Marta Canova und Rechtsanwalt Bossi. Signora Canova war eine kernige Frau mit langem Haar wie ein junges Mädchen. Sie begrüßte die Anwesenden mit einem herzlichen Lächeln und sagte: »Wenn Sie was brauchen – ich bin drüben in der Küche.«

Alle umringten stehend den Kommissär, der noch ein paar Mal sein Feuerzeug schnappen ließ, bis er zu Natalia aufblickte und sagte: »Setzen Sie sich bitte, Signorina Rocchi.«

Sogleich setzten sich auch Contini, Bonetti und Bossi, jeder auf einen Campingstuhl, und Contini musste an ein Zeltlager denken, dessen Teilnehmer ums Feuer saßen und die Bratwürste beaufsichtigten.

»Ich bin mir bewusst«, begann der Kommissär, »dass Sie derzeit Schwierigkeiten haben, sich auszudrücken. Aber Sie müssen sich jetzt anstrengen. Es ist sehr wichtig, dass Sie uns helfen herauszufinden, wer Ihre Mutter umgebracht hat.«

Natalia schüttelte ratlos den Kopf. Offenbar verstand sie nicht.

»Sie können uns helfen«, wiederholte der Kommissär, langsamer, »herauszufinden, wer Ihre Mutter umgebracht hat.«

Natalia sah ihn an.

»Wer. Ihre Mutter. Umgebracht. Hat.«

»Sie versteht es nicht«, sagte Bonetti. »Das springt doch ins Auge.«

»Das werden wir sehen«, entgegnete De Marchi. »So schnell gebe ich nicht auf.«

»Ich bitte Sie dennoch, behutsam vorzugehen«, schaltete der Anwalt sich ein. »Sie haben doch nicht etwa einen Verdacht gegen das Mädchen?«

De Marchi schnaubte, und sein Daumen auf dem Feuerzeug zuckte. »Sie wissen sehr gut, Herr Advokat, dass das Mädchen unsere wichtigste Zeugin ist. Hören Sie, Natalia …«

Natalia sah ihn an, als hätte sie in diesem Wörterhaufen allenfalls ihren Namen verstanden.

»Natalia«, begann der Kommissär noch einmal. »Verstehen Sie das Wort ›umbringen‹?«

Natalia starrte ihn mit zusammengezogenen Brauen an.

»Umbringen«, wiederholte der Kommissär.

»Entschuldigung …«, warf Rechtsanwalt Bossi ein.

»Pst«, unterbrach ihn De Marchi. »Vielleicht hat sie das jetzt kapiert.«

In der Miene des Mädchens zeigte sich der Anflug eines Erkennens, wich aber gleich darauf einem resignierten Ausdruck. Der Augenblick war dahin. Mit zusammengepressten Lippen wandte sich Natalia ab und blickte hilfesuchend zu Contini. Er begriff, dass sie gegen die Tränen ankämpfte. Er stand auf und legte ihr, ein bisschen unbeholfen, eine Hand auf die Schulter.

»Mutter«, versuchte De Marchi jetzt. »Deine Mama. Verstehst du?«

Natalia hob abrupt den Kopf. Contini zog seine Hand zurück und fragte: »Alles okay?«

Natalia nickte.

»Mama?«, wiederholte De Marchi.

Natalia nickte wieder, hastig. Der Kommissär spitzte die Ohren. Er warf sein Feuerzeug in den Aschenbecher und beugte sich vor, beide Hände flach auf der Tischplatte.

»Deine Mama, deine Mama, verstehst du?«

Doch die Miene des Mädchens wurde abweisend und gleich darauf panisch – als habe sie etwas Ungeheuerliches erblickt oder sei eben aus einem Albtraum erwacht.

»Natalia?«, drängte der Kommissär.

»Signor De Marchi!«, protestierte Bossi.

»Natalia«, wiederholte der Kommissär. »Natalia, deine Mutter …«

»Moment mal«, wandte jetzt Bonetti ein. »Sie sehen doch, dass sie …«

Er brach ab. Natalia starrte ihn an. Dann starrte sie eine Zeitlang Contini an, drehte sich zu Bossi und kehrte schließlich zu De Marchi zurück. In ihrem Gesicht stand blankes Entsetzen. Tonlos hauchte sie: »Rauch.«

Verblüffte Stille senkte sich über den Raum. Vier Augenpaare hingen an Natalias Lippen. Bis sie erneut sprach.

»Rauch in den Augen. Meine Mutter, ich habe … habe verstanden. Mit Rauch.«

Sie brach ab. Stockend fügte sie hinzu: »Ich muss … fliehen. Dieser Mann mit den Blättern, Mutters.«

Unsicher formte sie ihre Worte. Manchmal beschleunigte sie das Tempo jäh, um gleich wieder zu stocken und die Stimme zu senken. De Marchi ließ sie nicht aus den Augen. Contini hatte ihr unterdessen wieder die Hand auf die Schulter gelegt. Bonetti wirkte überrascht, während Bossi die Aufmerksamkeit von ihr ablenkte: »Bitte, meine Herren! Setzen wir das Mädchen doch nicht zusätzlich unter Druck. Jetzt braucht es einen Arzt, der …«

Er wurde von Natalias Stimme unterbrochen.

»Kann nicht.«

»Was?«, fragte De Marchi nach.

»Es ist nicht … warum kann ich nicht? Rauch, meine ich!«

Das Mädchen beugte sich zu De Marchi, packte den Aschenbecher und hob ihn hoch. »Kann nicht«, wiederholte sie verzweifelt.

»Natalia«, versuchte es Contini. »Was möchtest du uns sagen? Was ist es, das wir wissen müssen?«

Einen Moment verharrte Natalia reglos, dann stellte sie den Aschenbecher ab und drehte sich zu Contini. Er sah ihre erhitzten Wangen, die von der Anstrengung des Sprechens gefurchte Stirn.

»War da«, stammelte Natalia. »Habe den Mann gesehen. Einmal, noch mal. Hören Sie?«

Contini nickte.

»Sie hat Angst vor ihm. Habe dieses Ding versteckt, mit Schnabel … nein, Flügel.«

»Wie bitte?«, fragte De Marchi.

»Lauter Mädchen. Ist leicht. Mädchen. Aber kann nicht … wie heißt das? Was ist es? Flügel? Schnabel?«

Natalias Stimme erstarb. Contini, ein Stück näher rückend, versuchte sie zu ermutigen: »Der Schnabel?«

Natalia schüttelte den Kopf.

»Flügel?«

Wieder ein Kopfschütteln. Contini ließ nicht locker. »Federn? Ein Vogel? Meinst du einen Vogel?«

»Vogel …«, sagte Natalia.

»Spatz? … Schwalbe? … Adler? … Fliegen? … Flug? … Luft?«

Bei jedem Wort dachte Natalia kurz nach, ehe sie den Kopf schüttelte. De Marchi, der schweigend die Szene verfolgte, hielt Bonetti zurück, der aufgesprungen war und sich wieder einzumischen versuchte. Rechtsanwalt Bossi blickte stumm zwischen Contini und Natalia hin und her.

»Geht nicht«, sagte Natalia.

Contini suchte fieberhaft nach weiteren Wörtern, die sie womöglich verstand, nach Begriffen, die mit der Nacht des ersten August, dem Mord an ihrer Mutter, ihrer verzweifelten Flucht in den Wald zu tun haben könnten. Und plötzlich hatte er einen Geistesblitz: Der halb verwischte Notizzettel fiel ihm wieder ein, den er am Flussufer gefunden und für irrelevant gehalten hatte. Er blickte dem Mädchen scharf ins Auge und fragte: »Tukan? Der Vogel Tukan? Das Lokal?«

Natalia nickte stürmisch.

»Das Tukan«, wiederholte Contini. »Ist es das, was du uns sagen willst?«

Natalia war erleichtert. Sie nickte, lächelte. »Das …«, begann sie und brach ab. »Das …«

Sie kam nicht weiter.

»Tukan«, half Contini.

»Flügel«, sagte sie. »Schnabel.«

»Tukan.«

»Ja … Tukan!«

Natalia stieß das Wort hervor und ließ sich gleich darauf erschöpft in den Sitz sinken. Sie konnte nicht erklären, was es mit dem Tukan auf sich hatte, sie konnte kein weiteres Wort hinzufügen. Bonetti überredete den Kommissär, ihr eine Pause zu gönnen. Natalia ging in ihr Zimmer hinauf, legte sich aufs Bett und schlief augenblicklich ein.

De Marchi forderte Bonetti und Bossi auf, ihn für einen Moment mit Contini allein zu lassen. Dann fragte er: »Was ist das für eine Vogelgeschichte?«

3

Die Katze ist ein Tier

Das Büro des Staatsanwalts verriet nichts über das Naturell der hier residierenden Person. Arno Bazzi zog es vor, keinen Vorteil aus der Hand zu geben. Kein einziges Foto, keine Nippes, keine Bücher außer der üblichen Fachliteratur und seiner Promotionsurkunde, die gerahmt in einer dunklen Zimmerecke hing. Helle, praktische Möbel, ein leerer Schreibtisch und schlichte Stühle aus Stahl und Holz, alles aufs Wesentliche beschränkt. Der Staatsanwalt war selbst nüchtern und aufs Wesentliche beschränkt. Kein aus der Reihe tanzendes Härchen, kein Gramm Fett, kein Tropfen Schweiß.

»Sagen Sie, Commissario – dieser Zettel hier und Continis Spielchen sind die einzigen Elemente, die auf das Tukan verweisen?«

De Marchi wiederum war keiner, der sich aufs Wesentliche beschränkte, er hatte von allem zu viel. Weil die Klimaanlage nicht lief, lief ihm der Schweiß in unerbittlichen kleinen Bächen über die Stirn in die Augen und die Schläfen hinunter.

»Nein«, antwortete er, sich tapfer die Stirn wischend. »Es gibt noch einige andere Hinweise, Contini war nur der erste, der den Namen ›Tukan‹ ausgesprochen hat, das ist wahr ...«

»Eben.«

»... aber das Mädchen hat es sofort bestätigt, es war klar,

dass sie genau nach diesem Wort gesucht hat. Und dann eben dieser Zettel, bitte sehr.«

Bazzi nahm das Papier entgegen, das ihm der Kommissär reichte, und legte es vor sich in die Wüste der leeren Schreibtischplatte.

chtig Te numme n

Kate (na l) – 079 80 14
(Anr Wg tigung)
L. »Tukan«: 091 55
Tel. Luciano i: 4
änderamt: 8 21

»Ist eine Kopie«, erklärte De Marchi. »Das Original hat Contini.«

»Wichtige Telefonnummern.« Auf der Stirn des Staatsanwalts erschienen zwei flüchtige Falten. »Tja. Jemand hat sich Telefonnummern notiert. Was haben sie mit dem Tod von Sonia Rocchi zu tun?«

»Weiß ich noch nicht.« De Marchi breitete die Arme aus. »Aber laut Bossi – das ist der Anwalt der Familie Rocchi – hat Enzo vor seinem Tod eine Nachforschung über Nachtlokale gemacht.«

»Eine Nachforschung? In seiner Eigenschaft als Arzt?«

»Auch Richter Bonetti, der die Vormundschaftskommission leitet, kannte Rocchi und sagte aus, dass der um ein Gespräch mit ihm angesucht habe, und dabei sollte es um Nachtlokale und Beschäftigung von Minderjährigen gehen. Das Gespräch kam aber nicht zustande. Dann findet Contini diesen Wisch hier nicht weit vom Tatort …«

»Sagt er.«

»Sagt er, ja, aber warum sollte er lügen? Zumal er sich dann ja dran erinnert hat und auf diese Weise den Hinweis auf das Tukan aus Natalia herausgebracht hat.«

Bazzi schob den Zettel wieder zum Kommissär hinüber und lehnte sich weit zurück, wie um eine Ansteckung zu vermeiden.

»Hören Sie, Commissario, ich will davon nichts wissen.«

»Aber es gibt eindeutige Hinweise auf …«

»Lassen Sie mich ausreden. Selbstverständlich müssen Sie Ihre Ermittlung durchführen. Sie sind sich bewusst, dass Nachtclubs heutzutage äußerst aktuell sind?«

»Ja, aber in diesem Fall …«

»Wenn die Medien Wind davon bekommen, dass Sonia Rocchis Tod mit dem Milieu im und um das Tukan zu tun hat, nämlich mit Prostitution und Mädchenhandel, dann ist hier demnächst die Hölle los. Und das möchte ich vermeiden.«

»Ich ebenfalls, seien Sie versichert.«

»Gut. Dann erklären Sie mir doch bitte zuerst, wie Sie darauf kommen, dass die Familie Rocchi mit diesem Bordell etwas zu tun hat.«

»Ich weiß es nicht … vielleicht hat die Tochter, vielleicht hat Natalia, die minderjährig ist, von einer Freundin gehört, die involviert …«

»Commissario!«

»Bitte?«

»Wir sind doch nicht in einem Krimi. Die Rocchis sind eine angesehene Luganer Familie, und das Tukan ist ein Bordell, in dem Zuhälter und Freier verkehren.«

»Gewiss.«

»Natürlich ist mir klar, dass einige der Kunden sicherlich aus angesehenen Luganer Familien stammen könnten und wohl auch stammen. Aber sollten wir uns täuschen und die

Hinweise auf das Tukan nur ein zufälliges Zusammentreffen sein, dann sitzen wir, und das dürfte wiederum Ihnen klar sein, sozusagen in der Scheiße.«

»Gewiss.«

»Bis zum Hals.«

»Zweifellos.«

»Deshalb, Commissario, tun Sie mir einen Gefallen … gehen Sie diskret vor. Ermitteln Sie, aber seien Sie behutsam.«

De Marchi stand auf und wischte sich die Hand an der Hose ab, ehe er sie dem Blutsauger reichte.

»Selbstverständlich.«

Bazzi drückte dem Kommissär resolut die Hand.

»Viel Glück.«

»Aphasie ist im Allgemeinen eine Sprachstörung aufgrund von Gehirntraumata diverser Art«, sagte Dr. Mankell. »Ich habe mich neulich mit einem Experten beraten, und der meint, dass in Natalias Fall nicht nur das psychologische Trauma eine Rolle spielen könnte, sondern auch der Schlag gegen die Schläfe.«

»Und?«, fragte Contini.

»Davon könnten das Broca-Areal und/oder das Wernicke-Zentrum betroffen sein, sprich die beiden Hauptbestandteile des Sprachzentrums. Aber das lässt sich nicht mit Sicherheit sagen.«

»Können Sie das nicht untersuchen?«

»Wir haben ein CT gemacht, aber daraus sind keine posttraumatischen Läsionen ersichtlich. Das Gehirn ist jedoch ein erstaunliches Organ, Gewissheiten haben wir nicht. In den meisten Aphasie-Fällen besteht kein Zweifel, weil sie schlaganfallbedingt sind, aber das können wir in diesem Fall ausschließen, würde ich sagen.«

Natalia schlief noch. Im Esszimmer der Familie Canova saßen jetzt nur Contini, Mankell und Ernesto Canova beisammen.

»Eine Aphasie beeinträchtigt weder die Intelligenz noch die Emotionalität – der Betroffene empfindet wie jeder andere«, erklärte der Arzt. »Er büßt lediglich seine Sprachfähigkeit ein. Die Aphasie kann sowohl das Sprechen wie auch das Verstehen betreffen …«

»Natalia hat wohl beides«, unterbrach Contini.

»Bis zu einem gewissen Punkt. Sie versteht fast alles, nur nicht das, was mit ihrer Privatsphäre zu tun hat und insbesondere mit dem Tod ihrer Mutter.«

»Ihre Aphasie dürfte also psychische Ursachen haben.«

»Sagen wir so: Natalia leidet unter einer allgemeinen Sprachstörung. Ich meine, sie hat einen deutlichen Begriff von dem, was sie sagen will, aber es fehlt ihr das Wort dafür. Sie weiß, dass der Hund ein Haustier auf vier Pfoten ist, aber wenn sie das Tier benennen will, fällt ihr das Wort dafür nicht ein.«

»Entschuldigung«, sagte Canova, »ich sollte mich vielleicht nicht einmischen, aber …«

»Sagen Sie nur«, antwortete Mankell, »Sie sind schließlich der Gastgeber.«

»Ich möchte eines wissen: Kann es nicht sein, dass Natalia schreiben kann?«

»Das habe ich bereits versucht. Es fällt ihr schwer, aber anscheinend geht es eine Spur besser als das Sprechen.«

»Und wie ist die Prognose? Kann sie definitiv wieder gesund werden?«

»Ich habe mit der Logopädin gesprochen, die Natalia begleiten wird. Die Logopäden reden gar nicht von einer Behandlung der Aphasie, sondern von spezifischen Rehabilitationsmaßnahmen, die auf bestimmte funktionelle Schäden abgestimmt sind.«

Contini hob die Brauen.

»Genauer gesagt«, fuhr Mankell fort, »es gibt Aphasiepatienten, bei denen das Grammatikverständnis verloren gegangen ist – sie können zum Beispiel keine Verben konjugieren, keine Syntax bilden und so weiter; sie sagen Sätze wie: ›Gestern wir isst Apfel einen‹ oder ›ich Apfel essen gestern‹. Andere bilden zwar ganz flüssige und grammatikalisch korrekte Sätze, die aber sinnfrei sind. Wieder andere bilden lediglich einzelne Wörter unvollständig, sie sagen ›Sonnschim‹ statt ›Sonnenschirm‹. Und eine weitere Gruppe bildet Wörter, die nichts bedeuten – man will ›Lampe‹ sagen, und heraus kommt ›Kaladi‹.«

Contini lauerte auf eine Lücke im Redefluss des Arztes, der sein Wissen mit ausladenden Gesten, wiederholtem Abnehmen und Aufsetzen der Brille und sichtlicher Erwärmung für das Thema vortrug. Wenn Contini auch nur den Mund aufmachte, wurde die Unterbrechung augenblicklich im Keim erstickt: »Moment bitte, dazu komme ich gleich. Geduld. Für jeden dieser Fälle gibt es spezielle Therapien. Ferner gibt es Substitutionsaphasien. Dabei handelt es sich um Wortfindungsstörungen, die das mentale Lexikon betreffen, also das Wortwissen, und sich häufig in Metonymien oder Metaphern äußern.«

»Hören Sie, Doktor …«

»Moment. Eine metonymische Störung wäre zum Beispiel, wenn Sie ›Tisch‹ sagen wollen, aber ›Stuhl‹ herauskommt, oder wenn Sie ›Himmel‹ sagen wollen, und heraus kommt ›Wolke‹. Die Wortpaare stehen in einer so genannten Kontiguitätsbeziehung, das heißt, es besteht eine sachliche Zusammengehörigkeit zwischen den beiden Elementen.

Der metaphorische Aphasiker hingegen sagt beispielsweise ›Mond‹ statt ›Lampe‹, ›Milch‹ statt ›Schnee‹ und ›Regen‹ statt ›Dusche‹, das heißt, er verwechselt ähnliche Begriffe. Natalia wiederum …«

»Genau«, warf Contini dazwischen, »reden wir von Natalia.«

»Natalia leidet unter einer Aphasie, die meiner Ansicht nach in erster Linie metonymisch ist. Sie besitzt, wie wir gesehen haben, eine inferentielle Kompetenz, und damit …«

»Was? Was?«

»Ah. Entschuldigung. Ich nenne Ihnen ein Beispiel. Wenn Natalia den Satz ›Die Katze sitzt auf dem Tisch‹ versteht, dann versteht sie auch den Satz ›Das Tier sitzt auf dem Tisch‹.«

»Ja und?«

»Auf diese Weise zieht sie selbständig die Schlussfolgerung ›Die Katze ist ein Tier‹. Nicht alle Aphasiker sind dazu in der Lage. Bei der Rekonstruktion des Vokabulars wird ihr diese Fähigkeit außerordentlich zugutekommen! Und gleichzeitig teilt sie uns mit, dass Natalia durchaus nicht alle Wörter vergessen hat. Sie hat lediglich Lücken, und das ist der Grund, weshalb sie sich ins Schweigen zurückzieht.«

»Verstehe.« Benommen von Mankells Verve stand Contini auf. »Ich sehe, dass Sie sich außerordentlich gut informiert haben.«

»Ja, ich bin Allgemeinarzt, aber die Neurologie war immer eine meiner Leidenschaften. So habe ich denn auch die Absicht, der Logopädin bei der rekonstruktiven Behandlung Natalias beizuspringen.«

»Wenn es etwas gibt, das wir tun können, lassen Sie es uns bitte wissen«, sagte Canova, ebenfalls aufstehend, und öffnete die Tür zur Küche. »Die Ärmste – wir kennen sie nicht mal, aber …«

»Jetzt in der ersten Zeit würde ich Sie bitten, dass Sie Natalia einfach hier sein lassen«, antwortete Mankell. »Allem Anschein nach tut ihr das gut. Es beruhigt sie. Wenn es ihr besser geht, wird sie nach Lugano zurückkehren, und wir hoffen, dass es dann rasch weiter bergauf geht.«

»Ja, hoffentlich«, warf Contini ein. »Schläft sie immer noch?«

Mankell nickte und warf einen Blick auf die Uhr. Er habe ihr ein Beruhigungsmittel gegeben, erklärte er und verabschiedete sich. Contini begleitete ihn zur Tür und ging dann selbst nach Hause. Er überquerte den Dorfplatz von Corvesco und nahm von seiner Umgebung nichts wahr, weder die Versteck spielenden Kinder noch die vor dem Postamt versammelten Frauen: Er dachte über Natalia und ihre Sprachlosigkeit nach.

Warum fühlte er sich ihr so nahe?

Er kannte sie doch eigentlich gar nicht. Er hatte nie länger mit ihr geredet, und sie hatte sowieso nichts gesagt. Aber in ihrem Blick, in ihrer Art, wie sie schwieg und die Worte dachte, statt sie auszusprechen, war etwas, das Contini sehr vertraut war. Oft hatte er den Eindruck, dass auch sein Leben vom Schweigen bestimmt war. Es gab ein gutes Schweigen, das war die Stille und Einsamkeit der Berge und Wälder, und ein schlechtes Schweigen: Francesca, die gegangen war, weil er es nicht fertiggebracht hatte, ihr seine Unsicherheiten zu erklären.

Manchmal, wenn er schweigend auf seiner Veranda saß und eine Zigarette rauchte, hatte er das Gefühl, vom Leben betrogen zu werden. Er wechselte den Job, er hielt an seinen Gewohnheiten fest, und dabei kam er sich vor wie einer, der irgendeinem Ziel nachläuft und vergessen hat, was es ist.

An diesem Nachmittag aber, beschloss er, würde er sich zusammenreißen und nicht mehr schweigen.

Francesca meldete sich beim dritten Läuten, und ihr Tonfall klang leicht überrascht. Für den Bruchteil einer Sekunde fragte sich Contini, ob es womöglich kindisch war, sie anzurufen. Dann sagte er: »Ich will nur wissen, wie's dir geht.«

Schweigen. Wieder mal; und wie war es – gut, schlecht?

»Wir haben ja schon eine Weile nichts voneinander gehört«, fügte er hinzu. »Geht's dir gut?«

»Geht so«, antwortete Francesca.

An dieser Stelle hätte sie hinzufügen müssen: Und dir? Aber sie sagte nichts. Also war wieder Contini an der Reihe.

»Ich habe darüber nachgedacht, was du letztes Mal gesagt hast.«

»Was genau meinst du?«

»Na ja – also, dass ich keine Entscheidung treffe.«

»Was für eine Entscheidung?«

»Ich weiß nicht. Ich ...«

»Du weißt es nicht?«

»Lass uns doch lieber in Ruhe darüber reden.«

»Wir reden *seit Monaten* in Ruhe, Contini. Wie kann es sein, dass dir das so schwerfällt? Du musst es doch *wissen,* wenn dir an jemandem was liegt, oder?«

»Mir liegt an dir. Aber du musst eben auch sehen, dass ich immer für mich gelebt habe. Ob das gut oder schlecht war – ich habe jedenfalls gelebt wie ein Einsiedler, ein bisschen außerhalb der Welt. Es ist nicht leicht, das jetzt auf einmal zu ändern.«

»Ich weiß, dass es nicht leicht ist. Aber entscheiden musst du dich.«

»Ist das wirklich notwendig?«

»Entweder du lebst außerhalb der Welt, oder du lebst mit mir.«

»Ich finde, wir sollten darüber reden.«

»Wir reden ja darüber.«

»Ah.«

Schweigen. Keines von der guten Sorte. Contini versuchte es zu füllen.

»Also …«

»Danke für den Anruf.«

»Na ja, ich wollte nur wissen …«

»… wie's mir geht. Es geht so, danke. Schönen Tag.«

»Schönen Tag …«

Während er auflegte, fragte sich Contini, ob es nicht doch besser war, zu schweigen. Er stellte sich unter die Dusche, drehte eine kleine Runde durch den Wald, dann setzte er sich mit einem Bier auf die Veranda. Er rauchte eine Zigarette, blickte hinunter auf die Häuser von Corvesco und hinauf zu einer Zusammenballung von Wolken über den Bergen, die Regen verhieß.

Der graue Kater kam auf seinem Weg zur abendlichen Jagd vorbei und musste nur einen Blick auf Contini tun, um zu begreifen, dass der heute neben den Schuhen stand. Er ignorierte ihn klug und trabte weiter zum Wald. Contini sah auf die Uhr: halb acht. Man konnte auch zu Abend essen.

Er briet zwei Paprikaschoten, eine rote und eine gelbe. Er fügte ein paar Basilikumblätter hinzu und träufelte Öl darüber, dann kochte er Nudeln, Fusilli diesmal, goss das Wasser ab und schwenkte sie mit Knoblauch in Öl ein paar Minuten in der Pfanne. Schließlich mischte er die Peperoni darunter. Es geht doch nichts über *pasta ai peperoni*, um ein schlechtes Schweigen zu verscheuchen. Er holte eine Flasche

Merlot und trug alles hinaus auf die Veranda. Der graue Kater saß bereits wieder im Schaukelstuhl aus Weidenrohr, leckte sich eine Pfote, und nach einem kurzen Blick zum Tisch wandte er sich ab: Dieses Paprikazeug konnte nichts Gutes sein.

Nach dem Essen überlegte Contini, ob er Francesca noch einmal anrufen sollte. Vielleicht war von Anfang an ein Wurm in ihrer Beziehung gewesen. Sie passten einfach nicht zusammen – sie hatte studiert, sie war um einiges jünger als er, sie liebte Bücher, Ausstellungen, Filmfestivals. Contini hingegen las ausschließlich die *Göttliche Komödie*, und auch das mehr aus Gewohnheit denn aus echter Neigung.

Hatte nicht Beatricens Schweigen, dort im fernen Paradies, auch Dante zum Schweigen gebracht? *Ihr Schweigen, ihre neu verklärten Züge / Erschwiegen mir des Wissens Drang – entsprossen / Ihm Zweifel auch und Fragen zur Genüge.* Doch aus dem Schweigen entstand Veränderung, Erhöhung. *Und schnell, gleichwie ein Pfeil das Ziel durchschossen, / Bevor zur Ruhe noch der Strang gekommen, / Hielt uns der Himmel zweites Reich umschlossen.*

Contini dachte wieder an Natalia.

Vielleicht lag in ihr, geschützt von ihrer Stummheit, die Antwort auf die Fragen der Polizei. Was war geschehen in der Nacht des ersten August? Contini war überzeugt, dass Natalia mit dem Mord nichts zu tun hatte. Aber irgendetwas war ihr zugestoßen – nicht ohne Grund war sie in panischer Furcht geflohen. Wer weiß, was diese wirren Worte über Rauch und Mädchen und das Tukan bedeuteten.

Hoffen wir, dass sie sich rasch wieder fängt, dachte er, während er das Buch zuklappte. Er betrachtete die Wolken, die zunehmend bedrohlich über dem Monte Basso hingen, und er musste daran denken, dass irgendwo dort draußen der Mörder von Sonia Rocchi herumlief. Was würde er tun, sobald er erfuhr, dass Natalia wieder sprechen konnte?

4

Rosalba Savi

»An Plätzen, an denen die öffentliche Ordnung und besonders die öffentliche Sicherheit, Sittlichkeit und Ruhe gestört werden könnten, ist die Prostitution verboten.« Artikel drei, Absatz eins des Tessiner Gesetzes über die Ausübung der Prostitution.

Luciano Savi ließ die Papiere sinken und fuhr sich mit der Hand über die Augen. Er war müde, hundemüde, und er war dieses Versteckspiel mit der Justiz wirklich leid. Hatte er sich etwa der »Zuhälterei« schuldig gemacht, störte er etwa »die öffentliche Sittlichkeit und Ruhe«? Er tat weiter nichts, als das Alter der Mädchen ein wenig zu korrigieren, ihren Strafregisterauszug zu frisieren und ärztliche Atteste notfalls zu schönen. Aber er behandelte sie gut, gab ihnen eine saubere und sichere Unterkunft, zahlte ihnen tausend, ja bis zu zweitausend Franken im Monat. Und fast immer waren diese Gehälter beim kantonalen Steueramt ordnungsgemäß deklariert.

In der vorigen Woche hatte er auf die neuen Mädchen verzichtet, die aus Lettland hätten eintreffen sollen. Für den Sommer hatte er geplant, sich mit vier oder fünf Brasilianerinnen zu arrangieren, die meist aus Brescia kamen, aber vorläufig ging er lieber kein Risiko ein. Bis auf ein paar ungarische Tänzerinnen, die von ihren Beschützern beaufsichtigt wurden, war das Tukan praktisch leer. Und Savi verlor einen Haufen Geld.

Wenn das so weiterging, musste er das Tukan schließen, so viel stand fest: daher seine gigantische Wut auf die Frau des Doktors. Er hatte dann um Hilfe gebeten und die Mädchen vorsichtshalber zurückgeschickt. Aber er wusste auch, dass Fliehen keinen Sinn hat, wenn die Hunde die Beute erwittert haben.

Savi wunderte sich nicht, als er durch den Spion in der Tür ein Polizistengesicht erblickte.

Er ließ den Mann nicht gleich herein. Erst einmal kehrte er in sein Büro zurück, wo er die Ausdrucke mit den gesetzlichen Bestimmungen in einer Schreibtischlade verschwinden ließ. Dann machte er kehrt, schloss die Tür hinter sich und begab sich zum Haupteingang, um den Polizisten zu empfangen.

Der hieß De Marchi und ermittelte in einem Mordfall.

Savi spürte ein Brummen im Nacken und fürchtete einen Schwindelanfall: entsetzliche Vorstellung, er könnte vor dem Polizisten in die Knie gehen! Aber er hatte sich bald wieder im Griff und schaffte es, seinem Gesicht einen den Umständen angemessen verdutzten Ausdruck aufzusetzen.

»Mord! Was für ein Mord? Was soll ich damit zu tun haben?«

»Sie haben diverse schwebende Angelegenheiten mit uns, scheint mir.«

»Aber keinen Mord!«

»Genau das würden wir gerne von Ihnen wissen, Signor Savi.«

Sie standen im halbdunklen Lokal. Der Polizist sah sich um, fuhr mit der Hand über das verchromte Metall einer Geländerstange und fragte: »Haben Sie kein Büro?«

»Wir können genauso gut hier reden, Sie sehen ja, wir sind fast allein, und wenn Sie wollen, schalte ich die volle Beleuchtung …«

»Haben Sie kein Büro?«

Savi seufzte, schloss die Bürotür wieder auf, ließ den Kommissär herein, entschuldigte sich für die Unordnung. In Wahrheit war das Büro erstklassig aufgeräumt, jeder Gegenstand an seinem Platz. An der Wand standen ein paar Registerschränke, und vor dem Vollholzschreibtisch standen zwei Ledersessel für Besucher; Savi setzte sich in den größeren Chefsessel hinter dem Schreibtisch. De Marchi deutete auf den Diwan, auf dem Savi seine Nachmittagssiesta zu halten pflegte.

»Treiben Sie's hier mit Ihren Angestellten?«, fragte er.

»Commissario, wenn Sie gekommen sind, um mich zu beleidigen …«

»Aber nein, ich weiß doch, dass Sie immer auf dem Laufenden sind.«

»Was soll das heißen?«

»Sie, Savi, sind ein Verwandlungskünstler. In den achtziger Jahren waren es Thailänderinnen und Philippinerinnen, heute sind es Brasilianerinnen und …«

»Herr Kommissär!« Savi sprang auf. »Ich bin ein fleißiger Mann …«

»Fleißig sind auch die Mädchen, die für Sie arbeiten«, entgegnete De Marchi unbeirrt. »Zumindest diejenigen, die Sie bei den zuständigen Behörden angemeldet haben.«

»Hier ist alles in bester Ordnung.«

»Mädchen, die dem Kunden mit Champagner und diversen Dienstleistungen fünfhundert Franken oder mehr pro Abend aus der Tasche ziehen. Wenn wir noch die Schwarzarbeiterinnen hinzuzählen, dann bringt Ihnen das ein hübsches Sümmchen ein, stimmt's?«

»Wie kommen Sie zu solchen Unterstellungen? Kontrollieren Sie meinen Betrieb, wenn Sie meinen, kommen Sie mit einem Durchsuchungsbefehl und schauen Sie sich alles an, und dann ziehen Sie wieder ab.«

De Marchi musterte ihn bekümmert, als seien sie gute alte Freunde und Savi habe ihn hintergangen. Gesenkten Blicks schüttelte er den Kopf. Dann sah er wieder auf, fixierte sein Gegenüber und sagte: »Der Fall Dr. Enzo Rocchi sagt Ihnen was?«

Sind wir also so weit, dachte Savi. Dies war der Zeitpunkt, da er unter Aufbietung seines gesamten Waffenarsenals zu kämpfen beginnen musste. Ferdi und seine Leute hätten eine Haussuchung durch die Polizei ganz und gar nicht geschätzt, aber irgendwo musste er wohl oder übel Abstriche machen, um sich und das Tukan zu retten.

»Schauen Sie, es kann schon sein, dass ich in der Vergangenheit den einen oder anderen Fehler gemacht habe.«

De Marchi sah ihn nur stumm an.

»Aber auf Mädchen ungewisser Herkunft habe ich dann sehr bald verzichtet und zu bestimmten Leuten den Kontakt abgebrochen. Jawohl, ich stehe Ihnen sogar zur Verfügung, falls Sie mich brauchen, um gewisse Personen aus unserem Kanton verschwinden zu lassen. Zögern Sie nicht!«

»Was Sie nicht sagen. Sie wären bereit, gegen Zuhälter auszusagen?«

»Wenn es nötig ist. Für die Krise der Nachtclubs sind schließlich *sie* verantwortlich.«

»Und was haben Sie mir über den Doktor zu sagen?«

Savi ging nicht in die Falle. »Welchen Doktor?«

»Den, der gestorben ist. Und seine Frau.«

»Tut mir leid.« Savi hob die Schultern. »Ich kenne keinen toten Arzt. Und wie sollte ich auch, wenn er doch tot ist, hä?«

»Kennen Sie Sonia Rocchi? Ihre Tochter Natalia? Ein Mädchen, das etwa so alt sein dürfte wie Ihre …«

»Meine? Ich habe keine Kinder.«

»Wissen Sie, dass Sonia Rocchi ermordet wurde?«

»Tut mir leid.«

»Lesen Sie keine Zeitung, sehen Sie nicht fern?«

»Meinen Sie das Verbrechen von Corvesco?«

Der Kommissär nickte. »Jemand aus Corvesco hat das Tukan zur Sprache gebracht.«

»Jemand?«

»Diverse Hinweise im Haus des Opfers haben uns auf Sie und Ihr Lokal gebracht.«

Savi zuckte die Achseln. »Kann ja sein, dass die Herrschaften zu meinen Kunden zählten.«

»Na klar, das Tukan ist schließlich als Familienausflugslokal bekannt.«

»Es ist ein Lokal für Leute, die sich amüsieren wollen«, entrüstete sich Savi. »Daran ist nichts Verwerfliches.«

»In der Nacht des ersten August hatten Sie geschlossen, stimmt's?«

»Ich glaube schon. Da müsste ich aber …«

»Und wo waren Sie?«

»Wenn wir geschlossen hatten, war ich im Bett. Ich gehe gern früh schlafen, wenn es geht.«

»Reden wir nicht um den heißen Brei herum, Savi. Von dem Mord an Sonia Rocchi führt eine Spur zu Ihrem Lokal. Sind Sie bereit, mit uns zusammenzuarbeiten?«

»Aber selbstverständlich!« Savi breitete die Arme aus. »Was immer Sie wollen!«

»Wer ist diese Frau? Eine von Ihren …«

Aus Savis Tonfall war mit einem Schlag alle Honigsüße verschwunden. »Stellen Sie das sofort wieder hin!«, fauchte er.

Der Kommissär hatte Rosalbas gerahmtes Porträt vom Schreibtisch genommen, und als er der Aufforderung nicht gleich nachkam, sprang Savi auf und riss es ihm wutschnaubend aus der Hand. Gleich darauf bedauerte er seinen Ausbruch. »Das ist meine Frau«, stieß er zwischen den Zähnen hervor. »Das geht Sie nichts an.«

Der Kommissär sah ihn mit Unschuldsmiene an. »Wie heißt sie?«

»Das geht Sie nichts an!«

Savi sprach den Namen seiner Frau nie mehr aus. Es wäre ihm wie ein Verrat vorgekommen, so als zöge er sie durch den Schmutz. Der Kommissär sah ihn sekundenlang fragend an, dann wiederholte er: »Also Savi, wie steht's, sind Sie bereit, mit uns zusammenzuarbeiten?«

»In welcher Sache?«

»Wegen des Verbrechens von Corvesco.«

»Ich habe Ihnen doch gesagt, dass ich nicht weiß, wie …«

»Machen Sie mir eine Liste mit den Namen aller Personen, die an den Tagen vor dem ersten August im Tukan waren.«

»Auch von den Gästen? Die kenne ich doch nicht alle mit Namen!«

»Der eine oder andere Name wird Ihnen schon einfallen. Die Mädchen, die Gäste, die Freunde und die Freunde der Freunde: Mich interessieren alle. Und dann schauen Sie in Ihren Unterlagen nach und sagen mir, ob Doktor Rocchi nicht zufällig doch mit dem Tukan zu tun hatte.«

»Das kann ich tun, aber …«

»Wäre doch dumm, oder, wenn wir es vor Ihnen herausfänden?«

5

Unschuld

Natalia Rocchi lauschte dem Gesang der Heuschrecken vor dem Fenster.

Sie war stolz auf sich, weil sie sich an »Heuschrecken« erinnerte und an »Fenster«. Aber das Wichtige entglitt ihr nach wie vor. Für einen Moment waren Erinnerungsbruchstücke aufgeblitzt – ein Streit zwischen diesem Mann und ihrer Mutter, ihre Flucht in den Baum. Nein, ins Laub … nein, in … Es fiel ihr nicht ein. Sie presste die Augenlider zusammen, verkniff sich die Tränen. Wie hieß das nur?

Seitdem sie begonnen hatte, sich zu erinnern, hatte sie keine Ruhe mehr. Sie wusste, dass sie irgendwo etwas versteckt hatte, aber sie erinnerte sich nicht, wo, weshalb und was es überhaupt war. Es hatte mit dem Rauch zu tun, dem Rauch, der ihr Zuhause umgebracht hatte … nein, nicht ihr Zuhause, ihre … Und doch war es da, der Begriff existierte. Sie wusste, dass sie Waise war. Sie wusste, dass sie keine … dass sie keine Eltern mehr hatte. So, dieses Wort war da. Mutter. Ein Mann hatte ihre Mutter umgebracht.

Mutter. Mama.

Natalia weinte lautlos, im Sessel sitzend. Jemand klopfte an die Tür.

»Darf ich?«

Es war Giovanni. Natalia wischte sich die Tränen ab.

Sie wollte sich nicht gehen lassen. Sie war immer stolz auf ihre Unabhängigkeit gewesen, nie hatte sie in Krisen geschwelgt, nie sich von den Stürmen der Pubertät hinwegfegen lassen. Im Gegenteil – als sie sechzehn wurde, war sie sicher gewesen, dass sie es hinter sich hatte.

»Stör ich?«

Und jetzt war sie auf fremde Hilfe angewiesen. War zu hundert Prozent von anderen Leuten abhängig.

»Hast du Lust, mit mir rauszugehen? Spazieren?«

Natalia bemühte sich, nicht zu weinen. Er war wirklich nett, er stand auf ihrer Seite. Aber sie verstand nicht, was er wollte. Sie brachte nur ein Wort heraus: »Was?«

»Was«, das ging immerhin.

»Spa-zie-ren.«

Der Arzt hatte ihm geraten, die Silben getrennt und möglichst deutlich auszusprechen.

»Spazieren?«, wiederholte Natalia.

Die Hände in den Hosentaschen, die Gegend betrachtend, mimte Giovanni eine schlendernde Person. Natalia erfasste den Begriff: gehen zum Vergnügen, ohne Eile und ohne ein bestimmtes Ziel.

Giovanni beendete seine Pantomime. »Spazieren. Gehen wir?«

Natalia sah ihn an, und sie mussten beide lachen. Dann stand sie auf und folgte ihm zur Tür.

Sie schlugen den Weg zum oberen Teil von Corvesco ein. Natalia erkannte die Gegend: ein Dorf am Berghang, eine Randgemeinde, im Kanton Tessin. Natalia wusste alles. Bald kam ihr auch wieder in den Sinn, wo sie als Kind gespielt hatte, wo sie mit ihren Eltern gewesen war. Vater. Mutter. Endlos dehnte sich der Sommer vor ihr, eine lange Reihe sonniger Nachmittage, an denen das Gras im hellen Licht leuchtete. Alles wiederholte sich, Jahr für Jahr. Die Sonne, das Gras. Die Leute.

»Die Sonne scheint«, sagte Natalia.

»Hey«, sagte Giovanni anerkennend. Und fügte hinzu: »Weißt du, wenn man mit dir zusammen ist, kommt einem das Reden ganz komisch vor.«

Gleich darauf hatte er das Gefühl, in ein Fettnäpfchen getreten zu sein. Natalia lächelte, aber er genierte sich und versuchte sich herauszureden. »Das ist nicht bös gemeint, gell? Ich meine, ich *weiß*, dass du nicht reden kannst, weil du eine Aphasie hast.«

Natalia nickte.

»Es stört mich gar nicht, dass du still bist.«

Natalia verstand nicht jedes Wort, aber sie erfasste Giovannis Verlegenheit.

»Bestimmt wirst du irgendwann mehr reden als ich«, sagte er.

Natalia versuchte etwas zu sagen, das ihm die Befangenheit nahm. Aber es war nicht einfach, sich auf die Schnelle etwas einfallen zu lassen.

»Heute geht's dir besser«, sagte er aufmunternd. »Wollen wir was trinken? Wir könnten zu Pepito.«

Natalia erinnerte sich, dass Pepito der Ort war, an dem man etwas trinken ging, ein Lokal, ein Restaurant. Aber sie wollte nicht so viele Leute treffen. Unter Aufbietung größter Konzentration sagte sie: »Zu viele Hände. Lieber wohin gehen, wo es Gras hat, über den Häusern.«

»Sollen wir zu den Wiesen hinaufgehen?«

Wiesen, das war es.

»Ja«, sagte Natalia. »Da ist der ...«

»Der Weg.«

»Weg.« Natalia hatte eine Erleuchtung. »Wald!«, rief sie.

»Was?«

»Das … das Wort habe ich gesucht! Ich war im Wald, nachdem … nachdem …«

Einen Moment lang geriet wieder alles durcheinander, und Natalias Kopf drehte sich. Nicht übertreiben, dachte sie. Giovanni berührte leicht ihren Arm und fragte: »Alles okay?«

Natalia nickte und suchte Giovannis Hand. Sie drückte sie, und er sah sie wortlos an. Dann machten sie sich auf den Weg, verließen das Haus und folgten der Straße, bis in einer Kurve der Wanderweg zum Wald hinauf abbog. Irgendwann fragte Natalia: »Im Wald hast du … hast du ge…«

»…angelt.«

»…angelt?«

»Ja, das war es, was ich neulich getan habe. Ich habe Forellen geangelt.«

»Forellen.«

»Aber heute ist es zu heiß dafür. Lieber im Schatten spazieren gehen.«

Natalia lächelte.

Der Weg führte am Waldrand entlang und dann über eine weite Lichtung, ein Stück unterhalb von Continis Haus. An einer Quelle, die als klares Bächlein aus dem Felsen sprudelte und sich in einem hölzernen Trog darunter sammelte, blieben die beiden stehen, und Natalia beugte sich vor, um einen Schluck zu trinken. Giovanni betrachtete den Himmel und sagte: »Das Wetter schlägt um. Vielleicht regnet es schon heute Abend.«

Natalia folgte seinem Blick. Der Gipfel des Monte Basso war schon in den Wolken verschwunden, und vom Norden her näherte sich eine dunkelgraue Front.

»Ein Blitz«, sagte Natalia. »Nein, warte …«

Giovanni sah sie erwartungsvoll an. Sie sagte: »Ein Gewitter. Richtig?«

»Ja, ein Gewitter. Setzen wir uns kurz?«

Sie setzten sich neben der Quelle ins Gras. Unter ihnen lagen die Dächer von Corvesco, und über ihnen verlief der dunkle Saum des Waldes.

»Bald geht es mit der Arbeit wieder los«, sagte Giovanni. »Ich fange in einem neuen Betrieb an.«

Natalia sah ihn fragend an.

»Ich habe immer ein paar Monate Schule und ein paar Monate Arbeit, abwechselnd. Aber ich sag dir – Arbeiten ist mir sehr viel lieber. Da hat man wenigstens das Gefühl, dass man was *macht*, verstehst du? Es kommt was raus dabei, man sieht, was man getan hat, und kann sich sagen: gute Arbeit.«

Natalia hörte ihm gern zu. Sie erkannte, dass er sonst eigentlich kein großer Redner war und jetzt irgendwie einen Dialog mit ihrem Schweigen suchte. Sie hätte ihn gern unterstützt, aber die ständige Suche nach Wörtern strengte sie so an, dass sie es paradiesisch fand, sich einfach hier im Gras auszustrecken und die Erinnerungsarbeit für eine Weile ruhen zu lassen.

»Das Schöne an diesem Beruf ist, dass er noch was ganz Handfestes hat. Klar, man arbeitet viel am Computer. Früher gab es ja die Bleibuchstaben, alles wurde von Hand gesetzt. Heute wird das Meiste digital gemacht, aber es gibt immer noch die Maschinen, die bedient werden müssen, und um die Qualität eines gesetzten Textes zu kontrollieren, muss man immer noch einen Probeabdruck machen und sehen und fühlen, wie das Papier ist und wie die Druckfarbe.«

Giovanni unterstrich seine Worte mit Gesten, und er drehte sich zu ihr, um sich zu vergewissern, dass Natalia ihm noch folgte. Auf die Ellenbogen gestützt, die Beine ausgestreckt, lag sie im Gras und beantwortete seinen fragenden Blick mit einem Nicken. Giovanni, der die Sonne im Rücken hatte, warf seinen Schatten auf sie. Er war groß und mager, hatte schwarze, an den Schläfen immer leicht zerzauste Haare und einen gedankenverlorenen Blick, und er machte insgesamt den Eindruck eines ruhigen, bedächtigen Typs.

»Wie viel …«, rang sich Natalia ab. »Wie viel wohne ich bei euch …«

»Wie lange, meinst du? Weiß ich nicht. Ich schätze, du kannst schon noch eine Weile bleiben. So lang du willst.«

»Weile? Das ist komisch. Eine Weile.«

»Du musst nur mal nach Lugano zur …« Giovanni zögerte. »Zur Beerdigung deiner Mutter«, schloss er.

Natalia sah im Geist einen Sarg vor sich und verstand, was mit »Beerdigung« gemeint war – die Beisetzung, das Begräbnis. Sie erinnerte sich an die Beerdigung ihres Vaters.

»Wann?«, fragte sie.

»Ich weiß nicht. Morgen oder übermorgen. Tut mir leid, Natalia.«

Sie legte ihm die Hand auf den Arm. »Danke«, sagte sie.

Giovanni schwieg.

»Schön«, sagte Natalia jetzt, »die Weile vor dem Gewitter.«

Beide blickten zum Monte Basso hinüber. Minutenlang saßen sie schweigend da und lauschten dem Plätschern der Quelle und dem Zirpen der Grillen.

Die Schweiz liegt im Herzen Europas wie ein Floß in einem Seehafen. Eingezwängt zwischen großen Nachbarn, nimmt sie sich ein bisschen vom einen und ein bisschen vom anderen. Besonders der Kanton Tessin: Er liegt zwar nördlicher als Norditalien, innerhalb der Konföderation aber gilt er als Verkörperung eines mediterranen Laissez-faire, als Land der

Strände und Zitronen oder, wie die Deutschschweizer gern sagen, als »Sonnenstube«.

Im Grunde, dachte Luciano Savi, ist man, solange man nicht am Südpol ist, sowieso immer südlich von jemandem. Er persönlich nutzte diese Ambivalenz zu seinem Vorteil und bediente mit helvetischer Gründlichkeit eine vorwiegend italienische Kundschaft. Sie kamen abends mit ihren SUVs und dicken Audis über die Autobahn, die sie bei Bellinzona Nord verließen: Zum Tukan war es dann nicht mehr weit.

Savi, der zu Fuß unterwegs war, dachte über die Zukunft nach. Er hatte sich in Arbedo-Castione seine Höhle geschaffen und war nicht gewillt, sie aufzugeben – nicht zuletzt deshalb, weil er sich Rosalba hier nahe fühlte. Die Gemeinde war in erster Linie Peripherie von Bellinzona: eine Handvoll Häuser zwischen der Stadt und der Autobahn, zwei, drei mehrstöckige Zinshäuser, die unvermeidliche Mehrzweckhalle und ein paar mehr oder minder harmlose Lokale.

Savis Lokal war das am wenigsten harmlose.

Das war für niemanden ein Geheimnis, und Savi machte auch gar kein Hehl daraus. Vor einem Werbeplakat, das er anstarrte, ohne es wahrzunehmen, blieb er stehen und dachte über Recht und Unrecht nach. In der Schweiz ist Prostitution legal, sowohl auf Bundes- wie auf Kantonsebene. Allerdings hat jeder Kanton seine eigene Verfassung und Verwaltung, und das Tessin zählt an sich nicht zu den enthemmtesten Kantonen.

Gesetze, die ihn betrafen, pflegte Savi genau zu studieren, ebenso einschlägige administrative Maßnahmen und politische Vorstöße. Jüngst hatten etliche Politiker gefordert, den auf Prostituierten lastenden Steuerdruck zu reduzieren, um sie nicht zur Schwarzarbeit zu verleiten, aber das kantonale Parlament hatte den Antrag abgewiesen. Vielleicht weil den

Abgeordneten im Grunde ihres Herzens klar war, dass das »Dirnenwesen«, wie sie es nannten, auch Schattenbereiche braucht.

Savi wiederum war überzeugt, dass er eine zwar schlecht angesehene, womöglich bedauerliche, nichtsdestoweniger aber unverzichtbare Dienstleistung erbrachte. Seine Strategie bestand darin, sich stets auf dem schmalen Grat zwischen Legalität und Grauzonen im Gleichgewicht zu bewegen. Bei Prostituierten ging der Staat von einem Jahreseinkommen von fünfzigtausend Franken netto aus: Hätte Savi diesen Lohn inklusive Nebenkosten zahlen müssen, wäre er ruiniert gewesen. Manche Mädchen arbeiteten offiziell, zahlten Steuern, erhielten eine kostenlose ärztliche Versorgung. Aber Savi ließ auch Mädchen ohne Schweizer Aufenthaltsbewilligung für sich arbeiten. Dazu kam, dass der kantonale Amtsarzt äußerst pingelig war, was die Einhaltung der Hygienevorschriften betraf, und schon aus diesem Grund zogen manche die Schwarzarbeit vor.

Savi arrangierte sich, wie jedermann.

Die Spätnachmittagssonne senkte sich zum Horizont. Savi ging an einer Schule vorbei, in deren Fenstern sich die Passanten spiegelten, und merkte plötzlich, dass jemand hinter ihm war. Um ein Haar hätte er sich umgedreht, unterdrückte den Impuls aber noch rechtzeitig: Er musste wachsam sein. Der Verfolger holte ihn ein. Er trug einen Hut, der seine Augen verschattete, und Savi erkannte ihn zuerst nicht.

»Sieh an«, sagte der Mann. »So trifft man sich wieder.«

Es war Elia Contini.

Savis unsteter Blick verriet seine Fluchtgedanken, als hätte Fliehen einen Sinn gehabt. Contini hatte ihn erkannt: Natürlich brachte er ihn mit Corvesco in Verbindung. Ach, was für eine idiotische Idee, Natalia im Wald zu suchen!

Dennoch spielte er den Unwissenden und fragte: »Kennen wir uns?«

»Natürlich!« Contini trat einen Schritt auf ihn zu. »Sie sind doch der Wanderer von Corvesco?«

Savi brummte einen Gruß und wollte weitergehen. Aber Contini ließ ihn nicht. »Der weithin bekannte Luciano Savi«, sagte er, »umschleicht also Tage nach dem Verbrechen den Tatort.«

Savi verlor die Fassung. »Was fällt Ihnen ein, was unterstellen Sie mir! Ich kannte die Frau doch gar nicht!«

»Aber ihren Mann kannten Sie.«

»Nein.

»Vielleicht hat er mal eines Ihrer Mädchen untersucht? Der Doktor Rocchi?«

»Er gehört nicht zu den Ärzten, die sich mit solchen Dingen beschäftigen.«

»Ach nein?«

»Er war nie im Tukan. Und im Übrigen habe ich Ihnen nichts zu sagen. Guten Tag.«

Savi kehrte Contini den Rücken und entfernte sich mit entschlossenem Schritt.

»He, wo wollen Sie denn hin?«, rief Contini und setzte ihm nach. »Wieso reden wir nicht ein bisschen, wir beide?«

»Weshalb sollte ich mit Ihnen reden? Sie sind doch kein Polizist!«

»Eben.«

»Spinnen Sie? Sie sind ein wildfremder Mensch! Was gehen Sie meine Angelegenheiten an?«

Contini blieb stehen. Savi ging noch ein paar Schritte weiter, aber aus einem Reflex heraus hielt er inne und drehte sich um.

»Das frage ich mich allerdings auch«, murmelte Contini.

»Hä?«

»Was mich Ihre Angelegenheiten angehen. – Sagen wir so: Ich bin zufällig Natalia begegnet. Sie haben sie nicht kennengelernt, oder?«

»Nein.«

»Was wollten Sie denn neulich in Corvesco?«

»Ich habe von dem Mord gehört und kam auf die Idee, mir die Gegend mal anzuschauen.«

»Krankhafte Neugier?«

»Nennen Sie es, wie Sie wollen.«

Sie waren nicht mehr weit von der Autobahnauffahrt. Contini deutete auf eine kleine Bar, ein winziges Lokal mit nur einem Schaufenster, ein paar Plastiktischen und einer riesigen Tiefkühltheke mit der Aufschrift: GLACE FÜR JEDEN GESCHMACK.

»Na? Trinken wir was?«

»Keine Zeit. Die Arbeit ruft.«

»Soll ich vielleicht der Presse berichten, dass Sie kurz nach dem Verbrechen in Corvesco waren, dass die Polizei Sie zu Hause aufgesucht hat, um Sie zu befragen, und dass …«

»Also gut, auf ein Glas. Das ist Nötigung!«

Sie waren die einzigen Gäste. Sie bestellten zwei Gläschen Weißwein, und eine lustlose Serviertochter brachte ihnen eine Schale mit Nüssen.

»Wollen Sie mich erpressen?«, fragte Savi.

»Ich möchte wissen, was Sie mit dieser Sache zu tun haben.«

»Glauben Sie mir, wenn ich Ihnen sage, dass ich's nicht weiß?«

Contini nippte an seinem Wein. »Kann sein.«

»Was haben denn alle auf einmal gegen mich?«

»Es liegen Indizien vor, die zu Ihnen führen, vielmehr zu Ihrem Lokal.«

»Indizien?«

»So nennt es die Polizei.«

Savi leerte mit einem Zug sein halbes Glas. Contini hatte in dieser Situation leider die Oberhand, und er, Savi, konnte es sich nicht erlauben, ihn zum Teufel zu schicken.

»Contini, reden wir Klartext. Ich bin kein Heiliger.«

»Ja, wer wäre das schon.«

»Ich verdiene mein Leben mit Amüsement, mit Mädchen. Das stimmt. Aber ich habe meinen Ehrenkodex. Niemals täte ich einer Frau was zuleide. Niemals wäre ich imstande gewesen, diese Ärmste anzugreifen.«

Contini studierte nachdenklich sein Weinglas.

»Es behauptet doch niemand, Sie hätten sie angegriffen.«

»Ich habe diese Familie nie gesehen!«, rief Savi aus.

»Woher wollen Sie das wissen?«

»Sie waren nie im Tukan.«

»Woher wollen Sie das wissen?«, wiederholte Contini. »Führen Sie eine Kundenliste?«

»Ich sage Ihnen, dass ich sie nie gesehen habe, weder den Doktor noch seine Familie.«

»Haben Sie Kinder? Sind Sie verheiratet?«

Savi erstarrte.

»Keine Familie?«

Savi legte die Hände flach auf den Tisch. Dann atmete er tief durch. Sein Blick war gesenkt.

»Ich hatte eine Familie.«

Contini wartete.

Aber Savi sprach nicht weiter. »Egal«, sagte er. »Das hat mit dieser Sache hier nichts zu tun.«

»Hat Ihre Frau Sie verlassen?«, fragte Contini.

»Meine Frau ist tot.«

»Das tut mir leid. Wann ist sie gestorben?«

Savi, seine gespreizten Hände anstarrend, schüttelte den Kopf.

Contini sagte nichts.

Nach einer Weile murmelte Savi: »Sie hieß Rosalba.«

6

Eine öde Sitzung

Kaum jemand weiß, dass ein großer Teil der Polizeiarbeit in Sitzungen besteht. Emilio De Marchi saß im Konferenzraum der Regionalen Vormundschaftskommission in Massagno. Richter Bonetti, eben von einer anderen Sitzung mit den Kommissionsmitgliedern zurück, hatte dafür gesorgt, dass alle Anwesenden mit Kaffee versorgt wurden.

»Wir haben eine neue Kaffeemaschine«, sagte er und stellte Dr. Mankell eine Tasse hin. »Vorläufig funktioniert sie bestens, aber ob sie dem Stress hier gewachsen ist, wird sich weisen …«

De Marchi saß Bonetti gegenüber. An den Tischseiten saßen Corrado Bossi, der Anwalt der Familie Rocchi, und eben Dr. Mankell, der Natalias Rehabilitation begleitete. Eine weitere öde Sitzung, in der es nicht nur um den Fortgang der Ermittlungen ging und um den notwendigen Schutz einer Minderjährigen et cetera blabla, sondern überhaupt um die Zukunft des Mädchens. De Marchi hätte das Protokoll im Voraus schreiben können.

»Es gilt zu bedenken, dass die Familie Rocchi nicht mehr existiert«, sagte Bonetti. »Natalia steht völlig allein da.«

Anwalt Bossi fiel ihm ins Wort: »Nun, das ist eine peremptorische Betrachtungsweise, die nicht angemessen ist …«

De Marchi musste zugeben, dass Bonetti mit seinen quadratischen Brillengläsern und seiner untersetzten Statur offenbar ein tüchtiger Mann war. Zumindest verzettelte er sich nicht in Nebensächlichkeiten, sondern kam immer sofort zur Sache.

»Enzos Vater, also Natalias Großvater«, erklärte Bonetti, »lebt in einem Seniorenheim und ist völlig außerstande, für seine Enkelin zu sorgen. Er ist indes – insofern haben Sie Recht – der nächste Verwandte. Augusto Rocchi ist sein Name.«

Richter Bonetti musterte den Anwalt, wie um sich zu vergewissern, dass der richtig verstanden hatte. Dann senkte er den Blick wieder auf die vor ihm liegenden Papiere, schob eines zur Seite und fuhr fort, als läse er vor: »Abgesehen von Augusto haben wir Elena und Federico Rocchi, Letzterer ein Vetter von Enzo. Das Ehepaar lebt in Bern und wird zur morgigen Beerdigung erscheinen. Es besteht kein irgendwie inniges Verhältnis zu dem Mädchen, aber bitte, nähere Verwandte gibt es nun mal nicht. Wie ich schon sagte, Herr Kollege, Natalia steht allein da.«

Mit einem kurzen Nicken räumte Bossi ein, dass Bonetti die Situation notgedrungen korrekt analysiert hatte. Er präzisierte jedoch: »Es ist nicht unbedingt nötig, dass ein naher Verwandter …«

»Ich weiß«, unterbrach ihn Bonetti. »Aber bedenken wir bitte, dass Natalia in ein paar Monaten volljährig sein wird. Es geht hier nicht darum, ein unmündiges Kind in einer Pflegefamilie zu platzieren. Auf jeden Fall aber müssen wir Natalia aus dem Scheinwerferlicht heraushalten und möglichst in einem familiären Kontext unterbringen, in dem sie sich erholen kann.«

»Bei den Canovas geht es ihr gut«, sagte Mankell.

»Jetzt aber muss sie nach Lugano zurück«, erwiderte Bonetti. »Allein im Haus der Eltern zu leben und von Neugierigen und Journalisten belauert zu werden dürfte schwer für sie sein. Apropos, Herr Kommissär …«

»Selbstverständlich«, seufzte De Marchi.

Ein Teil von ihm hoffte, dieses Wort allein drücke alles aus, was die anderen hören wollten. Doch er sah die Blicke aller auf sich geheftet und sah sich genötigt, weiterzusprechen.

»Die Polizei wird Natalia noch einmal anhören wollen. Selbstverständlich.« Er klammerte sich an dieses Wort, als könnte es die Sitzung abkürzen. »Aber wir wissen inzwischen, dass es Zeit braucht. Der erste Versuch war vielleicht ein bisschen überstürzt …«

»Zu überstürzt«, kommentierte Bonetti.

»Zugegeben. Aber es handelt sich um Mord, und ein Mörder läuft frei herum. Dies vorausgeschickt, werden wir uns natürlich bemühen, das Mädchen in Lugano zu beschützen. Über das Wochenende kann sie dann nach Corvesco zurück, oder?«

»Sie hat selbst darum gebeten, bei den Canovas bleiben zu dürfen«, erklärte Mankell.

»In der Woche darauf muss sie dann aber nach Lugano zurück«, sagte Rechtsanwalt Bossi. »Es sind dringende rechtliche Angelegenheiten zu regeln. Danach werde ich versuchen, sie in Zukunft mit der Bürokratie zu verschonen.«

»Besser wär's«, sagte Mankell. »Aus gesundheitlicher Sicht … Oh, Verzeihung bitte.«

Durch den Raum schrillte ein Ton, der De Marchi an die alten Bakelit-Telefone denken ließ. Aber sogar De Marchi wusste, dass auch das antike Telefonläuten in den Klingeltönen des modernen Mobiltelefons aufgegangen ist. Und tatsächlich sprang Mankell auf, zog sein Natel aus der Tasche, starrte es an und verkündete: »Dauert nur zwei Sekunden!«

Dann entwich er in den Flur, und De Marchi dachte über die Macht des Mobiltelefons nach. Es ist das Einzige, dem jede Unterbrechung zugestanden wird, es darf ohne Vorwarnung und mit der größten Selbstverständlichkeit selbst Sitzungen sprengen. Neidvoll blickte er auf die Tür, die sich hinter dem Doktor schloss.

»Ich hab dir doch gesagt, du sollst mich nicht mehr anrufen!«

Mankell bemühte sich, leise zu sprechen. Zwar hatte er sich in den Raum neben dem Sitzungssaal zurückgezogen, der zum Glück leer war, aber ein Lauscher war das Letzte, was er brauchen konnte.

»Soll ich etwa seelenruhig hier sitzen und die Zielscheibe machen?«

»Nein, hör doch zu, Savi. Das ist nur eine Krise, das geht wieder vorbei. Wir haben schließlich nichts falsch gemacht, oder?«

»Das geht vorbei, ha! … An mir geht leider keiner vorbei! Momentan haben es alle auf mich abgesehen!«

Savi hörte sich panisch an. Mankell kannte ihn, er wusste, dass Savi in Notfällen leicht durchdrehte. Er versuchte ihn zu beschwichtigen: »Wir haben alles im Griff, glaub mir. Ich beobachte die Kleine aus der Nähe, und falls sie was sagen sollte, das uns gefährlich wird, kann ich sofort eingreifen.«

»Einstweilen hat sie aber schon über mich geredet und über das Tukan und …«

»Über dich hat sie gar nichts gesagt.«

»Und wieso habe ich dann nicht nur den Polizisten, sondern auch diesen Contini an der Backe?«

»Offenbar ist ein Notizzettel von Rocchi aufgetaucht, und darauf stand die Telefonnummer des Tukan.«

»Hast du nicht behauptet, die Papiere sind verloren gegangen?«

»Bis auf diese Telefonnummer, und das ist natürlich kein Beweis. Natalia erinnert sich an keine Ermittlungen ihres Vaters, und vielleicht wusste sie ja von vornherein nichts davon.«

»Und wenn sie sich an den ersten August erinnert?«

Mankell schwieg. Endlos dehnten sich die Sekunden, während sich eine Flut von Gedanken durch seinen Kopf wälzte. Es ging schließlich um Mord. Er, Peter Mankell, angesehener Luganer Arzt, deckte einen Mord. Wie hatte es so weit kommen können? »Darüber reden wir lieber nicht am Telefon«, sagte er.

»Wo denn sonst? Ich …«

»Warte, reg dich nicht auf. Ich habe alles unter Kontrolle, okay? Und selbst wenn sie sich erinnern sollte: Sie *kann* nicht reden!«

»Und wenn sie es wieder lernt?«

»Dann bin ich der Erste, der ihr zuhört.«

7

Natalia schreibt

Lugano, 8. August

Ich fange jetzt an auf einer Seite zu ~~zeichn~~ schreiben die ich in der Papier- & Buchhandlung Giovannetti gekauft habe, weil mir gesagt hat kaufen und schreiben Peter Mankell. Es ist eine hilfe für die Erinnerung, hoffentlich fällt mir alles wieder ein wenn ich schreibe.

~~Der Weile~~ Derweilen war ein ~~Reg~~ Gewitter gestern.

Jetzt scheint die Sonne, aber ~~das Ding~~ der Bildschirm sagt es wird wieder regnen. Ich schaue in den Bildschirm und verstehe nicht alles.

Verstehe ich nicht einmal die Filme. Ist normal, sagt Giovanni. Giovanni ~~lach~~ lächelt viel und sagt da wird immer nur dummes Zeug geredet (= unnütze Sachen, die ich nicht verwenden kann).

Lange Weile habe ich geschrieben. Dann fehlen

~~es fehlen die~~

~~Buchstaben~~

~~Verben~~

es fehlen die Wörter, sagt Peter.

Wörter

Heute hat mir auch die ~~Dings~~ ~~Logopädistin~~ Logopädin viele Sachen mit geschriebenen Bildern   gezeichneten Bildern ich weiß nicht, es gibt Bilder, mit denen man die Namen von Dingen lernt. Wenn ich einen weiß, kommen auch andere wieder.

Wiedergekommen ist: Wald.

Dann konnte ich nicht weiter, aber ich habe die Bäume auf dem Dings gesehen. Die Bäume sind im Wald. Wie die Häuser in der Stadt oder im Dorf.

Das Dings, nein der

die Idee

der Begriff ist mir klar, immer. Da habe ich gar kein Problem. Schwierig (kompliziert) ist Schreiben, wenn ich die Wörter nicht denken kann und im Kopf die falschen Wörter sind. Ich bin wie in einem ~~Schlüssel~~

Gefängnis

viele denken ich kapiere null. Aber ich kapiere alles.

Ich kann nicht reden!!!

Ich muss ~~lach~~ weinen. Ich fange an alle Leute zu hassen die reden. Ich kann gar nichts machen, auch leichte sachen sind schwierig.

Aber ich will stark sein. Muss!

Vielleicht hilft das Stillsein. Ich folge dem ~~Wild~~ ~~Weg~~ der Fährte des Stillseins durch meinen kopf und die führt mich zu Sachen, die ich nicht wusste. Auch Sachen, die ich vergesse, aus lang vergangener Zeit, als ich ein Kind war. Das Stillsein führt auch zu Dings Fragen.

Vorher wusste ich nichts.

Giovanni sagt, ich soll einfach nicht reden versuchen, wenn ich

ich meine: Verwirrung!
wenn ich eine Verwirrung im Kopf habe. Aber Peter ist der Arzt. Er und die ~~Logopädist~~ Logopädin sagen, ich soll es immer versuchen. Nämlich:
– Reden
– einen Sprechakt formulieren
Aber jetzt kann ich nicht mehr.
Gestern war die Beerdigung der ~~Elter~~ Mama.

Lugano, 9. August

Also wieder weiter. Heute will ich ordentliche Sätze schreiben, mit Wörtern, die man versteht (= nicht nur ich). Meine Gedanken sind geordnet, die Wörter nicht (Verwirrung). Das Dings läutet ständig, in dieser Weile, Leute wollen mit mir reden oder sie ~~flöt~~ simsen.
Nach der Beerdigung wollten alle reden. Ich höre zu. Ich verstehe nicht alles. Aber ich verstehe besser was die Leute nicht sagen: die Dings, ihre Gedanken, die Augen, das Dings das sie haben   das Verhalten
Peter hat heute zur ~~Sirene~~ Polizei gesagt dass ich nicht genug kapiere für ihre Fragen nach dem Dings
Mord
Der Kommissär sagt es hat keine ~~Weile~~ Eile. Auch der Richter Bonetti sagt, dass die Wörter schon alle zu mir zurückkehren werden, es hat keine Eile. Aber ich vergesse alles, immer mehr, auch die Sachen, die ich früher nicht vergess
Nein, nicht vergessen, das Gegenteil! Ich erinnere alles!
Ich erinnere den Mann der die Mama ~~fäust~~ schlägt, ich erinnere dass ich in den ~~Baum~~ Wald weggelaufen bin. Ich erinnere dass ich Sachen dabeihatte die ich wohin tun wollte,

wo sie niemand ~~sucht~~ findet. Aber wohin ich sie getan habe erinnere ich nicht. Erinnere ich MICH nicht. Ich versuche herauszufinden, was in meinen Erinnerungen nicht stimmt. Heute Abend geht es wieder nach Corvesco. Näher hin zu den Erinnerungen.

Heute hat die Logopädi~~st~~n gesagt dass es schon viel besser geworden ist.

Das finde ich auch. Ich glaube, ich weiß schon ziemlich viele Wörter.

Ich blicke nur noch nicht durch, was passiert ist. Ich muss Geduld haben.

Die Wörter kommen zurück, und ich warte.

Giovanni sagt, alles okay

er sagt er findet es gut, dass ich so viel schweige, er sagt er versteht es trotzdem

8

Frau Mankell

Vom Küchenfenster aus sah Signora Mankell Giulia und ihren Freund vor dem Fernseher sitzen. Wenn sie sich ein bisschen weiter vorbeugte, konnte sie einen Blick ins Wohnzimmer der Bernardis tun und, direkt darunter, auf den Minibalkon von Herrn Marino. Der hatte in einer Ecke, neben einem Plastiktischchen einen Olivenbaum stehen. Schon seit drei Wochen, die Wurzeln in Plastik verpackt.

Signora Mankell stand, auf das Geländer gestützt, rauchend auf ihrem Balkon und versuchte, nicht hinzuschauen. Sie selbst legte größten Wert auf ihre Privatsphäre und respektierte deshalb auch die der anderen. Aber die Frage, was ein nicht einmal eingetopfter Olivenbaum auf einem Balkon zu suchen hat, ging ihr doch nicht aus dem Kopf.

»Agnese, bist du da?«, rief Peter aus der Küche. »Der Kaffee ist fertig.«

Agnese drückte ihre Kippe im Aschenbecher aus. Der Olivenbaum sah gar nicht mehr gut aus. Kein Wunder – die Wurzeln in der Plastiktüte und nur ein paar Stunden Sonne am Tag. Wie lang überlebt ein Olivenbaum diese Vernachlässigung?

»Soll ich ihn dir rausbringen?«

»Lass nur, ich komm rein.«

In Cadro zu leben war nicht ideal für jemanden, der Wert

auf seine Privatsphäre legt. Aber im Lauf der Jahre hatte sich Agnese Mankell einigermaßen daran gewöhnt. Viele Einwohner der kleinen Gemeinde arbeiteten, wie ihr Mann, in Lugano. Die Gattinnen blieben zu Hause und beobachteten einander heimlich durch die Fenster.

Als sie ins Haus trat, zog sie hinter sich den Vorhang vor der Balkontür zu. Um die Mücken fernzuhalten. Dann besann sie sich und schloss auch die Tür: Es war ein kühler Abend, obwohl August war. Vielleicht kam nachts noch einmal ein Regen.

Peter Mankell, in Jogginghose und weißem T-Shirt, schenkte den Kaffee ein. Als Agnese am Küchentisch Platz genommen hatte, setzte er sich ihr gegenüber und legte seine Brille auf den Tisch.

Agnese sah ihn an und erkannte aus langjähriger Erfahrung, dass die Zeichen auf Sturm standen.

»Ich muss eine Entscheidung treffen, weißt du«, sagte Peter.

Agnese sagte nichts.

»Ich bin Arzt! Warum muss ich in diesen Dreck hineingezogen werden?«

Agnese zuckte die Achseln.

»Was tätest du denn an meiner Stelle?«

Aha, sind wir wieder so weit.

»Ich weiß es nicht, Peter. Ich verstehe von so was nichts.«

»Von so was? Von was denn? Und verstehe ich vielleicht was davon, Scheiße?«, zischte Mankell. »Ich bin kein Verbrecher und auch kein Polizist, also was hab ich damit zu tun?«

»Bitte reg dich nicht auf.«

»Ja, du hast leicht reden, du stehst schließlich nicht am Rand des… Ist dir das klar? Ist dir klar, in was für eine Scheiße ich da hineingeraten bin?«

»Peter, die Fenster sind offen.«

»Ich hab es gemacht, weil … Es ist wie Steuerhinterziehung oder Versicherungsbetrug, nix Besonderes. Ich hätte doch nie gedacht, dass die sich zu Gangstern entwickeln!«

»Warum gehst du nicht zu einem Anwalt?«

»Zu einem Anwalt? Spinnst du? Die lochen mich doch sofort ein, siehst du das nicht? Wenn wir Anwälte einschalten, dann ist sowieso alles aus. Nein, es muss doch eine Möglichkeit geben, aus diesem Dreck wieder rauszukommen!«

»Pass auf, Peter, die Nachbarn können uns hören.«

»Ist mir doch scheißegal, wenn sie uns hören! Ich muss da sauber wieder rauskommen. Dass *sie* Mist gebaut haben, geht *mich* doch nichts an. Zu meiner persönlichen Schuld stehe ich, ich zahle für das, was ich getan habe, aber nicht …«

»Deine Praxis.«

»Was?«

»Die nehmen dir deine Zulassung weg. Und was machen wir dann?«

Die Eheleute Mankell saßen sich in ihrer kleinen Küche gegenüber und sahen einander an. Mit dem einen oder anderen Regelverstoß hatte es angefangen; erst ging es darum, das Geld für eine eigene Praxis zusammenzubringen, dann musste das Niveau gehalten werden. Im Grunde ging er kein Risiko ein. Er fälschte ein paar Daten und fügte niemandem Schaden zu.

Aber *sie* hatten jemandem Schaden zugefügt.

Wie war das passiert?

»Und wessen Schuld ist es letztlich? *Sie* behaupten, meine, weil ich nicht verhindert habe, dass Enzo herumschnüffelt. Aber ich sage: Wer ist denn gewalttätig geworden – ich doch nicht! Gewalt ist doch keine Lösung! Wieso hat man nicht darüber *reden* können?«

»So sind sie eben. Peter, und wenn du weiter so schreist …«

»Ich schreie nicht!« Peter sprang auf. »Ich halt es hier drin nicht mehr aus. So weit ist es gekommen – jetzt müssen wir schon hoffen, dass dieses Mädchen stumm bleibt!«

Peter packte seine Brille, stürzte seinen Kaffee hinunter und stürmte aus dem Haus. Agnese blieb sitzen und betrachtete ihre noch volle Tasse. Sie wusste, dass ihr Mann sich wieder beruhigen würde, wenn er ein Stück gelaufen war.

Aber sie war nicht weniger entsetzt als er, auch wenn sie sich ihre Gefühle nicht anmerken ließ.

Sie sah noch deutlicher als ihr Mann, dass es keinen Ausweg gab. Ihm blieb nichts anderes übrig, als seine Strafe abzusitzen. Sie konnte wieder arbeiten gehen – irgendwie würden sie schon zurechtkommen. Hart war es, auf alles zu verzichten – das Ansehen, das behagliche Leben, die schöne Wohnung im ruhigen Cadro. Die Leute würden sich das Maul zerreißen. Die einen würden sagen: Ich hab's ja immer gewusst, und die anderen würden überall hinausposaunen, dass Peter mit Huren herummachte.

Das Tessin ist klein.

Gesellschaftlich wären sie tot, wenn Peter redete.

Das Problem war nur, dass die Strafe noch viel höher ausfiel, wenn Peter *nicht* redete. Es mochte idiotisch sein, sich der Polizei zu stellen, aber möglicherweise war es das geringere Übel. Es sei denn natürlich, Savi und den anderen gelang es, alles zu vertuschen. Es sei denn, das Mädchen blieb stumm, für immer.

Vielleicht war es besser, noch eine Weile abzuwarten und erst zur Polizei zu gehen, wenn Peter das Wasser bis zum Hals stand. Natürlich musste man bereit sein, den anderen zuvorzukommen. Und vor allem musste Peter verhindern, dass Savi noch mehr Mist baute. Agnese wollte nicht für den Rest ihres Lebens mit Schuldgefühlen herumlaufen.

Sie beschloss, Peter suchen zu gehen. An diesem Abend wollte sie ihn nicht allein in seinen schwarzen Gedanken schmoren lassen.

Mit seinen krummen Straßen, den dunklen Mauern und erleuchteten Fenstern darin, den Fernsehstimmen, die aus den Innenhöfen drangen, kam ihr Cadro bei Nacht wie ein verwunschenes Dorf vor. Es schien ihr, als könnte sie die ganze Nacht laufen, um Ecken biegen und durch enge Gässchen schlüpfen und dabei doch keine Stelle zweimal passieren. Diesmal aber sah sie sich nicht um. Sie kannte Peters Abendroute auswendig. Jeden Abend ging er denselben Weg: Die Wiederkehr des Immergleichen beruhigte und tröstete ihn.

Am alten Waschhaus fand sie ihn. Er stand im Schatten eines Pfeilers und starrte ins Wasser; Agnese erspähte das Weiß seines T-Shirts. Sie trat zu ihm in den Laubengang und legte ihm eine Hand auf die Schulter.

»Hier ist es aber finster«, sagte sie.

Peter gab keine Antwort. Das Gewölbe des Waschhauses steigerte das Plätschern des Wassers zum Rauschen eines kleinen Wasserfalls.

»Lass dich nicht unterkriegen, Peter …«

Er schnaubte nur.

»Das schaffen wir schon. Wir schaffen das auch diesmal. Wirst schon sehen.«

9

Kates Zweifel

Kate blieb im Bett liegen, während er duschte. Durch den offenen Spalt der Badezimmertür hörte sie das Wasser rauschen. Er war ein ganz gewöhnlicher Mann. Er hatte seine Kleidungsstücke gefaltet auf einen Stuhl gelegt. Kate schätzte Ordnung, aber sie war auch nicht naiv: Die Ordentlichsten waren oft die Schlimmsten.

Vickys Stammkunde zum Beispiel. Der war präzise wie ein Uhrwerk, bei dem hatte jedes Ding seinen Platz, und dort lag es auch. Nur dass er nebenbei gern Frauen verprügelte. Gewalttätige Männer waren eine Pest; wenn es in Hotels passierte, hatte man auch noch den Ärger am Hals. Deshalb wählte Kate die Männer, mit denen sie ins Hotel ging, mit allergrößter Sorgfalt aus.

In den Nachtclubs gab es wenigstens die Security-Leute. Obwohl sie für Vicky nicht viel getan hatten … Am Ende war es wieder nur ihre Schuld. Sie hatten sie rausgeschmissen, hatten sie gezwungen, nach Hause zurückzukehren.

Und auch Kate war rausgeflogen.

Dank ihren Kontakten schlug sie sich einigermaßen durch, aber ohne feste Arbeit und ohne Unterstützung konnte sie wohl nicht mehr lang so weitermachen. Zumal sich der Druck, unter dem sie stand, allmählich bemerkbar machte, es gelang ihr kaum noch, Gedanken und Gefühle zu kontrollieren. Manchmal, im Halbschlaf, träumte sie, dass sie ein Meer von Tränen vergoss, die sich nicht stoppen ließen. Tagsüber passierte nichts, aber nachts, im Traum, flossen ihre Tränen wie eine Sintflut. Eine grundlose Trauer hielt sie gefangen, und dazu gesellte sich ein brennendes Schamgefühl: Diese Weinkrämpfe überfielen sie immer in der Öffentlichkeit, im Restaurant oder mitten auf der Straße. Deshalb brauchte sie einen Tapetenwechsel. Sie wollte weg aus der Schweiz.

In ein Handtuch gewickelt, kam er aus der Dusche. Seine Haut war rosig, die Haare hingen ihm in die Stirn. Er bewegte sich vorsichtig, sehr darauf bedacht, sich keine Blöße zu geben. Kate musste lächeln. Sie schälte sich aus dem Laken und trat auf ihn zu. Sie war nackt. Er starrte sie blinzelnd an.

»Hast du gesehen?«, fragte Kate. »Draußen regnet es.«

»Wie bitte?«, stotterte er.

Kates dunkle Haut bildete einen scharfen Kontrast zum Weiß des Handtuchs.

»Du wirst nass werden …«

Kate griff nach dem Handtuch und zog es ihm weg.

»He!«

Kate grinste. Dann verschwand sie im Bad und schloss die Tür hinter sich. Sie trank einen Schluck Wasser aus dem Hahn und musste wieder an Vicky denken. Eigentlich hatte sie allen eine ziemliche Angst eingejagt, sogar Savi fürchtete sich vor Vicky, weil sie zu viele Fragen stellte. Sie hätte den Mund halten und sich nicht einmischen sollen in diese obskuren Geschäfte mit der Polizei, den gefälschten Papieren – sie hätte nicht schlecht verdient dabei, mehr jedenfalls als mit ihrer Wahrheitsliebe.

Sie hatte ja versucht, mit ihr zu reden. In unserem Beruf, sagte sie, kannst du nur scheitern, wenn du alles ans Licht der Öffentlichkeit zerrst. Aber stur, wie sie war, hatte Vicky nicht auf sie gehört, und dann passierte natürlich diese schlimme Sache. Am Ende war sie gefeuert worden.

Kate hatte versucht, sich für sie einzusetzen. Sie hatte sich an den Arzt gewandt, der Vicky untersucht hatte, aber das war ein Fehler gewesen, denn der hatte gleich mit Savi darüber gesprochen. Kate hatte noch einen Versuch gewagt und Dr. Rocchi kontaktiert, einen Kollegen von Vickys Arzt, aber wieder war Savi dahintergekommen und hatte sie zur Strafe hinausgeworfen.

Vielleicht sollte sie vor ihrer Abreise noch einen letzten Versuch wagen und noch einmal mit Rocchi reden.

Ohne Handtuch kam sie aus dem Bad. Der Mann hatte sich gar nicht angezogen, sondern war wieder ins Bett gekrochen. Dort lag er mit nassen Haaren unter der Decke und sah sie an. Kate trat an das Tischchen, auf dem ihr Mobiltelefon lag, warf einen Blick darauf und drehte sich dann zu ihm. Sie stand am Fuß des Bettes, die Arme um den Oberkörper geschlungen, wie um sich zu schützen, gesenkten Blicks. Sie lächelte.

»Du willst nicht nass werden im Regen, oder?«, sagte sie.

»Ich habe noch Zeit«, sagte er.

Was konnte man noch tun für Vicky? Es war schwierig. Sie hatte keine Freunde und kein Geld. Schon einmal hatte Kate für ihre Neigung, sich in fremde Angelegenheiten zu mischen, schwer büßen müssen. Sie sollte jetzt lieber an sich denken, an ihre Arbeit in diesem Scheißhotel, um das Flugticket bezahlen zu können. Und überhaupt – brauchte Vicky wirklich Hilfe? Sie war ja fort, war in ihre Heimat zurückgekehrt. Um keinen Preis wollte Kate mit der Polizei zu tun haben. Sie sagte: »Aber deine zwei Stunden sind vorbei.«

»Kannst du nicht noch ein bisschen bleiben?«

Kate lächelte wieder, mit geschlossenem Mund. Er war eigentlich ganz sympathisch, nur seine Ordnungsliebe kam ihr zwanghaft vor. Er wollte nur seine Mittagspause verlängern, bis das Gewitter vorbei wäre. Früher hätte sie ihm eine Ermäßigung gegeben, damit er umso lieber wiederkäme – Kundenbindung. Aber das hatte jetzt keinen Sinn mehr, sie träfen einander ohnehin nie wieder.

»Wenn du zahlst, bleibe ich noch ein bisschen.«

Er zog seine Brieftasche aus dem Jackett über der Stuhllehne, und Kate schlüpfte unter die Decke. Nein, für Vicky konnte man nichts mehr tun. Es tat ihr leid, dass diese Scheißkerle ungeschoren davonkamen, aber sie konnte ja nicht allein gegen die ganze Organisation kämpfen.

Und schließlich war Vicky zum Glück wieder gesund geworden.

Scheußliche Sache, wirklich. Aber immerhin war niemand gestorben.

10

Das Versteck

Natalia war wieder da. Giovanni tauchte bis über den Kopf in den Tümpel und hielt so still, wie es ging. Natalia war wieder da, und die Polizei hatte den Mörder noch nicht geschnappt. Das Wasser war eisig. Giovanni empfand die Kälte wie ein eng anliegendes Futteral, ein Gewicht auf der Brust. Er öffnete unter Wasser die Augen, sah aber nur verschwommene Konturen.

Er tauchte wieder auf, sprang aus dem Wasser und atmete in vollen Zügen. Er fühlte sich großartig. Das Baden im Wildbach war wunderbar. Ganz anders als das Meer mit seiner endlosen Weite und Langsamkeit. Im Tresalti hielt man es genau zehn Sekunden aus – dann musste man sofort wieder raus, mit Gänsehaut und zitternden Muskeln.

Ein Stück flussabwärts war noch ein Tümpel, der mit einem Steinmäuerchen eingefasst war. Giovanni wusste, dass Contini hier seine Flöße schwimmen ließ. Dieser Contini – manche Leute hielten ihn für einen Halbirren. Andere sagten, er sei ein Privatdetektiv, wie im Film, aber es kannte ihn eigentlich niemand näher. Giovanni fand ihn ganz nett. Er hatte den Eindruck, dass auch Contini Natalia im Auge hatte, dass er irgendwie ahnte, was hinter ihrem Schweigen stand.

Giovanni war sicher, dass Natalia ein Geheimnis hatte.

Vielleicht war ihr das selbst gar nicht so deutlich bewusst, aber früher oder später kam es bestimmt ans Licht.

Das Handtuch um den Hals, machte er sich auf den Heimweg. Gegen fünf sollten der Richter Bonetti und der Doktor kommen, die mit Natalia reden wollten. Am Vormittag war die Logopädin da gewesen. Natalia machte gute Fortschritte, und Giovanni war darüber fast ein bisschen erschrocken. Natürlich wünschte er ihr, dass sie wieder gesund würde, aber sich selbst hätte er gewünscht, dass alles so bliebe, wie es war.

Durch die hintere Gartentür betrat er das Grundstück. Sein Vater schlief in einer Ecke des Gartens in der Hängematte, und seine Mutter saß unter der Linde und machte ihr tägliches Kreuzworträtsel von der letzten Seite der Zeitung. Pietro fläzte in einem Liegestuhl und las die neueste Ausgabe der *Tex*, während Viola auf der Suche nach jemandem war, der mit ihr spielte.

»Lass mich das Kreuzworträtsel fertig machen«, sagte die Mutter. »Aber was willst du denn spielen, wenn doch die Sonne so schön scheint!«

Violas Gesichtsausdruck näherte sich der Schmollmiene. Dann aber erspähte sie Giovanni und lief auf ihn zu. »Spielst du Monopoly mit mir?«

»Monopoly, jetzt?«, sagte Giovanni überrascht.

»Das kann sie doch überhaupt nicht«, rief Pietro von seinem Liegestuhl herüber. »Sie kennt die Regeln nicht.«

»Das ist nicht wahr«, protestierte Viola schrill. »Giovanni hat sie mir beigebracht, das stimmt doch, Giovanni, oder?«

»Ja, aber …«

»Und wieso kann man nicht spielen, wenn die Sonne scheint? Ich werde lieber bei Sonnenschein reich!«

»Das letzte Mal warst du sehr schnell bankrott«, kam es hämisch von Pietro.

»Das stimmt nicht, ich hatte ein Gasthaus auf dem Zürcher Paradeplatz!«

»Ein Gasthaus?«, fragte Giovanni verwundert.

»Für ein Hotel hat die Kohle nicht gereicht«, erklärte Pietro. »Tja, es ist eben Krise, man muss schauen, wo man bleibt.«

Giovanni fragte nicht nach den Regelkorrekturen, die seine Geschwister vorgenommen hatten, sondern wollte wissen, wo Natalia sei.

»Die gefällt dir, ja?«, platzte Viola sofort heraus. »Die gefällt dir, die gefällt dir!«

»Aber geh, die redet doch nix«, sagte Pietro.

»Seid so gut«, schaltete die Mutter sich ein, »und schreit nicht so laut. Könnt ihr euch nicht beschäftigen, ohne zu schreien? Und du, Pietro, red keinen Unsinn!«

»Aber …«

»Kein Aber!«

Pietro verzichtete klugerweise auf eine Antwort und hob sich wieder die Zeitschrift vors Gesicht. Viola sah nach, ob der Papa jetzt endlich aufgewacht war, und Giovanni ging auf der Suche nach Natalia ins Haus.

Sie saß in ihrem Zimmer am Fenster und studierte die Blätter mit den gezeichneten Bildern, die ihr die Logopädin immer mitbrachte. In der Therapie benutzten sie gelegentlich auch den Computer, der Natalia half, ein Wort, das ihr im Ganzen nicht einfiel, Buchstabe für Buchstabe zu rekonstruieren.

»Hallo, wie geht's?«, fragte Giovanni.

Natalia blickte auf.

Giovanni nahm sich einen Stuhl und setzte sich neben sie.

Giovanni bemühte sich, ein Gespräch in Gang zu bringen, wagte sogar einen Scherz, bis er spürte, dass sie trüben Gedanken nachhing. Kein Wunder. Sie hatte kurz nacheinander beide Eltern verloren, sie hatte den Mord an ihrer Mutter beobachtet. Giovanni stand ihr nicht so nahe, als dass er sich auch nur vorstellen konnte, was in ihr vorging.

Lange saßen sie beieinander, ohne zu sprechen.

Aber dann begann sie als Erste zu reden:

»Ich habe einen Brief bekommen. Komisch. Verstehe ich nicht, willst du lesen?«

Giovanni nickte überrascht. Sie reichte ihm ein leicht zerknittertes Stück Papier.

Liebe, werte Natalia,
ich weiß nicht, ob es das Richtige ist, dir zu schreiben. Zuerst wollte ich abreisen, ohne noch etwas zu sagen. Aber dann hörte ich im Fernsehen, dass Dr. Rocchi tot ist. Das tut mir leid. Er hatte die Mappe mit meinen Papieren und alle von Vicky, die sie weggebracht haben, und die Papiere vernichtet. Ich muss jetzt fort und bitte dich, die Polizei nicht sofort zu verständigen, das wäre sehr schlecht für mich. Aber in den Dokumenten steht meine Mobilnummer, wenn ihr mich braucht. Ich wünsche dir sehr viel Glück.
Kate

Giovanni hob den Kopf und sah Natalia an. »Was für Papiere?«, fragte er.

Sie schüttelte den Kopf.

»Stimmt das denn? Dass dein Vater diese Papiere hatte? Weißt du, wo sie sind?«

Natalia bemühte sich zu antworten, aber es fehlten ihr die Worte. Sie schloss die Augen, und nach ein paar Sekunden sagte sie: »Der Wald.«

Giovanni sah sie fragend an.

»Ich vergesse die Flucht im Wald, und da war ein … wie heißt das? Etwas, das man nicht sieht. Nein: wo etwas drin ist und nicht gesehen wird.«

»Hm … ein Versteck vielleicht?«

»Ja, Versteck! Ich habe die Papiere in dem Versteck versteckt.«

»Das heißt, du hast die Unterlagen, die dein Vater hatte, versteckt? Vielleicht haben sie was mit dem Tod deiner Mutter zu tun. Weißt du denn, was das war? Was dort stand?«

Natalia senkte den Blick. »Nein.«

Giovanni las noch einmal Kates Brief und murmelte: »Ihre Telefonnummer haben wir also nicht …«

Natalia nickte. Giovanni wollte ihr den Brief zurückgeben, sie aber bedeutete ihm mit einer Geste, dass er ihn behalten sollte.

»Willst du ihn nicht der Polizei geben?«

Natalia schüttelte den Kopf. »Sie will es doch nicht.«

Giovanni faltete den Brief wieder zusammen und verstaute ihn in seinem Portemonnaie.

Er verzichtete auf einen Kommentar, um Natalia nicht zu verstören, aber es schien ihm nicht richtig, so zu tun, als wäre nichts. Vielleicht könnten sie sagen, diese Papiere seien etwas, woran Natalia sich erinnerte, und den Brief vorerst verschweigen. Und sie konnten Dr. Mankell fragen: Der war schließlich der Praxiskollege von Natalias Vater, und vielleicht wusste er ja, was es mit den Papieren auf sich hatte.

Das Gesetz über Organisation und Verfahrensweise im Kindes- und Erwachsenenschutzrecht unterteilt das Tessin in achtzehn Bezirke. Für jeden Bezirk ist eine regionale Vormundschaftskommission zuständig, bestehend aus einem Vorsitzenden, einem ständigen Mitglied und einem Abgeordneten der Heimatgemeinde der Person, deren Fall verhandelt wird. Jedes Kommissionsmitglied hat einen Stellvertreter, und jeder Kommission steht ein Sekretär zur Verfügung.

Alles in allem, befand Brenno Bonetti, eine recht wendige Struktur.

Nach den tausend Ärgernissen und Scherereien, die er als Jugendrichter erlebt hatte, war die Kommission keine übermäßig aufwändige Arbeit für ihn. Eigentlich war es gar keine Arbeit im strengen Sinn, sondern eine angenehme Beschäftigung für einen Pensionisten, der für Kartenspiele nichts übrig hat und das Spazierengehen hasst.

Natalias Fall verfolgte er mit besonderer Aufmerksamkeit. Seine Kollegen in der Kommission murrten und fühlten sich ausgegrenzt, aber Bonetti hatte ihnen erklärt, er müsse sich dieses Falls persönlich annehmen, weil er in freundschaftlichem Verhältnis zu Natalias Eltern gestanden habe. Und überhaupt brauche es in einem Fall wie diesem, dem so viel öffentliche Aufmerksamkeit zuteilwerde, einen Mann von seiner Erfahrung und Kompetenz.

Am 11. August machte sich Brenno Bonetti auf den Weg, um Natalia aufzusuchen und sich persönlich zu überzeugen, welche Fortschritte sie machte. Natürlich war ihm klar, dass man sich von einem posttraumatischen Stresssyndrom nicht binnen Tagen erholt, im Gegenteil – bei Amnesie kommt es vor, dass die Verdrängung vollständig ist und die betroffene Person sich der traumatisierenden Ereignisse nie mehr erinnert.

Natalia saß im Garten der Familie Canova. Gesellschaft leisteten ihr Dr. Mankell und dieser Contini, der es offensichtlich fertigbrachte, immer und überall dabei zu sein.

»Grüezi miteinander!«, sagte Bonetti.

Die Männer erwiderten den Gruß, und Natalia starrte ihn

sekundenlang mit gerunzelter Stirn an, als versuchte sie sich angestrengt an irgendetwas zu erinnern. Dann lächelte sie, leicht nervös, ohne ein Grußwort. Bonetti bemerkte – und erwähnte es halblaut gegenüber Mankell – ihr blühendes Aussehen.

»Das sind die Spaziergänge«, erklärte der Arzt. »Natalia geht jeden Tag vier, fünf Kilometer, allein oder mit Giovanni. Je besser ihre körperliche Verfassung, desto schneller kehrt auch die Sprache zurück.«

Wenn du meinst, dachte Bonetti. Laut fragte er: »Gibt's was Neues?«

»Das Versteck«, sagte Giovanni Canova.

Bonetti hatte den Jungen, der ein Stück abseits mit Farbdosen und Pinsel hantierte, gar nicht gesehen.

»Natalia hat sich an etwas erinnert«, erklärte Mankell. »Auf ihrer Flucht durch den Wald hatte sie Papiere dabei, Unterlagen vom Schreibtisch der Eltern, die sie mitgenommen hat. Sie sagt, sie hat sie irgendwo versteckt, weiß aber nicht mehr, wo, und es ist möglich, dass ein Zusammenhang mit dem Verbrechen besteht.«

Bonetti musterte Contini, der noch kein Wort gesagt hatte, mit scheelem Blick. »Ich gehe davon aus, dass solche Informationen nicht in der Presse verbreitet werden«, sagte er scharf.

»Ich verbreite gar nichts«, antwortete Contini.

»Das hoffe ich!« Bonettis Augen funkelten hinter den dicken Brillengläsern hervor. »Wer hat alles Kenntnis von diesen Unterlagen?«

»Na, nur wir«, antwortete Mankell. »Ich und Giovanni und Contini ebenfalls.«

Bonetti wollte etwas sagen, doch Contini stoppte ihn mit einer Handbewegung und wies auf Natalia. Alle Blicke richteten sich auf das Mädchen.

»Ich muss mit der Polizei reden«, sagte Natalia. »Aber ich bin nicht sicher.«

Sie verstummte wieder.

»Wobei bist du dir nicht sicher?«, fragte Contini.

»Weiß nicht. Es ist wieder was falsch in meiner Erinnerung. Etwas stimmt nicht.«

Im ersten Moment sahen alle einander ratlos an, dann räusperte sich Mankell und sagte: »Ich würde einstweilen empfehlen, unsere Rekonvaleszentin nicht zu sehr mit Fragen zu bedrängen.«

»Einverstanden«, sagte Bonetti. »Ich meine, die Polizei sollte über die Papiere informiert werden, allerdings unter dem Vorbehalt, dass Natalia nicht drangsaliert wird. Und vor allem müssen wir darauf bestehen, dass diese Informationen geheim bleiben!«

»Natürlich«, sagte Mankell. »Im Übrigen haben wir …«

Doch Bonetti ließ ihn nicht ausreden. Er hielt es für notwendig, allen laut und deutlich zu erklären, was auf dem Spiel stand.

»Ich darf daran erinnern, dass dort draußen ein Mörder frei herumläuft, einer, der glaubt, Natalia leide an Gedächtnisverlust. Was, glauben Sie, wird er anstellen, wenn ihm zu Ohren kommt, dass irgendwo Dokumente existieren, die ihn womöglich belasten? Na? Was wird er wohl tun?«

11

Das Gelb des Postautos

Der Himmel über Corvesco war dunkelgrau und verhieß nichts Gutes, Natalia aber verzichtete dennoch nicht auf ihren Spaziergang. Giovanni war beim Angeln, und sie hatte das Haus verlassen, ohne jemandem Bescheid zu sagen. Seitdem ihr das Sprechen solche Mühe machte, schätzte sie Momente der Einsamkeit: Wenn sie mit sich allein war, gelang es ihr oft, einen Gedanken zu Ende zu denken und die richtigen Worte dafür zu finden.

Aber es kam vor, dass die Verzweiflung sie überwältigte. Es wird nie wieder gut, dachte sie, ich muss für immer allein bleiben, niemand erträgt meine Behinderung. Diese minutenlange Leere, wenn ich um Wörter ringe, diese Sätze ohne Sinn. Kontakte mit Gleichaltrigen mied sie – ihre Freundinnen waren nur verlegen und wussten nicht, was sie sagen sollten. Die Polizei und der Jugendrichter waren hinter ihr her und wollten Auskünfte von ihr; sie stand im Zentrum einer polizeilichen Ermittlung: Innerhalb von Tagen war ihr bisheriges Leben in Scherben zersprungen.

Wo sollte sie hin, was fing sie an, wenn der Sommer vorbei war?

Natalia ging die Straße entlang, Antworten auf ihre Fragen fand sie nicht. Bis zum nächsten Dorf waren es fünf oder sechs Kilometer, und Natalia machte normalerweise lang vorher kehrt, doch an diesem Tag war sie derart vertieft in ihre Gedanken, dass sie erst bei den ersten Regentropfen merkte, wie weit sie schon gekommen war.

Sie hob den Kopf und betrachtete den Himmel. Es war wohl besser, umzukehren, aber die Tropfen fielen dicker und dichter, und sie stellte sich unter dem Vordach einer Kapelle am Straßenrand unter. Sie hatte doch gewusst, dass es regnen würde, Giovanni hatte sie doch gewarnt.

Giovanni. Wieder ertappte sie sich, wie sie an ihn dachte.

Dieser Junge drängte sich auf leisen Füßen in ihr Leben, aber war das richtig? Natalia klammerte sich an den einzigen Menschen, der mit ihrem Schweigen zurechtzukommen schien. Wenn ich wieder gesund werde, dachte sie und schämte sich ihres Gedankens, angenommen, ich werde wieder gesund – was werden wir einander zu sagen haben, Giovanni und ich?

So viele Fragen. Ich gehe lieber zurück, sagte sie sich, doch kaum war sie aus ihrem Unterstand herausgetreten, öffneten sich die Schleusen des Himmels, und der Regen klatschte herab, vom Asphalt spritzten die Tropfen, und bald war alles hinter einem grauen Vorhang verschwunden – Plakate, Häuser, Bäume, die Straßenränder.

»Ich habe doch niemanden misshandelt«, sagte Luciano Savi laut, um in der Freisprechanlage des Autos gehört zu werden.

»Du hast niemanden misshandelt?«, schnaubte Mankell. »Spinnst du? Du hast was viel Schlimmeres getan, du hast …«

Er verstummte. In der Schweiz mag die Gefahr, abgehört zu werden, gering sein, aber auch dort spricht man den Satz »Du hast einen Menschen umgebracht« nicht in ein Mobiltelefon.

Savi verstand auch so. Er ließ einige Sekunden verstreichen, und als er wieder sprach, war sein Tonfall gedämpft. »Du hast ja Recht. Aber jetzt ist es schon so, wie es ist, was soll ich machen?«

»Nichts«, sagte Mankell. »Nichts. Mach gar nichts, halte dich bedeckt, warte ab.«

»Tja, leider belasten diese Papiere auch dich. Mitgefangen, mitgehangen. Was wird sich Rocchi wohl gedacht haben, hä? Jetzt so was, schaut euch meinen Kompagnon an, fälscht der doch glatt ärztliche Gutachten für Huren …«

»Sei still! Nicht am Telefon, was fällt dir ein!«

»Mir fällt ein, dass ich anscheinend als Einziger büßen soll! Die Polizei war wieder bei mir, sie wollen meine gesamte Buchhaltung zerpflücken, und irgendwas Ungesetzliches wird am Schluss schon rauskommen. Aber ich mach da nicht mit, ich bin keiner, der Frauen verprügelt, und ich lasse mich auch nicht einlochen, ohne …«

»Schon gut.« Mankells Ton war müde. »Wir machen es so, wie du willst. Wie wär's, wenn du jetzt nach Hause zurückfährst?«

»Ich will das Mädchen sehen. Und zwar bevor sie nach Lugano zurückkehrt. Habe ich eine andere Wahl? Du hast selbst gesagt, dass sie jeden Tag …«

»Das ist nicht wahr!«

»… einen Spaziergang in der Umgebung macht, wieso soll das nicht wahr sein?«

»Das hab ich nur so gesagt, und überhaupt – was ist, wenn Contini dich dort erwischt? Und was willst du Natalia sagen?«

Savi gab keine Antwort.

»Was willst du von ihr?« Mankells Ton wurde zunehmend nervös. »Du wirst doch wohl nicht … hey! Savi! Hörst du mich? Savi, bist du noch da?«

Die Verbindung war abgerissen.

Der Wolkenbruch war so gewaltig, dass sich Natalia wie unter Wasser fühlte. Binnen Sekunden hatte das Wasser ihre Schuhe, Strümpfe, Kleidung durchtränkt und drang ihr sogar in die Augen und Ohren ein. Sie hatte keine Ahnung, wie weit es noch bis Corvesco war, der Regen stand vor ihr wie eine Wand, und sie konnte kaum ein paar Meter weit sehen. Sie ging immer am Straßenrand entlang, unter den ausladenden Ästen der Bäume, von denen sie sich einen gewissen Schutz versprach.

Wieder war sie allein. Wieder erlebte sie im Geist die Tage, als sie auf der Flucht durch den Wald geirrt war. Inzwischen wusste sie, dass sie einen Schock erlebt hatte, ein, wie Dr. Mankell sagte, psychisches Trauma. Sie war auf dem Weg der Besserung, aber wenn sie zurückdachte, kehrte sofort die Panik zurück, und ihr Gehirn wurde leer – alle Wörter verschwanden daraus und mit ihnen die Erinnerung.

Ab und zu hörte sie auf der Straße ein Auto. Das Motorengeräusch wurde lauter und verklang wieder, als käme jemand die kurvige Straße nach Corvesco herauf. Vielleicht konnte sie fragen, ob sie mitfahren durfte. Bei der Vorstellung, dass sie am Straßenrand stand und trampte wie eine Touristin, musste sie lächeln …

Aber wo blieb denn dieses Auto, wieso tauchte es nicht endlich auf? Es war, als sei es immer hinter ihr, ohne sie je zu erreichen.

Das Prasseln des Regens löschte das normale Verrinnen der Zeit aus. Natalia hatte das Gefühl, dass sie seit Stunden im Unwetter unterwegs war. Sie hatte wieder vergessen, wie das richtige Wort lautete, und musste sich konzentrieren, bis es ihr einfiel: Gewitter. Aber vielleicht war es gar kein Gewitter. Der Regen fiel überall, ohne Unterlass, ohne Atempause.

Irgendwann hörte sie einen Dreiklang und erkannte die

Hupe des Postautos und die drei Töne, *a – cis – e*. Aus der *Tell*-Ouvertüre von Rossini – das Hornsignal der Postautos ist so alt wie die unzerstörbare Schweizer Post selbst.

Natalia drehte sich um und sah im Grau des Regens verschwommen das Gelb des Postautos aufleuchten. Es kam die Serpentinenstraße herauf, es war noch ein paar Hundert Meter unter ihr. Natalia schöpfte Hoffnung. Sie würde es anhalten und fragen, ob sie mitfahren durfte. Sonst ertrank sie noch, bevor sie in Corvesco ankam.

Mankell war besorgt. Er hatte beschlossen, noch einmal mit Savi zu reden und ihm ein für alle Mal klarzumachen, dass er stillhalten und abwarten müsse. Sonst würde er auspacken. Sich der Polizei stellen, den Ermittlern sagen, was er wusste, ihnen klarmachen, dass er mit den schwerwiegenden Vergehen nichts zu schaffen hatte, und als Lohn für seine Kooperation auf Nachsicht hoffen.

Aber Savi war nicht zu erreichen.

In der Wohnung über dem Tukan machte niemand auf. Als er Savi nach endlosen Versuchen schließlich am Mobiltelefon erreichte, saß der im Auto, war unterwegs nach Corvesco und ließ sich von seinem Vorhaben nicht abbringen. Und wie ein lästiges Kind war Mankell kurzerhand abgewürgt worden – Savi hatte einfach das Gespräch beendet.

Mankell überlegte ernsthaft, zur Polizei zu gehen. Das hieß natürlich, ein Geständnis abzulegen – die Chance, doch noch mit einem blauen Auge davonzukommen, wäre damit vertan; andererseits hätte er sich endlich von einem Albtraum befreit. Wenn Natalia in Gefahr war, musste er außerdem Contini verständigen, der in Corvesco wohnte und wahrscheinlich rechtzeitig eingreifen konnte. Aber …

Aber Mankell war unschlüssig.

Es gab doch noch eine Möglichkeit, alles zu vertuschen, oder? Wenn es ihm gelang, Savi zur Vernunft zu bringen, wenn er ihn überreden konnte, sich im Tukan einzuriegeln und nicht mehr von der Stelle zu rühren, dann bestand noch eine Chance. Die Polizei hatte keine Beweise, das einzig Schriftliche, das existierte, hatte Enzo Rocchi an sich gebracht, und wer weiß, wohin es geraten war.

Nein, fand Mankell, noch war nicht alles zu spät.

Solange niemand einen Verdacht gegen ihn hatte, musste er sich noch nicht stellen. Auf seine Praxis zu verzichten, sein Leben aufzugeben, war ein so gewaltiger Schritt – solange noch der Hauch einer Chance bestand, sich zu retten, gab er nicht auf. Mankell war schon unterwegs, Bellinzona lag hinter ihm: Savi hatte also keinen riesigen Vorsprung. Vielleicht holte er ihn noch rechtzeitig ein, bevor er Natalia fand, und konnte Schlimmeres verhindern.

Savi verfolgte das Mädchen mit dem Auto, und das heißt, er kroch ohne Licht dahin und achtete peinlich darauf, außer Sicht zu bleiben. Sie zu finden war überraschend einfach gewesen – sie war tatsächlich auf der Hauptstraße unterwegs, die von Corvesco ins Tal führt. Mankell hatte Recht gehabt: Diese Natalia hielt eisern an ihren Gewohnheiten fest – wenn es Zeit für ihren Spaziergang war, ging sie los, auch bei Platzregen und Sintflut.

Da war sie also, die Arzttochter, zum Greifen nah, aber Savi konnte sich nicht entschließen. Was sollte er sagen, wie machte er ihr klar, dass sie den Mund halten musste, wenn ihr das Leben lieb war? Er war notfalls zu allem bereit, aber natürlich war es ihm lieber, sie verstünde seinen Standpunkt, das Unrecht, das ihm widerfahren war, und sähe ein, dass er nicht anders handeln konnte.

Das Mädchen ging, leicht geduckt, durch den Regen, und Savi folgte im Schneckentempo.

Irgendwann musste er an den Straßenrand fahren, um das Postauto überholen zu lassen, das, vor jeder Kurve hupend, nach Corvesco hinauffuhr. Als es vorüber war, fuhr auch Savi wieder los und sah kurz darauf das Mädchen wieder: Es hatte sich mit ausgebreiteten Armen auf die Straße gestellt, um das Postauto aufzuhalten.

Der Fahrer hielt an, Natalia stieg ein.

Dann fuhr er wieder los, Savi hinterdrein. Dass sie sich ihm abermals zu entziehen versuchte, nahm ihm die letzten Zweifel. Er heftete sich an die Stoßstange des Postautos. Mit der Lichthupe nötigte er den Fahrer, ihn vorbeizulassen, und drückte aufs Gaspedal, dass sein Mercedes wie ein Pfeil vorbeischoss.

Savi raste die Straße bergauf, bis er irgendwann am Straßenrand einen Parkplatz entdeckte, wo er anhielt. Er fuhr seinen Wagen so weit ins Gebüsch, wie es ging, damit möglichst wenig von ihm zu sehen war, und setzte eine Schirmmütze auf, die er sich tief ins Gesicht zog. Dann stieg er aus und stellte sich, unempfindlich gegen den Regen, mitten auf die Straße, um das Postauto zu erwarten.

Es bog um die Kurve. Der Fahrer bremste und schob das Fenster ein Stück zur Seite. »Probleme?«, fragte er.

»Der Regen«, sagte Savi. »Darf ich vielleicht mitfahren?«

»Dafür sind wir da.«

Savi stieg ein und bezahlte den Fahrpreis bis Corvesco. Mit einem kurzen Blick auf die etwa sechzigjährige Frau in einer weiten roten Windjacke rechts hinter dem Fahrer ging er durch den Mittelgang nach hinten, wo Natalia zum Fenster hinausstarrte, ohne ihn wahrzunehmen.

Savi setzte sich hinter sie.

Durch das Fenster sah Natalia den Mercedes, der kurz vorher das Postauto überholt hatte, halb verborgen im Gebüsch am Straßenrand stehen. Der Regen zeichnete Arabesken auf die Fensterscheibe. Natalia versuchte Gestalten darin zu erkennen und zu benennen, als wären es die Übungen, die sie von der Logopädin bekam.

Allmählich wurde es dunkel, obwohl es noch nicht spät am Nachmittag war; es schien ihr wie ein Vorgriff auf den nahen Herbst. Als sie hinter sich eine Stimme hörte, verstand sie erst nicht, was sie sagte, und bemühte sich auch gar nicht, die Worte zu verstehen, denn sie war sicher, dass es ein Gespräch war, das sie nichts anging. Umso erschrockener war sie, als sich eine Hand auf ihre Schulter legte und die Stimme sagte: »Dreh dich nicht um.«

Natalia verstand nicht und wollte sich umdrehen.

»Keine Bewegung«, zischte die Stimme.

Schwer lag die Hand auf ihrer Schulter.

»Wir zwei müssen ein paar Dinge klären. Sag kein Wort und rühr dich nicht von der Stelle, sonst geht's dir schlecht. Klar?«

Natalia verstand nicht alles, aber der drohende Tonfall entging ihr nicht. Sie drehte den Kopf, doch die Hand hinter ihr krallte sich fester in ihre Schulter.

»Ist das klar?«, wiederholte die Stimme. »Du machst keinen Mucks.«

Natalia nickte.

Das Postauto fuhr langsam, vor jeder Kurve abbremsend, Richtung Corvesco. Jetzt war es nicht mehr weit, allenfalls noch ein Kilometer.

»Die Dame dort vorn wird in Corvesco aussteigen«, sagte die Stimme, »aber wir bleiben sitzen. Wir fahren wieder zurück, und währenddessen wirst du mir alles über deinen

Waldspaziergang erzählen, den du dir am ersten August gegönnt hast …«

»Wir bleiben sitzen.« Natalia begriff, dass der Mann sie nicht aussteigen lassen wollte. Sie begriff, dass *er* es war. Jetzt hatte sie es doch nicht geschafft, sich zu verstecken – der Mann hatte ihre Spur gefunden.

»Kannst du reden, Mädchen?«

Die ganze Weile, diese lange Weile im Wald … und er hatte sie in einem normalen, friedlichen gelben Postauto aufgespürt, das an einem Regentag die Hauptstraße entlang fuhr.

»Hörst du? Kannst du reden?«

Natalia brachte kein Wort heraus. Ihr Gehirn war leer, es fiel ihr nichts mehr ein. Sie war wieder im Wald, sie dachte an die Felsspalte, in der sie die Papiere versteckt hatte – die Papiere, die ihre Mutter gefunden hatte und die etliche Personen belasteten …

»Also? Mädchen, es ist mir ernst.«

Die Stimme riss sie aus der Erinnerung. Natalia blickte zu der Frau mit der roten Jacke, die nichts mitbekommen hatte. So wenig wie der Fahrer, der sich ganz auf die Straße konzentrierte. Es war nicht mehr weit bis Corvesco.

»He, verstehst du, was ich sage?«

»Ja«, stieß Natalia mühsam hervor.

»Also, Mädchen.« Die Stimme war leiser geworden, näher gekommen. »Sag mir, was du der Polizei erzählt hast.«

12

Ein altes Chanson

Giovanni drückte sich eine ganze Weile unschlüssig in der Nähe des Hauses herum. Er sei ein unberechenbarer Typ, dieser Contini, hieß es im Dorf; bei dem wisse man nie, woran man sei.

Giovanni versuchte durch ein Fenster zu spähen, doch die Läden waren geschlossen.

Er schlich sich wieder davon, suchte Deckung in einem Haselnussdickicht, von dem aus er die weiße Fassade des Hauses im Regen auftauchen und wieder verschwinden sah. Giovanni trug zwar einen Trenchcoat, dennoch rann ihm das Wasser in den Kragen und triefte von seiner Hutkrempe. Der Boden war eine aufgeweichte Seenlandschaft.

Schließlich fasste er sich ein Herz, rannte hinüber zum Haus, und sei es nur um eines Unterstands willen, und läutete an der Tür.

Contini erkannte ihn gleich. »Giovanni Canova«, sagte er. »Alles okay?«

Giovanni nickte. »Entschuldigen Sie die Störung«, sagte er.

»Sie stören nicht. Kommen Sie nur herein.«

Contini siezte ihn!

Giovanni war eingeschüchtert, obwohl er ihm eigentlich ganz harmlos vorkam, dieser Exdetektiv mit seiner Kordhose und dem grauen Pullover und den verstrubbelten Haaren wie frisch aus dem Bett. Giovanni folgte ihm ins Wohnzimmer, das einen ziemlich überfüllten Eindruck auf ihn machte – neben einer Vielzahl von Sesseln entdeckte er eine aufgespannte Hängematte in einer Ecke, daneben einen Fahrradrahmen, diverse Kameras, eine Phalanx von Kakteen und, als Wächter an der Tür, einen blauen Keramik-Orang-Utan.

»Hier ist Chaos«, sagte Contini in einem Tonfall, der nicht um Nachsicht bat, sondern lediglich konstatierte.

Giovanni zog seinen tropfenden Mantel aus und setzte sich in den Sessel, der dem brennenden Kamin am nächsten stand. Aus dem Lautsprecher hinter ihm kam Musik, ein französisches Chanson. Contini reduzierte über Fernbedienung die Lautstärke und fragte: »Wollen Sie was trinken?«

»Also wenn … wenn es Ihnen recht ist«, rang sich Giovanni ab, »können Sie mich auch duzen.«

Contini hob die Brauen. »Meinetwegen«, sagte er. »Duzen wir uns.«

Sie tranken beide eine Tasse Kaffee ohne Zucker und ohne Milch. Auch Contini setzte sich ans Feuer und wartete ab. Schließlich ermannte sich Giovanni, räusperte sich und sagte: »Sie … das heißt du interessierst dich doch für Natalia, auch wenn Sie kein Detektiv mehr sind. Oder?«

Contini nickte bloß. Giovanni hatte mit einem Kommentar gerechnet, und als nichts kam, verlor er vorübergehend den Faden. Als er ihn wiederfand, fragte er: »Warst du mit der Familie befreundet, oder …« Er brach wieder ab.

»Nein«, sagte Contini. »Aber ich habe Natalia im Wald gefunden, oben in Valnedo. Ich fühle mich ein bisschen verantwortlich.«

»Ich hab sie schon einen Tag vorher getroffen.«

»Weiß ich.«

»Ich fühle mich auch verantwortlich. Sollte ich vielleicht nicht.«

»Warum nicht?«

Giovanni zögerte. Auch Contini schwieg und sah ihn nur an. Schließlich nahm Giovanni seinen Mut zusammen, zog Kates Brief aus der Hosentasche und reichte ihn dem Detektiv.

Contini las schweigend. Dann blickte er auf und fragte: »Woher kommt das?«

»Hat mir Natalia gegeben. Er kam wohl mit der Post nach Lugano.«

»Aha, das dürfte der Grund gewesen sein, warum ihr diese Papiere wieder eingefallen sind.«

Giovanni nickte.

»Natalia hat den Brief mir gegeben. Sie ist beunruhigt, und wir wissen nicht, was wir tun sollen. Ich habe den Doktor Mankell auf die Papiere angesprochen, aber den Brief nicht erwähnt. Und dann ist mir wieder eingefallen, dass Sie, dass du ja Detektiv warst und dich in solchen Sachen auskennst … Sollen wir damit zur Polizei?«

»Gute Frage.«

Nach einer nachdenklichen Pause sagte Contini: »Dieser Name, Kate, stand neben einer der Telefonnummern auf dem Zettel, den ich im Wald gefunden habe.«

»Ach …«

»Das ist wie ein Netz. Das Tukan, Kate, die Fragen über Nachtlokale, Savis Angst. Und was steckt dahinter? Warum ist Sonia Rocchi jetzt tot?«

Contini sprach für sich, und Giovanni hatte plötzlich das Gefühl, er sei gar nicht da. Doch dann sah ihn Contini wieder an und sagte: »Entschuldige, ich schweife ab. Vorläufig würde ich nicht zur Polizei gehen. Lieber erst diese Kate suchen. Ich will nicht, dass ihr was zustößt.«

»Aber wissen Sie denn, wer sie ist?«

»Vielleicht weiß ich, wo sie arbeitet. Giovanni, du musst mir zur Hand gehen.«

»Ich? Was kann *ich* denn tun?«

»Natalia vertraut dir.«

Giovanni merkte, dass er rot wurde, und ärgerte sich. »Ja, weil sie hier in Corvesco sonst keine Freunde hat. Nur deswegen vertraut sie mir.«

»Meinst du?«

Contini stellte seine Tasse ab und machte die Musik wieder lauter.

»Das ist Brassens, der da singt.«

Giovanni hätte Contini gern gefragt, was er jetzt vorhatte, traute sich aber nicht. Dieser Typ war wirklich schräg. *Mon bel amour, mon cher amour, ma déchirure, je te porte dans moi comme un oiseau blessé*. Die Stimme wurde nur von einer Gitarre begleitet. Contini hörte zu und starrte ins Kaminfeuer. *Il n'y a pas d'amour heureux, mais c'est notre amour à tous deux.*

Natalia wollte schreien, um Hilfe flehen, aus dem Postauto springen und durch den Regen davonrennen. Aber sie konnte keinen klaren Gedanken fassen, hatte kein Wort für ihre Furcht. Diese Hand ließ ihre Schulter nicht los, und die Männerstimme, die ihr ins Ohr raunte, gab keine Ruhe.

»Weißt du, wir können uns durchaus einigen, wir werden gemeinsam entscheiden, was die beste Lösung ist. Du willst doch sicher nicht, dass jemandem was passiert, oder?«

»Einigen.« »Entscheiden.« »Passiert.« Natalia klammerte sich an die Wörter, die ihr bekannt waren, um daraus einen Zusammenhang herzustellen und zu begreifen, was der Mann eigentlich meinte, ohne es auszusprechen.

»Wir sind in Corvesco, und du wirst mir jetzt verraten, ob du jemandem erzählt hast, was am ersten August passiert ist.«

»Am ersten August.«

»Mein Verhalten tut mir leid. Ich kann aber nichts dafür, ich wurde praktisch dazu genötigt. Ich war nicht derjenige, der angefangen hat, verstehst du, es ist nicht meine Schuld.«

»Schuld.« Der Griff um ihre Schulter begann zu schmerzen. Natalia versuchte sich zu entwinden, doch die Hand nagelte sie mit unbarmherziger Kraft auf ihrem Sitz fest. Sie konnte nicht um Hilfe rufen, sie wagte nicht zu schreien. Sie hatte Angst vor dieser Hand. Angst. Schuld. Der Mann entschuldigte sich, und er drohte ihr. Was wollte er denn von ihr? Sie versuchte etwas zu sagen: »Ich … ich vergesse nichts.«

»Was?«

»Ich bin geflogen, am ersten August. Nein, geflohen. In die Bäume. Ich bin nicht schuld. Ich weiß nicht, was du willst.«

»Mach dich nicht über mich lustig, Kleine. Wo hast du die Papiere hingetan?«

»Die Papiere«, murmelte Natalia. »Ich weiß nicht. Da war Rauch in den Augen, und ich dachte, wenn … wenn ich sie verstecke, kann die Hand sie nicht wegnehmen.«

»Welche Hand?«

»Der Mann. Du.«

»Ich? Hör mir zu, Mädchen …«

In diesem Moment bremste der Fahrer jäh ab,

Die Frau mit der roten Jacke stieß einen erschreckten Laut aus.

»Excusez«, sagte der Fahrer. »Hinter mir ist einer, der mich dauernd biluxiert. Jetzt reicht es mir. Ich frage ihn, was er will.«

»Biluxiert.« Natalia hatte einen Geistesblitz, der das Wort

mit einem Tun in Verbindung brachte: Die Verwendung der Lichthupe nennt man im Tessin »bluxieren«. Schuld sein. Verstecken, Papiere. Allmählich drangen die Wörter in sie ein.

Der Fahrer, der ausgestiegen war und auf der Straße mit jemandem verhandelt hatte, kam in Begleitung eines Herrn, der unter seinem eleganten Regenmantel Anzug und Krawatte trug, in den Bus zurück. Natalia riss die Augen auf, als sie Peter Mankell erkannte. Die Hand. Peter war gekommen, um sie vor der Hand zu retten. Im selben Moment aber wurde der Klammergriff an ihrer Schulter noch besitzergreifender.

»Der Herr hier sucht einen Fahrgast«, rief der Fahrer.

»Ich bitte um Entschuldigung wegen der Unterbrechung«, sagte Mankell, »aber Signorina Rocchi muss mit mir kommen, es ist sehr dringend. Natalia, wie geht es dir?«

Natalia überlegte eine Antwort, aber es dauerte zu lang.

»Ganz ruhig«, sagte Peter, sein Blick war jedoch auf eine Stelle hinter ihr gerichtet. »Die Lage ist unter Kontrolle, kein Grund zur Beunruhigung.«

»Wie bitte, was reden Sie denn da?«, fragte der Fahrer.

»Nichts, entschuldigen Sie.«

Peter war unterdessen bei ihr angelangt. Er berührte ihren Ellenbogen. »So, Natalia, kommst du?«

Mit großer Anstrengung antwortete Natalia: »Ja, danke für … fürs Mitnehmen.«

»Gehen wir, komm, wir dürfen das Postauto nicht länger aufhalten.«

»Der Mann«, sagte Natalia, »die Hand …«

»Darüber reden wir später. Danke, und entschuldigen Sie die Störung!«

Peter ließ sie in seinen Wagen einsteigen, der mit laufendem Motor hinter dem Postauto wartete. Natalia hatte kaum verstanden, wie ihr geschah. Sie hatte, als der Mann ihr ins Ohr gesprochen hatte, für einen Moment völlig klar gesehen, was in der Nacht des ersten August passiert war. Und kurz darauf verschwamm wieder alles, der Mann wurde zum Unbekannten, die Erinnerungen verblassten, und sie wusste nur noch eines: dass sie sich einen Augenblick lang erinnert hatte. Und dass das Erinnern mit einem tiefen Erschrecken verbunden war, das sie bis in ihr Fundament erschütterte.

Peters Stimme war wie ein langer ruhiger Gedankenfluss, gleichförmig wie das Rauschen der Brandung am Strand.

»Zum Glück bin ich auf die Idee gekommen, dich zu besuchen. Ich habe bei den Canovas angerufen, und die sagten: Sie ist aus dem Haus gegangen, bevor es zu regnen anfing. Bei diesem Wetter, hab ich mir gedacht, sitzt du bestimmt im Postauto, und ich hab mir gesagt: Halten wir es an, ich nehme sie im Auto mit. Das war doch recht so, oder?«

Natalia riss sich aus dem einlullenden Fluss los: »Aber die Hand … hat Wörter gesagt … sie wollte mir was tun, mir die Schuld geben, und der Mann war auf der Schulter, stark war er.«

Warum konnte sie sich nicht verständlich machen?

»Ja, ich hab schon gesehen, dass dieser Typ dich belästigt hat«, sagte Peter. »Dass er auf dich eingeredet und dich angefasst hat. Das war einer, der's halt mal probiert, verstehst du, ein Katastrophentourist, er will wissen, wer das ist, die Hauptperson des Rätsels um den ersten August, wie es in den Zeitungen heißt, des Verbrechens von Corvesco …«

»Aber die Hand …«

»Zerbrich dir darüber nicht den Kopf, das war irgendwer, nicht weiter wichtig. Aber eines zeigt es: dass du nicht allein durch Corvesco laufen darfst, es ist zu gefährlich.«

Natalia gab es auf. Sie war zu erschöpft für geistige Anstrengungen.

Peter Mankell brachte sie zu einem massigen Haus, weiß mit grünen Fensterläden, ein Stück oberhalb des Dorfs. Sie stiegen aus, und als er läutete, machte Elia Contini auf. Der blickte rasch zwischen Peter und ihr hin und her und sagte: »Na so was … was macht ihr zwei denn hier?«

»Ich habe Natalia aufgelesen und mitgenommen«, sagte Mankell und trat ins Haus.

In der Tür zum Wohnzimmer stand Giovanni.

»Giovanni!«, rief Mankell aus. »Heute großes Treffen bei Contini, was?«

»Ja, ich bin hier, weil …«

»… er sich für ein altes Chanson von Brassens interessiert hat«, beendete Contini den Satz und stellte die Musik leiser. »Aber setzt euch nur, ihr wollt doch sicher was Warmes trinken?«

Mankell und Natalia ließen sich Tee trinkend vor dem Kaminfeuer trocknen, während Contini noch einen Kaffee für sich und Giovanni machte. Mankell erzählte, wie er aus einer Eingebung heraus das Postauto angehalten und dort einen fremden Mann überrascht habe, der Natalia belästigte.

Contini horchte auf. »Einen Fremden?«, fragte er.

»Junger Mann, blond, um die zwanzig, Deutschschweizer, würde ich sagen. Natalia war leicht geschockt …«

Natalia saß schweigend dabei und betrachtete die von ihrem Teebecher aufsteigenden Dampfschwaden, als ginge das Gespräch sie nichts an. Giovanni war einigermaßen alarmiert; er setzte sich neben sie und fragte leise: »Wie geht's dir? Was ist passiert?«

»Jetzt …« Natalia stockte und sprach mühsam weiter: »Jetzt kann ich nicht reden.«

»Macht nichts. Ist nicht wichtig.«

Giovanni legte ihr eine Hand auf die Schulter, dieselbe Schulter wie zuvor der Mann, und Natalia zuckte zusammen, entspannte sich aber bald. Unterdessen kamen Mankell und Contini überein, dass es das Beste sei, wenn Natalia nach Lugano zurückkehrte.

»Hier riskiert sie nur Spinner und Neugierige anzulocken«, sagte Mankell. »Es ist gefährlich, sie allein herumlaufen zu lassen, solange sie nicht ganz wiederhergestellt ist.«

»Dann müssen wir aber den Richter Bonetti verständigen.«

»Das stimmt.« Mankell nickte. »Ich rede mit ihm.«

»Die Vormundschaftskommission muss sowieso entscheiden, wie es mit ihr weitergehen soll.«

»Sie tagt übermorgen«, sagte Mankell. »Vorläufig kann sie vielleicht der Anwalt der Familie in seine Obhut nehmen.«

Contini warf Natalia einen Blick zu. Dann sagte er: »Aber lassen wir das jetzt für den Moment! Wollt ihr noch einen Tee? Was anderes?«

Mankell entschuldigte sich: Er müsse weiter, sagte er, er sei sowieso zu spät dran. Auch Giovanni und Natalia wollten nach Hause. Contini brachte sie zur Tür und lieh ihnen Schirme, und als Mankell und Giovanni ihre Mäntel anzogen, nahm er Natalia beiseite. »Mach dir keine Sorgen«, sagte er. »Alles wird gut, du wirst sehen.«

Natalia nickte, aber überzeugt schien sie nicht.

»Morgen, bevor du nach Massagno zurückkehrst, möchte ich dich noch einem Freund vorstellen. Vielleicht weiß er uns einen Rat.«

13

Der Sinn des Verzugs

In den Bergen oberhalb von Corvesco lebt ein alter Einsiedler mit Namen Giona oder Jonas.

Er ist eines Tages dort hinaufgestiegen und hat sich in einer Felsenhöhle wohnlich eingerichtet. Ab und zu besucht ihn jemand aus dem Dorf oder dem Tal. Man bringt ihm einen Laib Brot, Schokolade, auch einmal eine Flasche Merlot. Der alte Jonas sitzt dort oben und sieht dem dahinspringenden jungen Tresalti zu oder geht die Wanderwege ab, weil er wissen will, wo sie aufhören. Er hat einen Bart wie ein Ziegenbock, wasserhelle Augen und unzählige Runzeln.

Um ihn aufzusuchen, muss man nördlich von Corvesco durch den Wald aufsteigen, erst zwischen Edelkastanien, dann zwischen Fichten und Tannen. Nach einer Bergwiese, einer Alp, wird das Gelände felsiger, hier muss man schon ein bisschen klettern und steigen, und am Ende überquert man den Tresalti … Meist steht man gerade mitten im Wildbach, wenn eine Stimme bellt: »Wer da?«

Natalia zuckte zusammen, doch Contini beruhigte sie: »Keine Sorge. Das ist der Alte, er spielt gern den Witzbold.«

Dann hielt er die Hände als Schalltrichter an den Mund und schrie: »Wir sind Steuerfahnder! Gibt's was zu beichten?«

In Jeans und Barchenthemd, auf dem Kopf eine uralte

Mütze der Chicago Bulls und über der Schulter eine Jägertasche, kam Giona hinter einem Felsen am Flussufer hervor.

»Sieh an, bringst du endlich auch mal ein hübsches Mädchen mit!«

»Das ist Natalia«, sagte Contini. »Ich hab dir von ihr erzählt.«

»Sehr erfreut.« Giona deutete eine Verbeugung an. »Darf ich's wagen, Ihnen den Weg zu meiner Behausung zu weisen?«

Der Alte hatte mitunter eine eigenartig geschwollene (er selbst sagte: literarische) Art zu reden und pflegte in seine Sätze gestelzte Wendungen, gelegentlich auch ausgestorbene Wörter einzuflechten. Auf seine Art war er wirklich gebildet, er las alle Bücher, deren er habhaft wurde, und die alten Zeitungen, die ihm Besucher mitbrachten. Contini besuchte ihn oft und erzählte ihm seine Sorgen, und Giona wusste meistens Rat, denn er hatte ein gutes Gespür, obwohl er fernab der Welt lebte … oder vielleicht gerade deswegen.

»Weißt du, lieber Elia, dass du von recht blasser und magerer Komplexion erscheinst?«

»Wenn du meinst.«

»Bei Liebesleid muss man essen, spricht der Dichter.«

Contini hütete sich, ihn zu fragen, welcher Dichter so sprach. Stattdessen erzählte er auf dem Weg zu Gionas Hütte von seinen jüngsten Fotosafaris zu den Füchsen. Natalia sah ihn verwirrt an, und Contini demonstrierte ihr pantomimisch die Tätigkeit des Fotografierens und sein liebstes Objekt, den Fuchs – lange Schnauze, spitze Ohren, Tasthaare, buschiger Schwanz …

»Fuchs.« Natalia wiederholte das neu gelernte Wort, wie um es sich für die Zukunft einzuprägen. »Ein Fuchs. Verstehe.«

Bei Gionas Unterkunft angelangt, bot ihnen der Alte Kaffee an und fragte, ob sie zum Essen bleiben wollten.

»Hasenragout ist noch da, und ich könnte zur Begleitung eine Polenta aufsetzen. Freilich ein frugales Mahl, aber wenn ihr euch damit begnügen wollt…«

»Klar«, sagte Contini. »Wir teilen gern mit dir das Wenige, das du besitzest.«

Giona, der leisen Spott witterte, musterte ihn finster, sagte aber nichts. Er schürte seinen Herd ein und forderte die Gäste auf, es sich bequem zu machen. Die Einrichtung seiner Felsenhütte schien ein Zusammenfluss verschiedener Zeiten und Orte: Neben einer Sitzbank aus der Eisenbahn gab es Leder- und Polstersessel, eine hölzerne Pritsche, überbordende Bücherregale aus Kistenholz, und die Wände schmückten allerlei Jagdtrophäen.

Während er die Polenta rührte, nahm sich Giona Natalia vor.

»Es ist mir zu Gehör gelangt, dass du in der Bredouille steckst, Mädchen.«

Natalia blickte hilfesuchend zu Contini.

»Lass mich alles erklären«, sagte der. »Natalia hat zurzeit Schwierigkeiten mit dem Sprechen.«

»Weiß ich«, antwortete Giona. »Aphasie, richtig? So gehört, macht es einem fast Angst, aber ich bin auch oft ganze Tage lang völlig schweigsam … und das ist recht so, glaub mir.«

»Dann beweise mir deine Schweigsamkeit«, sagte Contini, »und hör jetzt einfach mal zu.«

Giona warf ihm einen weiteren finsteren Blick zu und hielt den Mund.

Contini erzählte Natalias Wechselfälle von Anfang an. Er berichtete vom Tod des Vaters, der Entscheidung von Mutter und Tochter, nach der Beerdigung ein paar Tage in Corvesco zu verbringen, der Nacht des ersten August. Er benutzte dazu exakt die Worte, die Natalia gegenüber der Polizei gebraucht hatte. Dann erzählte er von der Flucht in die Wälder und der durch posttraumatischen Stress bedingten Amnesie.

»Ihre Erinnerung kehrt jetzt nach und nach zurück«, schloss er.

»Aber da ist ein Fehler«, fügte Natalia hinzu. »Ich kann mir nicht sicher sein.«

Contini berichtete, wie er Natalia gefunden hatte, und erwähnte dabei auch ihren ungewissen rechtlichen Status in der unmittelbaren Zukunft und die Vormundschaftskommission, die eine Entscheidung fällen musste. Dann sprach er von den vagen Verbindungen zum Tukan, und währenddessen wurde ihm bewusst, wie haltlos die Anhaltspunkte im Grunde waren: eine Telefonnummer auf einem im Wald gefundenen Zettel, Natalias Erinnerung an den Namen des Nachtclubs, Kates Brief.

»Es kann auch alles ein zufälliges Zusammentreffen sein«, sagte Contini. »Es könnte Dutzende Erklärungen geben. Am verdächtigsten scheint mir eigentlich, dass ich Luciano Savi begegnet bin, der sich im Wald herumgetrieben hat, als Natalia verschwunden war und alle sie suchten.«

»Und im Postauto«, warf Natalia ein. »Die Hand, gestern, im Regen.«

Sie stellte den Satz ohne nähere Erläuterungen in den Raum.

»Möchtest du erzählen, was gestern passiert ist?«, fragte Contini.

Natalia schien im Begriff, sich an etwas Wichtiges zu erinnern, wie die konzentrierte Falte zwischen ihren Brauen verriet. Aber der Moment verging, und sie zuckte hilflos die Achseln.

Contini kam ihr zu Hilfe: »Ein anderes Problem sind die Sensationslüsternen, die den Ort eines Verbrechens besichtigen wollen. Je früher wir herauskriegen, was passiert ist, desto eher kann Natalia in ihr Leben zurück.«

Giona hatte sich unterdessen, ohne seine Aufmerksamkeit von der Polenta abzuwenden, eine Zigarre angezündet, die er mit den Zähnen hielt, während er bedächtig nickend Natalia fixierte.

»Und?«, fragte Contini. »Was sagst du?«

»Ich denke nach«, antwortete Giona.

Contini ließ ihm Zeit und bedrängte ihn nicht weiter. Sie aßen Polenta mit Hasenragout und leerten dazu eine halbe Flasche Merlot, dann traten sie vor die Hütte und setzten sich auf die Bank, Giona zündete seine Zigarre wieder an, Contini rauchte eine Zigarette. Der Himmel war wolkenlos, doch die Feuchtigkeit des großen Regens lag noch in der Luft, und über den Bergen jenseits der Talebene bildeten sich schon wieder die ersten Haufenwolken. Der alte Einsiedler spähte prüfend in die Ferne und sagte: »Besser wird sein, ihr steigt bald wieder ab. Kleine Herzstärkung gefällig?«

Die »Herzstärkung« war ein Magenbitter, der nach Gionas Aussage aus einem »im Herzen der Alpen« versteckten Kloster stammte. Ein Nein akzeptierte er nicht. Während sie an den Schnapsgläschen nippten, sagte Giona: »Ich vermute, hier steckt irgendwo ein Verzug.«

»Was meinst du?«, fragte Contini.

Auch Natalia schien verdutzt. Giona wandte sich an sie: »Wenn du in der falschen Zeit bist, verstehst du? Man hat dich zu einer bestimmten Zeit an einen Ort bestellt, aber aus irgendeiner Ursache gelingt es dir nicht. Du bist entweder vor der Zeit oder nach der Zeit. Im Verzug.«

Natalia nickte. »Im Verzug«, sagte sie. »Aus der Zeit …«

»Aus der Zeit, ja, ich habe den Eindruck, dass sich irgendwo ein Fehler versteckt, eine tote Zeit. Was das ist, erfahren wir, sofern es uns gegeben ist, durch das Schweigen, aber nicht durch die Fragen unserer Ordnungshüter. Das Schweigen ist unsere Grundlage, von hier aus müssen wir suchen.«

Giona verstummte, paffte seine Zigarre und musterte Contini und Natalia nachdenklich.

»Es scheint mir kein zufälliges Verbrechen«, sagte er nach einer Weile. »Kein zufälliger Überfall zum … wie sagtest du?«

»Zum Zweck des Raubs«, sagte Contini.

»Dabei wirkt es gar nicht wie die geplante Tat eines Meuchelmörders, der seine Geheimnisse zu schützen trachtet. Hier ist Verzweiflung im Spiel, dünkt mich, und irgendwo steckt ein Verzug. Welcher uns nützlich sein kann.«

»Für was denn?«, platzte Contini unwirsch heraus. »Von was für einem Verzug redest du überhaupt? Beziehungsweise wessen?«

»Schwer zu sagen.«

»Eben. Und was sollen wir deiner Meinung nach tun?«

»Der Verzug ist auch Schweigen, er ist das Warten vor dem Wort. Dort müsst ihr suchen. Ihr müsst den Sinn des Verzugs finden. In dieser Geschichte, dünkt mich wiederum, verbergen sich ungesagte Wörter. Viele Wörter warten darauf, gefunden zu werden. Von Natalia gefunden zu werden.«

»Du sprichst in Rätseln. Könntest du dich vielleicht ein bisschen klarer ausdrücken?« Continis Geduld näherte sich dem Ende. »Was für Wörter?«

»Das weiß ich nicht.« Gionas Blick ruhte auf den Wolken in der Ferne. »*Ich* weiß das nicht.«

Contini und Natalia wechselten einen ratlosen Blick.

14

Realitäten

Vernehmungsprotokoll

(Nr. 748/90.DM)
Betreff: Natalia Rocchi
(Kommissär Emilio De Marchi)
Resümee:
Die Zeugin Natalia Rocchi wurde in Anwesenheit ihres Rechtsanwaltes Corrado Bossi und des Präsidenten der Vormundschaftskommission Brenno Bonetti vernommen. Die Vernehmung wurde vom Unterzeichneten, Kommissär Emilio De Marchi, sowie der Jugendrichterin Fulvia Parenti und dem Staatsanwalt Arno Bazzi durchgeführt. Nach Auskunft ihres behandelnden Arztes, Dr. Peter Mankell aus Lugano, leidet die Zeugin infolge eines traumatischen und belastenden Ereignisses an einer dissoziativen Amnesie, verschärft durch eine Aphasie, welche die Zeugin, obzwar auf dem Weg der Besserung befindlich, daran hindert, sich zusammenhängend und vollständig auszudrücken. Bezüglich der oben genannten Vernehmung lassen sich meines Erachtens drei Fakten extrapolieren.
1. Natalia Rocchi erklärt, der Ermordung ihrer Mutter beigewohnt zu haben, erinnert sich jedoch nicht an Namen und Aussehen des Mörders.

2. Natalia Rocchi erklärt, vom Ort des Verbrechens geflohen zu sein, weil der Mörder anscheinend auf sie aufmerksam wurde. Sie verließ das Haus und kehrte danach durch eine Terrassentür an den Tatort zurück. Die Zeugin erklärt, der Mörder habe sich über die Leiche ihrer Mutter gebeugt. Bei dieser Gelegenheit sei es ihr gelungen, vor der neuerlichen Flucht in den Wald einige Papiere an sich zu bringen, welche in dem Fall eine wichtige Rolle zu spielen scheinen. Von besagten Papieren ist keine Spur; einen Hinweis darauf liefert lediglich die Erklärung von Advokat Bossi, der zufolge Sonia Rocchi vor ihrem Tod ihm gegenüber die Existenz jener Papiere erwähnt habe. Weiter weiß Natalia nichts darüber zu sagen; insbesondere vermag sie nicht den Augenblick des Mordes zu isolieren: Sie schildert ihn so, als habe der Mord mehrfach stattgefunden und jedes Mal auf andere Weise.
3. Auch wenn sie von dem Mord an sich nichts mehr weiß, entsinnt sich Natalia Rocchi undeutlich, dass er in nicht geklärtem Zusammenhang mit einem »Tukan« genannten Nachtclub in Arbedo-Castione in Verbindung stehen soll. Mehr vermag sie hierzu nicht zu sagen. Der Eigentümer des Lokals, Luciano Savi, erklärt, von einer solchen Verbindung nichts zu wissen.
Nach langer Befragung ließ sich somit recht wenig klarstellen. Natalia Rocchi leidet an einer posttraumatischen Störung, und es wurde für angebracht gehalten, sie vorläufig nicht weiter zu bedrängen. Aus den zusammenhanglosen Schilderungen der Zeugin, ihren Ängsten und/oder Hirngespinsten die Realitäten herauszulösen ist schwierig. Es wurde jedoch die Notwendigkeit festgestellt, die Existenz allfälliger Verbindungen zwischen dem Mord und dem »Tukan« eingehender zu prüfen.
(gez. Emilio De Marchi)

15

Gesundheitszeugnis

Im neunzehnten Jahrhundert oblagen dem Kantonsarzt der Schutz der Gesundheit der Bürger und insbesondere der Kampf gegen Infektionskrankheiten. Im späteren Verlauf wandelten sich seine Zuständigkeiten entsprechend den jeweiligen Erfordernissen; heute befasst er sich in erster Linie mit Aufsichts- und Überwachungsfunktionen, der Vernetzung verschiedener Projekte auf nationaler und kantonaler Ebene, diversen Beratungsaufgaben sowie der betrieblichen Gesundheitsförderung.

Insbesondere befasst sich damit Dr. Piero Bernasconi, der am 14. August in seinem Büro in der Via Dogana in Bellinzona mit dem Kommissär De Marchi zusammensaß. Der 15. war Feiertag, und De Marchi legte Wert darauf, die Angelegenheit des Tukan zu klären, ehe er den nächsten Schritt unternahm. Luciano Savis Nachtlokal war dem Kantonsarzt wohlbekannt, jedoch versicherte dieser dem Kommissär, der Laden sei nicht schlimmer als viele andere seiner Art. Er sei eben ein Nachtclub, eine Einrichtung legaler Prostitution. Die dort beschäftigten »Künstlerinnen und Tänzerinnen« seien besser geschützt als die Freischwebenden, die in Hotels oder Massagesalons arbeiteten.

»Der Besitzer ist allerdings ein harter Knochen«, fügte Bernasconi hinzu, »und ich schließe nicht aus, dass er die eine oder andere Gesetzwidrigkeit begangen hat. Aus meiner kantonsärztlichen Sicht aber hat er sich nichts zuschulden kommen lassen.«

»Hm.« De Marchi dachte darüber nach, was er noch fragen könnte. »Also alles in Ordnung, meinen Sie? Aber die Papiere, die Aufenthaltsbewilligungen und so weiter, haben Sie die denn kontrolliert?«

»Aufenthaltsbewilligungen gehen mich nichts an.«

»Ich meine: Gesundheitszeugnisse, Hygienevorschriften, solche Sachen.«

Dr. Bernasconi lächelte. Er war ein groß gewachsener, sonnengebräunter, athletisch gebauter Mann. Er lächelte häufig, als zählte zu seinen zahlreichen Aufgaben auch die Verkörperung bester Gesundheit.

»Schauen Sie, Commissario, wenn sich ein Verdacht auf zwielichtige Machenschaften ergeben hätte, so hätten wir doch sofort die Polizei verständigt. Natürlich, Dr. Rocchis Gattin wurde ermordet, aber offen gestanden, ich glaube nicht, dass ein Zusammenhang mit den Fragen besteht, die ihr Mann gestellt hat.«

De Marchi horchte auf. »Was denn für Fragen?«

»Ach, sind Sie nicht deswegen hier?« Bernasconi lächelte. »Dr. Rocchi kam zu mir, um mir einige Fragen über das Tukan zu stellen, er brauchte Fotokopien von bestimmten Unterlagen. Größtenteils handelte es sich dabei um vertrauliche Dokumente, doch ich konnte ihm immerhin zeigen …«

»Moment bitte. Sie meinen, Rocchi hat sich für das Tukan interessiert? Nicht für Nachtclubs im Allgemeinen?«

»Er hat mir alle möglichen Fragen über das Tukan gestellt.«

Auf De Marchis Stirn hatten sich zwei tiefe Falten gebildet. Er witterte Abgründe.

»Und warum über das Tukan? Haben Sie ihn das nicht gefragt?«

Bernasconi zuckte die Achseln.

»Wenn ich mich recht erinnere, ging es um eine Patientin, die dort gearbeitet hat.«

War es wirklich so simpel? Man muss nur zum Kantonsarzt gehen, und schon liegt die Verbindung zwischen Rocchi und dem Tukan auf dem Tisch? Bei Licht betrachtet, war das doch alles völlig normal. De Marchi aber hatte einen Mordfall aufzuklären; irgendwo musste doch etwas wirklich Anrüchiges sein, das, auch um den Preis eines Mordes, verheimlicht wurde.

»Sind Sie sicher, dass dem Besitzer des Tukan nicht irgendwo eine Ordnungswidrigkeit unterlaufen ist, ein Verfahrensfehler vielleicht?«

»Ich habe hier die Unterlagen, Commissario, schauen Sie selber.«

De Marchi nahm den Stapel Blätter entgegen, den ihm der Arzt über den Tisch zuschob. Auf dem ersten Blatt las er: MELDUNG WEGEN PROSTITUTIONSAUSÜBUNG. Von der Meldung erstattenden Person wurden allerlei Auskünfte gefordert, die vom »Künstlernamen« über Vorstrafen, allfällig vorhandene Tattoos und Piercings bis hin zu den Personalien der Eltern reichten. De Marchi stellte fest, dass die meisten Antragstellerinnen zugleich ein Aufenthaltsgesuch, meist des Typs L oder B, beifügten. Ferner hatten viele bei der Frage »Wünschen Sie eine kostenlose ärztliche Untersuchung?« das Kästchen »nein« angekreuzt. Er fragte Bernasconi nach dem Grund.

»Viele Frauen sind misstrauisch«, antwortete Bernasconi. »Sie glauben, das sei eine Form von Kontrolle, eine Registrierung. Andere haben bereits einen Vertrauensarzt.«

Die Angaben über den Gesundheitszustand, eingeschlossen erfolgte Impfungen und überstandene Kinderkrankheiten, waren im Allgemeinen ziemlich vollständig.

»Viele dieser Mädchen haben im Tukan gearbeitet«, sagte Bernasconi. »Wie Sie sehen, sind keine Unregelmäßigkeiten festzustellen.«

De Marchi war drauf und dran, die Unterlagen zurückzugeben, als die Meldung einer gewissen Viktoria Valinski, die ihren Hausarzt angegeben hatte, seine Aufmerksamkeit erregte. Und als er den Namen gelesen hatte, war ihm klar, dass die Ermittlung trotz der Skepsis des Staatsanwalts Bazzi die Spur zum Tukan nun nicht länger ignorieren konnte.

»Hausarzt: Dr. Peter Mankell.«

Abgesehen von einer dritten Falte auf seiner Stirn war De Marchi von seiner Verblüffung nichts anzumerken.

»Haben noch andere Mädchen den Doktor Mankell als Hausarzt?«

»Nicht dass ich wüsste.« Bernasconi lächelte verständnislos. »Warum?«

»Och, nur Neugier.«

»Mankell hatte eine Gemeinschaftspraxis mit Rocchi«, sagte Bernasconi.

»Eben«, antwortete der Kommissär. »Deswegen wüsste ich gern, ob ihn auch noch andere Mädchen als Hausarzt angegeben haben.«

»Nicht in letzter Zeit, glaube ich. Früher schon. Außerdem …«

Dr. Bernasconi brach ab. Vielleicht wurde ihm klar, dass er dem Kommissär einen zu saftigen Knochen hinwarf, als dass der hätte widerstehen können.

»Außerdem?«, drängte De Marchi.

»Nun, Mankell hat etliche Male in unserem Auftrag die

kostenlose ärztliche Untersuchung durchgeführt. In den letzten Jahren seltener, aber früher war er regelmäßiger Mitarbeiter des kantonsärztlichen Dienstes.«

»Aha.«

»Wie auch immer, Commissario, mir scheint, Sie vergeuden Ihre Zeit. Es geht hier um Prostitution, aber es ist alles völlig legal, während Sie ...«

Bernasconi brach ab. De Marchi beendete den Satz an seiner Stelle.

»Während ich in einem Mordfall ermittle. Vielleicht haben Sie Recht. Jedenfalls melde ich mich wieder, ich hätte gern Kopien von manchen dieser Unterlagen. Vielen Dank für Ihre Hilfe.«

»Keine Ursache.« Bernasconi lächelte. »Wir stehen immer zur Verfügung.«

Als er die Amtsräume des Kantonsarztes verließ, standen drei scharfe Falten auf der Stirn des Kommissärs. Er hatte noch keinen konkreten Verdacht; im Moment wusste er lediglich, dass die Verbindung zwischen dem Tukan und dem Mord ziemlich brüchig war. Aber auf jeden Fall, dachte er, kann es nicht schaden, ein paar Takte mit dem Doktor Mankell zu reden.

16

Der erste Schultag

»Rauch in den Augen«, sagte Natalia irgendwann, wie zur Erklärung dafür, dass sie nicht weiterkam. »Ich bin zurückgegangen, er wollte mir was tun, er wollte die Papiere.«

Sie waren auf dem Balkon ihres Elternhauses in Massagno. Contini sprach wenig, stellte nur ab und zu eine Frage, legte dazwischen lange Pausen ein.

»Ich kann dir nicht helfen. Ich erinnere mich nur nicht genau.«

»Nur Geduld. Du weißt ja, was Giona gesagt hat, und ich meine, er hat Recht.«

Um ehrlich zu sein, war der alte Einsiedler mit seinen kryptischen Äußerungen über Verzug und Schweigen keine große Hilfe gewesen. Aber nicht einmal die Ermittler der Polizei mit ihrem kriminaltechnischen Arsenal hatten Sonia Rocchis Mörder identifiziert.

»Als du ins Zimmer zurückgekommen bist, war der Mann über deine Mutter gebeugt, richtig? Und hat er diese Papiere gesehen?«

»Er wollte sie haben.«

»Hat er dich gleich entdeckt?«

Natalia zuckte die Achseln. »Nicht gleich.«

»Nach ein paar Sekunden?«

Natalia nickte.

Es war der 15. August, Mariä Himmelfahrt, ein Feiertag im italienisch geprägten Tessin. Auf dem Balkon wehte hin und wieder ein Lüftchen, in den Straßen von Massagno aber stand eine schwüle Hitze. Der See in der Ferne wirkte wie eine Verheißung.

»Bist du mit den Papieren geflüchtet?«

Natalia nickte wieder.

»Und du hast sie im Wald versteckt, weißt aber nicht mehr, wo.«

Natalia starrte auf ihre Hände, die untätig in ihrem Schoß lagen.

Am Himmel über Lugano fanden mächtige Wolkenbewegungen statt, und das Gewitter lag greifbar in der Luft. Contini saß schon seit Stunden auf diesem Balkon, trank mit Natalia Eistee und überwachte die einzige Straße, die hier heraufführte.

»Und der Mann, der Mann, der dich verfolgt hat, war das dieser?«

Er zeigte ihr ein Foto von Luciano Savi.

»Ich weiß nicht«, sagte Natalia leise. »Ich weiß das Gesicht nicht. Ich erinnere mich, dass er zum Zuschlagen die … die …«

Contini erriet nicht, was sie sagen wollte. Natalia hob eine Hand.

»Seine Faust?«

»Ja, er hat meine Mutter geschlagen. Seine Faust.«

Contini konnte sich nicht erklären, woher seine Gewissheit kam, aber er war überzeugt, dass der alte Jonas Recht hatte und die Lösung des Rätsels bei Natalia lag, in den Wörtern, die ihr abhandengekommen waren. Wie Mankell ihm erklärt hatte, besteht nach einem traumatischen Erlebnis die Gefahr, dass sich das Opfer so genannte falsche Erinnerungen zurechtlegt: Das geschieht entweder durch Einflüsterung von anderen oder durch spontane Einfälle des Gedächtnisses, das Lücken zu füllen sucht. Contini probierte es auch auf diesem Weg.

»Aber kannst du das Gesicht des Mannes nicht sehen«, fragte er, »oder siehst du es und weißt, dass es nicht dieses ist?«

Die Frage verblüffte Natalia. Sie ließ sie sich noch einmal wiederholen, langsamer, und dachte lange nach, bevor sie antwortete. Schließlich sagte sie: »Du hast Recht. Vielleicht habe ich Erinnerungen, die falsch sind.«

»Siehst du ein anderes Gesicht?«

Natalia breitete ratlos die Hände aus, wie um ihm klarzumachen: Mehr kann ich wirklich nicht sagen. Contini wollte sie nicht zu sehr bedrängen. Aber er war überzeugt, dass aus Natalias Erinnerungen früher oder später dieses »Falsche« zum Vorschein käme. Und dann musste man zur Stelle sein. Deshalb verbrachte er jeden freien Moment mit Natalia. Rechtsanwalt Bossi hatte ihn zuerst, ebenso wie De Marchi, von ihr fernzuhalten versucht, aber zum Glück schätzte Natalia seine Gesellschaft. Und so kam es, dass Contini ganze Nachmittage auf diesem Balkon verbrachte.

Von dort sah man sämtliche Autos, die den Berg heraufkamen, darunter eben auch die Besucher. Inzwischen kannte er den Toyota von Dr. Mankell und den Fiat von Richter Bonetti. Die Logopädin fuhr einen Mini Morris, und Rechtsanwalt Bossi kam im Taxi. Jetzt sah er den Mini Morris um die erste Kurve der Bergstraße biegen.

Auch Natalia hatte das Auto gesehen. Mit einem Blick zu Contini sagte sie: »Neue Wörter.«

»Davon kann man nie genug haben«, antwortete er.

Natalia hatte ausdrücklich darum gebeten, dass Contini

erlaubt sei, sie zu besuchen. Sie hatte das Gefühl, ihn schon ewig zu kennen, was vielleicht daran lag, dass er und Giovanni die ersten Menschen waren, die sie nach ihrer Flucht, nach dem Gedächtnis- und Sprachverlust, zu Gesicht bekommen hatte. Jeden Tag sah sie die Logopädin und den Arzt, und bald sollte sie auch noch einen Psychiater kennenlernen. Aber den würde sie in seiner Praxis aufsuchen – sie wollte weder Psychologen noch Sozialarbeiter im Haus haben, und diesen Wunsch hatte sie durchgesetzt.

Sie ging hinunter, um die Logopädin hereinzulassen, und sah zu ihrer Überraschung, dass Giovanni Canova mitgekommen war. Er folgte der Logopädin mit ein paar Schritten Abstand, wie um die Aufdringlichkeit seines unangekündigten Besuchs abzumildern. Er sei mit dem Zug nach Lugano gekommen, erklärte er, und habe die Logopädin angerufen und gefragt, ob sie ihn mitnähme.

»Ich weiß schon, dass ihr arbeiten müsst«, sagte er zu Natalia, »aber ich bleibe einfach hier bei Contini, und wenn du fertig bist, plaudern wir ein bisschen. Das heißt, wenn du Lust zum Reden hast.«

Natalia lächelte, dann folgte sie der Logopädin ins Haus.

Sie war todmüde.

Zu den Logopädiesitzungen und den täglichen Gesprächen mit Mankell kamen die bürokratischen Umtriebe von Richter Bonetti mit seinen hundert Formularen und Fragen nach ihrer Vermögenssituation und ihrem künftigen rechtlichen Status. Natalia war mit einem Schlag Vollwaise geworden, wie es sonst nur im Märchen vorkommt. Auf dem Weg zu ihrem Zimmer kam ihr das Wort »Waisenkind« in den Sinn, und sie musste lächeln, obwohl es nicht zum Lächeln war. Das kleine Waisenkind. Sie hätte es beinahe der Logopädin erzählt, besann sich aber: Die hätte das doch nicht verstanden.

Arianna Bassi sprach nie an Natalias Stelle. Die Logopädin war die Einzige, die ihr nie ein Wort suggerierte, die Einzige, die ausschließlich an Natalias Sprachvermögen interessiert war und nicht an dem, was sie sagte. Das war einerseits hilfreich, andererseits war es ermüdend, weil Natalia alles allein machen musste. Contini zum Beispiel durchforstete mit ihr gemeinsam ihre Erinnerungen, er begleitete sie bei der Suche nach Fixpunkten, an die man sich halten konnte, und in unbekanntes Gelände. Arianna hingegen fiel es gar nicht ein, sich einzufühlen und sich vorzustellen, was Natalia womöglich auszudrücken versuchte. Für sie zählte nur, dass jedes Ding den richtigen Namen hatte.

Die Logopädin war eine magere Frau in den Fünfzigern mit blondem Pferdeschwanz und der Inbegriff der Tüchtigkeit: Am Ende der Sitzung war sie noch immer frisch wie eine Rose, während Natalia völlig erledigt war.

Eine ihrer Übungen war besonders anstrengend, nicht zuletzt deshalb, weil Natalia sich dabei so dumm vorkam. Arianna zeigte ihr auf dem Bildschirm das Bild eines Gegenstands oder die Darstellung eines einfachen Handlungsablaufs, und Natalia musste versuchen, das Abgebildete zu benennen: Manchmal gelang es, manchmal benutzte sie das falsche Wort oder sagte einfach »Dings«. Im zweiten Teil der Übung erschien auf dem Bildschirm eine Reihe von Buchstaben, aber so durcheinandergemischt, dass sie ohne Sinn waren. Wenn Natalia das darin verborgene Wort nicht fand, half ihr Arianna irgendwann auf die Sprünge, indem sie das Wort laut sagte, und Natalias Aufgabe war es dann, auf dem Bildschirm die Buchstaben zu finden, aus denen das Wort bestand, und durch eine Berührung mit dem Finger zu markieren; manchmal brauchte es dazu mehrere Anläufe. Am Ende schrieb Natalia das Wort selbst von Hand auf eine kleine Schiefertafel.

An diesem Nachmittag erkannte sie das Wort sofort: Automobil. Zuerst hatte sie »Verkehr« gedacht und »Steuer«, war aber nicht überzeugt gewesen – und ohne groß nachzudenken, hatte sie den Mund aufgemacht, und das Wort »Automobil« war herausgekommen. Jetzt suchte sie die dazugehörigen Buchstaben aus dem Haufen heraus.

T B K U O O I R R L E
E A R B S T M U E V B

Darin war das Wort verborgen. Natalia ging langsam und methodisch vor.

A … U … sie zögerte kurz beim *S*, berührte dann aber denn Buchstaben rechts daneben. Der Finger schwebte vor dem Bildschirm, bevor sie die nächsten Buchstaben fand: O … M … O, wieder ohne Eile, sie musste sich bemühen, nicht zu schnell zu sein, aber auch nicht zu langsam. B … I … L. Geschafft.

Von Hand zu schreiben war viel einfacher, dann kamen die Wörter und Sätze aus einem Guss, mit dem einen oder anderen Fehler vielleicht, aber einigermaßen flüssig. Die Suche nach Buchstaben auf dem Bildschirm ging zwar langsamer, half ihr aber, sich das betreffende Wort einzuprägen: Normalerweise vergaß sie es danach nicht mehr.

Wie ein Kind, dachte sie, wie am allerersten Schultag. Vor ihr lag eine endlose Reihe von Tagen, die sich zwischen Schulbank und Pausenhof aufteilten. Ein Meer von Wörtern, die es zu erobern galt, und das ganze Leben vor ihr. Jeden Tag etwas Neues. Wie ein Kind.

17

Die beste Kur

»Wir würden gern mit Ihrem Mann reden.«

»Der ist jetzt nicht da. Er arbeitet heute und ist in der Praxis.«

»Da haben wir's schon versucht.«

»Ach.«

Agnese Mankell umklammerte das Telefon. War es also so weit. Es war ja nur eine Frage der Zeit gewesen, das wusste sie, und doch hoffte ein Teil von ihr noch immer, dass ihr Mann und seine Komplizen eine Lösung fänden – dass es wenigstens ihrem Mann gelänge, sich herauszuwinden. Sie war einfach nicht bereit, ihr Leben so radikal zu ändern.

»Vielleicht macht er einen Hausbesuch. Warum rufen Sie ihn nicht auf dem Natel an?«

»Er meldet sich nicht.«

»Vielleicht hat er es im Auto vergessen. Mein Mann ist ein Schussel, wissen Sie.«

»Wenn er sich bei Ihnen meldet, sagen Sie ihm bitte, dass Kommissär De Marchi ihn sprechen will, er kennt mich.«

»Ja, gut.«

Er kennt mich. Diese Worte waren der Anfang vom Ende.

»Gut«, wiederholte Agnese. »Wo kann er Sie erreichen?«

Der Kommissär gab ihr eine Telefonnummer, die Agnese auf einem Zettel notierte. Dann steckte sie den Zettel ein und stand eine Zeitlang da wie erstarrt. Sie war in den Dachboden hinaufgestiegen, um eine Blumenvase zu suchen, und die verstaubten Sachen ringsum hatten auf einmal etwas äußerst Bedrohliches.

Es war ihr vergangenes Leben, es waren die ausrangierten Überreste ihrer Existenz, und sie starrten sie an. Alte Bilder, Geschirr, Möbel, Schachteln voller Bücher. Agnese meinte zu ersticken. Ihre Vergangenheit hatte sie an der Kehle gepackt und ließ nicht los. Sie hastete zum Dachfenster gegenüber, riss es auf und streckte den Kopf hinaus, um Luft zu schnappen. Hinter dem Kirchturm und den Häusern von Cadro ging es hügelabwärts nach Lugano hinunter und zur weiten Fläche des Sees.

Agnese schloss die Augen. Es war vorbei. Ihr normales Leben war zu Ende. Wie ging es weiter? Was hatte ihr Mann zu erwarten? Der angesehene Dr. Mankell war in Ungnade gefallen, und Agnese war sehr sicher, dass bald etwas äußerst Hässliches geschehen würde.

Sie atmete tief durch. Auch bei offenem Fenster war der muffige, staubige Dachbodengeruch übermächtig.

Hinter dem Haus war eine Wiese mit Swimmingpool und weißem Pavillon. Nach der Stunde mit der Logopädin im geschlossenen Raum hatte Natalia das dringende Bedürfnis nach frischer Luft und Bewegung. Sie schlug Giovanni ein Bad im Swimmingpool vor, denn Contini war auf dem Balkon geblieben, wo er grübelte und auf den See blickte.

»Wie ist es gelaufen?«, fragte Giovanni.

»Ganz gut«, sagte Natalia. »Geht aufwärts.«

Die Übungen fielen ihr zusehends leichter, doch Arianna sagte, sie seien noch immer sehr nützlich und darum unverzichtbar. Natalia sprach und schrieb inzwischen schon recht gut, hatte aber immer noch Sprech- und Erinnerungslücken, bei deren Überwindung die Logopädin ihr half. Zumal sie auch noch leicht in Verwirrung geriet: Sie näherte sich dem richtigen Wort, zielte – und traf daneben. Manchmal fiel es ihr nicht einmal auf.

»Möchtest du schwimmen?«, fragte Natalia.

»Ich hab keine Badehose.«

Das Wort war Natalia neu, aber sie konnte sich zusammenreimen, was es bedeutete. Sie ging mit ihm ins Haus und ins Schlafzimmer ihrer Eltern; Giovanni lieh sich eine Badehose ihres Vaters aus.

Sie sprangen kopfüber ins Becken, schwammen und tauchten und breiteten dann ihre Handtücher im Gras aus. Natalia kremte Giovanni ein, der ein knappes Dankeswort brummte. Sie musterte ihn aus dem Augenwinkel. Er kam ihr nervös vor. Normalerweise sah er ihr in die Augen, wenn er mit ihr sprach, und ihre langen Schweigephasen störten ihn nicht. Diesmal war er anders; er wich ihrem Blick aus, redete undeutlich, zappelte unruhig hin und her.

»Schön, dich zu sehen«, sagte sie.

»Ich wusste nicht, ob du was zu tun hast.«

»Nein. Mir ist langweilig.«

Giovanni saß im Schneidersitz auf seinem Handtuch, während sie, die Hände hinter dem Kopf verschränkt, neben ihm lag.

»Ich versuche für die Schule zu lernen«, sagte Natalia versonnen. »Zumindest soweit ich es verstehe.«

»Wann fängst du wieder an?«

»September.«

Eine Zeitlang schwiegen sie. Giovanni streckte sich aus, und Natalia stellte fest, dass er weniger braungebrannt war als sie, man sah die Umrisse eines T-Shirts. Aber seine Haut war von Natur aus bräunlich. Er war mager, seine Muskeln spröde und wenig sichtbar, die Finger lang und dünn wie der Hals. Natalia sah ihn gern an, und sie ließ verstohlen den Blick seinen Körper entlang wandern.

Sie hatte auch Fragen zu Giovanni. Ein Teil von ihr wünschte sich, sie hätte ihn nie kennengelernt. Ein anderer Teil konnte sich nicht einmal mehr vorstellen, wie das Leben vor ihm gewesen war: eine Zeit, die ihr jetzt wie im Nebel erschien – dabei hatten doch ihre Eltern gelebt, und sie war ganz normal gewesen, hatte gesprochen, tausend Dinge getan, war gereist… hatte ab und zu mit einem Jungen geflirtet. Jetzt füllte Giovanni ihre Gedanken aus, aber auf eine langsame, einhüllende Art. Natalia wäre gern näher zu ihm gerückt, die Augen wenige Zentimeter von den seinen entfernt, und hätte ihm zugehört, wie er von seinen Druckmaschinen erzählte.

»Was ist?«, fragte Giovanni mit eigenartigem Unterton. »Geht's dir nicht gut?«

Offenbar hatte er gemerkt, dass sie ihn anstarrte.

»Doch, schon, aber ich bin…« Sie suchte nach dem Wort. »Traurig. Ich bin traurig.«

Giovanni zwinkerte und wusste sichtlich nicht, was er sagen sollte.

»Kann ich neben dich?«, fragte sie.

Er machte ihr Platz auf seinem Handtuch. Natalia war ungeheuer müde und hatte dennoch das Bedürfnis zu reden.

»Vielleicht erinnere ich mich an nichts.«

»Was meinst du?«

»Das, woran ich mich erinnere, ist falsch. Vielleicht sind auch wir falsch.«

»Wir sind falsch?«

»Ich weiß nicht. Hoffentlich…«

Sie brach ab. Er nahm ihre Hand. »Natalia.« Dann verstummte er wieder. »Natalia«, fing er wieder an, »so was darfst du gar nicht sagen. Es ist nichts falsch.«

Sie betrachtete seine langen Finger, den Verlauf der Adern auf dem Handrücken.

»Es ist eine schlimme Zeit. Aber wir müssen ja nicht ständig dran denken.«

»Ja«, sagte Natalia.

»Die Polizei wird rausfinden, was passiert ist. Dann hast du Frieden.«

»Hoffentlich.«

Nach einer Weile fragte Giovanni: »Gibt's keine Freundinnen, die dich besuchen könnten?«

»Doch. Aber das Reden ist schwierig.«

Er hielt noch immer ihre Hand, und Natalia wünschte sich, dass er den Arm um ihre Schultern legte, sie an sich drückte. Sie wollte seinen mageren Körper spüren, ohne Zögern und ohne Bedenken. Sie streckte ihre glatten, gebräunten Beine aus, bewegte einen Fuß im Gras. Sie rückte ein paar Zentimeter näher zu Giovanni. Sie spürte, wie nervös er war, und ahnte, dass er nicht wusste, wohin er den Blick wenden sollte. Ihre Hüften berührten einander. Giovannis Haut war sonnenwarm.

»Wenn die Schule wieder anfängt, wird es vielleicht schwieriger, dass wir uns sehen«, sagte Giovanni. »Aber ich arbeite dann in Lugano. Wenn du willst …«

Natalia starrte ins blaue Wasser des Swimmingpools.

»Wenn du willst, können wir uns treffen. Ab und zu«, fuhr Giovanni fort.

Natalia drehte sich zu ihm. Sie sah ihn die Augen schließen und wieder öffnen. Er kam näher, und kurz darauf kam auch sie näher. Es war nicht klar, wer von ihnen den letzten Abstand überwand, jedenfalls küssten sie sich.

Natalia drückte ihn an sich, streichelte seine Schultern und seinen Brustkorb, sie küssten und umarmten einander schweigend. Die Nachmittagssonne war hinter einer Wolkenbank verschwunden, auf der Wiese aber war es immer noch warm. Natalia schmeckte Schweiß und roch Gras und Sonnenkrem.

Als Giovannis Telefon läutete, rückte sie ein Stück von ihm ab und ließ ihn los, damit er den Anruf annehmen konnte.

»Das ist nur der Wecker«, sagte er. »Ich hab ihn gestellt, damit ich meinen Zug nicht verpasse.«

Er griff nach dem Telefon, sah nach der Uhrzeit, verzog das Gesicht. »Wie lang braucht man zum Bahnhof?«

»Zu Fuß?«

»Notgedrungen.«

»Ungefähr zwanzig Minuten. Vielleicht kann dich Contini fahren.«

Giovanni schüttelte den Kopf. Nein, Contini sollte nur hierbleiben und aufpassen, dass nichts passierte. Natalia gefiel diese besorgte Miene. Er zog rasch seine Sachen an, verabschiedete sich mit einem verlegenen Kuss und rannte zum Bahnhof.

Natalia blieb im Gras liegen. Hoffentlich war das kein Fehler gewesen. Aber egal… Sie war traurig und froh zugleich. Sie wollte Giovanni wiedersehen, wollte mit ihm telefonieren, mit ihm reden. Sie war ein bisschen erschrocken und sehr müde. Sie rollte sich ein und schloss die Augen.

Über ihr zogen die Wolken dahin, sie spürte die Schatten auf ihren geschlossenen Lidern. Es war so viel geschehen – so viel in so kurzer Zeit. Sie konnte gar nicht alles denken, sie irrte durch Erinnerungen, die ihr im letzten Moment, als sie schon meinte, sie festhalten zu können, doch noch entwichen.

Ein Flugzeug flog über sie hinweg. Natalia lauschte ihm nach, bis das Brummen verklungen war, und fühlte sich auf einmal verlassen und einsam. Contini war zwar irgendwo im Haus, aber sie war allein hier auf der Wiese, neben dem reglosen Wasser im Becken. Immer dichter und dunkler schoben sich Wolken vor die Sonne. Warum hatte sie Angst? Was würde passieren?

Sie versuchte sich innerlich zu beschwichtigen.

Giovanni würde wiederkommen, und früher oder später, wenn sie Geduld hatte, würde die Angst verschwinden. Sie holte tief Luft. Man musste nur warten. Geduld war die beste Kur.

18

Während Natalia schlief

Contini fand sie schlafend auf der Wiese. Er deckte sie mit dem zweiten Handtuch zu, damit sie nicht fror – die dichte Wolkendecke ließ kaum noch einen Sonnenstrahl durch. Dann kehrte er zur Vorderseite des Hauses zurück und wartete.

Dr. Mankell kam heute etwas früher mit seinem Toyota. Normalerweise tauchte er gegen sieben Uhr zu einem halbstündigen Besuch vor dem Abendessen auf. Aber es war ja Feiertag; vielleicht wollte Mankell früher zu Hause sein. In Natalias Umgebung hatte nichts angehalten, niemand hatte sich frei genommen, weder die Logopädin noch der Arzt noch Richter Bonetti. Alle waren im Einsatz, als könnte Natalia damit geholfen werden.

»Natalia schläft«, sagte Contini zu Mankell, während er ihm die Hand reichte.

»Ja, ich bin zu früh«, sagte Mankell. »Aber ich muss sowieso noch ein paar Anrufe machen, und das tu ich am besten hier; das Natel habe ich leider in der Praxis vergessen.«

»Wollen Sie was trinken?«

»Nein danke, vielleicht später. Bonetti will auch noch kommen.«

Mankell zog sich ins Wohnzimmer zurück, und Contini setzte sich wieder auf den Balkon. Er wollte Natalia nicht wecken – er wusste ja, wie sehr das dauernde Bemühen, Erwartungen zu erfüllen und zu sprechen, als wäre es selbstverständlich, sie anstrengte.

Giovanni hatte, um seinen Zug nicht zu verpassen, Hals über Kopf das Haus verlassen, aber Contini war eine neue Leichtigkeit der Bewegungen an ihm aufgefallen und ein eigenartiges Funkeln in den Augen, und er hatte daraus den Schluss gezogen, dass dort am Rand des Schwimmbeckens zwischen den beiden etwas passiert war. Natalia war siebzehn; vielleicht half ihr ein stürmisches Verliebtsein ja besser als alle Ärzte und Anwälte. Und als Contini mit seinen Fragen. Vielleicht war es besser, zu vergessen und in die Zukunft zu schauen, wie Natalia und Giovanni es taten.

Das änderte aber nichts daran, dass Contini eben keine siebzehn mehr war.

Er trug eine Art Brunnenschacht mit sich herum, ein schwarzes Loch, in dem er Illusionen versenkte und die Zeit, die er damit vergeudet hatte, Hirngespinsten nachzulaufen. Er bemühte sich, neu anzufangen, nicht in alten Gewohnheiten zu verharren. Aber der Schacht ließ nichts verschwinden: Er verwahrte alles Versenkte, Vergrabene, ob Orte oder Menschen, wie eine geheime Wunde, die niemand sieht.

Oder benahm sich Contini wie ein Siebzehnjähriger?

Gut, Francesca hatte ihm einen Denkzettel verpasst. Er konnte versuchen, sie zurückzugewinnen und sich zu ändern. Oder er konnte beschließen, weiter an seiner Unabhängigkeit festzuhalten. Er hatte sich seine Freiheit mit einem eisernen Lebensrhythmus erkauft. Aber neben Natalias Einsamkeit schienen ihm seine Ansprüche absurd.

Auch Francesca rückte in immer weitere Ferne.

Auf der Straße tauchte jetzt Brenno Bonettis Fiat auf. Er kam häufig gegen Abend, um sich zu vergewissern, ob alles seine Ordnung hatte, und Contini argwöhnte, dass er ihm misstraute, obwohl er ihm diese Gespräche mit Natalia explizit gestattet hatte. Vielleicht hatte der Richter auch ein schlechtes Gewissen, weil die Vormundschaftskommission so säumig war. Schon zweimal hatte sie getagt, aber eine endgültige Entscheidung gab es noch immer nicht.

Der Fiat nahm die Kurven umsichtig, aber zielstrebig, im gleichen Stil, den der Richter Bonetti auch in allen anderen Dingen pflegte. Contini zündete sich eine Zigarette an, während er dem näher kommenden Wagen entgegenblickte.

In dem Moment ertönte ein Schuss.

Continis Wahrnehmung weigerte sich im ersten Moment, ihn als solchen zur Kenntnis zu nehmen. Eine Detonation auf dem Hügel von Massagno an einem Nachmittag im August? Das gab es nicht. Drei Sekunden später sprang er jäh auf.

Ein Schuss!

Eine Verwechslung war unmöglich. Ein Pistolenschuss. Und er kam von hinten.

Er rannte in den Garten. Am Fuß des Pavillons lag die schlafende Natalia im Gras. Er eilte auf sie zu und beugte sich über sie. Alles in Ordnung – sie schlief immer noch. Ohne sie zu wecken, vergewisserte er sich, dass sie nicht verletzt war. Natalia schlief wirklich, zum Glück.

Und der Schuss?

Contini blickte zum Haus. Im Wohnzimmer war Dr. Mankell und telefonierte, aber weshalb hätte er schießen sollen? Contini hielt dennoch Vorsicht für angebracht. Im Laufschritt umrundete er das Haus und rannte die paar Stufen zum Parkplatz hinunter. Brenno Bonetti stieg genau in diesem Moment aus dem Wagen und zerrte vom Rücksitz seine prall gefüllte Aktenmappe, von der er sich offenbar nie trennte.

»Ein Notfall«, sagte Contini.

»Wie bitte?«

»Kommen Sie, wir müssen das Haus kontrollieren. Ich erklär's Ihnen später.«

»Aber ...«

»Kommen Sie mit.«

Contini hastete wieder in den hinteren Garten. Dort hatte sich nichts verändert, Natalia schlief noch immer. Am Himmel braute sich ein Gewitter zusammen, und Richter Bonetti schnaufte schwer.

»Uff, ist das anstrengend. Wären Sie jetzt bitte so freundlich ...«

»Keine Zeit. Bleiben Sie hier bei Natalia. Wenn was ist, rufen Sie mich. Alles klar?«

»Was soll denn sein? Was ist ...«

»Alles klar?«

»Ja, natürlich, aber ...«

Contini war schon auf dem Rückweg zum Haus und hatte kein Ohr für Bonettis Protest. Er näherte sich dem offenen Fenster zum Bad, neben dem Wohnzimmer, und kletterte über den Sims. Drinnen bewegte er sich lautlos vorwärts und sah sich bei jedem Schritt um. Er war unbewaffnet, wie immer, weil er nie daran dachte, eine Waffe einzustecken, bis er dann eine gebraucht hätte – das war schon zu seinen Detektivzeiten so gewesen, und seitdem er bei der Zeitung arbeitete, ruhte seine Walther PP sowieso ungenutzt zu Hause in einer abgesperrten Schublade.

Mit angehaltenem Atem näherte er sich der geschlossenen Wohnzimmertür.

Vielleicht war es ein falscher Alarm.

Vielleicht hatte er sich verhört und eine Fehlzündung oder einen Knallfrosch für einen Schuss gehalten. Vielleicht war irgendwo in der Nähe ein Schießplatz. Vielleicht ...

Genug. Er verbannte alle Mutmaßungen aus seinen Gedanken und öffnete langsam und vorsichtig die Tür. Ehe er eintrat, spähte er durch den Spalt. Und sah sofort, was passiert war.

Dr. Mankell.

Er saß mit seitlich herabhängenden Armen in einem schwarzen Ledersessel und blutete am Kopf. Contini vergewisserte sich, dass sonst niemand im Zimmer war, trat auf Mankell zu und fühlte seinen Puls. Er war tot, kein Zweifel. Jemand hatte ihm in den Kopf geschossen.

VIERTER TEIL

Reden

1

Brief an niemanden

... ja, ich weiß, ich widerspreche mir selber mit diesen Briefen. Einerseits will ich nie über mich reden und meine Gedanken nicht preisgeben. Andererseits schreibe ich sie auf und schicke sie Ihnen; wer weiß, warum. Vielleicht deshalb, weil Sie die Menschen und Umstände, von denen ich Ihnen berichte, nicht kennen. Ich schreibe, und Sie lesen, das ist alles; keine Fragen und keine Erklärungen.
Heute will ich Ihnen von den jüngsten Entwicklungen erzählen. Vor allem dies: Ich habe es noch nicht geschafft, Francesca zu treffen. Ich habe mit ihr zu telefonieren versucht, aber mir ist klar geworden, dass ich zurzeit von etwas anderem in Beschlag genommen bin: Nach Sonia Rocchi ist jetzt auch Dr. Mankell umgebracht worden, er war der Praxiskollege von Enzo Rocchi.
Ich war derjenige, der die Leiche entdeckt hat. Es war im Haus der Rocchis; ich war dort mit Natalia, die im Garten geschlafen hat, und dem Richter Bonetti (von der Vormundschaftskommission, die über eine Pflegschaft für Natalia entscheidet). Bonetti war gerade eingetroffen, als ich ihm von Mankell berichtete, und es hätte ihn fast der Schlag getroffen, aber ich konnte ihn beruhigen; ich hab ihm was zu trinken gebracht und ihn überredet, sich aufs Sofa zu legen.

In dem Moment erschien Natalia, die aufgewacht war, weil es zu regnen angefangen hatte. Sie kam ins Haus und wusste sofort, dass was passiert war. Zum Glück ging es Bonetti inzwischen besser, und er half mir, Natalia schonend beizubringen, dass in ihrem Wohnzimmer ein Toter liegt und dass dieser Tote ihr Hausarzt ist. Es ist wirklich ungeheuerlich – erst verliert dieses Mädchen beide Eltern, dann erschießt jemand ihren Arzt, den Kollegen und Freund ihres Vaters. Ich mache mir Sorgen; ich fürchte, dass sich dieser neuerliche Schlag in den nächsten Tagen bemerkbar machen wird.

Immerhin konnte ich verhindern, dass sie die Leiche sieht. Danach, als wir auf die Polizei warteten, drehte ich eine Kontrollrunde und merkte, dass es nicht leicht sein wird, diesen Mord zu erklären. Im Garten war ja die schlafende Natalia; und auch in den Nachbargärten waren Leute, die in Liegestühlen lagen oder im Pool badeten: Ich habe sie befragt, aber niemand, wirklich niemand hat irgendwen vorbeikommen sehen. Ich selber war auf dem Balkon und hatte die Straße im Auge – wäre jemand durch die Haustür gekommen, hätte ich es mitgekriegt; abgesehen davon war die Tür abgeschlossen. Es gibt einen weiteren Zugang vom Parkplatz aus, aber wenn der Mörder da herausgekommen wäre, hätte er Bonetti in die Arme laufen müssen, der zu dem Zeitpunkt, als der Schuss fiel, gerade eintraf.

Vielleicht war der Mörder die ganze Zeit im Haus, war also schon da, als ich kam – aber auf welchem Weg ist er dann verschwunden? Vielleicht hat er sich im Garten versteckt – aber wieso hat ihn niemand gesehen – dieser Garten ist kein verwilderter Park, sondern äußerst übersichtlich. Vielleicht ist er in den paar Sekunden geflohen, die ich und

Bonetti bei Mankells Leiche waren – aber warum hat ihn dabei kein einziger Nachbar beobachtet?
Kurzum, eine üble Sache. Ich weiß nicht, warum ich mich verantwortlich fühle – vielleicht weil ich Natalia im Wald gefunden habe oder weil ich Enzo Rocchis Anfrage abgelehnt habe –, er hat mir gemailt, bevor alles angefangen hat. Fakt ist, dass mir die Sache nicht aus dem Kopf geht. Ich weiß, dass mit dem Tukan was oberfaul ist, aber es kann sich nicht nur um einen Prostitutionsring handeln, da MUSS mehr dahinterstecken, etwas Schlimmeres, etwas, das einen Menschen zum Mord treibt.
Ich habe versucht, diese Kate ausfindig zu machen, die Natalia einen Brief geschrieben und ihr von den Erkundigungen ihres Vaters berichtet hat. Ich dachte, dass sie vielleicht eine Prostituierte ist, und habe ein paar Kontakte im Milieu angerufen. Heraus kamen mehrere Kates, aber keine, die je im Tukan gearbeitet hat. Vielleicht muss ich Savi noch mal direkt ansprechen.

Contini legte den Stift aus der Hand und schüttelte sein Handgelenk aus. Es war schon eine Weile her, seit er zuletzt so ausführlich geschrieben hatte. Er war im Büro, allein, er hatte bis Redaktionsschluss Dienst. Im Fernseher lief ohne Ton ein alter schwarz-weißer Western, und der Computer, der im Ruhezustand war, gab nur ein zartes Summen von sich: Außer dem Ticken der Wanduhr war sonst nichts zu hören. Contini hob den Blick. Noch eine halbe Stunde. Nachdem alles so ruhig war, hatte er Zeit zum Schreiben und Nachdenken.

Kollegen und Freunde spotteten über ihn und nannten seine Elaborate »Briefe an niemanden«. Contini frankierte sie und schickte sie ab, und die Adresse ließ er niemanden sehen. Francesca hatte ihn anfangs ein bisschen auszufragen versucht, aber bald eingesehen, dass es sinnlos war.

Contini griff wieder zum Stift. Er hatte den Kopf voller Gedanken und versuchte ein bisschen Ordnung ins Chaos zu bringen. Natalia, das Tukan, Enzo Rocchis Erkundigungen, die Dokumentation darüber, die irgendwo im Wald verloren gegangen war, Francesca und sein zukünftiges Leben – wie gehörte das alles zusammen, wo war der Eingang ins Labyrinth? Contini wusste es nicht. Er wusste überhaupt nichts mehr.

2

Um das Foto

Peter Mankells Leiche bildete das Zentrum des Büros von Staatsanwalt Bazzi. Der Schreibtisch war leer wie immer, nur in seiner Mitte lag dieses Foto, und natürlich ruhten sämtliche Blicke darauf. Das Gesicht war von der Austrittsöffnung des Projektils entstellt, der Mund zu einer seltsam gefletschten Grimasse erstarrt, als hätte Mankell im Moment des Todes in etwas hineinbeißen wollen.

Um das Foto scharten sich Kommissär De Marchi, Staatsanwalt Bazzi, der Leiter der Kriminaltechnik Tullio Ferrari und der Chef der Kriminalpolizei Luigi Tettamanti, und wie sie so im Halbkreis um den Tisch saßen, wirkten sie wie Teilnehmer an einer spiritistischen Sitzung.

Die Stimmung war düster. Es sprach Ferrari von der Kriminaltechnik, und er machte seinen Kollegen wenig Hoffnung.

»Das wird nicht leicht.« Mit dem Kinn deutete er auf das Foto. »Sicher, wir haben das Projektil, es steckte in der Wohnzimmerwand. Aber das ist ein ganz normales Projektil für eine SIG Sauer P220, mit der die Schweizer Offiziere ausgerüstet sind.«

»Aber die Pistole?«, fragte Staatsanwalt Bazzi. »Ist die bekannt?«

»Aus dem Projektil geht hervor, dass die Waffe sauber ist.

Vielleicht gehört sie dem Mörder, vielleicht hat er sie neu gekauft.«

Luigi Tettamanti, der Kripochef, war ein Hüne mit über zwei Metern Höhe, und sein Gesichtsausdruck, schon von Natur der Inbegriff der Trauer, war diesmal aus gegebenem Anlass die reinste Leichenbittermiene. Er räusperte sich und sagte: »Ich würde mich nicht auf die Ordonnanzwaffe als solche kaprizieren.«

Die Besonderheit der Schweizer Armee ist das Milizprinzip, dem sie folgt: Sie besteht größtenteils aus Soldaten und Offizieren, die einem zivilen Beruf nachgehen und während einer gewissen Anzahl von Jahren nur wochenweise zum Militärdienst eingezogen werden, so dass jeder Soldat eine eigene Waffe besitzt, die er zu Hause aufbewahrt, häufig ein Sturmgewehr SIG 550; im Tessin heißt es Fass 90. Einmal im Jahr müssen die Bürger an einer Schießübung teilnehmen; das ist obligatorisch. Selbstmorde werden nicht öffentlich bekannt gegeben, aber ein mit einer Armeewaffe begangener Mord schlägt in den Medien immer hohe Wellen. Staatsanwalt Bazzi teilte die Auffassung, dass Diskretion erforderlich sei, war sich aber bewusst, dass es dafür zu spät war.

»Es war Natalia Rocchis Arzt, der erschossen wurde.« Auch er deutete mit dem Kinn auf das Foto. »Spätestens jetzt wird diese Geschichte sich aufblähen. Zumal wir an einem toten Punkt angelangt sind.«

Bei dem Wort »tot« wanderten abermals alle Blicke zu dem Foto auf dem Schreibtisch. Wieder ergriff Ferrari das Wort.

»Wie Sie sehen, ist die Wirkung ziemlich verheerend«, sagte er. »Nach dem Schmauchhof im Nacken zu urteilen, war es ein Schuss aus nächster Nähe. Der Mörder hat den Lauf praktisch direkt am Kopf aufgesetzt.«

»Und andere Zeichen von Gewalt gibt es nicht«, sagte De Marchi.

»Nein.« Ferrari zog weitere Fotos aus dem Umschlag, den er mitgebracht hatte, und warf sie auf den Schreibtisch. »Der Tatort ist sauber. Wie Sie sehen.«

»Das heißt«, ergänzte De Marchi, »es ist zwar nicht sicher, aber immerhin wahrscheinlich, dass das Opfer seinen Mörder gekannt hat. Jedenfalls hat Mankell keinen Anlass gesehen, sich vor ihm zu fürchten. Hätte er einen Einbrecher überrascht, hätte er ja irgendwie reagiert.«

»Vielleicht nicht«, sagte Bazzi. »Vielleicht hat ihn der Einbrecher mit der Pistole in Schach gehalten.«

»Aber warum hätte er ihn dann erschießen sollen?« Nun war De Marchi an der Reihe, mit dem Kinn auf das Foto zu deuten. »So ein Kopfschuss sieht ja aus wie eine Hinrichtung. Allerdings wird das Opfer in solchen Fällen typischerweise gezwungen niederzuknien.«

»Gekniet hat Mankell jedenfalls nicht«, warf Ferrari ein. »Das Projektil ist in gerader Linie eingedrungen, hat mit leichter Ablenkung das Gehirn durchquert und ist unterhalb des rechten Auges wieder ausgetreten. Der Mörder hat nicht von oben geschossen.«

»Mit welchem Motiv, wenn es kein Einbrecher war?«, fragte Tettamanti. »Und wie ist der Mörder überhaupt hereingekommen? Und wie wieder geflohen?«

Auf seine Worte folgte ein verlegenes Schweigen. Noch hatte es niemand laut ausgesprochen, doch der Fall, mit dem sie sich befassten, war einer von denen, die in der Presse gern als »Krimi« tituliert werden. Die vier Männer konnten schon die Fragen der Journalisten hören: Hat der Killer von Corvesco wieder zugeschlagen? Hätte der Anschlag Natalia gelten sollen? Und siehe da, der Exdetektiv Contini ist auch wieder in das Verbrechen verwickelt – was soll man denn davon halten? Besteht eine Verbindung zwischen Sonia Rocchi und Peter Mankell? Gibt es einen sexuellen Hintergrund?

Das Problem war, dass sie sich solche Fragen ja ebenfalls stellten. Und dass es vorläufig keine brauchbaren Spuren, geschweige denn Antworten gab.

»Mankell wurde ermordet, bevor ich ihn vernehmen konnte«, sagte De Marchi. »Um Haaresbreite hab ich ihn verpasst. Tatsache ist jedenfalls, dass eine Spur von ihm zum Tukan führt. Offensichtlich war er der Arzt mehrerer Tänzerinnen, sowohl privat als auch im amtlichen Auftrag.«

»Aber wissen wir denn«, fragte Bazzi, »ob auch zwischen dem Tukan und dem Verbrechen eine Verbindung besteht?«

»Natalias Erklärungen zufolge hat der Besitzer irgendwas mit Sonias Tod zu tun. Ärgerlich nur, dass sie nicht sagen kann, welcher Art diese Verbindung ist.«

»Mir scheint sie ziemlich vage, diese Verbindung«, sagte Tettamanti. »Wird es mit dem Mädchen nicht allmählich besser? Kann sie sich noch immer nicht besser ausdrücken? Oder erinnern?«

»Wir haben uns sehr bemüht, Informationen aus ihr herauszubekommen, aber es ist nicht einfach. Sie leidet nicht nur unter einer partiellen Aphasie, sondern auch an einer Amnesie aufgrund von posttraumatischem Stress, und es ist uns nicht mal gelungen, den Ablauf des Verbrechens vollständig zu rekonstruieren.«

»Aber die Aussagen über das Tukan haben wir verifiziert, oder?«, wollte der Staatsanwalt wissen.

»Ich habe wiederholt mit dem Besitzer gesprochen«, erklärte De Marchi, »und seine Behauptungen überprüft: Tatsächlich lässt sich nicht nachweisen, dass er mit einem Mitglied der Familie Rocchi Umgang hatte.«

»Aber Mankell hat er gekannt«, wandte Tettamanti ein.

De Marchi nickte.

»Mankell hat er gekannt, ja. Und Rocchi hat vor seinem Tod viel über Nachtlokale und Prostituierte herumgefragt. Ich bin mir sehr sicher, dass das Tukan nicht zu hundert Prozent sauber ist, und wenn wir ein bisschen in die Tiefe graben, findet sich bestimmt was.«

»Na, dann graben wir doch!«, rief Tettamanti, und eine untypische Anwandlung von Lebhaftigkeit lief durch seinen langen Leib.

»Das tun wir«, sagte Bazzi. »Aber ich gebe eines zu bedenken: Gesetzt den Fall, es besteht eine Verbindung zwischen dem Tukan und Mankell und, vielleicht, auch zwischen dem Tukan und Enzo Rocchi, ist doch völlig unklar, was die Ehefrau mit der Sache zu tun haben soll.«

»Vielleicht hat Rocchi sie ja ins Vertrauen gezogen«, sagte Tettamanti. »Und vielleicht hätte es mit ihm, wenn er nicht am Herzinfarkt gestorben wäre, dasselbe Ende genommen wie mit Mankell.«

Der Kripochef warf einen Trauerblick auf das Foto in der Mitte des leeren Schreibtisches.

Wieder zog das verwüstete Gesicht des Dr. Mankell die Blicke magisch an. Und wieder war es Ferrari, der als Erster das Wort ergriff: »Vorläufig haben wir nicht mal Hinweise auf die Identität des Täters.«

»Nicht die leiseste Spur … DNA, Abdrücke? Nichts?«

»Nichts Verwertbares«, antwortete der Kriminaltechniker. »Weder beim ersten noch beim zweiten Verbrechen. Und technisch gesehen, lässt nichts darauf schließen, dass es sich bei dem Täter um dieselbe Person handelt.«

Alle gingen in Gedanken die Ereignisse der letzten Wochen durch. Jemand überfällt Sonia Rocchi in Corvesco;

dann verschwindet die Tochter im Wald, und als sie wieder auftaucht, steht sie unter Schock und redet Unverständliches über einen bekannten Nachtclub; dann erfährt man, dass der Arzt, der die Tochter behandelt und ein Kollege ihres verstorbenen Vaters ist, auch diverse Mädchen aus selbigem Nachtclub in Behandlung hatte; und schließlich bringt jemand diesen Arzt um.

Staatsanwalt Bazzi ordnete die Fotos auf dem Schreibtisch neu.

Tettamanti presste kopfschüttelnd die Lippen zusammen.

Ferrari hüstelte.

De Marchi fasste zusammen, was alle dachten: »Ein schönes Schlamassel.«

Vorläufig war dem nichts weiter hinzuzufügen. Doch Staatsanwalt Bazzi, der ein tüchtiger Mann war, bemühte sich, der Zusammenkunft einen Sinn zu geben, indem er zum Abschluss zwei Ziele formulierte: Erstens ist darauf zu achten, dass die Presse so weit wie möglich herausgehalten wird, und zweitens muss man Luciano Savi auf den Zahn fühlen, um vielleicht den Ansatz eines Motivs zu erkennen. Woraufhin die vier Herren sich verabschiedeten und auseinandergingen. De Marchi konnte sich einen letzten Blick auf die ausgebreiteten Fotos nicht verkneifen. Und im Flur, als er allein war, murmelte er noch einmal vor sich hin: »Ein schönes Schlamassel ...«

Das Tessin nimmt sich, wie jeder kleine Staat, sehr ernst. Es hat eine eigene Regierung, ein Parlament, allerlei Institutionen und ein Heer von Journalisten, die staatliche und private Fernsehsender, das Radio, die Printmedien, das Internet bedienen ... Jedes Medium ist geeignet, um zu erzählen, was zwischen Chiasso und Airolo passiert. In einem Land, in dem ein Krach im Verein der Fasnachtsfreunde eine Nachricht wert ist, schafft es ein Doppelmord natürlich auf die Titelseiten, und dort bleibt er dann auch eine ganze Weile. Vor allem, wenn das Gerücht geht, dass eine Ordonnanzwaffe vom selben Typ wie die der Armeeoffiziere für den Mord an einem bekannten Luganer Arzt benutzt wurde.

In der Redaktion war Contini eine Sorte Faktotum. Im Sommer, wenn es an verfügbaren Redakteuren fehlte, wurde er schon einmal zu einer Pressekonferenz oder Veranstaltung geschickt, die nicht besonders wichtig war. So kam es, dass ihm an diesem Tag die Ehre zuteilwurde, sich die endlose Rede der Präsidentin der TEN (Ticino Energia Nuova) anhören zu dürfen.

Während seine Kollegen damit beschäftigt waren, die Zeitung zu machen: Außer dem Doppelmord gab es noch etliche weitere heiße Eisen – das Filmfestival von Locarno war eben zu Ende gegangen und füllte das Feuilleton; ferner war in den oberen Etagen des Tessiner Energieversorgers ein Streit ausgebrochen, und die Zunahme des Autobahnverkehrs hatte die Feinstaubbelastung der Luft erhöht. Und schließlich hatte ein Mitglied des Staatsrates unbedachte Äußerungen zulasten eines Kollegen und damit indirekt auch zulasten der goldenen helvetischen Kollegialität getan.

Contini aber lauschte der TEN-Präsidentin. »Wir meinen«, sprach sie, »dass um des spirituellen Wohlbefindens willen der Begriff Wohnen und Architektur neu gedacht werden muss.«

Die Veranstalter boten eine Reihe von Kursen an, in denen man lernte, die eigene Wohnumgebung so zu gestalten, dass sie positive Energie ausstrahlte.

»Damit meine ich nicht einfach Feng Shui, sondern eine echte Kultur des Wohnens, die der Erde und den Sternen ebenso Rechnung trägt wie dem Denken und den praktischen Erfordernissen des Lebens.«

Für die Veranstaltung war ein Saal im ersten Stock eines Hotels in der Nähe des Bahnhofs von Bellinzona gemietet worden. Auf dem runden Tagungstisch lagen fünfzehn Pressemappen aus, zahlreiche Mineralwasserfläschchen waren aufgestellt, und für die Powerpoint-Präsentation gab es einen Laptop nebst Beamer. Auf der einen Seite des Tisches saßen die drei Abgesandten der Tageszeitungen, darunter Contini, und auf der anderen Seite die in Verstärkung weiterer fünf Vorstandsmitglieder erschienene Präsidentin, eine Dame von robuster Statur, deren Haupt eine blondhaarige Aura umwölkte.

»Wie ist das zu verstehen, ein Wohnen, das den Sternen Rechnung trägt? Einklang mit dem Horoskop und so?«, fragte einer der Gäste.

»Natürlich ist hier nicht die Rede von den banalen Zeitschriftenhoroskopen«, antwortete die Präsidentin, »sondern von etwas viel Tiefergehendem. Ich beschäftige mich seit Jahren mit dem Thema und kann sagen, dass man nie auslernt, man muss nur immer mit offenem Geist durch die Welt gehen.«

Contini war es gewohnt, über solche Begegnungen, Konferenzen, öffentlichen Veranstaltungen zu berichten: alles, was die Leute aus dem Haus lockte, damit sie nicht mehr nur vor dem Fernseher saßen. Er notierte zwei Sätze auf seinem Block und ließ unterdessen seinen Geist schweifen.

Seit Mankells Ermordung hatte die Polizei kein Verständnis mehr für Continis Anteilnahme – sie nannten es Einmischung. Vor allem Kommissär De Marchi hatte ihn ins Gebet genommen. Wer hätte es ihm verübelt? Contini hatte Natalia gefunden, er ging ihnen ständig im Weg herum, und zuletzt hatte er auch noch die Leiche entdeckt.

»Ein Ort ist nicht nur ein Ort, sondern eine Form des Erlebens und Erfahrens. Wenn Sie an einen Ort zurückkehren, an dem Sie schon einmal gewesen sind, nehmen Sie die positiven und negativen Energieeinflüsse unvergleichlich stärker wahr.«

Contini versuchte noch immer, der unauffindbaren Kate habhaft zu werden, zuletzt über Vermittlung eines Bekannten im Migrationsamt, doch sie schien sich, nachdem sie ihren Brief an Natalia abgeschickt hatte, in Luft aufgelöst zu haben. Er hatte sich noch einmal mit Natalia in Verbindung gesetzt, die aber war wortkarger denn je: Nach Corvesco wolle sie nicht mehr, erklärte sie kategorisch, und was Giovanni betraf, war sie ausweichend; ihre Treffen waren offenbar selten geworden. Contini kam es vor, als strebte sie fort von allem, als wollte sie die Vergangenheit hinter sich lassen.

»Viele fordern uns auf, einen Energieplan herauszugeben, aber ich sage: Ohne dass wir Ihre persönliche Situation analysieren, ist das unmöglich, wir sind keine Scharlatane. Jeder muss seine ureigenen Energieorte aufsuchen, muss aus seinen individuellen Urquellen schöpfen.«

Bei Anlässen wie diesem pflegte Contini mitzuschreiben, ohne groß darauf zu achten, was er schrieb. Diesmal aber erregte plötzlich etwas seine Aufmerksamkeit, ein unvermuteter Zusammenklang zwischen seinen Gedanken und dem Wortschwall der Präsidentin.

»Wir veranstalten Kurse, die jedem Teilnehmer helfen, sein inneres Ich an den Tag zu bringen, denn das ist die Voraussetzung für ein Leben in Frieden und Eintracht mit uns und unserer Umgebung. Stellt sich dabei heraus, dass irgendwo eine Schwachstelle besteht, eine Krise sich abzeichnet, so zeigen wir Wege der Umkehr auf: Möglichkeiten, die negativen Einflüsse aufzugreifen und den einen

Punkt zu finden, sozusagen das metaphysische Chakra, das …«

Umkehr. Das war das Schlüsselwort. Natalia fand allmählich ihre Sprache wieder, aber ihre Erinnerungen waren nach wie vor blockiert. Vielleicht bestand die Lösung in der Umkehr: Vielleicht musste man sie überreden, nach Corvesco zurückzukehren.

»Aus Anlass des ersten Jahrestages unseres Bestehens verlosen wir Eintrittskarten für die Energiemesse in Molino Nuovo …«

Die Polizei ermittelte derzeit gegen Savis Nachtclub, aber Contini war überzeugt, dass die Wahrheit anderswo lag, in Natalias Seele – man musste nur den Schlüssel finden. Dieses Mädchen hatte etwas zutiefst Erschütterndes erlebt, und das betraf nicht allein den Tod der Mutter. Da war ein Schattenbereich in ihr, etwas Dunkles, von dem noch nichts an die Oberfläche gelangt war.

»Haben Sie noch Fragen?«

Die Präsidentin blickte hoffnungsvoll auf ihr Publikum. Aber es kam nichts, die geladenen Journalisten hatten es eilig, in ihre Redaktion zurückzukehren, um rasch ihre Artikel abzuliefern.

»Gut, wenn keine weiteren Fragen mehr sind …«

Die Pressekonferenz bog heiter in die Zielgerade ein.

3

Natalia schreibt weiter

Massagno, 20. August

Ich muss dauernd weinen. Alle sagen, dass es besser wird. Es stimmt, dass ich immer besser schreibe und rede: wenn ich einen Fehler mache, merke ich es gleich. Der Psychiater sagt, die Ursache der ~~Afa~~ Sprachstörung ist keine Hirnverletzung, sondern die Folge von ~~prosttau~~ posttraumatischem Stress. Aber ich weine viel. Nicht nur weil meine Eltern tot sind oder aus Angst dass der Mann wiederkommt und mich auch noch umbringt. Sondern weil sich mein Leben so stark verändert hat.

Es war so schön, wie es war – könnte ich nur die ~~Zeiger~~ Uhr zurückdrehen. Früher konnte ich ganz normal reden, wie alle, mein Gedächtnis hatte keine Löcher. Jetzt, wenn ich versuche an den ~~Mond~~ ~~Dunkelheit~~ an die Nacht
NACHT
Nacht, an die Nacht des ersten August zu denken, dann wird in mir alles leer. Manchmal verwechsle ich das Fehlen von Erinnerungen mit dem Fehlen von Wörtern. Zum Beispiel habe ich das Gefühl, dass ich an dem schrecklichen Abend mehrere Male die   zweimal gesehen habe, wie er meine Mutter umbringt. Als wäre es immer wieder passiert. Aber wenn ich die Wörter nicht habe, die ich ~~finde~~

bräuchte, um es zu erzählen, verändert sich die Erinnerung jedes Mal.
Es ist schwer zu beschreiben.
Ich habe es Contini zu sagen versucht, aber er meint, ich werde es nie verstehen, solange ich darüber nachdenke. Er meint, ich muss dorthin zurück und die ~~Tür~~ Haus wiedersehen und versuchen, dasselbe noch mal zu tun, was ich ~~früher~~ damals getan habe. Alles, was passiert ist, ~~rekatapul~~ rekapitulieren. Und das will ich nicht.

Massagno, 21. August

Ich muss Contini erklären, dass ich raus will aus dieser
dieser Geschichte
Situation – ich meine aus dieser Lage, und dass ich zurück will in mein Leben. Deswegen muss ich aufhören mit diesem dauernden Erinnern und mir lieber überlegen, ob ich nicht gleich wieder in die Schule zurück kann, übernächsten ~~Monat~~ Woche. Mich auf meine Zukunft konzentrieren. Das muss ich auch Giovanni erklären, das wird ihn nicht freuen. Er kann nichts dafür. Wir hatten einfach Pech, wir zwei. Aber ich kann nicht so weitermachen und mich verstecken in der ~~Pause den Ferien~~ also in dem was zwischen uns ist, obwohl es mir gefällt, also er gefällt mir, aber das ist wie ein ~~Schiff~~ Anker der mich an Ort und Stelle festhält. Oder fesselt an das was passiert ist, also an den Mord, an die Angst.
So. Ich muss es Giovanni sagen, dass ich zu viel Angst habe. Das ist nicht mein Charakter. Aber ich kann jetzt einfach nicht kämpfen.
Ich weiß dass der ~~Mann~~ der Mörder eine Gefahr ist die

nicht verschwindet. Ich kann noch nicht wirklich darüber nachdenken aber ich weiß, dass mich an dem Tag in Corvesco, als es so wahnsinnig geregnet hat, etwas an ihn erinnert hat. Vielleicht habe ich ihn gesehen. Warum ist die Erinnerung schon wieder weg? Ich weiß dass ein Mann mich angesprochen hat, im ~~Zug~~ im Postauto, aber was er gesagt hat, weiß ich nicht mehr, keine Ahnung.
Ich erinnere mich nur, dass Peter mir erklärt hat, was der Mann sagte.
Und ich weiß noch, dass ich gedacht habe: ich bin nicht in Sicherheit. Und dann ist Peter bei mir zu Hause umgebracht worden. Das heißt doch, dass der Mann früher oder später wiederkommt, dass er mich sehr leicht kriegen kann. Aber es gibt eine Zeit zu kämpfen und eine Zeit zu fliehen. Wenn ich weiß, wie ich mit der Angst und dem Verlust umgehen soll, dann kann ich nach der Wahrheit suchen. Jetzt will ich nicht mehr nach Corvesco, und ich will auch nicht mehr mit Contini reden. Ich brauche Abstand.
Ich frage mich dauernd, ob ich je wieder ein normales Leben haben werde. Gleichzeitig denke ich, das gibt es gar nicht, ein normales Leben. Giovanni sagt, ich ~~denke~~ grüble zu viel. Vielleicht hat er Recht. Aber er hat leider keine Ahnung, wie das ist.
Ich muss Giovanni sagen, dass wir uns nicht mehr sehen können.

4

Das Atmen des Felsens

Vor der Abreise wollte Giovanni eigentlich noch bei Contini vorbeischauen, aber dann schob er es ständig vor sich her. Schließlich war er schon damit beschäftigt, das Gepäck auf dem Dachträger des Autos zu verstauen, und hatte Contini noch immer nicht gesehen.

»Was ist?«, fragte sein Vater. »Magst du nicht mehr nach Hause?«

Von Giovanni kam nur ein Achselzucken.

Es war Ende August, und fast alle Ferienhäuser von Corvesco waren schon für den Winter verriegelt. Wie ein Zeichen des nahen Endes. Dabei war die Regenphase vorbei, die Sonne stach wieder herab, und die Wiesen summten vor Insekten. Aber die Tage waren merklich kürzer, und man blieb nach dem Abendessen im Haus. Die Stimmung wurde herbstlich, man bekam Lust auf die Stadt, auf Verkehr, auf abendliche Kinobesuche.

Giovanni hasste diese Tage. Er war kein Faulpelz oder sentimentaler Nostalgiker, der das süße Nichtstun der Sommerferien nicht loslassen konnte. Aber er wusste, dass Natalia von der Gewalt dieser Augusttage, den Gewittern, dem Leben in den Wäldern nicht mehr zu trennen war.

Natalia hatte mit ihm Schluss gemacht. Tja. Besser gleich, solange es noch nicht so wehtut. So was passiert.

»Du bist irgendwie komisch zurzeit.«

»Es ist aber nichts.«

»Hattest du Streit mit Natalia?«

Sein Vater stellte gern solche Fragen. Aber Natalias Erscheinen war *das* Ereignis des Sommers gewesen: Auch seine Mutter musterte ihn mit merkwürdiger Miene, Pietro und Viola wurden nicht müde, sich über ihn lustig zu machen, seine Freunde stichelten. Giovanni stand praktisch im Scheinwerferlicht.

»Eine Art.«

»Eine Art was?«

»Eine Art Streit.«

»Weißt du, sie ist doch immer noch ziemlich durcheinander. Wenn einem so was passiert ist wie ihr, ist es schwer, anderen zu vertrauen.«

Giovanni sagte nichts, sondern stopfte eine Tasche in den Kofferraum. Es ist *nie* leicht, anderen zu vertrauen. Aber er hatte wirklich geglaubt, dass die Sache mit Natalia etwas Besonderes sei. Natürlich war er kein Experte auf dem Gebiet, aber seine Sommerflirts am Meer hatte auch er erlebt, und dass sie anders war als die Mädchen, die er sonst kannte, war ihm sehr klar.

Natalia hatte Angst. Sie fühlte sich schuldig, weil sie einander direkt nach dem Verbrechen kennengelernt hatten; auch wenn zwischen ihnen etwas Schönes war, lag doch über allem der Schatten der Erinnerung an diese Nacht, die Flucht in den Wald. Deswegen wollte er mit Contini reden. Der Mörder musste endlich gefasst werden, damit sich Natalia von ihren Albträumen befreien konnte.

Und damit sie beide wieder zusammenfänden.

»Giovanni, die Mama hat gesagt, ich darf noch eine Limo haben.«

Giovanni starrte seine Schwester an. »Ja dann hol sie dir halt.«

»Aber du musst mit mir hin!«

»Wohin? Wieso denn?«

»Es ist die letzte Limo, bevor wir fahren, gehen wir zum Grotto, ich hab Geld, schau! Und vielleicht trinkst du auch eine!«

Viola sprang um ihn herum. Giovanni seufzte und fragte seinen Vater: »Kann ich?«

Der lächelte. »Geht nur, ihr zwei, Limo ist immer gut...«

Um diese Zeit war der Grotto Pepito fast leer, und Giovanni erkannte Contini schon von weitem. In einer zerknitterten Jacke, den Hut neben sich auf dem Tisch, saß er vor einer Tasse Kaffee und las irgendwas, ein Blatt Papier, vielleicht war es ein Brief. Schöner Zufall – jetzt, wo Giovanni die Hoffnung schon aufgegeben hatte, tauchte auf einmal eine letzte Chance auf. Aber Viola klebte an ihm wie eine Klette.

»Setzen wir uns dort drüben hin, wo der Stein ist, der atmet!«

Violas Lieblingsplatz war der, den fast alle mieden: direkt am Fuß der Felswand, in einer kleinen Nische, die aussah, als sei der Tisch aus dem Stein herausgeschlagen worden. Viola gefiel es hier deshalb so gut, weil aus einer Felsspalte ein kalter Hauch wehte, der nie nachließ und auch an den heißesten Sommertagen eisig und unheimlich war.

Giovanni begleitete sie zum Tisch und sagte: »Ich hole zwei Limos.«

»Ich komm mit!«

Viola war ein traditionsbewusstes Kind: Die letzte Limo des Sommers, bevor die Schule wieder anfing, war ein feierlicher Akt, von dem man keine Sekunde verpassen durfte.

Deshalb folgte sie Giovanni auf den Fersen bis ins Lokal, begrüßte höflich Giocondo Bottecchi und bestellte selbst die zwei Limonaden. Giovanni zerbrach sich den Kopf nach einer Ausrede, um mit Contini unter vier Augen reden zu können.

»Viola, warte du mal hier, ich gehe aufs Klo.«

»Ich komm mit!«

Keine Chance. Giovanni warf einen Blick zu Giocondo hinüber, der die Situation auf Anhieb erfasste.

»Moment, Viola, du musst doch aussuchen, welche Limo du haben willst!«

»Sind die nicht alle gleich?«

Giocondo setzte hinter seinem mächtigen schwarzen Schnauzbart eine ernste Miene auf.

»O nein, kleines Fräulein, ganz und gar nicht … Man muss erschnuppern, welche die beste ist!«

»Erschnuppern?«, fragte Giovanni verblüfft.

»Davon verstehst du nichts«, sagte Giocondo augenzwinkernd. »Überlass das uns.«

»Ich kann gut schnuppern!«

»Dazu hast du gleich Gelegenheit … Komm mal mit in den Keller.«

Unterdessen hatte Giovanni sich schon abgewandt und steuerte auf Contini zu, der aufblickte und ihn mit einem Nicken begrüßte.

»Stör ich?«

»Setz dich«, sagte Contini. »Trinkst du was?«

»Geht nicht, ich hab meine Schwester dabei«, seufzte Giovanni und setzte sich auf die Steinbank. »Wir fahren heute in die Stadt zurück.«

»Tut's dir leid?«

»Bisschen.«

Während Giovanni überlegte, wie er sein Anliegen zur Sprache bringen sollte, faltete Contini das Blatt zusammen, das er gelesen hatte, und fragte: »Wie läuft's mit Natalia?«

»Gar nicht.«

Contini hob schweigend die Brauen.

»Sie wollte, dass wir uns nicht mehr sehen«, erklärte Giovanni. »Sie hat es mir beim letzten Treffen gesagt und dann noch mal am Telefon.«

»Was hat sie gesagt?«

»Nichts, nur dass sie allein sein will. Zu viele schlimme Erinnerungen.«

»Das geht vielleicht vorbei.«

»Genau darüber wollte ich mit dir reden ...«

Aus dem Augenwinkel sah Giovanni seine kleine Schwester aus dem Keller zurückkommen. Es blieb nicht mehr viel Zeit.

»Ich muss unbedingt wissen, was am ersten August passiert ist, was Natalia gesehen hat. Ich glaube, das ist die einzige Möglichkeit, wie man ihr helfen kann. Ich habe ja selber im Wald diese Papiere gesucht, aber das war sinnlos. Jetzt wollte ich wissen, ob du diese Frau gefunden hast, diese Kate, ob du bei ihrem Brief inzwischen durchblickst.«

Giovanni verstummte jäh. Er hatte diesen Wortschwall ohne Pause hervorgestoßen, mit gesenktem Blick. Jetzt blickte er hoffnungsvoll auf.

Contini sah ihn eine Weile an, dann sagte er: »Stimmt, ich hab dich gar nicht mehr informiert. Aber in der Zwischenzeit habe ich mich bei einem Freund im Milieu erkundigt. Niemand weiß, wo Kate ist, aber vielleicht erfährt sie ja auf irgendeinem Weg, dass ich nach ihr suche, und meldet sich; die Hoffnung habe ich noch.«

»Sag Bescheid, wenn ich was helfen kann.«

Contini nickte. Giovanni zögerte kurz, dann fragte er: »Hast du noch mal mit Natalia geredet?«

»Nicht wirklich. Sie hat gesagt, dass sie jetzt nicht mehr darüber redet, weil sie diese Geschichte hinter sich lassen will. Tja, der Mörder läuft aber immer noch frei herum.«

»Glaubst du, er ist hinter ihr her?«

»Weißt du noch, als Natalia und Mankell nass bis auf die Haut bei mir vor der Tür standen? Vor ein paar Wochen, bei diesem argen Gewitter ...«

»Ich weiß schon.«

»Also, Mankell hat abgewiegelt, aber Natalia war ziemlich aufgelöst, als hätte sie was Schreckliches erlebt. Und ich hab mich gefragt, ob sie wohl den Mörder wiedergesehen hat. Ob er sie im Auge behält.«

»Und Mankell? Wieso hat er nichts davon gemerkt?«

»Mankell ist ermordet worden. Ich weiß nicht, wie die Polizei darüber denkt, aber meiner Ansicht nach besteht zwischen diesen beiden Verbrechen eine Verbindung, und das heißt, Mankell könnte auch mit dem Mord an Natalias Mutter was zu tun haben.«

Giovanni hatte tausend Fragen im Kopf, doch er sah Viola mit den Limonaden auf sich zukommen, und nach ihrer Miene zu urteilen, war sie nicht damit einverstanden, dass er hier bei Contini saß.

»Wenn du willst, kann ich ja mit Natalia reden. Vielleicht hört sie auf mich.«

»Hast du nicht gesagt, sie will dich nicht mehr sehen?«

»Ich rufe sie an.«

Contini schüttelte den Kopf. »Besser, wir lassen sie vorläufig in Ruhe.«

Zwei Meter entfernt gestikulierte Viola mit den Limonadenflaschen und schnitt ihm Grimassen.

»Kann ich noch eine Frage stellen?«

Contini nickte.

»Ist Natalia jetzt … Ich meine, haben die von der Vormundschaftskommission inzwischen entschieden, wem sie anvertraut wird, bis sie achtzehn ist?«

»Ja, ich habe neulich mit Brenno Bonetti gesprochen. Der hat sich natürlich nicht aus dem Fenster gelehnt, aber ich meine verstanden zu haben, dass sie sich für Corrado Bossi entschieden haben, den Anwalt der Familie.«

Viola hielt es nicht länger aus. »Giovanni!«, rief sie. »Die Mama hat gesagt …«

»Ja, ich komm schon.«

»… dass wir uns schicken müssen! Jetzt komm! Wir haben die allerbesten Flaschen erschnuppert, ich und Giocondo!«

»Erschnuppert?«, fragte Contini.

»Die besten haben einen speziellen Geruch«, erklärte Viola. »Merkt man sofort. Wer bist du?«

Giovanni genierte sich. Das Letzte, was er gewollt hätte, war eine Begegnung zwischen Viola und Contini, noch dazu mit einer Diskussion über den Geruch von Limonadeflaschen. Er nahm seine Schwester am Arm. »Gehen wir …«

Sie aber riss sich los und pflanzte sich vor Contini auf. »Wohnst du hier? Wie heißt du?«

»Contini heiße ich.«

»Trinkst du keine Limo?«

»Nach was schmeckt die? Mandarine?«

Viola verzog angewidert das Gesicht. »Wäh, doch nicht nach Mandarine!«

»Mandarinenlimo mag ich auch nicht.«

Giovanni schaffte es schließlich, sie loszueisen, und zog mit ihr ab. Am liebsten hätte er sich geohrfeigt. Eine Peinlichkeit nach der anderen! *Wenn ich was helfen kann* – von einem, der nicht mal alt genug für den Führerschein ist! *Wenn du willst, kann ich ja mit Natalia reden* – wie lächerlich ist das denn!

Viola hatte die Limonade in die Gläser eingeschenkt und versuchte jetzt die Bläschen zu zählen. Giovanni blickte dem davongehenden Exdetektiv nach, der den Weg zur Oberstadt von Corvesco einschlug.

»Trinken wir um die Wette? Wer schneller fertig ist?«

»Ach, mach doch lieber langsam. Es ist die letzte Limo des Sommers.«

»Das stimmt.« Viola wurde traurig. »Wie lang ist es bis nächsten Sommer?«

»Lang genug, dass wir bis dahin wieder Durst kriegen.«

Feierlich wie die Teilnehmer einer Zeremonie nahmen beide einen Schluck Limonade. Dann hielt Viola die Wange an die Felsspalte, um den eisigen Hauch zu spüren. »Atmet der Felsen auch im Winter?«, fragte sie. »Auch wenn wir in Lugano sind?«

»Na klar, er bleibt ja hier«, sagte Giovanni. »Und wartet, bis wir wiederkommen.«

»Atmet er die ganze Zeit?«

»Das ist ein Stein. Der hat nix anderes zu tun.«

Auch Giovanni hielt das Gesicht an den Spalt und schauderte, als er den Luftzug an der Haut spürte.

Er schloss die Augen und versuchte Ordnung in seine Gedanken zu bringen. Er sah Natalias Gesicht, wie er sie im Wald überrascht hatte, bei ihrer ersten Begegnung, dann ihren gebräunten Körper am Schwimmbad. Und wie von der kalten Luft herbeigeweht, sah er sie in Continis Haus, nach dem großen Gewitter. Mankell, der sich lächelnd den Regenmantel auszog, und Contini, Tee kochend. Draußen die Sintflut. Damals war ihm nichts aufgefallen, aber jetzt, im Nachhinein, erinnerte er sich an die Furcht in Natalias Augen.

»Der Contini war ja angeblich auch dabei ...«

»Wäre ich die Polizei, würde ich dieses Mädchen schärfstens beobachten.«

»Er war auf dem Balkon und kontrollierte die Straße. Dr. Mankell saß im Wohnzimmer.«

»Erst wird ihre Mutter ermordet, dann ihr Arzt ...«

»Und Contini? Hat er nichts gesehen?«

»Er hat in dem Moment den Schuss gehört, als der Richter kam. Aber bis dahin war er allein im Haus, nur Natalia war noch da.«

»Der Contini saß auf dem Balkon, und sie war hinten im Garten.«

»Allein, oder? Contini, meine ich. Und weiß das die Polizei? In seiner Haut möchte ich wirklich nicht stecken ...«

Contini hörte das Getratsche nicht, aber dass es stattfand, bezweifelte er keine Sekunde. Er ahnte es hinter den geschlossenen Türen und in den Winkeln der Plätze, er erriet es in einem Seitenblick, in einem kurzen Zögern vor einer Begrüßung. Warum hat unser Contini jedes Mal die Finger im Spiel, wenn es einen Skandal gibt? Was hat der mit der Familie Rocchi zu schaffen?

Der graue Kater erwartete ihn, die Augen halb geschlossen, auf der Veranda. Es weht ein böser Wind, Contini. Weiß ich, aber was kann ich dafür. Contini sperrte die Tür auf, und der Kater trabte hinter ihm her in die Küche. Hast du nicht mit dem Detektivjob aufgehört, weil du mehr Zeit für dich haben wolltest? Doch, aber ich kann ja jetzt nicht so tun, als wär nichts. Er öffnete eine Dose Katzenfutter und leerte sie in einen Napf. Ich kann Natalia doch nicht allein in diesem Schlamassel sitzen lassen. Na, du hast es gut. Der Kater machte sich über sein Futter her, und Contini nahm sich ein Bier aus dem Kühlschrank. Er legte eine Platte von Bénabar auf, drehte die Musik laut und ging auf die Veranda.

Der Schaukelstuhl aus Weidenrohr stand zum Dorf hin. Contini setzte sich hinein und verschob ihn um neunzig Grad, so dass er auf die Bäume seitlich des Hauses blickte. Er zündete sich eine Zigarette an. Der Wald war eine dunkle Wand; kein Vogel sang darin, nur der Tresalti rauschte. Dort drin versteckte sich der Schlüssel zu allem.

Aber Natalia wollte nicht mehr nach Corvesco kommen, und sie wollte keine Fragen mehr hören. Also blieb nichts anderes übrig, als es auf dem anderen Weg zu versuchen: über Kates Brief und die Verbindung zum Tukan. Contini zog das Blatt, das er bei Pepito gelesen hatte, noch einmal hervor.

Lieber Contini,
ich benutze ungern Mail oder Natel – handschriftliche Briefe sind mir lieber, das ist sicherer, habe ich mir sagen lassen. Ich habe gehört, dass du mich suchst, weil du Fragen nach Doktor Rocchi und Doktor Mankell stellen willst, der tot ist. Ich bitte dich aber, damit aufzuhören, weil es gefährlich ist. Ich kann dir nicht helfen, solange Herr Savi sich nicht entschließt, alles zu erzählen, was passiert ist. Allerdings habe ich jetzt deine Adresse und Telefonnummer und weiß, wie ich dich notfalls erreiche.
Kate

Contini nahm einen Zug von der Zigarette und ließ langsam den Rauch entweichen. Dann faltete er den Brief wieder zusammen und zog aus einer anderen Tasche den Zettel, den er unweit des Hauses Rocchi im Wald gefunden hatte.

chtig Te numme n

Kate (na l) – 079 80 14

(Anr Wg tigung)

L. »Tukan«: 091 55

Tel. Luciano i: 4

änderamt: 8 21

Hier waren also die Berührungspunkte. Das Tukan, der Zettel, den er auf Natalias Fluchtweg gefunden hatte, und Kate, die endlich konkrete Gestalt annahm. Und Luciano Savi belastete. Contini wollte der Frau keinen Ärger machen. Ein paar Fragen über mehrere Ecken hatten ausgereicht, um sie aufzuschrecken; wenn er jetzt die Polizei hinzuzog, würde sie gar nichts mehr sagen. Er faltete auch den Zettel wieder zusammen und steckte ihn ein. Minutenlang saß er nur da und rauchte.

Contini hatte einen gewissen Informationsvorsprung gegenüber der Polizei. Kates Briefe zum Beispiel: Davon wusste die Polizei nichts, so wenig wie von Savis Erkundungsgängen im Wald von Corvesco kurz nach Sonia Rocchis Tod. War es richtig, nichts zu sagen, oder sollte er mit De Marchi reden?

Noch nicht, dachte er. Noch nicht.

Bevor er sich zurückzog, wollte er noch einen Versuch machen. Er war überzeugt, dass er gegenüber Savi ein Druckmittel hatte: Er konnte ihm drohen, zur Polizei zu gehen, wenn Savi nicht auspackte. Die Wahrheit war dort irgendwo im Wald, davon war Contini überzeugt, aber wenn Natalia nicht wiederkommen, sich nicht mehr erinnern wollte, blieb nichts anderes übrig, als sich Savi vorzuknöpfen.

Vielleicht war er der Mörder?

Contini glaubte es nicht, er schien ihm nicht der Typ dafür. Aber mit Sicherheit wusste Savi mehr, als er sagte.

5

Profis

Die Autos kamen mit aufgeblendeten Scheinwerfern. Um auf den Parkplatz einzubiegen, musste man kurz Gas geben und eine kleine Geländestufe überwinden, eine Art Erdwall, und dabei stachen die Lichtstrahlen der Autoscheinwerfer für einen Moment in den Himmel. Es waren dicke Karossen mit getönten Scheiben, wie Raubtiere kamen sie daher.

Contini parkte seinen Wagen ein paar Hundert Meter weiter am Straßenrand und überquerte zu Fuß den Parkplatz, einen staubigen Innenhof, der auf der anderen Seite an ein unbewohntes, ziemlich heruntergekommenes Haus grenzte; gegenüber war eine Tankstelle. In der Ferne sah man die vorbeihuschenden Lichter der Autobahn und dahinter, auf dem Hügel, die Burgen von Bellinzona.

Das Tukan war von der Kantonsstraße ein Stück abgerückt und verbarg sich hinter einer Hecke. Ein kurzer Fußweg führte zum Eingang, wo man nach Durchsuchung durch einen Sicherheitsmenschen eingelassen wurde und in einem Vestibül, von dessen Wänden die Farbe blätterte, seine Garderobe abgeben konnte.

Hinter einer mächtigen Stahltür begann die Party.

Auf der erhöhten Tanzfläche in der Mitte des Saals wurde getanzt, aber die meisten Gäste saßen ringsum an den Tischchen. Contini suchte sich einen abgelegenen Platz, bestellte ein Bier und sah sich diskret um. Bevor er sich Savi vornahm, hätte er gern ein paar Takte mit einem der Mädchen geplaudert. Wie erwartet, brauchte er nicht lang zu warten.

»Bist du ganz allein heute Abend?«

»Jetzt sind wir schon zu zweit.«

»Spendierst du mir einen Drink?«

Contini forderte sie auf, Platz zu nehmen. »Kann ich dich erst was fragen?«

Die Frau runzelte die Stirn. Sie war um die dreißig, hellhäutig, die Augen von einem verwaschenen Blau. Über einem Minirock trug sie ein paillettenfunkelndes Top.

»Warum?«

»Ich war schon mal hier, und damals hab ich eine kennengelernt, die hieß Kate.«

»Und ich bin Ellen. Kriege ich jetzt was zu trinken?«

»Ist Kate nicht mehr da?«

Ellen war beleidigt.

»Gleich bestell ich dir was«, sagte Contini, »aber zuerst sag mir, was mit Kate ist. Wir haben uns gut verstanden, sie und ich.«

»Ich kenne sie nicht.«

»Ist sie krank geworden? Wie Vicky?«

Ellens Miene wurde abweisend. »Was weißt du von Vicky?«

Contini hatte ins Blaue hinein vermutet und ins Schwarze getroffen.

»Kate hat mir von ihr erzählt. Sie hatte große Angst. Und weil ich Arzt bin, dachte ich, dass ich ihr vielleicht helfen kann.«

»Bist du etwa der Arzt, der die Fotos haben wollte?«

Contini registrierte die Information befriedigt. Noch ein Berührungspunkt zwischen der tadellosen Familie Rocchi und diesem zwielichtigen Nachtclub. Seine Kollegen in der

Redaktion wären ausgerastet, wenn sie davon erfahren hätten. Er rückte dem Mädchen ein Stück näher, bis nur noch wenige Zentimeter ihre Gesichter trennten und er ihren nackten Arm streifte – als seien sie im Begriff, einander zu küssen.

»Ich möchte Kate helfen, und wenn du ihre Freundin bist …«

»Ich hab nichts damit zu tun.«

Ellen stand abrupt auf; ihre Wangen waren, trotz Make-up, sichtlich gerötet. Contini begriff, dass er verspielt hatte.

»Na komm, Ellen, jetzt trinken wir Champagner, ja?«

»Trink ihn allein. Ich bin weg.«

Contini rückte mit dem Sessel zurück, um sie durchzulassen. Ellen überquerte die Tanzfläche, betrat die Bühne und verschwand hinter dem Vorhang. Immerhin, dachte Contini, muss ich diesen Savi jetzt nicht mehr suchen. Er ließ sich ein zweites Bier bringen und wartete.

Das Tukan war ein Lokal, das ganz ohne Werbung auskam. Draußen hing ein schlichter Namenszug in Neonbuchstaben, Reklame und Wegweiser brauchte es nicht, man kannte den Laden. Wenn man von Castione talaufwärts nach Norden fährt, trifft man immer wieder solche Lokale: Sie schießen wie Pilze aus dem Boden, sind eines Tages plötzlich da und gehen wie Pilze ebenso schnell wieder ein. In ihrer Umgebung wachsen Autowerkstätten, Massagesalons und Eisenwarenhandlungen und sterben nach einer Weile wieder ab. Das Tukan war eines der wenigen seiner Art, die sich hielten, gleichgültig gegen Krisen und Bebauungspläne, Jahr für Jahr.

Continis zweites Bier ging zur Neige, als ein Mann auf ihn zukam und sich zu ihm an den Tisch setzte. Contini blickte auf – und sah seine Erwartung enttäuscht. Er versuchte sich aber nichts anmerken zu lassen und fragte nur: »Ach, verkehren Sie auch hier, Commissario?«

»Nein.« De Marchi stützte die Ellenbogen auf den Tisch. »Aber man hat mich extra aus dem Bett gesprengt, um mir mitzuteilen, dass Sie hier sind.«

»Sagen Sie bloß! Warum denn?«

»Weil Sie mir dauernd im Weg herumgehen, Contini! Mir reicht es jetzt endgültig. Wo Sie sind, ist Unheil. Erst bescheren Sie mir eine Leiche, jetzt umschwirren Sie Savi.«

»Ich schwirre nicht, ich sitze hier und trinke Bier.«

»Wir machen unsere Arbeit, überwachen diesen Savi, und wir lassen uns nicht von Ihnen ins Handwerk pfuschen. Wenn Sie nicht schleunigst abschwirren – jawohl! – und sich von jetzt an aus dieser Sache heraushalten, kriegen Sie den größten Ärger an den Hals, den Sie sich vorstellen können.«

»Reden Sie von Überwachung?«

»Contini, *was wollen Sie*?«

»Und Sie?«

De Marchi schnaubte und zückte sein Feuerzeug. Rauchen durfte man hier nicht, aber der Kommissär brauchte sein Nervenberuhigungsmittel.

»Ganz im Vertrauen, Contini: Diese zwanghafte Beschäftigung mit dem Tukan und Natalia Rocchi kommt uns äußerst verdächtig vor.«

»Am Ende verhaften Sie mich noch.«

»An Ihrer Stelle würde ich darüber keine Witze machen.« De Marchi beugte sich über den Tisch und beäugte ihn scharf. »In der Chefetage herrscht Ausnahmezustand, und wenn Sie weiter Stunk machen, werden die nicht lang fackeln und Sie aus dem Verkehr ziehen.«

»Danke für die Warnung.«

»Und jetzt Abmarsch.«

»Erst möchte ich noch Freund Savi begrüßen, ihm wenigstens sagen ...«

»Contini!«

»... dass ich da war.«

»Contini, Sie gehen jetzt, und ich will nicht mehr hören müssen, dass Sie sich in Savis oder Rocchis Nähe herumtreiben. Sonst nehmen wir Sie in U-Haft, und das ist kein Scherz. Zahlen Sie Ihr Bier und hauen Sie ab.«

Contini stand auf, legte einen Zehn-Franken-Schein auf den Tisch und sagte: »Trinken Sie auch eins auf mein Wohl.«

Dann drehte er sich um und verließ das Lokal.

Er hätte eine Diskussion anfangen und sich auf die Freiheit des privaten Bürgers berufen können. Aber er wollte De Marchis Geduld nicht überstrapazieren. Zumal er Savi nicht gut in Gegenwart des Kommissärs provozieren konnte ...

Draußen atmete er tief die frische Luft ein. Es war eine sternenklare Nacht und eher kühl. Vor dem Eingang stand, vereint von einer unausgesprochenen und womöglich erzwungenen Komplizenschaft, eine Gruppe Raucher beisammen. Ein Knabe mit Sonnenbrille auf dem Hirn schnorrte bei Contini eine Kippe, und der zückte sein Zigarettenpäckchen und fragte: »Kommst du oft her?«

»Ab und zu. Ist ganz okay hier.«

»Cooler Laden«, sagte Contini.

Der Knabe hob die Schultern, wie um zu sagen: Es gibt bessere, und es gibt schlechtere.

»Ich hab hier mal eine Kate gekannt«, begann Contini, doch der Knabe fiel ihm sofort ins Wort: »Also ich kenne hier überhaupt niemanden, ich bin schließlich nicht jeden Abend hier.«

»Kate?«, mischte sich ein anderer Raucher ein, ein muskelstrotzender Kerl mit einer Krawatte in grellem Pink. »Ich glaube, ich weiß, wen du meinst. Aber sie ist inzwischen wieder zu Hause.«

»Wo ist das denn, ihr Zuhause?«

»Ich weiß, wo sie ist«, sagte ein anderer, noch muskulöserer Mensch mit kurzärmeligem Hemd, der einen tätowierten Schmetterling auf dem linken Oberarm trug. »Sie hat mir ihre Adresse dagelassen.«

»Hast du ein Glück!«, warf die pinke Krawatte ein.

»Nein, ich bin einfach nett …«

Das Schmetterlingstattoo musste aus einem Leben vor dem Bodybuilding stammen, denn von den prallen Muskeln waren die Flügel unnatürlich in die Länge und Breite gezogen. Der Besitzer des Schmetterlings trat seine Zigarette aus und sagte: »Na gut, ich bin dann weg … vielleicht schaue ich später noch mal vorbei.«

Pinke Krawatte und die anderen nickten zum Abschied, und der Schmetterling entfernte sich breitbeinig in Richtung Parkplatz. Contini tat, als habe er einen Anruf erhalten, und schlenderte mit seinem Telefon am Ohr davon.

Dank den schweren Bodybuilderschritten auf dem Kies hatte er den Mann bald geortet. Er erkannte seine dunkle Silhouette vor der hellen Einfassungsmauer und wollte auf ihn zugehen, doch wenige Schritte vor seinem Ziel stolperte er plötzlich, oder es zog ihm jemand den Boden unter den Füßen weg. Einen Sekundenbruchteil später, als es ihn in den Kies grätschte, war klar, dass ihm jemand ein Bein gestellt hatte.

Die Landung zerschrammte ihm die Handflächen und Ellenbogen. Rasch drehte er sich auf die Seite und spürte ein Atmen vor sich, gefolgt von einem heftigen Schmerz in der Schläfe. Er schlug mit dem Kopf auf dem Boden auf, und gleich darauf kam ein Schlag in den Nacken.

Jemand trat ihn mit Füßen.

Er rollte sich zusammen und bedeckte mit beiden Händen das Gesicht. Ein weiterer Tritt traf ihn von der Seite, dann packten ihn zwei Hände am Hemd und rissen ihn hoch, und eine Stimme sagte: »Los, aufstehen.«

Contini begriff, dass sie zu zweit waren: einer hinter ihm, der gesprochen hatte, und einer vor ihm, der ihn mit den Füßen traktierte. Schwankend rappelte er sich auf. Er hatte den Eindruck, der Mensch hinter ihm sei der Schmetterling, aber sicher war er nicht. Deutlich aber spürte er die Masse zweier gut durchtrainierter Körper und wich ein paar Schritte zurück. Doch ein Schlag landete in seinem Gesicht, und es riss ihm den Kopf zur Seite. Er drehte sich wieder zurück, und eine Faust rammte seinen Magen.

Sie verdroschen ihn stumm, ohne Verschnaufpause und ohne dass ein Wort fiel. Profis. Ein eingespieltes Team.

6

Der Mann, der nicht da war

Commissario De Marchi war unschlüssig, ob Contini sich über ihn lustig machte oder ob er tatsächlich so verschroben war, wie er sich aufführte. Erst rauschte er unter großartiger Hinterlassung eines Zehners ab, und dann stellte sich heraus, dass er sich zwei Biere hinter die Binde gegossen hatte. Zwei! – von denen eines im Tukan acht Franken kostete. Mit dem, das sich De Marchi selber genehmigt hatte, waren das vierundzwanzig Franken.

Wahrscheinlich war er einfach ein Schlitzohr, dieser Contini.

Der Kommissär dampfte innerlich und nahm sich vor, die Getränke als Spesen abzurechnen. Er ließ einen weiteren Zehner und einen Fünfer auf dem Tisch liegen und steuerte dann den erhöhten Teil des Lokals an. Was sich hinter diesem Vorhang verbarg, schien ihm das Herz des Tukans zu sein.

Doch ehe er dort anlangte, schob sich der Vorhang von selber beiseite, und heraus kam Savi. Mit seidig aufgeplüschten Koteletten, doch umwölkter Miene.

»Brauchen Sie was?«, schnauzte er ihn an.

»Kann man so sagen«, antwortete De Marchi, auf ihn zutretend, und schlüpfte dreist durch den Vorhang.

»Entschuldigen Sie, Commissario!« Savi kam hinter ihm her. »Finden Sie nicht, dass Sie übertreiben?«

De Marchi zog den Vorhang vor Savis Privat-Séparée ordentlich zu. Dann drehte er sich um und pflanzte sich vor Savi auf. Auf dem Tischchen an der Wand brannte eine rote Kerze.

»Wir ermitteln gegen dieses Lokal.«

»Seit wann interessieren Sie sich für Nachtlokale? Haben Sie nicht einen Mord …«

»Richtig, ich interessiere mich für den Mord an Sonia Rocchi und Peter Mankell.«

»Und was habe ich damit zu tun?«

»Zum Beispiel, dass Mankell die Mädchen Ihres Lokals ärztlich betreut hat.«

»Na und?«

»Außerdem haben Sie kein Alibi für beide Tatzeiten.«

»Dafür kann ich doch nichts!«

»Sie waren den ganzen Abend allein, ohne Zeugen, und Ihr Lokal geschlossen. Finden Sie das nicht seltsam?«

»Seltsam finde ich, dass Sie Ihre Zeit mit mir vergeuden, statt den Mörder zu suchen!«

»Auch Rocchi hat seine Zeit mit Ihnen vergeudet, erinnern Sie sich?«

»Ich habe ihn nicht gekannt, das sagte ich bereits. Mankell kannte ich, okay, aber den anderen nicht. Warum schikanieren Sie mich?«

»Weil Sie uns nicht die Wahrheit sagen.«

»Das stimmt nicht!«

»An dem Tag, an dem wir herausfinden, was Rocchi von Ihnen wollte, mache ich Ihnen das Leben zur Hölle.«

»Sie bluffen doch nur! Sie wissen gar nichts, Sie reden nur so daher, um mir Angst zu machen. *Ich* habe niemandem was getan.«

Savi war sehr nervös, gestikulierend tigerte er in seinem

Kabuff hin und her wie ein Raubtier im Käfig. Oder wie eine Beute im Netz.

»Kann schon sein, dass ich mal ein Mädchen schwarz bezahlt habe, aber deswegen können Sie mir doch nicht einen Mord an den Hals hängen! Sie haben mich jetzt schon ich weiß nicht wie oft ausgefragt, wieso lassen Sie mich nicht endlich in Frieden?«

De Marchi gab keine Antwort. Stumm und reglos standen sie beide da und starrten einander an. Das Flackern der Kerze war die einzige Bewegung im Raum. Auch die Musik hinter dem Vorhang schien auf einmal wie wattiert.

»In der nächsten Zeit wird niemand in Frieden gelassen«, sagte der Kommissär schließlich.

Contini versuchte sich aufzurappeln und zu fliehen, doch kaum war er auf den Beinen, fielen die zwei wieder über ihn her und drängten ihn zur Mauer. Der eine versetzte ihm einen Tritt gegen das Schienbein, und Contini taumelte gegen die Wand. Im Fallen zog er die Beine an und versuchte sein Gesicht vor den Tritten zu schützen.

Er bezweifelte, dass es einen Sinn hatte, um Hilfe zu schreien. Womöglich machte es diese zwei Irren noch wilder. Von den Schlägen auf den Kopf war er halb betäubt, und ein atemraubender Schmerz stach durch seine linke Seite. Die beiden Männer arbeiteten, jetzt schwer atmend, mit unverminderter Konzentration.

Contini wälzte sich herum und streckte die Hände nach dem Bein aus, das ihn trat. Er bekam es am Knöchel zu fassen und zog daran, mit letzter Kraft. Der Mann verlor das Gleichgewicht und landete rücklings im Kies. Mit einem Satz nach vorn schlug Contini aufs Geratewohl zu, und nach dem Ächzen zu urteilen, hatte er das Gesicht getroffen.

»Okay«, sagte der andere Rasende. »Das langt jetzt.«

»Was wollt ihr überhaupt von mir?«, stieß Contini rasselnd hervor.

Statt einer Antwort fuhr ihm die Faust des Zweiten gegen die Schläfe. Contini knallte abermals gegen die Mauer.

Luciano Savi verstand gar nichts mehr. Zuerst hatte er Contini an einem Tisch im Lokal sitzen sehen, dann, während er noch darüber nachdachte, wie er ihn loswerden sollte, tauchte dieser Polizist auf und nahm ihm den Job ab. Aber gleich darauf kam derselbe Polizist zu ihm und drohte ihm. Savi war ja nicht blöd: Natürlich war ihm klar, dass sie sich auf ihn als Mörder eingeschossen hatten. Der Tod des Doktors hatte ihm, Savi, nur die Galgenfrist verlängert, weil ein toter Mankell nicht mehr auspacken konnte. Aber vielleicht brauchten sie Mankells Aussage ja gar nicht. Vielleicht wussten sie schon, wie alles gelaufen war. Sie hatten doch ihre Mittel und Wege, ihre wissenschaftlichen Methoden, von denen er keine Ahnung hatte.

Der Polizist war endlich abgezogen, aber Savi hatte den Vorhang nicht wieder geöffnet. Er verkroch sich in seiner Höhle und bereute, wieder einmal, seinen Ausbruch. Hätte er sich an diesem verdammten ersten August zusammengerissen, könnte er jetzt ebenfalls offen reden. Die Polizei würde dann kapieren, dass nicht er der wahre Schuldige war; zwar würden sie sein Lokal schließen, aber einen Mord könnten sie ihm nicht anhängen.

Er schenkte sich einen Four Roses ein, trank aber nicht. Sondern saß nur da, starrte in die bernsteingelbe Flüssigkeit und drehte das Glas zwischen den Händen. Ich kann doch nichts dafür, dachte er, sie haben mich in die Pfanne gehauen. Aber es war noch zu früh für ein Geständnis, noch bestand eine Chance, seine Haut zu retten: Das aggressive Vorgehen der Polizei war letztlich doch nur eine Flucht nach vorn – im Grunde hatten sie keine handfesten Beweise. Wenn er jetzt weiter standhaft blieb und sich keine Blöße gab, war er aus dem Schneider. Savi war sicher, dass auch sonst niemand reden würde – außer denen, die selber bis zum Hals in der Sache drinsteckten, lebte ja keiner mehr.

Wenn ihm nur Ferdi und die anderen ein bisschen Zeit ließen. Er öffnete den Vorhang einen Spalt und spähte in sein Lokal. Das Tukan war nicht mehr das alte: In diesem Sommer war es ständig halb leer, seine besten Mädchen hatte er verloren. Aber er durfte nicht aufgeben, auch wenn ihm das Wasser bis zum Hals stand. Irgendwann würde der Sturm vorüberziehen.

Jeder hat das Bedürfnis, seinem Leben einen Sinn zu geben, auch wenn er es nicht laut sagt. Das Tukan war inzwischen so sehr Teil von ihm geworden, dass er zu jedem Risiko bereit war, um sich wenigstens die Möglichkeit einer Rückkehr in sein altes Leben offen zu halten. Er strebte nicht nach Glück, er wollte nur seine Ruhe. In diesem Moment wurde ihm schmerzlich bewusst, dass er ohne sein Tukan, ohne seine Aufgabe im Leben, kaum in der Lage wäre, die banalste Alltagsroutine aufrechtzuerhalten. Es blieb ihm also gar nichts anderes übrig, als weiter stark zu bleiben, den Mund zu halten und zu hoffen, dass alles gut ausging. Aber er wollte wenigstens ein Zeichen setzen. Es brauchte ein Statement, das die Lage der Dinge klärte.

Er zog sein Mobiltelefon hervor und löschte alle eingegangenen Kurzmitteilungen. Viele waren es nicht: Savi benutzte das Ding nur, wenn es sich nicht vermeiden ließ. Dann tippte er eine neue Nachricht ein.

Ich kann nichts dafür. Ich habe immer versucht, Gewalt zu vermeiden. ER war es, der Mann, der nicht da war, ihr müsst den suchen, der sich versteckt hat. Ich war da, aber ich kann nichts dafür. Luciano Savi.
ABSENDER: *Luciano Savi*
EMPFÄNGER: *Luciano Savi*
GESENDET: *25. Aug. 2010, 02:05:51*

Vorläufig nannte er lieber keine Namen, sondern begnügte sich damit, die Nachricht an sich selbst zu schicken. Er wollte sie für den Notfall parat haben. Denn wenn er untergehen sollte, dann würde er den wahren Schuldigen auf keinen Fall davonkommen lassen, sondern ihn mit in die Tiefe reißen. Zwei Sekunden später ertönte ein Signal, und auf dem Display stand: KURZMITTEILUNG ERHALTEN. Savi las seine SMS noch einmal durch und speicherte sie im Ordner KURZMITTEILUNGSEINGANG. Einsatzbereit.

Die beiden Männer sagten kein Wort, sondern wichen in verschiedene Richtungen auseinander, bis sie in der Dunkelheit verschwunden waren.

Ein paar Sekunden später bog ein Auto auf den Parkplatz ein und hielt direkt vor Contini. Er blieb liegen, wo er war, benommen und völlig zerschlagen. Niemand hatte etwas mitbekommen, die beiden hatten saubere Arbeit geleistet. Eine perfekte Lektion, ohne Geschrei und ohne großes Blutvergießen.

Die Fensterscheibe wurde heruntergelassen, und eine Stimme fragte: »Wie geht's?«

Contini hatte ein Pochen in den Schläfen, und im Magen wühlte ein dumpfer Schmerz, während die Schmerzen im Schienbein und im Rücken eher stechend waren; die Ellenbogen und Handflächen brannten. »Geht so«, sagte er.

»Steigen Sie ein.«

Die beiden hinteren Türen öffneten sich lautlos, und heraus kamen, schon wieder, die beiden Schläger. Diesmal hatte Contini Gelegenheit, sie ausgiebiger zu betrachten: Es waren Schmetterling und Pinke Krawatte, beide mit dem liebenswürdigsten Lächeln. Er war zu kaputt, um zu fliehen, und sich zu weigern hätte nichts genutzt: Sie hatten die Oberhand.

»Warum?«, fragte er matt.

»Ich will mit Ihnen reden«, sagte die Stimme.

Sekunden später, eingeklemmt zwischen Pinker Krawatte und Schmetterling, wurde Contini genötigt, seine Anwesenheit im Tukan zu erklären.

»Ich wollte mal einen etwas anderen Abend erleben.«

»Reden Sie doch keinen Blödsinn.«

Der Tonfall war resolut, dabei aber durchaus höflich.

»Sie schnüffeln herum, weil Sie sich aus unerfindlichen Gründen für den Tod von Sonia Rocchi und Peter Mankell interessieren. Bestimmte Elemente haben Sie zu Luciano Savi und zu diesem Lokal geführt. Ich will wissen, worum es sich dabei handelt und ob auch die Polizei Bescheid weiß.«

»Wer sind Sie denn?«, fragte Contini.

»Ferdi ist mein Name. Ich bin ein alter Freund von Savi, Sie können ihn nach mir fragen.«

»Sind Sie derjenige, der ihm die Mädchen besorgt?«

Ferdi gab keine Antwort, sondern zündete sich eine Zigarette an.

»Nun?«, fragte er dann. »Wieso habt ihr's auf Savi abgesehen?«

»Wissen Sie's nicht?«, fragte Contini zurück.

Ferdi schwieg abermals, und Contini begriff, dass Savi, was immer sein Vergehen sein mochte, verabsäumt hatte, seinen Arbeitgeber einzuweihen. Ein Umstand, der sich vielleicht als nützlich erweisen konnte.

»Die Polizei weiß alles«, sagte er. »Savi hat riesigen Mist gebaut.«

»Verkaufen Sie mich nicht für dumm«, antwortete Ferdi ruhig. »Savi verliert leicht die Nerven, wenn Feuer am Dach ist, aber ich nicht, seien Sie versichert. Also, was ist Sache?«

Contini sah ein, dass er etwas sagen musste, wenn er aus diesem Auto je wieder aussteigen wollte.

»Es geht um Mord. Wissen Sie ja. Bestimmte Indizien führen zum Tukan.«

»Komisch«, bemerkte Ferdi, »dass die Polizei ihn nicht verhaftet hat.«

»Das tut sie ja vielleicht noch.«

»Unterdessen tun *Sie* mir einen Gefallen, Contini: Stellen Sie keine Fragen mehr.«

»Auch die Polizei stellt Fragen.«

»Darum kümmern wir uns schon. Aber Sie sind kein Polizist, sondern ein Zeitungsfritze mit einer ungesunden Neugier. Sie sind angreifbar, ist Ihnen das aufgefallen?«

Contini hatte das Gefühl, dass jeder Muskel in seinem Körper bestens Bescheid wusste, *wie* angreifbar er war.

»Wir dulden weder Fragen nach Kate noch nach Vicky noch nach irgendeinem anderen Mädchen, das je im Tukan gearbeitet hat. Bleiben Sie zu Hause und machen Sie Ihre Fotos für die Zeitung, okay?«

Mehr hatte Ferdi nicht hinzuzufügen. Schmetterling und Pinke Krawatte zerrten Contini aus dem Auto und schleiften ihn bis zur Mauer, wo sie ihn ablegten, stiegen wieder ein, und der Wagen preschte davon, dass der Kies spritzte. Contini rappelte sich mühsam auf und sortierte seine Knochen. Hinkend schleppte er sich zu seinem Wagen. Es war vorbei, das wusste er, er war wirklich am Ende seiner Kräfte. Er war da in eine Geschichte hineingeraten, die viel zu kompliziert für ihn war. Und das alles, weil er im Wald ein Mädchen gefunden hatte.

Langsam, mit weit offenen Fenstern, fuhr er nach Corvesco zurück. Die Kühle der Nacht hielt ihn wach und verhinderte, dass er mitsamt seinem Wagen in der Botanik endete. Im Hintergrund lief eine Kassette von Henri Salvador. Er drehte die Musik lauter und versuchte, Wunden und Prellungen zu vergessen. Unter der sengenden Sonne der Provence, die allen Unfrieden auslöschte, allen Schmerz, Francescas Fernsein und die Angst in Natalias Gesicht.

Zu Hause angelangt, schüttete er drei Gläser kaltes Wasser in sich hinein. Dann ging er ins Bad und versorgte die Wunden, so gut es ging. Eine bleierne Müdigkeit umfing ihn, doch der Schmerz hielt ihn wach. Er nahm zwei Aspirin, spülte sie mit einem Gläschen Grappa hinunter und streckte sich angekleidet auf dem Bett aus.

Er dachte daran, Francesca anzurufen. Warum denn nicht?

Francesca könnte ihm helfen. Sie würden sich im Haus einigeln, nur sie beide, und er würde alles vergessen. Vielleicht würde er mal eine Runde durch den Wald drehen, während sie ihre Bücher las. Sie würden sich was Feines kochen. Abends würden sie miteinander einen Film anschauen, und Francesca würde ihm von ihrem Tag erzählen, während er eine rauchte.

Irgendwann schlief er ein.

7

Der Kreis wird enger

Kommissär De Marchi trauerte den Tafeln nach. Man hatte sich zwar die Manschetten mit Kreide eingestaubt, aber wenn es darum ging, einen Überblick über den Stand der Ermittlungen zu geben, waren sie unschlagbar gewesen. Eine Sache von Sekunden. Dass er jetzt Powerpoint verwenden sollte, um vorgefertigte Seiten an die Wand zu werfen, ging ihm fürchterlich gegen den Strich. Zumal ihn bei seinen bisherigen Versuchen der Computer stets im Stich gelassen hatte. Zweifellos aus Rache.

»So, jetzt müsste man das Diagramm sehen können …«

Der Bildschirm blieb einfarbig blau.

»Sicher hat sich irgendwo was verhakt.« De Marchi versetzte dem Monitor einen Hieb. »Manchmal verklemmt sich was, aber dann …«

»Soll ich vielleicht mal einen Blick drauf werfen?«, fragte Staatsanwalt Bazzi.

»Moment«, knurrte De Marchi und bewegte wild die Maus hin und her. Auf dem Bildschirm tat sich nichts.

Sie saßen im Konferenzsaal im ersten Stock des Dienstgebäudes der Kantonspolizei um einen Tisch aus hellem Holz: De Marchi, Bazzi, Kripochef Tettamanti und Ferrari, der Leiter der Kriminaltechnik, ferner die Jugendrichterin Fulvia Parenti sowie einige weitere hohe Tiere.

De Marchi brach der kalte Schweiß aus.

»Also jedenfalls habe ich ein Diagramm gemacht, und die Sekretärin …«

»Lassen Sie mich doch mal schauen«, bot Bazzi abermals an.

»Bitte!« De Marchi sprang auf und machte seinen Platz frei.

Bazzi beugte sich über die Tastatur, drückte vier Tasten, und zwei Mausklicks später erschien wie durch Zauberhand an der Wand gegenüber dem Konferenztisch das Diagramm des Kommissärs.

Innenhof Mauer	Garten Hecke + Mauer	
Nachbarhaus → Hof (Zeugen)		angrenzender Garten (Zeugen)
Garten (Natalia schläft) Mauer	**Haus Rocchi**, **Leiche Mankell** (Wohnzimmer)	Parkplatzausfahrt
angrenzender Garten (Zeugen)		Brenno Bonetti trifft ein (Zeuge)
	Haupteingang verschlossen	Zufahrt zum Haus Rocchi kein Auto, nur die von Contini beobachteten (überprüft)

»Wie Sie sehen«, erklärte De Marchi erleichtert, »hat der Mörder keinerlei Spuren hinterlassen. Wir wissen weder, wie er ins Haus gekommen, noch, wie er wieder hinausgekommen ist.«

»Der vordere Eingang war abgesperrt«, ergänzte Bazzi.

»Außerdem war es ein warmer Nachmittag, und die Nachbarn waren alle in ihren Gärten, aber keiner hat was gesehen. Contini beobachtete die Straße, und in dem Moment, als der Schuss fiel, sah er unten auf dem Parkplatz Bonetti vorfahren.«

»Aber dann waren sie beide im Haus«, warf Tettamanti ein. »Zu dem Zeitpunkt war der Weg frei, er konnte abhauen.«

»Da wäre er ein gewaltiges Risiko eingegangen. Im Übrigen hat Contini nirgends ein Auto gesehen.«

»Er wird zu Fuß gekommen sein. Oder mit dem Velo.«

»In Massagno? Möglich, aber auch das ist ein großes Risiko! Wie auch immer – niemandem im Viertel sind fremde Leute aufgefallen. Natürlich kann es sein, dass sich der Mörder Stunden vorher im Garten versteckt und auf den richtigen Moment gewartet hat, um zuzuschlagen.«

»Bisschen gewagt«, murrte Tettamanti.

»Vor allem nach der Tat. Der Mörder müsste zu Fuß – oder mit dem Velo – durch die Straßen von Massagno geflohen sein und dazu den einzigen Moment genutzt haben, als Contini und Bonetti bei der Leiche waren.«

»Aber es kann doch gar nicht anders gewesen sein, oder?«, fragte Staatsanwalt Bazzi. »Eine andere Erklärung haben wir nicht, wenn ich nicht irre?«

Eine Weile sagte niemand etwas. Alle starrten auf das Diagramm an der Wand, das in seiner Übersichtlichkeit geradezu primitiv schien. Aber alle spürten, dass sich dahinter eine sehr schlaue – oder vom Glück begünstigte – Person verbarg. Sie hatte am helllichten Tag einen Mann umgebracht, und die Kriminalisten und Juristen konnten sich nicht einmal erklären, wie sie sich vom Tatort entfernt hatte.

De Marchi versuchte, zur nächsten Seite zu wechseln. Aber kaum hatte er die Maus auch nur berührt, versank der Bildschirm in völligem Dunkel.

»Entschuldigung!« Der Kommissär versuchte es mit dem Cursor. »Ich hatte noch ein zweites Diagramm über den psychologischen Aspekt, aber … Na gut. Ganz einfach. Ein Mörder, der bereit ist, derart viele Risiken einzugehen, so dass es eigentlich der reinste Zufall ist, dass alles so gut geklappt hat, der ist ein gefährlicher Draufgänger. Jetzt stellt sich folgende Frage: Haben wir Grund, um Natalia Rocchis Leben zu fürchten?«

Fulvia Parenti, die Jugendrichterin, schaltete sich ein. »Wenn dem so wäre, weshalb hätte der Mörder dann nicht die Gelegenheit genutzt, nachdem er Mankell erschossen hatte? Natalia war allein im Garten und schlief.«

De Marchi drehte sich zu ihr um.

»Aber Contini war doch in der Nähe – nach einem zweiten Schuss hätte der Mörder nicht mehr rechtzeitig fliehen können. Auf jeden Fall wissen wir nichts über ihn. Wir wissen nicht mal, welches Motiv er hatte, Mankell umzubringen.«

»Oder Sonia Rocchi«, fügte Tettamanti hinzu.

De Marchi forderte Bazzi mit einer Handbewegung auf, sich freundlicherweise abermals der digitalen Technik anzunehmen, und während der Staatsanwalt half, sagte De Marchi: »Dass wir kein Motiv haben, ist unser größtes Problem. Wir haben die Verbindungen zwischen Savi und Mankell, außerdem zwischen Savi und Rocchi überprüft. Beweisen können wir es noch nicht, aber wir sind ziemlich sicher, dass Enzo Rocchi über Savi und das Tukan Material gesammelt hat, und zwar, wie wir glauben, äußerst belastendes Material.«

»Darüber haben wir Natalias Aussage«, sagte Bazzi, während der Bildschirm wieder zum Leben erwachte und an der Wand die nächste Seite der Präsentation erschien.

»Vor allem«, präzisierte De Marchi, »haben wir den starken Verdacht, dass Mankell und Savi nicht gerade gesetzestreu vorgegangen sind.«

»Wie bitte, wie bitte?«, fragte Tettamanti. »Das darf man aber nicht so leichthin sagen!«

»Vorläufig zögere ich noch, diesbezüglich eine Sonderermittlung einzuleiten«, sagte Bazzi. »Aber es kommen in der Tat sehr viele Unkorrektheiten vonseiten Savis ans Tageslicht.«

»Aus dem Nachtclubmilieu hört man, dass Mankell ihm den Rücken gedeckt haben soll«, sagte De Marchi. »Beweise haben wir nicht …«

»Eben«, warf Tettamanti ein.

»Aber etliche Mädchen haben berichtet, wie die ärztlichen Untersuchungen durch Mankell abliefen«, setzte Bazzi fort, »und sagen wir so: Korrekt war das nicht immer …«

»Hier«, verkündete De Marchi erfreut, »habe ich eine Zusammenfassung zu Luciano Savi.«

LUCIANO SAVI

Pro	Kontra
– Verbindungen mit Rocchi	– kein Beweis
– Verbindungen mit Mankell	– keine Vorstrafen wg. Körperverletzung
– impulsiver Charakter	– keine Spuren am Tatort!
– belastende Indizien (kein Alibi)	– kein klares Motiv
– Unregelmäßigkeiten im Tukan	– Anklagepunkte noch nicht definiert
Anm: Verkehrt mit Personen von zweifelhaftem Ruf	Achtung: nicht vorbestraft!

(Anm.: Mit Medienecho ist zu rechnen. Die Presse beginnt sich fürs Tukan zu interessieren.)

»Und was soll das bedeuten?«, fragte Tettamanti, nachdem er Pro und Kontra studiert hatte.

»Wenn es das ist, was ich denke…«, begann Fulvia Parenti.

»Genau.« De Marchi nickte. »Wir haben uns mit Staatsanwalt Bazzi zusammengesetzt, und jetzt ist es so weit… Nun, auch im Hinblick auf den allfälligen Schutz Natalias sind wir zu dem Entschluss gelangt…«

»Ja?«

Es war Staatsanwalt Bazzi, der den Satz vervollständigte: »Zur Verhaftung von Luciano Savi zu schreiten.«

8

Das richtige Wort

Der Verlagsort der Zeitung war Lugano. Contini wäre es nicht im Traum eingefallen, den Stammsitz aufzusuchen, wenn er nicht musste, und besonders an diesem Tag wäre er am liebsten in Corvesco geblieben, um mit einem kühlen Bier seinen lädierten Leib in der Hängematte zu kurieren. Stattdessen musste er sich bis in die Redaktion von Bellinzona quälen und dort erfahren, dass ihn der Herausgeber schnellstmöglich in Lugano zu sehen wünschte.

»Ich weiß nicht, was er will«, sagte Gianni Schiavo. »Aber er scheint stinksauer zu sein.«

»Es geht natürlich um diese Rocchi-Sache«, rief Giorgia aus dem Nebenzimmer herüber. »Offenbar hast du den Kolossalen Fehler begangen!«

Contini sah Schiavo an, der die Füße auf den Schreibtisch gelegt hatte. Der Chef vom Dienst grinste schadenfroh.

»Der Kolossale Fehler ist, wenn einer vom Chronisten zum Protagonisten wechselt«, erklärte er. »Wir sind dafür da zu berichten, und du bist jetzt in den Fall verwickelt.«

»Wie, verwickelt! Ich bin doch nicht verwickelt.«

»Es hilft nichts, Contini.« Schiavo stand auf und klopfte ihm voller Mitgefühl auf die Schulter. »Du kannst einfach nicht anders, du musst dich immer wieder in die Nesseln setzen. Aber – oberstes Gebot – ein Journalist hat sich rauszuhalten.«

Contini verabschiedete sich von seinen Kollegen und fuhr nach Lugano. Auf der Autobahn legte er eine Kassette von Gilbert Bécaud ein und versuchte, sich vorerst nicht den Kopf über die Zukunft zu zerbrechen. Natalia wollte nicht mehr mit ihm reden, Savis Kumpel verprügelten ihn, und jetzt würde ihm der Herausgeber eine Rüge erteilen und ihn auffordern, den Mund zu halten. Und er würde, wie immer, so tun, als wäre nichts.

Ohne Eile, mit behutsamen Bewegungen, ging er die Flure entlang und bemühte sich, das Hämmern im Kopf ebenso zu ignorieren wie die Stiche im Rücken. Die Türen der Büros standen alle weit offen, und die Kommentare und Fragen flogen von einem Zimmer zum anderen. Vor der Kaffeemaschine in der Küche drängte sich die halbe Redaktion.

Es war drei Uhr nachmittags, die Stunde, zu der definitiv die Artikel für den nächsten Tag geschrieben werden müssen. Contini grüßte mit einem Nicken ein paar Journalisten, die er kannte, und kam zur Herstellung, wo das Seitenlayout gemacht wurde. Die Layouter kannte er besser, weil er eine Zeitlang hier gearbeitet hatte, und er streckte den Kopf durch die Tür und fragte: »Na, Leute, wie läuft's so?«

»Contini«, sagte ein graumelierter Mann. »Bist du jetzt wieder bei uns?«

»Tja, mal sehen.«

Contini winkte und ging weiter. Am Ende des Korridors stand er endlich vor dem Büro des Herausgebers. Er klopfte an, wechselte ein paar Worte mit der Sekretärin und wurde dann zu Gianrico Roberti vorgelassen.

»So geht das nicht, Contini.« Der Herausgeber hielt sich grundsätzlich nicht mit Grußworten auf.

»Grüezi, Herr Direktor«, sagte Contini.

»Nehmen Sie Platz.«

Contini trat in den mehrheitlich mit Papier- und Bücherstapeln möblierten Raum und setzte sich auf den ledergepolsterten Besucherstuhl vor dem Schreibtisch des Chefs.

»Wie stehen wir jetzt da«, sagte Roberti. »Vor Ihrer Einstellung haben Sie uns hoch und heilig versichert, dass Sie Ihre Tätigkeit als Schnüffler eingestellt haben.«

Contini konzentrierte sich auf das Atmen. Wenn er die Lungenflügel weitete, fuhr ein Schmerz durch den unteren Teil des Brustkorbs, wo ihn in der Nacht mehrere, offenbar mit größerer Wucht als die übrigen ausgeführten Fußtritte getroffen hatten.

»Die Polizei traut uns nicht mehr, und Ihre Kollegen sind schockiert und perplex.«

»Perplex? Warum?«, fragte Contini harmlos.

»Wenn ich Ihrer Erinnerung auf die Sprünge helfen darf: Sie haben das Mädchen Natalia Rocchi im Wald gefunden, Sie haben sich Zutritt zu vertraulichen Unterredungen verschafft, Sie haben Mankells Leiche entdeckt, und jetzt stehen Sie hier vor mir und sehen aus wie einer, der sich geprügelt hat.«

Gianrico Roberti war ein großer, dicker Mann mit dunklen Tränensäcken unter den Augen und nach oben sich verjüngendem Schädel. In der Branche galt er als herausragender Journalist mit miesem Charakter.

»Ich hatte einen kleinen Unfall«, sagte Contini, »und es war reiner Zufall, dass ich in diesen Fall hineingeraten …«

»Hineingeraten!«, fiel ihm Roberti ins Wort. »Zufall! Machen Sie Witze? Sie haben diese Natalia aktiv im Wald gesucht, Sie haben sich an dieses Mädchen angeklebt wie eine Klette … Aber ich mache Ihnen ja gar keinen Vorwurf, wohlgemerkt, ich kritisiere Sie ja gar nicht!«

»Nein?« Contini war leicht verwirrt.

»Im Gegenteil, ich hätte Ihnen zu Ihrem guten Riecher

und Ihrer Zähigkeit gratulieren können. Ich hätte Sie zum Reporter befördern können – wenn Sie auch nur die geringsten Anstalten gemacht hätten, mich über Ihr Vorgehen zu informieren!«

»Aber das waren doch vertrauliche Angelegenheiten, die nicht für die Öffentlichkeit bestimmt …«

»Nicht für die Öffentlichkeit bestimmt! Sie arbeiten für eine Zeitung, wir *leben* für die Öffentlichkeit! Ich muss mich von meinen werten Kollegen verarschen lassen, weil die Konkurrenz uns Informationen wegschnappt, die Sie, Contini, aus allererster Hand haben!«

»Na ja, aus allererster Hand ist vielleicht ein bisschen übertrie…«

»Wieso haben Sie mich nicht *sofort* angerufen, als Sie Mankells Leiche entdeckt haben?? Wieso musste ich das aus dem Radio erfahren??!«

Contini seufzte nur, allerdings vorsichtig, um seine Lungenflügel zu schonen.

»Ich sag's Ihnen noch mal, *so geht das nicht*. Ich schalte das Radio ein und muss hören, dass ein gewisser Elia Contini am Tatort anwesend ist, der für *unsere* Zeitung arbeitet, und *wir* sind die Allerletzten, die irgendwas davon erfahren? Ist Ihnen die Tragweite Ihres Verhaltens bewusst?«

»Ja«, sagte Contini.

»Das hoffe ich!« Der Herausgeber bog wütend eine Büroklammer auseinander. »Das bedeutet, dass Sie sich, nachdem Sie es abgelehnt haben, uns zu informieren, aus dem Fall Rocchi in Zukunft striktestens heraushalten. Ich will weder Ihren Namen im Radio oder im Fernsehen hören, noch will ich ihn in einer anderen Zeitung lesen. Wenn Sie sich noch ein einziges Mal was zuschulden kommen lassen, sind Sie gefeuert. Fristlos. Haben wir uns verstanden?«

Contini lag die Antwort auf der Zunge, dass ein Mann frei herumlief, der vor Mord nicht zurückschreckte. Und der wusste, dass sein Schicksal an einem seidenen Faden hing, sprich: von Natalias Erinnerung abhing. Aber er besann sich. Wozu viele Worte machen? »Ja«, sagte er wieder.

»Sie halten sich also aus dem Fall Rocchi heraus. Sie werden sich nicht mehr mit diesem Mädchen treffen, Sie schnüffeln nicht mehr in Nachtlokalen herum.«

»Es sei denn …«

»Es gibt kein ›es sei denn‹.«

»Und wenn ich Ihnen einen Scoop bringe?«

Roberti war ein alter Hase. Er legte die verbogene Büroklammer vor sich auf den Schreibtisch, blickte Contini in die Augen und sagte: »Das tun Sie nie, und das wissen wir beide.«

Contini sagte nichts.

»Also halten Sie sich an meinen Rat, wenn Ihnen Ihr Job lieb ist«, schloss der Herausgeber, »und vergessen Sie Natalia Rocchi.«

Agostino Zacchi wunderte sich über gar nichts. Das war sein Lebensmotto, seine Methode, um mit den Zumutungen des Schicksals fertigzuwerden. Er war Psychiater und hatte gelernt, dass es vor allem darauf ankommt, gelassen zu bleiben. Schon eine geringfügige Zwangsstörung, eine fehlgegangene Emotion kann eine ganze Existenz zum Einsturz bringen. Er sah Natalia Rocchi an und sagte: »Der so genannte unausweichliche Schock wurde in zahlreichen Studien untersucht. Das Erleben dieses Traumas führt zu äußerst heterogenen Wirkungen seelischer wie körperlicher Natur.«

Natalia erwiderte seinen Blick leicht ratlos.

»Insbesondere«, fuhr Zacchi fort, »treten nach einem traumatischen Ereignis häufig ein anhaltendes subjektives Unbehagen sowie eine Störung der natürlichen Fluchtreaktion in neuerlichen bedrohlichen Situationen auf. Mit anderen Worten: Sollten Sie erneut einen unausweichlichen Schock erleben, besteht das Risiko, dass Sie der Gefahr wehrlos ausgesetzt sind.«

»Aha«, sagte Natalia.

»Aber Ihr Fall scheint ein minderschwerer zu sein. In dramatischeren Fällen ist häufig eine erheblich reduzierte Lernbereitschaft anzutreffen, in deren Folge …«

»Entschuldigung«, unterbrach ihn Natalia.

»Bitte.«

»Ich verstehe nichts.«

Dr. Zacchi gestattete sich ein halbes Lächeln. Die Patientin hatte zu reagieren begonnen. Der Fall war interessant: Die partielle Aphasie und die traumatisch bedingte Gedächtnisstörung waren in der hier vorliegenden Ausprägung ungewöhnlich. Deshalb, und nicht nur wegen der Empfehlung von Rechtsanwalt Bossi, hatte er Natalia kurzfristig als Patientin aufgenommen.

»Sehen Sie, Signorina Rocchi, das Problem kann ein rein physisches sein: Über die Verbindung zwischen Locus caeruleus und Amygdala erzeugt ein Mangel an Dopamin und Noradrenalin eine zeitweilige Modulation des Gedächtnisses …«

»Entschuldigung, aber ich glaube, ich werde es sowieso nicht verstehen. Finde ich mein Gedächtnis wieder oder nicht?«

Zacchi hatte absichtlich diese obskure Sprache verwendet, um zu testen, wie ausgeprägt der Anreiz zu lernen bei seiner neuen Patientin war. Er war ein kleiner, zappeliger Mann, aber wenn er wollte, konnte er seinem Gegenüber durchaus eine gewisse Scheu einflößen. Er machte sich eine Notiz in das Heft, das er aufgeschlagen vor sich liegen hatte, und sagte: »Im Klartext: Der Schock hat bei Ihnen eine Art Dissoziation ausgelöst, die im Grunde ein Schutzmechanismus ist. Ihr Unterbewusstsein verweigert die Erinnerung, um Ihnen den Schmerz des Erinnerten zu ersparen. Sie haben insbesondere einige Bereiche des episodischen Gedächtnisses eingebüßt, während das prozedurale Gedächtnis nach wie vor intakt ist.«

»Ich verstehe noch immer nichts.«

»Verbalisierbare Erinnerungen – das heißt die Ihnen widerfahrenen Umstände, die Sie mit Worten ausdrücken können, wenn Sie können – haben Sie vergessen. Aber Sie erinnern sich ohne weiteres an alles, das sich eher vorführen als verbalisieren lässt, zum Beispiel Verhaltensweisen, unwillkürliche Reaktionen, gewohnte Gesten.«

»Ich könnte mich also erinnern, wo ich diese Papiere versteckt habe, wenn ich mich der Situation noch einmal aussetzen würde – auf der Flucht, im Wald von Corvesco?«

Zacchi nickte. Natalia entspannte sich zusehends, sie konnte inzwischen komplexe syntaktische Strukturen mit konjunktivischen Nebensätzen bilden, ohne darüber nachdenken zu müssen. Ihn interessierte nicht der kriminalistische Aspekt, ihm war daran gelegen, den Standpunkt der Patientin zu unterstützen.

»Ja, wenn Sie an Ort und Stelle wären, könnten Sie sich vielleicht tatsächlich erinnern, was Sie damals getan haben.«

»Aber in Worte fassen könnte ich es nicht?«

»Ärgern Sie sich nicht, wenn Ihnen nicht gleich das richtige Wort einfällt«, sagte Zacchi beschwichtigend. »Wenn Sie flüssig schreiben, wenn Sie sprechen, ohne nachzudenken, dann kommen die Wörter leichter, oder?«

»Ja, das stimmt«, sagte Natalia nachdenklich. »Aber wenn ich dieses Experiment mache und wirklich nach Corvesco gehe, besteht dann nicht die Gefahr, dass es wieder so wird, wie es war, und ich überhaupt nicht mehr sprechen kann?«

»Das glaube ich nicht. Die Gefahr ist eher, dass Ihre emotionalen und episodischen Erinnerungen, selbst wenn es Ihnen gelingt, sie zu formulieren, verzerrt zurückkehren.«

»Ebenfalls aus Selbstschutz?«

Zacchi lächelte. »Ich sehe, Sie verstehen mich! Es handelt sich um Bruchstücke ungebetener Erinnerungen, die sich nicht angemessen in einem kohärenten räumlich-zeitlichen Zusammenhang unterbringen lassen. Deshalb gelingt es Ihnen nicht, die Ermordung Ihrer Mutter als isoliertes Ereignis zu erinnern, sondern es kommt Ihnen vor, als habe sie mehrmals stattgefunden …«

Natalia verfinsterte sich. Sie senkte den Blick und sagte: »Ich versuche nicht mehr daran zu denken.«

Zacchi machte sich eine Notiz. Es war eine vorhersehbare Reaktion. Anfangs hatte er mit dem Gedanken an eine Hypnotherapie gespielt, erkannte dann aber, dass Natalia nahe daran war, ihre Blockade aufzubrechen. Der Beginn ihrer Psychotherapie mochte der auslösende Faktor dafür gewesen sein. Aber es konnte auch sein, dass, ganz traditionell, die Rückkehr an den Ort des traumatischen Erlebnisses den Prozess des Erinnerns beschleunigte.

»Glauben Sie mir, Signorina, wenn Sie weiter vor Ihren Erinnerungen fliehen, werden Sie sich nie davon befreien. Nehmen Sie sie an, versuchen Sie, sich das Erlebte anzueignen, statt es zu verdrängen.«

»Das ist nicht leicht.«

»Nein. Aber sobald Sie Ihre Erinnerungen angenommen haben, brauchen Sie nur noch die Hände auszubreiten, und sie fliegen davon …« Zacchi bewegte die Hände durch die Luft wie Schmetterlinge. »Sie werden sehen, das schaffen wir.«

Natalia blickte auf und sagte: »Das müsste dann aber schnell gehen. Ich weiß, dass der Mann …« Sie zögerte. »Ich weiß, dass der Mörder«, fuhr sie fort, »mich sucht.«

Dr. Zacchi machte sich noch eine Notiz in sein schwarzes Heft.

9

Eine kleine Erwachsene

»Meinst du denn, es gelingt dir, allein zu leben?«

»Weiß ich nicht.«

Natalia betrachtete ihre Hände im Halbdunkel des Wohnzimmers. Durch die Ritzen der Rollläden fielen dünne Sonnenstrahlen, und aus den Nachbargärten drangen jauchzende Kinderstimmen und Geplantsche. Die letzten Köpfler ins Schwimmbecken.

»Dein Vormund wird Rechtsanwalt Bossi sein«, sagte Bonetti, »und er wird dir bei allen finanziellen und bürokratischen Fragen helfen. Wir hielten es so für das Beste, schließlich bist du bald volljährig.«

»Ja.« Natalia blickte nicht auf. »Corrado hat mir alles erklärt. Er ist ein sehr guter Anwalt, und er ist … er war mit meinen Eltern befreundet.«

Bonetti beugte sich näher. Mit Anzug und Krawatte saß er ihr gegenüber auf dem Sofa und erzeugte, wie immer, den Eindruck blasser Tüchtigkeit. Natalia wollte ihn nicht enttäuschen, aber sie hatte ihm nichts zu sagen. Sie hätte jemanden gebraucht, der sie verstand, eine Freundin, die keine Fragen stellte, oder eine sehr weise alte Tante.

»Das Problem ist«, sagte Bonetti, »dass du allein wirst leben müssen.«

Leider hatte sie keine weisen alten Tanten, mit denen sie

Tee trinken und Kekse essen konnte. Es gab nur einen ehemaligen Richter mit Augengläsern wie Flaschenböden. Aber Bonetti wollte nett zu ihr sein, und Natalia beeilte sich, ihm zu versichern, dass sie ja nicht allein sei. »Ich habe meine Freunde, und die Verwandten aus Bern wollen für eine Zeitlang herkommen. Außerdem fängt bald die Schule wieder an, und nächstes Jahr will ich studieren. Das heißt, wenn das Geld dafür da ist.«

Bonetti hüstelte. »Mach dir darüber keine Sorgen, Natalia, darum kümmern wir uns schon. Ich werde Rechtsanwalt Bossi unterstützen, wenn es erforderlich ist. Du weißt ja, ich habe ebenfalls deine Eltern gekannt, und ich werde mich dafür einsetzen, dass du ein normales Leben führen kannst.«

»Vielen Dank.«

Bonetti war peinlich berührt. Um Fassung bemüht, stand er auf und wanderte im Wohnzimmer auf und ab.

»Herr Bossi sagte mir, dass du mit einer Psychotherapie angefangen hast.«

»Ja.«

»Die hilft dir sicher – deine Fortschritte beim Sprechen sind jedenfalls enorm.«

»Ja. Manchmal denke ich, dass ich noch einmal nach Corvesco sollte. Die Wahrheit suchen.«

Bonetti hielt jäh in seiner Wanderung inne. »Hat dir das der Arzt geraten?«

»Eigentlich nicht … aber er sagt, ich soll nicht vor den Erinnerungen fliehen.«

»Ah gut, sicher.« Der Richter verhehlte seine Besorgnis schlecht. »Aber sei bitte vorsichtig. Die Polizei hat den Täter noch nicht verhaftet, und deshalb bitte ich dich, dem Anwalt Bossi – oder auch mir – immer mitzuteilen, wo du dich aufhältst. Es dient deiner Sicherheit, verstehst du?«

Natalia nickte, wie eine kleine Erwachsene.

So sehen sie mich also, dachte sie, nachdem sie den Richter Bonetti zur Tür begleitet hatte, ich bin die arme Natalia, die beide Eltern verloren und dieses schreckliche Erlebnis gehabt hat. Aber sie wollte kein zu früh erwachsen gewordenes Kind sein! Sie wollte nicht durch Schmerz und Trauer vor der Zeit reif sein müssen.

Dabei hatte sie bis zu diesem Sommer größten Wert darauf gelegt, sich verantwortungsbewusst zu zeigen und zu beweisen, dass sie erwachsen war. Und jetzt trauerte sie den kindischen Momenten nach, dem unbeschwerten Gelächter mit ihren Freundinnen, den gemeinsamen Abenden, an denen sie sich drei Filme hintereinander reingezogen hatten, den durchgemachten Nächten.

Natalia zog den Rollladen vor der Terrassentür hoch und trat in den Garten hinaus.

Sie holte sich einen Liegestuhl und legte sich in T-Shirt und Shorts neben dem Pavillon in die Sonne. Das Wasser im Pool spiegelte das Licht und verströmte einen leichten Chlorgeruch, und Natalia genoss die Wärme auf der Haut. Gleichzeitig hatte sie das Gefühl, als hätte der Garten diesen Sommer eingefangen und hielte ihn fest, für immer. Die Hecke war nach wie vor sattgrün, das Gras sommerlich frisch, die Löwenmäulchen blühten. Sie war fast am Einnicken, als das Handy ihr den Eingang einer Kurzmitteilung meldete.

Tschau! Wollte nur wissen wies dir geht, will aber nicht stören. Melde dich wenn du reden magst/kannst.

ABSENDER: Giovanni Canova

EMPFÄNGER: Natalia Rocchi

GESENDET: 26. Aug. 2010, 16:12:17

Natalia hielt eine Zeitlang das Telefon in der Hand, ohne sich zu rühren. Sie hatte Giovanni gesagt, dass sie ihn nicht mehr treffen konnte, und jetzt simste er. Andererseits – kleine Nachrichten sind kein Treffen. Aber wenn sie jetzt anfing nachzugeben …

Halt! Du denkst schon wieder wie eine kleine Erwachsene. Zu abgeklärt für dein Alter.

Natalia bewegte den Daumen über die Tastatur.

»Hallo, Giovanni?«

»Hoi, Natalia!«

»Hab dein SMS gelesen und dachte, ich ruf mal an.«

»Schön, dass du dich meldest … Wie geht's?«

»Gut. Ich bin zu Hause, im Garten, und sonne mich.«

»Wie geht's mit dem Sprechen? Der Logopädie?«

»Gut. Ich mach jetzt auch eine Psychotherapie. Es wird besser.«

Das Telefonieren fand sie allerdings mühsam. Die Worte kamen langsamer, oft mit größeren Pausen dazwischen.

»Du wirkst irgendwie müde«, sagte Giovanni.

»Ich habe heute viel reden müssen. Vorhin war der Richter Bonetti da.«

»Ah, wegen der Vormundschaft. Ist jetzt was entschieden?«

»Ja.«

»Ich stell zu viele Fragen, oder? Hör mal, Natalia, ich hab drüber nachgedacht, was du gesagt hast.«

»Ja?«

»Dass du eine Zeitlang allein sein willst. Ist okay für mich. Ich wollte nur sagen, dass ich immer da bin, wenn du Lust hast, mit jemandem zu reden.«

Natalia suchte nach Worten, um auszudrücken, was sie empfand, aber es war zu kompliziert. Sie murmelte nur: »Danke.«

Nach einer Pause fügte sie hinzu: »Ich rede gern mit dir. Auch wenn ich jetzt lieber allein bin.«

»Ja, klar«, sagte Giovanni. »Klar.«

»Ich habe überlegt, nach Corvesco zu kommen. Ob ich mich dort vielleicht erinnere. Aber …«

Für einen Moment verlor sie den Faden. »Aber«, sagte sie, als sie ihn wiedergefunden hatte, »ich glaube, im Moment ist es das Beste für mich, allein zu sein.«

Giovanni sagte nichts.

»Vielleicht kann ich mich auf diese Weise dran gewöhnen«, fuhr Natalia fort.

»An was?«, fragte Giovanni.

»Ans Alleinsein.«

»Ja, klar«, wiederholte Giovanni. »Klar.«

Ein Nachtclubbesitzer hat kein leichtes Leben. Der Staat droht ständig, den Artistinnen und Tänzerinnen, die man beschäftigt, die Aufenthaltsbewilligung vom Typ L zu entziehen, und wenn dann noch eine Wirtschaftskrise dazukommt, kündigen sich düstere Zeiten an. War es möglich, dass Ferdi und seinen Handlangern das Wasser bis zum Hals stand und sie etwas mit den Morden zu tun hatten? Oder dass wirklich Luciano Savi der Mörder war?

Solche Fragen gingen Contini durch den Kopf, während er mit fünf neuen Flößen in den Jackentaschen zum Tresalti hinaufstieg. Die letzten, die er zu Wasser gelassen hatte, waren von den Stromschnellen verschluckt worden.

Noch immer taten ihm die Knochen weh. Das war der Lohn fürs Detektivspielen … Aber er war dadurch immerhin zu einer Erkenntnis gelangt: Was immer das Motiv dieser Morde war, fest stand, dass Savi und seine Kumpane etwas darüber wussten. Schützten sie jemanden? War der Mörder einer von ihnen, vielleicht Savi selbst? Es sprach sehr viel gegen ihn, angefangen damit, dass er sich kurz nach dem ersten Mord in den Wäldern rund um Corvesco herumgetrieben hatte.

Contini hievte sich auf einen über dem Wildbach aufragenden Felsblock und warf nacheinander die Flöße ins Wasser. Er sah zu, wie sie untergingen und wieder auftauchten und eine Weile in der schäumenden Gischt kreisten, bis die Strömung sie mitriss. Als sie verschwunden waren, kehrte er quer über die Wiesen nach Hause zurück. Schräg fiel die Sonne aufs Gras, und die Schatten waren lang. Diese Augenblicke der Einsamkeit, wenn er den Spuren eines Fuchses folgte oder in einem Becken bachabwärts seine Flöße suchte, hatten ihn immer heiter gestimmt. Für ein paar Stunden konnte er Francesca und Natalia, die Ermordeten, die Probleme bei der Zeitung ganz vergessen.

In der letzten Zeit aber gingen ihm ständig Fragen im Kopf herum, und sogar wenn er in seinem geliebten Wald unterwegs war, rekapitulierte er wie unter Zwang die Fakten und suchte Motive und Gelegenheiten.

Mit anderen Worten, er *konnte* sich nicht heraushalten.

Er musste dieser Geschichte auf den Grund gehen, er musste wissen, was Natalia gesehen und wer die Morde begangen hatte; andernfalls würde er diese Fragen niemals los. Erst dann konnte er endlich Francesca gegenübertreten, und dann …

Moment. Immer schön eins nach dem anderen.

Es war halb neun Uhr morgens, und bevor er in der Redaktion sein musste, war noch Zeit, um beim Tukan vorbeizuschauen. Ferdis Drohungen waren ihm ebenso gleichgültig wie die des Herausgebers. Er wollte endlich Klarheit: Er würde Savi aus dem Bett zerren und zum Reden zwingen.

Aufgemuntert von Charles Trenets fröhlicher Stimme, fuhr er von Corvesco nach Castione.

Um nicht auf sich aufmerksam zu machen, wollte er sein Auto ein Stück entfernt stehen lassen. Zuvor aber drehte er noch eine Aufklärungsrunde durchs Viertel, und die Idee war gut, denn erst im letzten Moment bemerkte er die Polizeiautos.

Er bremste ab und nahm den nächstbesten Parkplatz.

Vor dem Tukan stand ein Zivilfahrzeug, aber ein Stück weiter, auf einem Seitenparkplatz, war ein Streifenwagen. Contini näherte sich zu Fuß auf der entgegengesetzten Straßenseite. Dieses Hin und Her der Polizisten rund um das Tukan wollte durchaus nicht zu einer Verhaftung passen – zu viele Beamte in Zivil, zu viele Leute in Overalls. Vor dem Eingang war ein regelrechter Menschenauflauf, und darunter war nur ein vereinzelter Polizist in Uniform.

Den sprach Contini an: »Ist was passiert?«

»Gehen Sie weiter, hier gibt's nichts zu sehen!«, bekam er zu hören.

Aber einen überzeugenden Eindruck machte der Beamte nicht: Seine fahrigen Gesten, sein huschender Blick sagten, dass sehr wohl etwas passiert war. Contini war im Begriff, eine weitere Frage zu stellen, als die Tür des Lokals aufging und Kommissär De Marchi herauskam.

»Contini! Was machen Sie denn schon wieder hier? Hab ich Ihnen nicht gesagt, Sie sollen sich raushalten?«

»Ich wollte nur ein bisschen mit Savi plaudern. Sie haben ihn nicht verhaftet …«

De Marchi gab keine Antwort.

»Wo ist er denn?«, fragte Contini leise.

»Sagen Sie jetzt bloß nichts, und gehen Sie mir nicht auf die Nerven!«

»Was ist passiert?«

De Marchi starrte ihn wild an. »Können Sie sich das nicht denken? Savi hat sich umgebracht. In den Kopf geschossen.«

FÜNFTER TEIL

Rätsel

1

Ich habe Polizist gespielt

Contini trank seinen Kaffee aus und stellte die Tasse ins Spülbecken. Er ignorierte den grauen Kater, der Futter begehrte, trat in den Flur hinaus und ging zur hinteren Tür. Er öffnete sie und atmete tief die Waldluft ein.

Irgendetwas stimmte nicht.

So hatte es Natalia im Zusammenhang mit dem Tod ihrer Mutter ausgedrückt. Irgendetwas war falsch, aber was? Nach Ansicht der Polizei hatte Luciano Savi erst Sonia Rocchi und Peter Mankell und dann sich selbst ermordet, mit einer im Internet erstandenen Armeepistole. Sie konnten aber nichts beweisen, weder den Waffenkauf noch sonst etwas. So war diese Version auch nicht offiziell, auch wenn es die einzig mögliche schien.

Es blieben weitere unbeantwortete Fragen. Contini kehrte in die Küche zurück und fügte dem Brief, an dem er schrieb, ein paar Zeilen hinzu.

Könnten Sie mir doch verstehen helfen! Savis Tod hat mich wirklich vollkommen überrascht, ich kann ihn mir nicht erklären. Die Frage ist doch: Warum hätte Savi Sonia Rocchi und Mankell umbringen sollen? In den Medien heißt es, die beiden hätten Beweise für seine obskuren Geschäfte mit Mädchen gehabt, aber mich überzeugt das nicht. Warum hätte er sich dann das Leben genommen? Sehen Sie? Dauernd schreibe ich »warum«. Eigentlich sollte ich mich um diese ganze Geschichte foutieren, ich habe offiziell den Befehl, mich rauszuhalten. Kommissär De Marchi hat mich zwei Stunden ins Gebet genommen, er ist stinksauer auf mich. Dass ich kurz nach der Entdeckung des Selbstmords am Tukan vorbeikam, hat ihn so wild gemacht, dass er sich an mir festgebissen hat. Am Ende aber musste er mich doch wieder gehen lassen: Er hat nichts gegen mich in der Hand, er kann einem Privatmann nicht verbieten, herumzulaufen und ab und zu eine Frage zu stellen.

Es war trotzdem ein Fehler von mir. Ich habe Polizist gespielt, habe die Spezialisten bei der Arbeit behindert, statt mich um meinen eigenen Kram zu kümmern. Gerade so, als bräuchte ich Drama, Tod und Elend als Ausgleich für meine Spaziergänge im Wald, meine Füchse und meine Chansons, die Flöße und die Kakteen, die ich im Wohnzimmer züchte. Ich habe Francesca gehen lassen, ich habe den Frieden, den ich mir gesucht hatte, abgelehnt und mir einen neuen Krieg gesucht. Ich weiß, Sie können mir auch nicht helfen, das alles zu verstehen. Vielleicht weil ein Leben ohne Dramen selber ein Drama wäre.

Sichtlich ungeduldig sprang der graue Kater auf den Tisch. Sein Schwanz zuckte hin und her, er riss gähnend das Maul auf, und Contini sah ein, dass es irgendwann Zeit ist, mit dem Jammern aufzuhören und stattdessen ans Essen zu denken. Er stand auf und füllte die Schüssel des Katers mit Fleisch. Du hast schon Recht, Kater. Warum muss ich immer alles kompliziert machen, warum kann ich nicht das Einfache sehen? Das Leben, wie es ist.

Contini ließ den Kater frühstücken und ging frische Luft schnappen. Es war ein heller Morgen Ende August mit blassblauem, leicht verschleiertem Himmel, und die Luft roch nach Brombeeren. Er ging nach hinten in den Garten und pflückte sich ein paar Beeren vom Strauch, und während er sie aß, beschloss er, an den Punkt zurückzukehren, an dem ihm der Überblick verloren gegangen war. Er kehrte ins Haus zurück, zog sich eine Barchenthose und einen Anorak an, setzte einen alten Hut auf, verließ das Haus durch den Hintereingang und schlug den Weg in den Wald ein.

Er ging zwischen den Kastanien dahin, deren Früchte allmählich reif wurden, stieg immer höher hinauf und zu den Fichten und Tannen und Latschen. Nachdem er erst die Alp, dann den kleinen Felsenkamm und dahinter noch einmal den Tresalti überquert hatte, blieb er kurz stehen, und schon ertönte der Ruf: »Wer da?«

»Rate mal«, rief Contini zurück.

»Sieh an!« Der alte Jonas grinste. »Ist er wieder da, unser Contini. Und mit was für einer Leichenbittermiene!«

Contini nahm seinen Hut ab und wischte sich die Stirn.

»Du hast anscheinend die Zeitungen gelesen.«

»Ich habe gesehen, dass der Fall, wie ihr zu sagen pflegt, gelöst ist.«

Der Einsiedler trug wie immer seine Chicago-Bulls-Mütze und zerschlissene Militärjacke und hatte sein Jagdgewehr geschultert.

»Mehr oder weniger …«

Sie schlugen den Weg zu Gionas Behausung ein. Contini gab ihm eine Zusammenfassung der jüngsten Ereignisse, eingeschlossen die zwei Briefe von Kate und die Abreibung, die ihm Ferdis Schläger verpasst hatten.

»Du bist anscheinend nicht glücklich, wenn du dich nicht verhauen lassen kannst«, kommentierte Giona.

»Außerdem hat mir der oberste Chef, der Herausgeber der Zeitung, einen Rüffel verpasst.«

»Armer Contini …«

Giona hatte eine sehr flotte Gangart, sprang flink wie eine Ziege von einem Felsblock zum nächsten, und Contini keuchte erzählend hinter ihm her. Als Giona vernahm, dass Natalia nicht mehr nach Corvesco kommen wollte, verfinsterte sich seine Miene. Er wurde langsamer, blieb stehen, drehte sich zu Contini um und warf ihm hin: »Ihr habt einen Fehler gemacht. Alle reden zu viel.«

»Wie bitte?«

»Na schau, wir sind schon da.«

Die Bergwiese vor Gionas Hütte leuchtete im Sonnenlicht. Der Alte brachte zwei Segeltuchstühle heraus, die gewiss noch aus den fünfziger Jahren stammten, und schlug Contini vor, »einen Aperitif zu verkosten«. Contini nahm gern an: Mit Giona durfte man es nicht eilig haben.

Sie plauderten über Füchse und Wälder, dann berichtete Giona den neuesten Klatsch aus dem Dorf. Wie er es anstellte, ständig so gut informiert zu sein, war ein Rätsel. Ab und zu besuchte ihn zwar jemand, aber seine Gäste kamen ja nicht, um zu tratschen; er selbst klaubte hier etwas auf und schraubte dort etwas zusammen, wie ein Mechaniker, der seinen alten Motor in- und auswendig kennt.

Später aßen sie Safranrisotto und tranken dazu einen halben Liter Merlot. Dann zündete sich Contini eine Zigarette an, und Giona zog eine Zigarre hervor, und als sie beide rauchend, mit einem Gläschen Grappa in der Hand beieinandersaßen, fragte Contini: »Wieso findest du, dass wir alle zu viel reden?«

Giona erzeugte erst eine mächtige Rauchwolke, ehe er antwortete: »Die Polizisten schnüffeln im Tukan herum, ermitteln im Prostitutionsmilieu, verhören Verdächtige, machen halt, was die Polizei so macht. Aber ich dachte, dass wenigstens du bei Natalia bleibst.«

»Ich hab's ja probiert!«

»Dabei schien gar nicht mehr viel zu fehlen.« Vom Rauch umwabert, sprach Giona mehr für sich. »Irgendwo ist ein Verzug, eine tote Zeit, jedes Mal. Aber ich kann mir einfach nicht vorstellen, wer dieser Mann ist, den man nicht sieht…«

Contini spürte die Vorboten eines Kopfwehs.

»Wer soll das sein?«

»Vielleicht kommt er auch mit Verzug.«

»Hör mal, Giona…«

Doch der Einsiedler ignorierte ihn; er setzte seinen Monolog fort, als sei Contini gar nicht da. »Das sind keine Verbrechen aus einem Affekt heraus, aus Wut oder Leidenschaft. Der Täter ist einer, der genau rechnet, Zeiten berechnet. Deshalb braucht Natalia so lang, um sich zu erinnern: Sie ist hinters Licht geführt worden. Aber das Schweigen, das Gedächtnis, das nicht zurückkehren will… Nicht das, was Natalia sagt, ist wichtig: Man muss herausfinden, was sie verschweigt! Man muss…«

Giona brach jäh ab. Er riss die Augen auf und sagte: »Ich versteh's nicht.«

»Da bist du nicht der Einzige«, antwortete Contini.

»Dabei bin ich sicher, dass das Schweigen wichtig ist. Auch für dich. Es bedeutet, dass etwas reift, verstehst du?«

Contini machte den Mund auf und schloss ihn wieder. Ach ja? Vielleicht waren alle diese unausgesprochenen Worte Zeichen eines Erstaunens, eines Entstehens? Entspringt denn im Grunde nicht immer alles dem Schweigen? Aber Contini bezweifelte sehr, dass ihm die Jonas'sche Philosophie eine konkrete Hilfe sein könnte. Dabei hatte der Alte sonst einen guten Riecher. »Was kann man denn jetzt noch tun?«, fragte er. »Ich meine: ich?«

Giona beugte sich vor und sagte leise: »Pass auf. Auch wenn Savi tot ist, musst du auf Natalia aufpassen.«

2

Die Toten reden

Liebe Francesca,

vielleicht ist ein Brief das Beste. Du weißt ja, dass ich kein großer Redner bin, schriftlich jedoch

Schriftlich? Soll das ein Witz sein?

Du weißt ja, dass ich kein großer Redner bin, aber wenn ich schreiben kann, gelingt es mir eher zu verstehen, was ich eigentlich sagen will.

Ein bisschen gewunden, aber bei der Reinschrift würde er es dann noch glätten und verschönern.

In letzter Zeit habe ich dich, wie wir es vereinbart haben, nicht angerufen, aber ich habe viel über die Vergangenheit und die Zukunft nachgedacht. Schon die Tatsache, dass ich darüber nachdenke, über die Zukunft, meine ich, macht sie irgendwie konkreter, als existierte sie bereits, als

Es war ihm ein Rätsel, wie er es immer wieder schaffte, sich in bestimmte Sätze hineinzumanövrieren. Er strich die letzten Zeilen aus und bemühte sich um Sachlichkeit.

In letzter Zeit habe ich dich, wie vereinbart, nicht angerufen, aber ich habe über uns beide nachgedacht und über das, was wir miteinander aufgebaut haben. Es wäre wirklich schade, die Geschichte zu beenden, bevor sie an ihr natürliches Ende ge

Nein.

Es wäre wirklich schade, einfach aufzugeben. Mir ist klar, dass ich vieles falsch gemacht habe, und vielleicht hätte ich klarer sein müssen.

Genau das schaffte er nicht. Vielleicht war die Wunde noch zu frisch, oder vielleicht gab es überhaupt keine Wunden, und er suchte nur eine. Wie ein pubertärer Jugendlicher. In letzter Zeit schrieb er zu viele Briefe, und vielleicht hatte er eben doch noch nicht genügend Abstand von Francesca, um die richtigen Worte zu finden.

Dabei war Contini ein Experte in der Kunst des Abstandnehmens.

Er hatte nicht einmal versucht, Natalia anzurufen, obwohl es ihm Giona zum Abschied dringend ans Herz gelegt hatte. Sie hatte den Wunsch geäußert, in Ruhe gelassen zu werden, und sich als obsessiver Exdetektiv aufzuführen, der jungen Mädchen nachstellt, war das Letzte, was Contini wollte.

In diese trüben Gedanken brach ein Piepsen ein, das aus dem Flur herübertönte. Wenn Contini zu Hause war, legte er sein Handy auf die Ablage neben der Haustür, direkt unter dem uralten schwarzen Telefonapparat an der Wand. Er stand auf, um nachzusehen, was es war. 1 NEUE KURZMITTEILUNG, las er und wunderte sich: Normalerweise bekam er keine SMS.

Als er sah, von wem die Nachricht kam, vergaß er den Brief an Francesca.

In der Wissenschaft gibt es keine Gewissheiten.

Das war eine der Haupterkenntnisse des Kommissärs De Marchi aus zwanzig Dienstjahren. Da kommen sie mit ihren Diagrammen und Tabellen, mit präzisen und sauberen Daten von Messungen und Untersuchungen, aber nie können sie einem sagen: Dieser Mann ist von der und der Person auf die und die Weise umgebracht worden. Die Wissenschaft redet von Wahrscheinlichkeit, aber De Marchi wusste, dass man mit Wahrscheinlichkeiten nicht weiterkommt.

»Ich will gar nicht, dass Sie mir die Lage der Leiche erklären«, sagte der Kommissär mit einer Kinnbewegung zu dem aufgebahrten Savi. »Ob er sich im Sitzen oder im Stehen erschossen hat, ist mir egal. Aber sind Sie sicher, dass er gleich tot war?«

»Scheint so«, antwortete Dr. Pessina.

»Scheint oder ist?«

»Mit Sicherheit konnte er keinen zweiten Schuss abfeuern.« Pessina entfernte sich von der Leiche, als fürchtete er sie zu stören. »Wir haben hier die ersten Untersuchungsergebnisse ...«

Der Doktor nahm eine Mappe von einem metallenen Möbelstück neben dem Sektionstisch, auf dem die Leiche lag.

»Schauen Sie. Als Sie die Leiche gefunden haben, betrug die Rektaltemperatur neunundzwanzigeinhalb Grad. Das bedeutet, seit Eintritt des Todes sind rund zehn Stunden vergangen, worauf auch der Grad der Hornhauttrübung und vor allem die Ausprägung der Totenstarre hinweisen.«

»Kann es sein, dass zwischen dem Tod und dem Auffinden des Leichnams ein weiterer Schuss abgegeben wurde?«

Pessina legte das Blatt aus der Hand und trat wieder an den Sektionstisch.

»Nicht auf ihn. In den Körper dieses Mannes ist nur ein einziges Projektil eingedrungen.« Der Rechtsmediziner legte eine Pause ein. »Und das kann ich mit Sicherheit sagen.«

Gräulich, mit geschlossenen Augen und sprießenden Bartstoppeln um die exakt rasierte Kurve der Koteletten lag Luciano Savi vor ihnen. Er sah sehr anders aus, als ihn De Marchi in Erinnerung hatte – kleiner vielleicht oder klarer, mit schärferen, wie gemeißelten Gesichtszügen. Von links und aus weiterer Ferne betrachtet, sah er aus, als schliefe er nur.

Der Kommissär verabschiedete sich von Pessina und fuhr mit dem Aufzug ans Tageslicht hinauf. Savis Leichnam gab der Rechtsmedizin keine Rätsel auf: Der Nachtclubbesitzer hatte sich, ohne Vorwarnung, einfach in den Kopf geschossen.

Aber bevor er starb, hatte er noch eine Nachricht verschickt.

Das war der Grund, weshalb der Kommissär sich persönlich zu Pessina begeben hatte und weshalb der Fall noch nicht abgelegt worden war. Die Kriminaltechnik hatte festgestellt, dass aus der Pistole, mit der sich Savi erschossen hatte, zwei Schüsse abgegeben worden waren, aber es war nur ein einziges Projektil gefunden worden. Was natürlich den Verdacht des Kommissärs erregt hatte.

Das ist ja ein allseits bekanntes System, um einen Mord als Selbstmord zu tarnen. Man erschießt das Opfer, dann drückt man ihm die Waffe in die Hand und schießt ein zweites Mal in die Luft oder irgendwohin, damit aus der Analyse der Fingerabdrücke hervorgeht, dass das Opfer eigenhändig abgedrückt hat. Natürlich schrillen bei der Polizei die Alarmglocken, wenn bei einem Selbstmörder eine Pistole gefunden wird, aus der zwei Mal geschossen wurde.

Aus der Auflistung der von Mankell geführten Telefonate ging ferner hervor, dass er mehrfach Savis Mobilnummer angerufen hatte. Als teilten die beiden ein Geheimnis miteinander, dachte der Kommissär. Ein Geheimnis, zu dem Savis letzte Nachricht eine Spur legte: ein an sich selbst geschicktes SMS, das er wie eine Gedächtnisstütze auf seinem Natel gespeichert hatte.

Ich kann nichts dafür. Ich habe immer versucht, Gewalt zu vermeiden. ER war es, der Mann, der nicht da war, ihr müsst den suchen, der sich versteckt hat. Ich war da, aber ich kann nichts dafür. Luciano Savi.

ABSENDER: Luciano Savi

EMPFÄNGER: Luciano Savi

GESENDET: 25. Aug. 2010, 02:05:51

Zwei Tage vor seinem Tod hatte Savi das Bedürfnis gehabt, diese Aussage zu dokumentieren. Das klang nicht wie die Abschiedsnachricht eines Selbstmörders. Eher wie die Botschaft von einem, der etwas zu verbergen hat.

Staatsanwalt Bazzi sammelte Beweise, um Savi die Morde anzuhängen; und die Ermittler vermuteten ein Motiv in den finanziellen Schwierigkeiten des Tukan. Aber die widersprüchlichen Fakten bereiteten De Marchi zunehmend Kopfzerbrechen: Die Kriminaltechnik konnte nicht erklären, wie es Savi geschafft haben sollte, Mankell zu erschießen, ohne irgendwelche Spuren zu hinterlassen – nichts deutete darauf hin, dass er jemals einen Fuß in das Zimmer gesetzt hatte, in dem Mankell ermordet worden war. Und die KT-Leute hatten dieses Zimmer wirklich auf den Kopf gestellt.

Weil es an Fakten fehlte, dachten sich Bazzi und die anderen Hypothesen aus. Aber das werden wir sehen, dachte De Marchi. Wenn jetzt zufällig rauskommt, dass Savi ermordet wurde, sind eure Theorien hinfällig.

3

Kates Glück

Wenn man bereit ist, die Gebühr zu zahlen, kann man das Auto am Bahnhof von Chiasso stehen lassen und geht dann zu Fuß den Corso San Gottardo oder die Via Giuseppe Motta entlang, überquert die Piazza Elvezia und ist in Italien.

Es ändert sich nichts. Erst ist man in der Schweiz, dann überquert man die Staatsgrenze, und es beginnt Italien. Eine banale Angelegenheit, viele tun es mehrmals am Tag: ein beiläufiger Gruß an die Grenzer, die Hände in den Hosentaschen, ein Schritt zur Seite, um ein Auto durchzulassen. Und dann ist Italien.

Aber selbst wenn es eine bloße Formalität erscheint – eine Grenze ist immer eine Grenze. Es kommen und gehen Kunstwerke, Millionen Euro und Franken, Erwerbstätige und Touristen, Leute, die ihr Glück suchen. Anderen hilft die Grenze beim Verschwinden. Und Kate will verschwinden, dachte Contini, während er sich einen Weg durch die Menge bahnte, Kate will von der Schweiz nichts mehr wissen.

Kate hat hier nicht ihr Glück gefunden.

Ehe sie in Mailand ins Flugzeug stieg, das sie mit wer weiß welchem Geld wer weiß wohin brachte, hatte Kate noch etwas zu erledigen. Deshalb hatte sie Contini eine SMS geschickt, und deshalb war er jetzt hier, an einem Tag, an dem Volksfest war, und zwängte sich zwischen Musikern und aufgebrezelten Mädchen hindurch. Auf der Bühne der Piazza Indipendenza trat eine Rockgruppe auf. Der Sänger, dessen Pferdeschwanz grau geworden war, hatte auch um neun Uhr abends seine Sonnenbrille nicht abgelegt. Bis auf den Schlagzeuger, der mit dem Sänger das Alter teilte, waren die anderen Musiker eine bis zwei Generationen jünger, und Contini fragte sich, wie diese Mischung entstanden, aus der Asche welcher Erfolgsträume sie wohl hervorgegangen war.

Die Lautsprecherboxen dröhnten und hämmerten. Contini wich einem rollerfahrenden Kind aus und schlängelte sich über den Platz bis zum Postgebäude. Von dort hielt er Ausschau.

Wenige Schritte vor der Grenze brachte Chiasso das Kunststück fertig, zum Dorf zu werden. Auf der Piazza waren Biertische aufgestellt, kleine Jungen liefen zwischen den Prellsteinen Slalom, kleine Mädchen schleckten Eis aus Waffeltüten, auf den Bänken saßen alte Herren mit blank polierten Schuhen. Passanten hielten kurz an und genehmigten sich ein Gläschen Roten oder kauften einen Lotterieschein. Das Tessin vergnügt sich für sein Leben gern und feiert die Feste, wie sie fallen: Kirchweih und Sommernächte, Jahrestage, Winter- und Sommerfasnacht – jeder Anlass ist recht.

Auch Contini sagte nicht nein zu einem Gläschen Merlot. Danach ging er weiter Richtung Süden, stemmte sich gegen den Strom der Touristen, der Gruppen von Jugendlichen, der Familien mit Kindern, und wurde immer wieder von Entgegenkommenden angerempelt.

Niemand sah aus wie Kate.

Aber er wusste ohnehin nicht, wie sie aussah. Aufs Geratewohl ging er weiter bis zum Grenzübergang, und dort bezog er Posten und wartete. Sie werde sich zu erkennen geben, hatte Kate ihn wissen lassen.

Er musste nicht lang warten. Es kam eine Kurzmitteilung, mit der sie ihn zu einem italienisch-chinesischen Restaurant in Ponte Chiasso bestellte. Contini war nicht sicher, ob er die italochinesische Küche kennenlernen wollte, fügte sich aber und überquerte die Grenze und fand das Restaurant in einer verkehrsreichen, von Ampeln und Geschäftsschildern strotzenden Straße. Das Volksfest war nur ein paar Hundert Meter entfernt und kam ihm doch vor wie eine völlig andere Welt.

Contini betrat das Restaurant und fragte: »Ist ein Tisch auf den Namen Contini bestellt?«

Kate erwartete ihn.

Sie war eine große, dunkelhäutige Frau, deren ausgeprägte Wangenknochen ihrem Gesicht etwas Edles verliehen; sie trug ein hochgeschlossenes graues Atlaskostüm und eine Halskette aus roten Steinen. Contini setzte sich ihr gegenüber und sagte: »Endlich!«

»Danke, dass Sie hergekommen sind.«

Kate sprach ausgezeichnet Italienisch, mit einem ganz schwachen Akzent, den Contini nicht identifizieren konnte. Sie trank ein chinesisches – italochinesisches? – Bier.

»Ich weiß, was Sie denken – statt diese ganzen Briefe zu schreiben, hätte ich auch direkt anrufen können.«

»Kein Problem«, sagte Contini. »Ich schreibe auch Briefe.«

»Als ich höre, dass Savi tot ist, denke ich: Ich gehe nicht fort, ohne von Vicky zu erzählen. Aber ich will die Tochter von Doktor Rocchi nicht anrufen. Zu jung.«

»Das war genau richtig, dass Sie mich angerufen haben.«

Contini betrachtete sie und meinte in ihrem Gesicht eine Mischung aus Überdruss und Ungeduld zu erkennen, als könnte sie es gar nicht erwarten, endlich fort zu sein. Er vergeudete also keine Zeit mit Höflichkeiten. »Wissen Sie, worum es bei dieser Dokumentation geht, die Rocchi zusammengestellt hat?«, fragte er.

»Nicht genau.« Kate starrte ihn unverwandt an. »Aber er hatte Beweise gegen Leute, so viel weiß ich immerhin. Warum habt ihr Savi nicht früher verhaftet?«

»Die Polizei hat diese Papiere nicht.« Contini winkte einem Kellner. »Ich erkläre Ihnen gleich alles.«

Kate bestellte Frühlingsrollen und Curryhuhn, Contini gebratene Ente in scharfer Soße. Und Bier und kantonesischen Reis für beide. Während sie warteten, berichtete Contini von Natalias Trauma und von den im Wald verloren gegangenen Papieren. Und er schloss: »Ich bin jedenfalls kein Polizist und verhafte niemanden.«

»Was bist du denn?«, fragte Kate.

»Weiß nicht. Ein Freund von Natalia.«

Kate sah ihn unverwandt an. Sie stellte keine weiteren Fragen und sah aus wie jemand, der weder zu viel wissen noch zu viel sagen will. Aber Contini hatte das Gefühl, dass allmählich ein gewisser Einklang zwischen ihnen entstand.

»Hast du Rocchis Dokumentation selber gesehen?«, fragte er.

»Manches kommt von mir, das habe ich ihm übergeben. Rocchi und ich, wir haben gemeinsam die Namen von Vickys Männern gesucht...«

»Hast du die noch im Kopf?«

»Nicht auswendig, aber wenn du mir einen Namen sagst, erkenne ich ihn wieder, glaube ich. Manche waren Stammkunden. Außerdem waren Vickys Papiere dabei, auch die gefälschten, und die Sachen, die Mankell unterschrieben hat. Und Fotos von Vicky, nachdem dieses Schwein sie zusammengeschlagen hat.«

»Was ist passiert, Kate?«

»Vicky war eine Freundin von mir, weißt du? Die Fotos habe ich gemacht. Mit meinem Telefon.«

Kate hatte die Tendenz, den springenden Punkt weiträumig zu umkreisen. Sicher hat sie Angst, dachte Contini, auch wenn sie eine ostentative Gleichgültigkeit ausstrahlte. Sie sprach unbeirrt und mit ruhigen Gesten, als erzählte sie eine alte Geschichte, ein Märchen, das sie beide kannten. Contini verspürte eine gewisse Seelenverwandtschaft mit ihr, er ahnte, dass auch sie gelernt hatte, Einmischungen in ihr Leben erfolgreich abzuwehren. Diese Ruhe war ihre Art, sich vor Angriffen zu schützen. Und die Angst zu überwinden. Contini wartete, bis der Kellner das Bier serviert hatte, und fragte dann: »Wer hat denn Vicky so zugerichtet?«

»Einer ihrer Männer. Er hat sie geschlagen, mehrmals, bis es ihr so schlecht ging, dass sie fast draufgegangen wäre. Savi und Mankell bekamen daraufhin Schiss und haben Vicky nach Hause geschickt. Aber Rocchi wusste Bescheid, und jetzt hatten sie Schiss vor *ihm*. Auch weil er ihre Papiere hatte. Vicky hat sie ihm gegeben, bevor sie verschwand.«

Contini begann zu begreifen. »Wo ist Vicky denn jetzt?«

»Ich weiß es nicht. Niemand weiß es. Vicky ist nach Hause zurück, und das ist weit weg.«

Kates Entgegenkommen war fast erschöpft. Sie hatte schon sehr viel gesagt, und sicher riskierte sie viel. Aber solange Rocchis Dokumentation nicht wieder auftauchte, war sie die Einzige, die berichten konnte, was im Tukan vorgefallen war.

»Kate, *wer* hat Vicky geschlagen?«

»Ich weiß nicht, wer er ist.«

»Aber wann ist es passiert? Warum bekamen Savi und Mankell Schiss?«

»Weil sie zu viel zu verbergen hatten. Aber das ist jetzt vorbei, ich will dir nur eines sagen.«

Contini, der seine Ente nicht mit Stäbchen aß, ließ Messer und Gabel sinken und blickte Kate erwartungsvoll an.

»Ihr müsst diese Papiere finden. Oder ihr müsst mit der Polizei Vickys Männer suchen. Savi ist tot, aber auch die anderen dürfen nicht einfach davonkommen.«

»Kate, wenn ich dich jetzt zur Polizei begleiten würde, müsstest du nicht …«

»Vicky ist nicht mehr da, Savi ist tot. Und ich bin in einer Woche weg, mit dem Flugzeug. Ich will nie mehr in die Schweiz zurück, und ich will keine Polizei.«

»Savi ist tot, aber es bleiben andere. Ferdi zum Beispiel, der …«

Kate verfinsterte sich. »Was weißt du von Ferdi? Von dem rede ich nicht.«

»Aber wenn du bereit wärst, auszusagen …«

»Ich habe kein Glück in letzter Zeit. Ich rede mit Rocchi, und Savi wirft mich raus, dann habe ich keine Arbeit. Jetzt reicht es, jetzt will ich weg.«

Contini wollte etwas einwenden, als sein Telefon läutete. Er war im Begriff, den Anruf wegzudrücken, erkannte aber die Nummer des Herausgebers. Mit einer entschuldigenden Geste stand er auf und entfernte sich ein paar Schritte.

»Hallo?«

»Contini!« Im Hintergrund liefen die Fernsehnachrichten.

»Ja. Guten Abend, Herr Direktor!«

»Hören Sie mir zu, Contini. Sie können nicht sagen, dass Sie nicht gewarnt wurden.«

Contini schwieg abwartend.

»Ich habe es Ihnen klar und deutlich gesagt«, fuhr Gianrico Roberti fort. »Solange Sie nicht für uns ermitteln, will ich nicht, dass Sie sich in diese Nachtlokalsache einmischen. Ich will nicht hören, dass … Hören Sie mich?«

»Ja, ja!«

»Wie kommt es, dass Sie gestern in Castione waren, als die Polizei die Leiche entdeckt hat? Wieso muss ich das aus Teleticino erfahren?«

Contini hielt die Fragen für rhetorisch und sagte nichts. Doch Roberti schien auf einer Antwort zu bestehen. »Und?«, zischte er ins Telefon. »Wie erklären Sie das?«

»Vielleicht hat mich ein Journalist gesehen. Ich wollte Savi nur ein, zwei Fragen stellen.«

»Sind Sie verrückt? Sie setzen sich einfach über meine Anweisungen hinweg? Zumal Ihre Arbeitsleistung in letzter Zeit durchaus zu wünschen übrig lässt. Was haben Sie zu Ihrer Rechtfertigung zu sagen?«

»Ich bin gerade nicht ganz bei der Sache.«

»So, das reicht. Sie haben den Bogen überspannt. Es bleibt uns nichts anderes übrig, als Ihr Arbeitsverhältnis zu beenden. Sie sind gekündigt. Fristlos. Ihr Arbeitszeugnis erhalten Sie mit der Post. – Hören Sie mich?«

»Ja.«

»Tut mir leid, Contini. Ich hatte Sie gewarnt.«

»Ja, natürlich. Machen Sie sich keine Sorgen.«

»Was ich noch für Sie tun kann, ist ein Empfehlungsschreiben …«

»Danke, ich würde mich dann bei Ihnen melden. Schönen Abend.«

Nach dieser ungeschickten Abwürgung seines Chefs drehte sich Contini zu Kate um. Ihr Platz war leer. Im ersten Moment dachte er, sie sei auf die Toilette gegangen, doch als er an den Tisch trat, sah er, dass sie ihm mit ihrer großen, resoluten Handschrift eine Nachricht auf der Serviette hinterlassen hatte.

Tut mir leid, aber mehr habe ich nicht zu sagen. Anbei mein Beitrag zur Rechnung. Viel Glück, Kate.

Kates letzter Brief.

Daneben lag ein Zehn-Euro-Schein.

Bisschen mager, dachte Contini. Er verzichtete darauf, sie zu verfolgen. Er hatte schon viel von ihr verlangt, und er war es leid, den Polizisten zu spielen. Er hatte Francesca verloren und jetzt auch noch seine Arbeit. Und wofür das Ganze? Das wusste er selbst nicht. In diesem Moment war er drauf und dran, alles hinzuwerfen. Was gingen ihn das Tukan und Rocchis Ermittlungen an? Dann musste er wieder daran denken, was Giona über Natalias Schweigen und seine Bedeutung gesagt hatte, und er griff zum Telefon und wählte ihre Nummer.

Es meldete sich nur die Mailbox, und Contini hinterließ ihr eine Nachricht.

»Tschau, Natalia, ich bin's, Contini. Ich habe jetzt mit Kate gesprochen – du weißt schon: die dir geschrieben hat, erinnerst du dich? Sie hat nicht alles gesagt, was sie weiß, aber ich weiß jetzt immerhin, dass der Fall mit Savis Tod absolut nicht gelöst ist. Es sind andere in die Sache verwickelt, die große Verantwortung tragen. Fühlst du dich in der Lage, nach Corvesco zu kommen? Ruf an, wenn du magst.«

Contini legte auf. Dann setzte er sich wieder, rief den Kellner und ließ sich noch einen Nachschlag scharfer Soße bringen.

4

Eurosport

Natalia war eine regelmäßige Zuschauerin von Eurosport geworden: Es war das Einzige, was sie beruhigte, ihre Einsamkeit vergessen machte.

Dabei hatte sie sich für Sport nie interessiert, im Gegenteil, hundertmal lieber lag sie Musik hörend in der Badewanne oder war draußen in der Sonne und las Krimis. Aber im Moment konnte sie nicht einmal mit ihren geliebten Krimis etwas anfangen. Nicht allein deshalb, weil sie nichts über Morde lesen wollte, sondern weil ihr noch immer das eine oder andere Wort fehlte. Sie empfand es als demütigend. Ihr Zustand wurde wieder schlimmer: Seit dem Tag, an dem sie von Savis Tod erfahren hatte, machte sie nicht nur keine Fortschritte mehr, sondern war wieder völlig blockiert. In der letzten Logopädiestunde hatte sie geweint.

Anscheinend war der Fall jetzt gelöst. Savi hatte ihre Mutter und Mankell umgebracht; zwar fehlten noch die Einzelheiten, doch würde die Polizei sicher alles rasch aufklären. Warum dann dieser Rückfall? Die Schule fing bald an, und sie steckte noch mitten im Morast fest. Der Boden, den sie mühsam Meter für Meter gewonnen hatte, war plötzlich wieder abgesackt. In ihrer Ratlosigkeit saß Natalia vor dem Fernseher, drehte den Ton ab und sah Snooker-Partien, Traktorwettrennen, Frauenfußball-Matches. Dass Sport eine Aktivität ist, die schweigend betrieben werden kann, war ihr bis dahin gar nicht bewusst gewesen.

Sie ging nicht mehr in den Garten, auch das Wohnzimmer betrat sie nicht mehr. Sie hatte den Fernsehapparat in die Küche gestellt und einen Sessel davor. Dort saß sie in einer Ecke, sah Eurosport und trank gläserweise Milch.

Das Läuten an der Tür schreckte sie auf, als sie Butter auf eine Scheibe Schwarzbrot strich. Im Fernsehen setzte eine kolossale Kugelstoßerin zum Wurf an. Das Messer in der Hand, ging Natalia zur Tür und stand vor einem braunhäutigen Mädchen, das sie anlächelte. Es war Barbara. Vor Jahrtausenden hatten sie miteinander die Ferien verbracht, vor Jahrhunderten hatte Natalia ein paar Tage in Genf bei ihr gewohnt.

»Hallo!« Barbara musterte das Messer. »Alles okay?«

»Brot und Butter«, sagte Natalia. »Magst du auch?«

Sie setzten sich in die Küche. Barbara bewegte sich vorsichtig, als fürchtete sie, etwas umzustoßen oder zu zerbrechen. Natalia machte es nichts aus: Es war nicht die Art von betulichem Zartgefühl, das letztlich das Gegenteil der beabsichtigten Wirkung erzielt, sondern eher die zurückhaltende Wachsamkeit dessen, der unerforschtes Gelände betritt.

»Ich weiß schon, dass du deine Ruhe haben willst«, sagte Barbara. »Aber ich muss morgen nach Genf zurück und wollte vorher … na ja, du gehst ja nicht mehr ans Telefon, und deshalb dachte ich …«

»Tagsüber mache ich es jetzt immer aus.« Natalia machte auch eine Scheibe Brot für Barbara. »Sorry.«

»Das Wichtigste ist, dass es dir gut geht.«

Natalia gab keine Antwort und blickte nicht von ihrer Tätigkeit auf.

»Willst du dein Natel nicht mal anmachen? Bestimmt hast du jede Menge Anrufe …«

»Später.«

»Wo hast du's denn?«

»In meiner Handtasche.«

Die Athletin machte zwei Schritte, drehte sich anderthalbmal um die eigene Achse und stieß ihre Kugel. Die Mädchen verfolgten gespannt die Flugbahn, bis die Kugel nahe einer Linie im Gras landete. »Gehen wir ein bisschen spazieren?«, fragte Barbara.

Sie fuhren mit dem Bus bis zum Bahnhof von Lugano und gingen die lange Treppe zur Altstadt hinunter. Das Gehen behagte beiden. Es war ein Tag mit Sonne und Wolken, Natalia atmete tief ein und genoss es, im Freien zu sein. Es ging ein leichter Wind, der den See kräuselte und die Sonnenschirme auf der Piazza della Riforma blähte.

»Es ist aber eindeutig besser geworden«, sagte Barbara. »Du sprichst doch eigentlich schon wieder wie früher.«

»Fast.«

Barbara bemühte sich nach Kräften, doch Natalia fand einfach nicht zurück in ihre frühere Welt mit ihren unerschöpflichen Themen Jungen und Filme und Musik. Das normale Leben schien ihr Lichtjahre entfernt.

»Bei wem wirst du denn jetzt leben?«, fragte Barbara.

»Für eine Weile kommen Verwandte zu mir. Dann allein.«

»Warum kommst du nicht zu mir nach Genf, wenigstens in den Ferien?«

»Danke. Sehr gern.«

Sie schlenderten die Seepromenade entlang zum Parco Ciani. Vor dem Fahrradverleih drängten sich Touristengruppen, und weiter hinten, beim Kiosk, lungerten Kinder mit Cola- und Fanta-Dosen herum: Natalia fand das Ambiente immerhin anregender als Eurosport.

»Schön, dass du gekommen bist.«

»Ja, ich dachte, dann sehen wir uns wenigstens, bevor ich wegmuss.«

Sie betraten den Botanischen Garten.

»Ich hab jemanden kennengelernt«, sagte Natalia.

Barbara sah sie interessiert an. »Wie heißt er?«

»Giovanni.«

»Wie ist er, gefällt er dir?«

»Ich weiß nicht. Ich bin gern mit ihm zusammen, aber ich muss auch allein sein.«

Es ließ sich schwer erklären. Und sie wollte es gar nicht erst versuchen. Ihr genügte das Knirschen der Kieselsteine unter den Füßen, das Gekreisch der Kinder auf dem Spielplatz und der Geruch des Sees, der in Schwaden unter den Bäumen herüberwehte.

Aber irgendetwas stimmte nicht.

Natalia deutete auf eine Bank, und die beiden Mädchen setzten sich nebeneinander und blickten auf den See. Nach einer Weile zog Natalia ihr Telefon heraus, und kaum hatte sie es eingeschaltet, piepste es hektisch.

»Nicht angenommene Anrufe«, sagte Natalia.

»Also ich hab's ziemlich oft probiert.«

»Hast du auf die Mailbox gesprochen?«

»Nein, warum?«

»Jemand hat eine Nachricht hinterlassen …« Natalia runzelte die Stirn, als sie die Nummer las. »Das war Contini.«

»Wer ist das?«, fragte Barbara.

Natalia gab keine Antwort. Sie hörte ihre Mailbox ab.

5

Unterschiedliche Typen

Giovanni Canova bewunderte die Eleganz der Lettern. Vor Beginn seiner Ausbildung hatte er nichts von Schriftgestaltung, Stilmerkmalen und Formenlehre gewusst, geschweige denn auf sie geachtet, und jetzt träumte er davon, eine neue Schriftart zu entwickeln. Eine, die das Zeug hatte, zum Klassiker zu werden.

Times, Courier, Helvetica... jede Schriftart war eine Welt für sich. Inzwischen wusste Giovanni schon viel über die Schriftgestaltung, ob mit oder ohne Serifen, über Höhe, Laufweite und Proportionen, über Schriftstärke und Schriftlage. Zu Hause hatte er auf seinem Rechner ein Programm, das Buchstaben vermaß, verglich und mögliche Varianten vorschlug. Außerdem konnte es Fontdateien generieren, die ihm jeden beliebigen Zeichensatz im gewünschten Maßstab erzeugten.

Vorläufig war er allerdings noch Lehrling.

Zuletzt, vor den Ferien, hatte er die Aufgabe gehabt, das Materiallager zu betreuen und die Bogenoffset-Maschinen zu überwachen; er beaufsichtigte Druck- und Farbwerk und reinigte die Zylinder, achtete auf den ungehinderten Papierdurchlauf und legte neue Rollen ein. Er arbeitete gern an den Maschinen, deren präzises Funktionieren ihn faszinierte und befriedigte.

An diesem Tag Ende August hatte die Schule noch nicht wieder begonnen, und Giovanni konnte sich an seinem künftigen Arbeitsplatz umsehen. Sein neuer Betrieb, die Tipografia Offset Martini mit Sitz in Grancia, unweit von Lugano, hatte jüngst eine Heidelberg Speedmaster SM 102 mit Qualitätskontrolle CPC 24 angeschafft. Giovanni wurde von Herrn Martini herumgeführt, den Kollegen vorgestellt und in seinen neuen Arbeitsplatz eingeführt.

»Ich habe ja seinerzeit noch den Handsatz gelernt«, schwelgte der Chef in Jugenderinnerungen. »Wir hatten Setzkästen mit Bleilettern, je einen für jede Schriftart. Du kannst dir nicht vorstellen, wie lang es gedauert hat, auch nur eine Seite Zeile für Zeile zu setzen …«

Giovanni lernte die Geschichte des Buchdrucks in der Berufsschule und hatte schon viel von der guten alten Zeit gehört. Einerseits war er neidisch: Es war bestimmt ein großes sinnliches Vergnügen, die Lettern in die Hand zu nehmen und ein Buch zu machen, im wahrsten Sinn des Wortes … Andererseits war der tägliche Umgang mit Blei zweifellos gesundheitsschädlich.

Signor Martini liebte aber auch die modernen Druckmaschinen und streichelte sie, während er sie seinem neuen Lehrling vorstellte. Und seine Zuneigung beschränkte sich keinesfalls auf den Maschinenpark seines Betriebs: Selbst der Getränkeautomat wurde von ihm mit einem liebevollen Klaps bedacht, bevor er die Münzen einwarf. »Bedien dich«, forderte er Giovanni auf. »Ich nehme heute nur einen Tee.«

»Danke«, sagte Giovanni, der in einer neuen Umgebung immer ein bisschen schüchtern war. »Kann ich einen Milchkaffee haben?«

»Selbstverständlich!« Signor Martini lächelte. »Dafür ist es doch da, unser gutes Stück …«

Unterdessen redeten sie über Giovannis Ausbildung und seine Hoffnungen für die Zukunft.

»Ja, das ist bestimmt eine gute Idee, diese grafische Zusatzausbildung. Hast du dich denn schon mit Schriftgestaltung befasst?«

»Ein bisschen«, sagte Giovanni.

»Heutzutage rate ich den jungen Leuten immer zu einem Grafikstudium – seit der Einführung des Fotosatzes ist unser Beruf nicht mehr sehr kreativ. Die Typografie hingegen eröffnet dir völlig neue Betätigungsfelder. Es ist immer gut, ein zweites Standbein zu haben. Mehrere Pfeile im Köcher, wie ich immer sage.«

Giovanni wollte etwas antworten, doch in dem Moment läutete sein Handy. Schamrot wühlte er in der Tasche und stotterte eine Entschuldigung.

»Bitte sehr«, sagte Signor Martini. »Die jungen Leute sind heute ja …«

Zu seiner größten Überraschung vernahm Giovanni Natalias Stimme.

»Stör ich?«, fragte sie. »Bist du am Arbeiten?«

»Nicht wirklich … heute ist die Betriebseinführung.«

»In Lugano?«

»Ja.«

»Ich bin in Massagno.« Natalia legte eine Pause ein. »Kann ich dich um einen Gefallen bitten?«

»Klar«, sagte Giovanni und entfernte sich ein paar Schritte. »Was gibt's?«

»Ich möchte nach Corvesco. Ich will diese Papiere suchen.«

»Aber …«

»Contini hat ein paar Dinge erfahren. Begleitest du mich nach Corvesco?«

»Ich … Klar. Gute Idee. Morgen oder übermorgen kann ich …«

»Ich würde es gern sofort tun. Kannst du deinen Vater fragen, ob er uns fährt?«

»Hm.« Giovanni schluckte. »Jetzt gleich … Ähm … Musst du nicht erst den Anwalt fragen, deinen Vormund?«

»Mach ich. Aber kannst du denn sofort weg?«

»Vielleicht … ich frage. Ich muss auch mit meinem Vater reden. Aber warum ist es so eilig?«

»Ich weiß nicht.« Natalia verstummte, suchte die richtigen Worte. »Ist nur so ein Gefühl. Irgendwie kann ich nicht mehr warten. Ich muss jetzt endlich Klarheit haben, verstehst du?«

6

Ein schlaues Füchslein

Contini wartete. Kate war geflüchtet, Francesca ließ nichts von sich hören, das Intermezzo bei der Zeitung lag hinter ihm. Vorläufig hatte er nichts anderes zu tun, als mit dem grauen Kater auf der Veranda herumzuhängen. Oder eine Runde durch den Wald zu drehen.

Besser eine Runde im Wald.

Im Grunde war alles, was ihm passiert war, der ideale Anlass für einen Neuanfang. Er zog seine Fuchsklamotten an, steckte die Kamera ein und machte sich auf den Weg. Ein Mann allein mit sich, im Dickicht des Waldes und auf ansteigenden Gebirgswiesen, durch das windgebügelte Gras: Es war der richtige Augenblick, um zum Wesentlichen zurückzukehren. Ich bin hier, dachte Contini, jetzt. Wo ist ein Problem?

Es war, wie immer, das Telefon.

»Tschau, störe ich?«

Natalia.

»Nein. Hast du meine Nachricht gehört?«

»Ja.« Natalia zögerte. »Nach dem, was du gesagt hast, habe ich meine Meinung geändert.«

»Willst du's noch mal versuchen? Nach Corvesco kommen?«

»Ja.«

»Wann?«

Der ungeduldige Detektiv. Die Geschichte war also doch noch nicht zu Ende. Wahrscheinlich würde Natalia hier nichts finden, aber wenn der alte Jonas Recht hatte, bestand zumindest eine Möglichkeit …

»Ich sag dir Bescheid«, antwortete Natalia. »Ich habe Giovanni gefragt, ob er mich begleitet, und sein Vater fährt uns.«

»Soll ich mitkommen?«

Der schnüffelnde Detektiv. Natalia überlegte sekundenlang. »Wir drehen erst selber eine Runde, dann ruf ich dich an.«

»Also sehen wir uns später. Aber geht lieber nicht zu tief in den Wald.«

Der väterlich besorgte Detektiv.

»Ja, gut«, sagte Natalia. »Bis nachher.«

»Ich war nicht dabei.«

»Wo waren Sie nicht dabei?«

»Bei der Prügelei.«

»Bei welcher Prügelei?«

»Weiß nicht. Als sie die Frau zusammengeschlagen haben.«

»Welche Frau? Wer?«

»Das weiß ich eben nicht, Herr Kommissär, ich war doch nicht dabei.«

Zuhälter, Sängerinnen, Fotografen mit ausweichendem Blick, gescheiterte Boxer und betagte Mädchen: De Marchi hatte in rascher Folge eine ganze Schar von Personen aus dem Milieu befragt. Sie waren das Unterholz, das rund um das Tukan und andere Tessiner Nachtclubs wuchs; in diesen Kreisen wurde nur halblaut gesprochen, und alles bedeutete immer mindestens zweierlei.

Erst wollte er es bleiben lassen – wozu die Zeit mit der Suche nach einer zwielichtigen Verbindung zwischen Savi und Mankell verschwenden? Wie der Staatsanwalt sagte: Sie werden Mankell dafür bezahlt haben, dass er ein paar Gesundheitszeugnisse unterschreibt. Aber dann erwähnte dieser Security-Mensch eine Prügelei im Tukan, einen offensichtlich brutalen sadistischen Akt, den Savi mit Mankells Hilfe vertuscht habe.

Leider gab es keine Beweise und keine Zeugen.

»Commissario, wir sind doch quasi Kollegen. Sprich, maximaler Respekt, oder?«

Vor De Marchi saß ein Muskelberg, der mit jeder Bewegung den Stuhl zum Ächzen brachte. Der Kommissär konnte ihn sich nicht mit Securitas-Uniform vorstellen. Sehr deutlich hingegen sah er ihn als schwarz gekleideten Schläger, der zahlungsunwillige Bordellkunden fäustlings zur Räson brachte.

»Na klar. Kollegen.«

De Marchi schob mit dem Zeigefinger sein Feuerzeug auf dem Schreibtisch herum. Er war müde, grenzenlos, und wurde immer müder.

»Jemand hat Ihnen von einer Handgreiflichkeit erzählt. Ich will wissen, wer.«

Der Muskelberg, der sich Alan Esposito nannte, zuckte die Schultern.

»Niemand hat es *erzählt*. Es kommt immer wieder mal vor, dass ein Kunde ausflippt, und nachher schämt er sich. Ist nix Neues.«

»Er flippt aus?«

»Was weiß ich – ich hab's mir halt so zusammengereimt. Savi wollte keine Skandale. Das sag ich Ihnen, weil wir zwei schließlich vom Fach sind.«

»Na gut.« De Marchis Hand schloss sich um das Feuerzeug. »Erzählen Sie bitte noch mal alles von vorn.«

Der Muskelberg seufzte. »Vor ein paar Monaten, als sie mal Leute brauchten, habe ich zwei Wochen lang dort gearbeitet, als Sicherheitsbeauftragter.«

Sicherheitsbeauftragter. De Marchi nahm zur Kenntnis, dass auch ein Rausschmeißer seine Ehre hat und Wert auf eine respektable Fassade legt.

»Aber als Externer werde ich natürlich nicht eingeweiht. Das heißt, eines Abends kommt Savi zu mir und sagt: Es ist was passiert. Ich sage: Was? Und er: Du kannst nach Haus gehen.«

Esposito schwieg, und seine Miene besagte, dass er nichts hinzuzufügen hatte.

»Und, bist du nach Hause gegangen?«, fragte De Marchi.

»Nicht gleich. Vorher war ich oben, wo die Mädchen ihre Zimmer haben ... das heißt, wo sie sich nach ihrem Auftritt ausruhen, wenn ...«

»Versteh schon, red weiter.«

»Jedenfalls hab ich gesehen, dass jemand ein Mädchen misshandelt hat, eine gewisse Vicky. Ich habe sie schreien und weinen hören, und dann taucht Savi auf und schreit mich an: Hab ich dir nicht gesagt, du sollst abmarschieren? Also bin ich abmarschiert.«

Ende der Geschichte. Der Kommissär bohrte noch eine Viertelstunde weiter, einfach der Ordnung halber, denn Esposito war der ergiebigste Zeuge, aber gesehen im eigentlichen Sinn hatte er nichts. Ansonsten waren die Ergebnisse seiner Befragungen nur ungenaue Angaben, Gerüchte, sogar ein paar schlichtweg erfundene Geschichten. Und diese Vicky schien vom Erdboden verschwunden. Falscher Name, falsche Dokumente, immer die gleiche Geschichte.

Es besteht kein Zweifel, sagte der Staatsanwalt. Savis Selbstmord setzte den Spekulationen ein Ende, jetzt galt es, Beweise zusammenzutragen, die vor Gericht Bestand hatten. Aber De Marchi hatte zu viele Fragen, auf die ihm niemand eine Antwort gab.

Wahrscheinlich war die Wahrheit in dieser Dokumentation zu finden, die Rocchi zusammengestellt hatte und die seine Tochter – das behauptete sie jedenfalls – im Wald hatte verschwinden lassen. Bestimmt nicht in der Aussage von Alan Esposito. Bescheid gewusst hatten – vielleicht – die Eheleute Rocchi, mit Sicherheit aber Peter Mankell und Luciano Savi. Und alle waren tot.

Es war eine kleine Füchsin. Sie ging vorsichtig, es war eines der ersten Male, dass sie sich allein in die Welt hinauswagte, abseits der Lichtung, an deren Rand sie aufgewachsen war und wo die Sicherheit des Baus mit seinen vielen Ausgängen war. Contini beobachtete sie eine Weile durchs Fernglas und versuchte dann, sich ihr in einem großen Bogen zu nähern.

Auf halber Höhe eines Abhangs, eines mit Haselsträuchern und Grasbüscheln übersäten Geländes, war das Füchslein erstarrt. Es dürfte etwa vier Monate alt sein, schätzte Contini, das richtige Alter, um erwachsen zu werden. Wahrscheinlich hatte es eine Beute gewittert oder irgendeine unterirdische Bewegung wahrgenommen.

Normalerweise jagen Füchse des Nachts, aber die Jugend ist eben ungeduldig. Contini zoomte die Füchsin näher: Er wollte bereit sein, wenn sie zum Beutesprung ansetzte. Er sammelte sich; konzentrierte sich auf die Bewegungen des Tiers und die eigene Reglosigkeit und versuchte seinen Geist leer zu machen.

Doch seine Gedanken gingen eigene Wege. Welche Erinnerungen Natalia in Corvesco wohl wiederfinden, welche Wege sie und Giovanni gehen würden? War es richtig, die beiden allein losziehen zu lassen? Andererseits hätte ihnen die Anwesenheit eines Erwachsenen wohl wenig behagt.

Die Füchsin schlich in Zeitlupe dahin. Dann erstarrte sie wieder, eine Pfote erhoben und die Schnauze in der Luft. Bereit zum Sprung. Contini nahm an, dass sie ein bisschen Theater spielte, die Gesten der Mutter imitierte. Ein Angriff um diese Zeit war ein wenig aussichtsreiches Unterfangen: Nachmittags schlafen Maulwürfe und lassen sich nicht von Fuchswelpen fangen.

Contini zielte mit der Kamera. Die Füchsin stand wie erstarrt. Der Wind raschelte im Wald und versetzte die höchsten Wipfel in Bewegung. Rechter Hand war eine Wasserrinne, die zum Tresalti führte, links weitete sich die Landschaft zum Hügel hin. Auf diesem Hügel stand die kleine Füchsin.

Der Blitz erfolgte im Moment des Abdrückens. Contini nahm eine Bewegung wahr, die Füchsin schoss nach vorn und landete mit Schnauze und Pfoten neben einem Erdhaufen. Aber vergebens, sie hatte nichts gefangen. Der Maulwurf war verschwunden – hatte nur kurz die Schnauze ins Licht gereckt und sich auf der Stelle wieder zurückgezogen. Das Füchslein leckte sich mit verlegener Miene eine Pfote. Und Contini kauerte immer noch im Gras, den Zeigefinger auf dem Auslöser. Er hatte das Foto nicht gemacht, denn im Augenblick des Sprungs hatte ihn, aus heiterem Himmel, eine Erkenntnis überfallen.

Schweigen und Verzug. Natalia, die nicht erzählen kann, was passiert ist, und der Mörder, der ungesehen im Haus Rocchi auftaucht. Alles war klar. Und selbst Savis Selbstmord war vermutlich eine Inszenierung.

Contini stand auf und verstaute seine Kamera in ihrem

Futteral. Er musste Kate um Mithilfe bitten, bevor sie in ihr Flugzeug stieg. Er schickte ihr eine Nachricht mit mehreren Namen und der Frage, ob einer davon ein Freier von Vicky gewesen sei. Es wäre kein Beweis im strengen Sinn, aber besser als nichts.

Ein Mörder für drei Opfer. Eine einzige Hand, die Sonia Rocchi, Peter Mankell und Luciano Savi umgebracht hatte. Dann war Savi tatsächlich unschuldig, er hatte keinen Mord auf dem Gewissen. Denn im Schatten, mit einem Verzug von wenigen Sekunden, agierte eine weitere Person, die mit großer Schläue vorging. Ein Mensch voller Angst, ein Mörder ohne Mitleid.

Contini überließ die Füchse sich selbst und kehrte hastig nach Corvesco zurück.

7

Der verwirrte Detektiv

Francesca. Schon von weitem sah er, als er aus dem Wald herabkam, ihr Auto in der Sonne blitzen. Alles auf einmal wie immer. So viele Schachzüge man auch vollführt, das Leben lässt einen nicht in Ruhe. Es war nur ein kurzer Moment der Waldeseinsamkeit gewesen: Jetzt hatte er einen Mörder aufzustöbern und eine Frau zu besänftigen.

Er trat aus dem Wald, ging rund ums Haus und sah sie auf der Veranda sitzen. Das Problem war, dass es jede Menge zu besprechen gab und sehr wenig Zeit. Er musste sofort etwas unternehmen, musste Natalia anrufen und warnen, die Polizei verständigen. Francesca klarmachen, dass die Probleme, die sie miteinander hatten, im Grunde nur Hirngespinste waren und nicht weiter wichtig.

»Ciao, Contini.«

Francesca trug einen kurzen dunkelblauen Rock und eine langärmelige Bluse derselben Farbe, dazu ein gelbes Halstuch, und sie blickte ihm mit einem halben Lächeln entgegen.

»Francesca«, sagte Contini. »Francesca, was machst du denn hier?«

»Schöner Empfang.« Francesca stand auf.

»Entschuldige.« Contini trat auf sie zu, und sie küsste ihn auf die Wange. »Ich habe einfach nicht mit dir gerechnet.«

»Nein?«

Sie bewegte kaum die Lippen für diese eine Silbe, und Contini hielt mitten im Aufsperren inne. Er drehte sich zu ihr um und sagte: »Aber ich habe *gehofft*, dich zu sehen.«

Sie traten ins Haus, Contini machte Kaffee. Er behandelte Francesca mit einer Behutsamkeit wie ein Archäologe, der ein außergewöhnliches Artefakt entdeckt hat.

»Du scheinst ziemlich nervös, Contini. Steckst du in der Klemme?«

»Ach, das ist diese Sache mit Natalia Rocchi, du weißt schon. Die macht mir zu schaffen.«

»In welcher Eigenschaft? Als Reporter?«

Contini war einen Moment lang unsicher. Dann sagte er: »Ich habe ein bisschen auf eigene Faust ermittelt.«

»Aha.«

»Ich wollte wissen, warum Natalia schweigt und warum sie an diesem Abend ...«

Contini brach ab. Er machte nichts als Fehler. Francesca wollte wissen, wie es mit ihnen weitergehen sollte; seine detektivischen Anwandlungen kümmerten sie nicht. Zumal er doch selbst das Bedürfnis gehabt hatte aufzuhören, den Beruf zu wechseln. Sein Leben zu ändern.

»Aber wie geht's dir denn? Arbeitest du, machst du Vertretungen oder ...«

»Ein paar Stunden hier und da.«

»Gut, ich meine: gut für den Anfang. Und dann sind ja bald die neuen Stellenausschreibungen, oder?«

Unglaublich. Da plauderten sie Belanglosigkeiten wie zwei alte Schulkameraden. Contini schaffte es nicht, verlorenes Terrain gutzumachen.

»Mal sehen«, sagte Francesca. »Alternativ könnte ich die Zeit nutzen, um endlich richtig Englisch zu lernen.«

Continis Mobiltelefon gab einen Signalton von sich. Kate.

Ehe er sich versah, hatte er es aus der Tasche gezogen und las die Kurzmitteilung. Mit einem Seitenblick auf Francesca sagte er: »Entschuldige, das ist dringend.«

Es war eine Bestätigung: Kate hatte den dritten von den vier Namen der Liste erkannt und erhärtete damit Continis Theorie. Folglich …

Aber jetzt war nicht der Moment, darüber nachzudenken. »Also du möchtest Englisch lernen?«, sagte er. »Das heißt, du machst einen Kurs …«

»Nein, ich dachte, ich gehe für ein Jahr in die USA.«

»Ach.«

Das verwirrte den Detektiv. Viel zu viel in zu kurzer Zeit.

»Aber ich hab mich noch nicht entschieden«, sagte Francesca. »Ich weiß nicht, ob ich wirklich will.«

Deshalb war sie zu ihm gekommen. Deshalb sah sie ihn an, als erwartete sie eine Antwort. Aber war das denn richtig, dass sie ihre Entscheidung von ihm abhängig machte?

»Würdest du studieren? An der Uni?«

»Vielleicht finde ich eine Arbeit.«

Contini musste etwas sagen. Bis dahin war das Gespräch wie ein Trampolin gewesen, das ihn genau zu diesem Punkt befördert hatte.

Kein Wunder an einem Tag wie diesem, an dem es kaum Ruhe gab. Während Contini noch um Worte rang, läutete das Festnetztelefon. Das kabellose Mobilteil war irgendwo in Continis Wohnzimmerchaos untergegangen, weshalb er sich abermals bei Francesca entschuldigte und zu dem Wandapparat im Flur hinausging.

»Hallo?«

»De Marchi hier. Sind Sie das, Contini?«

»Ja.«

Francesca, die USA, seine Unschlüssigkeit – vor der

Dringlichkeit der gegenwärtigen Situation trat das alles in den Hintergrund.

De Marchi war recht kurz angebunden. »Ich rufe wegen dieser Tukan-Geschichte an.«

»Ja, ich wollte Sie schon …«

Der Kommissär ging nicht auf ihn ein. »Ich habe etliche Zeugen gehört, von denen einer erwähnt, dass er in letzter Zeit auch von Ihnen kontaktiert wurde. Und nachdem Sie mir versichert haben, dass Sie sich raushalten …«

»Lassen Sie's. Ich muss Ihnen was sagen, und es ist dringend.«

»Was denn? Wenn es wieder eine Ihrer …«

»Erst eine Frage. Kann es sein, dass Savi ermordet wurde?

»Ermordet?«, fragte De Marchi zurück. »Spielen Sie jetzt wieder den Polizisten?«

»Ich meine zu wissen, wer die drei Verbrechen begangen hat.«

»Haben Sie drei gesagt?«

»Es ist möglich, dass ein und dieselbe Person Sonia Rocchi, Mankell und Savi ermordet hat.«

De Marchi schwieg.

»Commissario? Sind Sie da?«

»Ja«, knurrte De Marchi. »Reden Sie.«

Ernesto Canova musterte unauffällig Giovannis Gesicht im Rückspiegel. Das Mädchen, sichtlich geistesabwesend, saß vorn neben ihm. Ernesto spürte deutlich die gespannte Atmosphäre, wusste aber nicht, was zwischen den beiden vorgefallen war.

Bis auf ein paar launische Anwandlungen ab und zu war Giovanni nie ein schwieriger Teenager gewesen. In den letzten Wochen aber schien er in einer anderen Welt zu leben. Er redete nie von dem Mädchen, doch Ernesto ahnte, dass sich sein Denken und Fühlen momentan nur um Natalia drehte. Die Wortkargheit, die unfreundlichen Antworten, die kopflosen Aktivitäten … Giovanni litt.

Ganz normal: er war siebzehn und verliebt.

Gleichwohl war die Geschichte mit Natalia Rocchi überschattet von Gewaltakten, von Mord und gefährlichen Geheimnissen. Was hatten die beiden vor – wollten sie nur einen sonnigen Tag für einen Ausflug ausnützen? Oder waren sie noch immer mit dieser scheußlichen Sache vom ersten August beschäftigt?

»Also, Leute, jetzt sagt mal, wie kommt ihr plötzlich auf die Idee mit Corvesco?«, fragte er, an niemanden im Besonderen gerichtet.

»Nur so«, sagte Giovanni. »Mal Luft schnappen.«

Also wandte sich Ernesto direkt an Natalia. »Frische Luft ist die beste Kur, wie?«

»Ja«, antwortete sie.

Teenager. Genauso gut kann man an eine Bunkerwand hinreden.

»Es ist ja schon bisschen spät, aber zum Glück ist es heute schön. Während ihr unterwegs seid, nutze ich die Zeit und mähe das Gras und bringe den Garten in Ordnung.«

»Brauchst du Hilfe?«, fragte Giovanni.

»Aber nein!« Ernesto lächelte. »Du hast doch heute Gesellschaft, oder? Nein, macht es euch nett, ihr zwei, und wenn ihr genug habt, findet ihr mich im Garten, ich bin sicher eine Weile beschäftigt.«

»Wie lang?«, fragte Giovanni sofort.

Ernesto suchte seinen Blick im Rückspiegel. »Ich weiß nicht. Warum, wo wollt ihr denn hin?«

Die Antwort kam von Natalia: »In den Wald. Ich will eine Stelle suchen, an die ich mich erinnere.«

8

Einen Ruf zu wahren

»Ich habe eine kleine Füchsin beobachtet.«

»Contini, erzählen Sie keine Romane, kommen Sie zum Punkt!«

»Lassen Sie mich ausreden, dann werden Sie sehen, dass es wichtig ist.«

De Marchi schnaubte, sagte aber nichts.

»Ich sage Ihnen gleich, dass ich keine Beweise habe, Commissario. Nur ein paar Eingebungen, wenn Sie so wollen. Ich habe also diesen Fuchswelpen beobachtet, der einen Beutesprung macht, wie es ihm seine Mutter vorgeführt hat, und um Haaresbreite zu spät kommt.«

De Marchi gab einen verdrossenen Laut von sich, den Contini überging.

»Dabei musste ich an Mankells Tod denken und habe mich gefragt: Hat die Polizei denn eine Spur gefunden? War Savi tatsächlich im Haus?«

Eine rhetorische Frage. De Marchi würdigte sie keiner Antwort.

»Vielleicht hat ja Savi nie einen Fuß in dieses Haus gesetzt«, sagte Contini. »In den Gärten ringsum waren jede Menge Leute, und doch konnte der Mörder, wer immer er war, entkommen, ohne von jemandem gesehen zu werden. Das scheint mir unmöglich. Daher also die nächste logische

Frage: Vielleicht ist er ja gar nicht entkommen? Sondern geblieben?«

»Aber es war doch niemand da!«

»Irrtum. Ich war da, und Natalia hat im Garten geschlafen.«

»Wollen Sie etwa ein Geständnis ablegen?«

»Es war auch noch eine dritte Person im Haus.«

»Eine dritte Person? Wer denn?«

»Der Mörder kam mit leichter Verspätung, das hat er jedenfalls so vorgeführt. Wie mein Fuchswelpe. Es gibt kein besseres Alibi als eine Verspätung, oder? Die dafür sorgt, dass man zur Tatzeit nicht anwesend ist.«

»Sie spinnen.«

»Die dritte Person, die nach Mankell kam, ist der Richter Bonetti.«

»Ha!«, entfuhr es De Marchi. »Das finden Sie wohl witzig!«

»Mir ist überhaupt nicht nach Witzen zumute.«

»Aber Sie wissen doch, dass Bonetti ein eisernes Alibi hat! Gerade Sie, Contini, sind doch auf dem Balkon gesessen und haben den Richter in dem Moment kommen sehen, als der Schuss fiel!«

»Bonetti ist der Einzige, der *nach* Mankell kam, also ist er auch der Einzige, der ihn erschossen haben kann. Das ist doch logisch, Commissario.«

»Aber Bonetti ist auch – das sagen Sie selber – *nach* dem Mord gekommen!«

»Ich habe sein Auto auf der Straße gesehen, aber wer gefahren ist, habe ich nicht gesehen.« Contini legte eine Pause ein und fuhr dann betont langsam fort: »Am Steuer saß nicht Bonetti. Gefahren ist jemand anderes, ein Komplize. Er hat das Auto auf dem Parkplatz abgestellt, hat sich irgendwo versteckt, vielleicht auf dem Rücksitz, und Bonetti, der in dem Moment aus dem Haus kam, tat so, als sei er eben aus dem Auto gestiegen.«

De Marchi schwieg. Dann fragte er: »Bonetti soll also seine Ankunft fingiert haben, während er in Wirklichkeit längst da war?«

»Genau. Einfach, aber wirkungsvoll, oder?«

»Das ist verrückt«, sagte De Marchi ärgerlich. »Völlig absurd. Sie spielen mit Wörtern und haben nicht den geringsten Beweis für Ihre Behauptungen! Und überhaupt kein Motiv.«

»Lassen Sie mich zwei Minuten reden, dann können Sie mich zum Teufel schicken.«

Der Kommissär gab ein unwirsches Knurren von sich, das Contini als Zustimmung nahm.

»Vor seinem Herzinfarkt ist Rocchi dem Doktor Mankell hinter seine Machenschaften gekommen. Er stellte deshalb einige Nachforschungen über das Tukan an und begann mit der Hilfe einiger Mädchen, die bei Savi gearbeitet haben, Indizien zusammenzutragen. Mit einer dieser Frauen habe ich geredet, und sie hat mir erzählt, dass eine Kollegin von ihr zusammengeschlagen wurde … Ja?«

De Marchi hatte etwas Unverständliches vor sich hingebrummt. »Nichts«, sagte er jetzt. »Fahren Sie fort.«

»Besagte Frau hat angedeutet, dass ein Kunde sich nicht im Griff hatte, und die Leidtragende war eine Freundin von ihr. Um genau diesen Vorfall drehten sich Rocchis Ermittlungen. Seine Frau fand dann wohl die Unterlagen darüber, und wahrscheinlich wurde sie umgebracht, als sie versuchte, der Sache auf den Grund zu gehen.«

»Ich verstehe nicht, was der Richter Bonetti damit zu tun haben soll.«

»Der Kunde hat das Mädchen geschlagen. Es ist ein Mann,

der einen Ruf zu wahren hat, der zu allem bereit ist, um sein öffentliches Gesicht zu retten. Einer, der über jeden Verdacht erhaben ist, verstehen Sie? Ein Mann wie Sie, Commissario …«

»Jetzt reicht's aber! Ich …«

»… oder wie der Richter Bonetti. Die Tänzerin, mit der ich gesprochen habe, hat mir bestätigt, dass der Name Bonetti in Rocchis Dokumenten auftaucht. Der alte Richter war ein Stammkunde im Tukan.«

»Und wie heißt diese – Tänzerin?« Mit hörbaren Anführungszeichen gesprochen.

»Sie will nicht mit der Polizei reden.«

»Na, das ist ja mal was Handfestes«, sagte De Marchi höhnisch. »Die Aussage einer namenlosen Prostituierten, weitergegeben von einem dilettierenden Exdetektiv.«

»Ich sage Ihnen doch, dass ich es nicht stichhaltig beweisen kann. Aber alles passt zusammen: Bonetti ist beide Male mit einer hauchdünnen Verspätung angekommen, einen Moment nach dem Schuss auf Mankell und einen Moment nach dem Streit zwischen Savi und Sonia Rocchi.«

»Wie bitte?«

»Genau darum geht es: um die Wiederholung der Gesten. Sie scheinen gleich, sind es aber nicht, wie im Fall meines Fuchswelpen, der die Mutter imitiert.«

De Marchi ließ abermals ein Brummen hören.

»Natalia hat beobachtet, wie ein Mann mit ihrer Mutter gestritten und sie dann geschlagen hat. Sie flieht, und als sie wiederkommt, sieht sie ihre Mutter in ihrem Blut am Boden liegen, und daneben kauert der Mann, der sie umgebracht hat. Praktisch eine Verdoppelung der Erinnerung an die Gewalttat, als wäre der Mord zwei Mal passiert, und Natalia kann es nicht mehr erklären, sie kann nicht erzählen, was vorgefallen ist.«

»Contini, meine Zeit wird knapp.«

»Aber die Wahrheit liegt genau in diesem Schweigen: Natalia hat zwei verschiedene Männer gesehen! Erst Savi, der mit Sonia streitet und sie misshandelt. Als Sonia stürzt, merkt Savi, dass Natalia alles beobachtet hat, und rennt ihr nach, als sie wegläuft… bis er sie aus den Augen verliert. Er macht sich davon, fährt nach Hause, und als Natalia wieder zurückkommt, sieht sie einen *anderen* Mann, der sich über ihre Mutter beugt und ihr den Garaus macht… Das ist Natalias Schweigen, das ist es, was sie nicht sagen konnte!«

»Lassen Sie mich zusammenfassen: Savi habe also Sonia Rocchi zu Boden geworfen, aber nicht umgebracht. Und Sie meinen, dass er dann, nachdem ihm Natalia entwischt ist…«

»… sich schleunigst aus dem Staub gemacht hat. Vielleicht hielt er sich ja selber für den Täter, als er von Sonia Rocchis Tod erfuhr, wer weiß. In Wahrheit war am selben Abend auch der Richter Bonetti in Corvesco; vermutlich hat er sich heimlich angeschlichen und die Auseinandersetzung zwischen Sonia und Savi belauscht. Und als er Sonia auf dem Boden liegen sah und die belastenden Papiere auf dem Schreibtisch, konnte er nicht widerstehen und brachte sie um. In dem Moment kam Natalia zurück, und die entkam ihm dann samt der Dokumentation in den Wald.«

»Und Mankell? Weshalb hätte er dann auch Mankell umgebracht?«

»Vielleicht hatte der sich entschlossen, alles zu gestehen. Also ließ sich Bonetti – mit Savis Hilfe – den Trick mit dem Auto einfallen. Gefahren ist höchstwahrscheinlich Savi.«

»Aber warum hätte ihm Savi helfen sollen…«

»Er war erpressbar. Er hielt sich für Sonia Rocchis Mörder. Er konnte sich nicht weigern, Bonetti zu helfen, denn damit half er auch sich selber. Aber Bonetti wusste natürlich auch, dass er nie sicher war, solange Savi lebte und reden konnte.«

Der Kommissär schwieg. Contini meinte förmlich zu hören, wie De Marchi über diese Hypothese nachdachte. Sie war ziemlich gewunden, sie beruhte nicht auf stimmigen Beweisen, sondern auf ein paar Eingebungen – aber sie erklärte alles. Und rückblickend hatte Contini einen seltsam unklaren Eindruck von Bonetti: Von Anfang an war der über seine normalen Pflichten als Vorsitzender der Vormundschaftskommission weit hinausgegangen, ohne einen anderen Grund dafür erkennen zu lassen als eine vage Bekanntschaft mit Natalias Vater. In Wahrheit wollte er das Mädchen im Auge behalten.

De Marchi folgte wohl einem ähnlichen Gedankengang. »Sie wissen doch«, sagte er, »dass Bonetti mit den Rocchis befreundet war?«

»Befreundet ist wohl zu viel gesagt. Aber ihre Bekanntschaft dürfte mit ein Grund gewesen sein, weshalb Rocchi überhaupt erfuhr, dass Bonetti im Tukan verkehrte … und dass er Mädchen misshandelte.«

»Contini, ist Ihnen klar, dass Sie sich eine Anzeige wegen Verleumdung einhandeln könnten?«

»Und ist *Ihnen* klar, dass Bonetti nahe daran ist, völlig straffrei davonzukommen? Die Mädchen, die im Tukan gearbeitet haben, sind in alle Winde zerstreut. Niemand weiß was, oder anders: niemand redet. Andere, die etwas wussten, sind tot: Rocchi, Savi, Mankell. Nur Natalia lebt noch, Commissario, und ihr Gedächtnis kehrt Stück für Stück zurück, sie erinnert sich jeden Tag besser …«

Die Flugzeuge zeichneten weiße Streifen ins wolkenlose Blau. Auf den Straßen war kaum Verkehr, an den Ferienhäusern waren die Läden geschlossen. Doch auch wenn die Saison seit Mariä Himmelfahrt vorbei war und das Dorf in seinen Alltagsrhythmus zurückkehrte, hielt sich der Sommer noch im Grün der Berghänge und Bäume, in der strahlenden Sonne, dem blauen Himmel.

Giovanni schätzte die Ruhe, die säuberlichen Wege, die allgegenwärtige Ordnung. Corvesco war *das* Schweizer Dorf, wie es im Buch steht, die Postkartenversion des Schweizer Dorfs, und das ganz ohne Anstrengung – alles sah so aus, als sei es das Natürlichste der Welt. Vielleicht war es ja so. Warum aber schlichen sie dann durch den Wald und suchten nach Beweisen für einen Mord?

Auch im Postkarten-Schweizer-Dorf gibt es Ressentiments und Ängste, gut gepflegte, einsatzbereite Waffen, Zimmer, die niemand zu öffnen wagt, und Leichen im Keller. Giovanni sah Natalia den Waldweg entlang gehen, und es schnürte ihm die Kehle zusammen. Sie sollten nicht hier sein, es war nicht fair, dass man ihnen alle Sorglosigkeit genommen hatte.

»Was ist denn?«, fragte Natalia, sich umdrehend. »Stimmt was nicht?«

»Hast du Bescheid gesagt, dass wir hier sind? Hast du's dem Anwalt gesagt, deinem Vormund?«

»Ja, er war nicht erfreut, aber das macht nichts.«

Giovanni runzelte die Stirn. »Wie – er war nicht erfreut? Was hätte er denn dagegen?«

»Ich weiß nicht.« Natalia zuckte die Achseln. »Er findet es reine Zeitverschwendung, und wir sollen uns von Contini fernhalten, weil er spinnt.«

Sie waren vom Ferienhaus ihrer Eltern aufgebrochen, das direkt am Waldrand stand, und Natalia zwang sich, dieselben Wege zu gehen, die sie – wahrscheinlich – in der Nacht des Verbrechens genommen hatte.

Es war stockfinster gewesen, als sie vor dem Mörder geflohen war, und sie hatte bei ihrer Flucht durch den Wald nicht auf die Richtung geachtet. Aber die Erinnerung kam allmählich wieder in Gang und gab ihr neue Anhaltspunkte, wie unerwartete Geschenke kehrten die Wörter zurück: das Bild von Wasser (WILDBACH GEBIRGSFLUSS TRESALTI), eine Uferböschung (STEILHANG ABWÄRTS), Papiere in ihrer Hand (DOKUMENTE RAUCH ANGST) und das Gesicht eines Mannes über dem leblosen Körper ihrer Mutter (SAVI MÖRDER TOD). Aber da war noch etwas, das sie nicht zu fassen bekam …

»Es war bestimmt gut, dass wir hergekommen sind«, sagte Giovanni. Er betrachtete sie verstohlen von der Seite.

»Ich erinnere mich … jetzt weiß ich's wieder. Ich habe die Papiere versteckt, hier ganz in der Nähe. Am Wasser.«

Natalia blieb stehen. Ihre Wangen waren gerötet, und ihre Lippen zitterten kaum merklich.

Giovanni berührte leicht ihren Arm. »Alles okay?«

»Ja, es … es ist schwer zu erklären. Die Wörter kommen wieder. Es ist ein bisschen so, wie wenn du lang mit verbundenen Augen herumgelaufen bist, und dann nimmt man dir die Binde ab, und alles ist ganz komisch.«

Sie gingen weiter. Es ging steiler bergauf. Irgendwann merkte Giovanni, dass Natalia zurückgeblieben war, und wartete am Rand einer Lichtung auf sie. Als sie ihn einholte, fragte er: »Was ist? Ist dir wieder was eingefallen?«

»Nein.« Natalia hielt ihr Telefon hoch. »Ich bin stehen geblieben, weil der Richter Bonetti angerufen hat.«

»Ach so? Was wollte er denn?«

»Corrado hat ihm mitgeteilt, dass wir hier sind, und er wollte sich vergewissern, dass Contini nicht dahintersteckt. Ich habe ihm gesagt, dass ich mich allmählich erinnere, was am ersten August passiert ist. Am Ende war's ihm dann doch ganz recht.«

»Siehst du?« Giovanni grinste. »Man muss ihnen nur Bescheid sagen, dann haben sie gar nichts dagegen.«

»Er hat sogar gemeint, er hat eine Idee, und vielleicht kann er uns helfen, die richtige Stelle zu finden.«

»Er? Wie soll das denn gehen, er hat doch keine Ahnung, was in der Nacht war?«

»Weiß ich auch nicht. Er sagt, er ist aus beruflichen Gründen in der Nähe, und wenn wir auf ihn warten, begleitet er uns hinauf zu dem verlassenen Dorf.«

»Valnedo«, sagte Giovanni. »Wer weiß, was ihm eingefallen ist …«

»Vielleicht hat ihm Mankell irgendwas gesagt, oder vielleicht ist es was, das ich gesagt habe und nicht mehr weiß.«

»Kann sein. Was hast du vor?«

»Weiß nicht. Er fragt, ob du runterkommen kannst, um ihn im Dorf abzuholen oder ihm den Weg zu erklären.«

Giovanni schnaufte widerwillig und setzte seinen Rucksack ab. Er zog die Wasserflasche heraus, nahm einen Schluck, reichte sie Natalia. Dann sagte er: »Also ich finde, wir sollten nicht zu viel Zeit verlieren. Geh du doch schon mal weiter nach Valnedo, dort kannst du dann auf uns warten.«

»Und du?«

»Ich muss es wohl so machen, wie der Richter will – ich warte im Dorf auf ihn. Dann steigen wir auf dem anderen Weg nach Valnedo auf, das geht schneller.«

»Okay.« Natalia schraubte die Flasche zu. »Aber dann musst du die doppelte Strecke gehen.«

»Macht nichts.«

Giovanni verstaute die Flasche im Rucksack, setzte ihn

wieder auf und machte sich auf den Weg bergab. Natalia blieb allein. Sonnenstrahlen drangen durchs Laub und zeichneten Lichtmuster ins Gras, zart wie Spinnweben. Sie blieb noch ein Weilchen stehen, lauschte dem Hauch des Windes und den Stimmen der Vögel und horchte in sich hinein. Alle ihre Wörter kehrten zurück, wie eine Welle, die über ausgedörrten Boden schwappt. Es erfüllte sie mit grenzenloser Erleichterung. Doch je klarer sie sah, desto beklommener wurde ihr zumute; und alles schien ihr rätselhaft.

9

Ich war hier

»Commissario, Entschuldigung, warten Sie einen Moment?«

»Was ist?«

»Ich bin gleich wieder da.«

Contini ließ den Telefonhörer am Kabel baumeln und ging ins Wohnzimmer.

Francesca war nicht mehr da.

Er rief sie. Er suchte sie in der Küche und fand nur ihre leere Kaffeetasse, die sie ins Spülbecken gestellt hatte. Er trat auf die Veranda hinaus, ging die Stufen hinunter, hielt nach ihrem Auto Ausschau. Francescas Renault war verschwunden.

Sie war fort.

Er hatte sie sitzen lassen, um mit De Marchi zu telefonieren, und sie war gegangen. Wie angewurzelt stand Contini vor seiner Veranda und starrte auf den Parkplatz. Sie war fort. Und sie wollte noch viel weiter fort, nach Amerika, wollte in den USA Englisch lernen. Contini würde nie Englisch lernen, würde nie Amerika sehen.

Er gehörte zu denen, die zu Hause bleiben.

Schließlich riss er sich zusammen und stieg wieder zur Veranda hinauf. Er ging ins Haus und durch den Flur zum Telefon, griff nach dem herabhängenden Hörer. »Ich bin wieder da.«

»Ich war drauf und dran aufzulegen.«

»Finden Sie nicht, dass Sie meine Hypothese wenigstens mal in Betracht ziehen sollten?«

»Hm ... Sie spielen mit dem Feuer.«

»In gewisser Weise stimmt sie auch mit dem Bild überein, das ich mir von Savi gemacht habe. Nämlich dass er kein Stratege ist – war –, sondern aus dem Bauch heraus handelt. Weshalb sind der Mord an Sonia und der an Mankell so verschieden? Weil Savi bei diesem ersten Mal tatsächlich impulsiv und brutal gehandelt hat, wie es seine Art war, aber dann kam er zur Besinnung und rannte weg, ohne die Sache zu Ende zu bringen.«

»Das können Sie nicht beweisen.«

»Aber es ist plausibel. Bonetti war vorsichtiger als Savi und schlauer. Natalias verwirrter Zustand kam ihm sehr gelegen – natürlich ließ er Savi in dem Glauben, er sei schuld an Sonias Tod. Dann dachte er sich einen Plan aus, um Mankell zu eliminieren ... Na gut, davon war ja schon die Rede.«

»Und was erwarten Sie jetzt von mir?«

»Überprüfen Sie's wenigstens.«

»Wie denn, ohne irgendeinen Anhaltspunkt! Ich kann ja schlecht zu Bonetti gehen und ihm Ihre Geschichte erzählen!«

»Sie glauben mir nicht, oder?«

Der Kommissär zögerte kurz. »Ich hätte gern etwas Konkretes. Wie begründen Sie zum Beispiel Ihre Vermutung, dass Savi ermordet wurde?«

»Sagen wir so: Er ist zum günstigsten Zeitpunkt gestorben. Und wenn man bedenkt, welches unheimliche Gefühl für das richtige Timing der Mörder hat, kommen einem doch Zweifel, oder? Außerdem war Savi der Letzte, der reden und ihm zur Gefahr werden konnte ... abgesehen von Natalia, falls ihre Erinnerung zurückkehrt.«

»Das sind doch alles nur Vermutungen!«, sagte De Marchi.

»Aber ist es Ihnen denn nicht möglich, Bonetti diskret auszuhorchen?«

»Ich habe nichts gegen ihn in der Hand! Und Sie ebenfalls nicht.«

Immerhin, das spürte Contini, hatte seine Theorie Eindruck auf den Kommissär gemacht. Er wollte ihm zwar nicht direkt Recht geben, vielleicht auch am Telefon nicht zu viel sagen, aber eines war klar: Die Spur zu Bonetti ließ sich nicht länger ignorieren.

»Mit Ihnen wird's einem wenigstens nicht fad, Contini.«

»Soll das ein Kompliment sein?«

»Wir werden der Sache nachgehen, und ich sag Ihnen dann Bescheid.«

»Geht's nicht ein bisschen schneller? Ich warne Sie – Natalia ist womöglich in Gefahr! Ich könnte doch zu Bonetti gehen und …«

»Sie bleiben jetzt brav zu Hause und lassen uns unsere Arbeit machen. Verstanden?«

»Sicher. Schönen Tag, Commissario.«

Contini hängte den Hörer ein und stand eine Weile nachdenklich im Flur. Im Haus war es ganz still. Gionas Worte gingen ihm nicht aus dem Kopf: Die Wahrheit verbirgt sich in diesem Augenblick des Verzugs, in Natalias Schweigen, im Warten auf das richtige Wort.

Am Ende hätte Contini alles verloren, was er verlieren konnte. Dennoch empfand er einen eigenartigen Seelenfrieden.

Vielleicht war das die Lösung. Vielleicht musste man, um sich nicht zugrunde richten zu lassen, einfach die Klappe halten. Nicht ständig, das nicht, aber wenigstens ein paar Minuten am Tag. Schweigen, schreiben, Bilder ansehen. Füchse beobachten.

Still sein.

Aber irgendwann ist die Zeit des Schweigens wieder vorbei. Contini strich dem Kater, der in der Hängematte schlief, über den Kopf und verließ das Haus. Auf der Fahrt ins Tal versuchte er sich einen Aktionsplan zurechtzulegen. Natalia war mit Giovanni in Corvesco und vorläufig in Sicherheit. Er wollte sie nicht anrufen und ihr womöglich Angst einjagen; jetzt ging es vor allem darum, Bonetti im Auge zu behalten.

Auch wenn er sie nicht beweisen konnte, war er doch überzeugt, dass seine Hypothese richtig war. Dieser kleine Fuchs, der um einen Sekundenbruchteil zu spät gekommen war, hatte ihn auf die Idee gebracht und ihm den Motor hinter den Morden gezeigt: einen Mann, der einen Fehler begangen hat, der in die eigenen Abgründe hinabgestiegen ist, weil er sich nicht beherrschen konnte.

Il te suffisait que je t'aime. Aznavours Stimme von der Kassette begleitete seine Gedanken. Es war sinnlos, an Francesca zu denken oder Zukunftspläne zu schmieden. *Fais comme au temps des années d'or, et souviens-toi qu'hier encore il te suffisait que je t'aime.* Jetzt zählten nur noch Bonetti und die Gefahr, in der Natalia schwebte. Sinnlos auch, sich zu überlegen, wie er Bonetti gegenübertreten sollte. Er würde improvisieren müssen.

Während sie nach Valnedo aufstieg, dachte Natalia über falsche Erinnerungen nach. Das Gedächtnis, das ihr nie gehabte Erlebnisse vorgaukelte: Vielleicht war es genau das, woran sie litt. Es mochte die Erklärung dafür sein, weshalb es ihr nicht gelang, den Tod ihrer Mutter als einzelnes Ereignis aus der Erinnerung herauszulösen. Es lag nicht daran, dass ihr die Worte fehlten: Sie war durchaus in der Lage, ihren Schmerz über den Tod des Vaters auszudrücken; sie nannte ihn *Einsamkeit* und *Trauer* und *Wehmut*. Aber dann die Mutter, die jetzt mit den Begriffen rund um das Tukan, mit denen sie sich beschäftigt hatte, verknüpft war: *Prostituierte, Betrug, Gewalt, Ärzte*.

Vielleicht fehlte einfach das *richtige* Wort?

Ihre Mutter war ermordet worden, erschlagen von dem Mann, der so wild schnaufte, einem Mann, der schrie. Aber es war noch immer so, dass die Bilder von ihrer Flucht in den Tod der Mutter mündeten, als wäre sie mehr als einmal ermordet worden. Wie konnte das sein? Woher kam dieses Hirngespinst?

Der Weg führte um einen Felssporn und dann diagonal durch einen Jungwald, an den die weite Lichtung mit der Rochuskapelle grenzte, und gleich dahinter lagen die Ruinen von Valnedo. Natalia ging mit hellwachen Sinnen darauf zu. Sie war sich selbst auf der Spur, suchte die Natalia, die im Wald gelebt, die alle Verbindungen zur Welt durchtrennt hatte.

Ich war hier.

Ich konnte nicht reden, ich hatte überhaupt keine Erinnerung.

Sie hatte mit ihrem im Dorf gestohlenen Proviant in der Sakristei Zuflucht gesucht. Es schien zehn Jahre her zu sein, und dabei waren es nur ein paar Wochen. Von der Nacht in der Kapelle waren ein paar verschwommene Bilder geblieben, in die sich die Empfindung von Kälte und das Bedürfnis, sich zu verstecken, mischten.

Woher kam dieses Bedürfnis, wovor hatte sie Angst?

Vor der Kapelle war ein Brunnen; das Plätschern des Wassers war das alles beherrschende Geräusch und das einzige Zeichen von Leben ringsum. Abgesehen von der Vegetation natürlich, die nach und nach die Ruinen überwucherte. Natalia ging auf die Kapelle zu, trat ein, tauchte zwei Finger in die Weihwasserschale und bekreuzigte sich. Dann setzte sie sich in die letzte Bank und wartete.

Ein Geräusch draußen ließ sie aufhorchen. Die Augen gegen die Sonne zusammengekniffen, trat sie ins Freie, aber ringsum sah alles aus wie immer. Noch ein paar Jahre, und von dem Dorf ist nichts mehr übrig, dachte sie. Aber es konnten genauso gut hundert Jahre sein – was wusste sie denn?

Ihre Unkonzentriertheit ging ihr auf die Nerven. Jetzt waren es nicht mehr die Worte, die ihr fehlten, sondern die Kraft, zurückzudenken, sich zu erinnern. Sie dachte an Giovanni, der sich für sie ein Bein ausriss, und an den Richter Bonetti, der extra hier heraufkommen wollte, um sie zu unterstützen. Sie wollte sie nicht enttäuschen. Giovanni war ein Versprechen für die Zukunft, ein Gefühl, das sie in sich bewahren und vielleicht für bessere Zeiten aufheben konnte. Und der Richter, der sich krummgelegt hatte für sie. Corrado Bossi, der jetzt offiziell ihr Vormund war und immerhin der Anwalt ihrer Eltern gewesen war, stand ihr weniger nah: Er kümmerte sich nur um die bürokratischen Angelegenheiten. Aber Bonetti, der zwar oft ein bisschen schroff war, hatte sich ihr Wohlergehen sichtlich zu Herzen genommen und war immer zur Stelle gewesen.

Sie musste daran denken, wie sie zurückgekommen war, nach ihrer Flucht in den Wald. An die Fragen des Kommissärs, der ihr zu erklären versucht hatte, dass ihre Mutter tot war. Und Bonetti, der sofort ungestüm dazwischengegangen war: He, nicht so hastig, lassen Sie das Mädchen doch erst mal ankommen … In dem Moment wurde ihr Kopf leicht, als wollte er sich von ihr lösen, und die Erde schwankte. Sie lehnte sich an die Kirchenmauer und wartete, dass der Schwindelanfall vorüberginge.

Damals, bei dieser ersten Befragung: Da hatte sie die Wahrheit gewusst.

Es war ihr nie klar gewesen, sie hatte geglaubt, sie habe es vergessen. Dabei hatte sie bei dieser Befragung die ganze Szene vor sich gesehen wie von einem Blitz erhellt; sie konnte nur nicht *sagen*, was sie sah, weil sie kein Wort herausbrachte. Nach der Frage des Polizisten und Bonettis Einmischung war es unvermittelt über sie hereingebrochen. Aber halb gelähmt vor Angst und Erschöpfung, wie sie war, hatte sie nicht denken können. Sie war dann ja auch eingeschlafen, und danach war sie Schritt für Schritt in den Alltag zurückgekehrt … und hatte vergessen, was sie wusste.

Was war ihr entfallen?

Die Erinnerung war zum Greifen nah, sie hörte wieder die Polizisten reden, auch Contini, sie sah wieder Bonettis und Giovannis besorgte Gesichter vor sich. Und genau in dem Moment, in dem sie meinte, den verlorenen Faden zu fassen zu bekommen, rollte irgendwo unter ihr ein losgetretener Stein bergab.

Zwei Wanderwege führten nach Valnedo; auf dem einen war sie gekommen, den anderen, eine felsige, steile Abkürzung, wollte Giovanni mit Bonetti nehmen. Vom Dorfrand aus konnte man sehen, wer die Abkürzung heraufkam.

Natalia spähte hinab und sah erst einmal niemanden. Nach einer Weile aber entdeckte sie den Richter Bonetti, der sich über den Felsgrat hievte. Natalia freute sich, dass sie so bald gekommen waren … bis sie merkte, dass Giovanni fehlte. Komisch, dachte sie, lehnte sich weit hinaus über die Mauer der letzten Ruine und spähte angestrengt hinunter. Aber es kam sonst niemand. Brenno Bonetti war allein, und er kam nach Valnedo herauf.

10

War das notwendig?

Aznavour, die Sonne, die durch die Frontscheibe fiel, das Brummen des Motors, die grünen und blauen Straßenschilder, die Häuser, die am Rand der Parkplätze aufgespannten Sonnenschirme – Contini, sonst oft so zerstreut, registrierte auf einmal jedes Detail. Aber er fuhr auch nicht wie sonst genussvoll langsam, sondern gab Gas, wo es ging. Fast ohne es zu merken.

Dabei bestand doch gar keine unmittelbare Gefahr.

Natalia war in Corvesco mit Giovanni und der Richter Bonetti in seinem Häuschen in Monte Carasso, in der Nähe von Bellinzona. Früher oder später würden sie aufeinandertreffen, denn Bonetti konnte sich nicht erlauben, mit dieser Ungewissheit zu leben. Sein Seelenfrieden hing von Natalias Erinnerung ab. Tag für Tag morgens aufstehen und sich fragen: Ist es heute so weit, dass sie sich erinnert, ist heute der Tag, an dem ich verhaftet werde? – Wer sollte das ertragen?

Nein, Bonetti war schon viel zu weit gegangen, um noch im letzten Moment innezuhalten und alles aufs Spiel zu setzen; er würde seinen Plan zu Ende führen. Um die schreckliche Anwandlung von Gewalt zu vertuschen, die ihn aus irgendeinem Grund überfallen hatte, vielleicht infolge einer ungewöhnlichen sexuellen Begegnung, verübte er eine Gewalttat nach der anderen. Er hatte mehrere Morde begangen, um seine Haut zu retten, und dabei immer alles auf eine Karte gesetzt; und zuletzt hatte er von seinem Amt profitiert, um Natalia zu überwachen, und systematisch alle Spuren seines Tuns verwischt.

Contini fuhr bei Bellinzona Nord von der Autobahn ab. Er hatte nicht telefoniert; er wollte den Richter lieber unvorbereitet antreffen. Er überlegte aber, Natalia anzurufen, freilich ohne ihr von Bonetti zu erzählen: nur um sich zu vergewissern, dass alles in Ordnung und dass sie wirklich in Corvesco war. Man konnte schließlich nie vorsichtig genug sein.

Er versuchte es, aber Natalia meldete sich nicht.

Macht nichts, dachte er, ich rufe später noch mal an. Das Wichtigste war jetzt, Bonetti im Auge zu behalten. Ihm zur Abwechslung mal zuvorzukommen.

Monte Carasso ist eine kleine Gemeinde im Bezirk Bellinzona. Man überquert einen Fluss und steht vor einer Handvoll Häuser, die sich an den Berghang schmiegen. Schöne behäbige Einfamilienhäuser mit verkehrsarmen Straßen, auf denen die Kinder spielen. In den Weinbergen oberhalb des Ortes reiften die Trauben. Contini fuhr am alten Kloster vorbei und stellte sein Auto in einer Straße ab, die zur Ebene hinunterführte.

Brenno Bonetti wohnte in einem modernen Haus mit Flachdach und hellgelb gestrichenen Betonmauern; in der Fassade prangte ein rundes Fenster wie ein Bullauge.

Contini ging auf die Haustür zu und läutete.

Bonetti fühlte sich wahrhaftig zu alt für Gewaltmärsche dieser Art. Er blieb stehen, nahm die Brille ab, zog sein Taschentuch hervor und wischte sich die Stirn, die Augen, den sonnenheißen Nacken. Hoffentlich gab es in diesem verlassenen Kaff dort oben einen Brunnen. Er hatte sich unten im Dorf nach dem Weg erkundigt, und man hatte ihn auf diese steile Abkürzung geschickt. Dort oben wartete Natalia, allein.

Sein Plan war improvisiert, aus dem Augenblick heraus entstanden, aber er konnte klappen. Bonetti setzte vor allem darauf, dass nichts gegen ihn vorlag. Wenn Natalia etwas zustieß, erschiene seine Anwesenheit lediglich als bizarrer Zufall. Der arme alte Richter Bonetti hat die Angaben falsch verstanden, hat sich verlaufen, ist auf einen Steilweg für Alpinisten geraten, hat, als er mit allerletzter Kraft oben ankam, zu seiner Überraschung Natalia angetroffen und sie – heiliger Himmel! – sterbend gefunden!

War das notwendig?

Es quälte ihn, ob er wollte oder nicht. Er wusste, dass er sich für den Rest seiner Tage mit Schuldgefühlen herumplagen würde. Andererseits – die Zeit heilt alle Wunden, und Buße tun kann man immer. War es richtig, ein ganzes Leben im Sonnenschein wegen eines einzigen elenden Fehlers wegzuwerfen, der ihm in einem Moment der Umnachtung unterlaufen war?

War das notwendig?

Die Frage begleitete ihn auf jedem Schritt, während er sich bemühte, nicht nach oben zu schauen. Vorausgesetzt, er schaffte es überhaupt, hinaufzukommen, rechtzeitig, und ohne dass ihn der Schlag traf auf diesem verfluchten Ziegenpfad. War das notwendig? Ja, es war moralisch richtig, sein Leben und seinen Ruf zu retten. Dass er sich bei Vicky hatte gehen lassen und einfach nicht aufgehört hatte, auch als sie geschrien und ihn angefleht hatte, war ein kolossaler Fehler gewesen. Und war es nicht ein noch größerer Fehler, dass er seinen sexuellen Fantasien nachgegeben, die Grenze zwischen Traum und Wirklichkeit überschritten hatte?

Nein, falsch im eigentlichen Sinn war es nicht. Versucht

nicht jeder auf seine Weise, den Tod zu überlisten? Hat nicht jeder seine uneingestandenen und ungestehbaren seelischen Abgründe? Bonetti hatte einfach Pech gehabt: Es war etwas passiert, ein hässlicher Zwischenfall. Hätte er die Zeit zurückdrehen können, hätte er sich vom Tukan ferngehalten, und nichts wäre geschehen.

Er hatte Vicky nicht umgebracht; aus strafrechtlicher Sicht wäre er halbwegs glimpflich davongekommen. Aber er hätte keinem Menschen mehr in die Augen blicken können, seinen Freunden nicht, seinen Schwestern nicht, niemandem. Und es gab doch so viele, die so große Stücke auf ihn hielten!

Schiefgegangen war es von dem Moment an, als Savi den Doktor Mankell ins Boot geholt hatte. Dann hatte Rocchi Verdacht geschöpft, hatte Beweise gesammelt, war gnädigerweise gestorben, aber seine Frau war in seine Fußstapfen getreten und hatte sich mit ihm und Savi in Verbindung gesetzt. Inzwischen war Bonetti schon zu allem bereit. Nun – zu fast allem: Nie hätte er gedacht, dass er morden müsste. Er war Savi gefolgt, hatte dessen Streit mit Sonia Rocchi beobachtet, und am Ende, als sich die Gelegenheit bot, die Frau ein für alle Mal zum Schweigen zu bringen, hatte er nicht widerstehen können.

Woher hatte er die Kraft, einen Mord zu verüben? Und kaltherzig den eingeschlagenen Weg weiterzugehen, weiterzumorden, Zeiten und Wahrscheinlichkeiten zu kalkulieren … woher hatte er diese Geduld, diese Verbissenheit, an sein Ziel zu gelangen und den Urfehler ungeschehen zu machen?

Bonetti war zu allem bereit, um sein Gesicht zu wahren. Der ganze Kanton hätte über ihn gelacht, als perversen Alten hätte man ihn beschimpft, als sadistischen Frauenmisshandler. Er müsste auswandern, in ein Land fliehen, wo ihn niemand kannte, besser: wo niemand lebte. Nordfinnland. Aber er wollte nichts anderes als ein angesehener pensionierter Richter bleiben, mit seinem weiten Freundes- und Bekanntenkreis, sich an den dialektalen Heimatklängen erfreuen und seine heimatliche Landschaft vor Augen haben.

Der verdammte Weg wurde immer steiler. Bonetti blieb abermals stehen, um sich den Schweiß abzuwischen und zu verschnaufen, dann drehte er sich um und hielt Ausschau, ob etwa der Knabe Giovanni hinter ihm herkam. Aber er sah und hörte niemanden, da war nur der Wald, und der Weg verlor sich zwischen den Felsen. Bonetti zog sein Jackett aus und legte es sich sorgsam gefaltet über den Arm.

Wie schon zuvor würde er alles tun, um das Schlimmste zu vermeiden. Er war schließlich kein irrer Mörder. Wenn Natalia kein Anzeichen einer Genesung anzumerken war, wenn ihre Sprach- und Gedächtnisstörung anhielt, war er bereit, von seinem Vorhaben abzusehen. Aber insgeheim ahnte er, dass dem nicht so war. Nicht so sein konnte. Und er durfte kein Risiko eingehen.

Die Steigung wurde sanfter, der Weg führte um ein Gestrüpp und weitete sich, und der Richter atmete tief durch und hob unwillkürlich den Blick zu seinem Ziel empor. Bis zu den verfallenen Häusern von Valnedo war es noch ein gutes Stück, doch die ersten moosbewachsenen Mauern waren bereits zu sehen. Eine unvorhergesehene Bewegung drang in sein Gesichtsfeld ein, und er sah genauer hin und erkannte sie.

Natalia. Da war sie ja.

Sie war dort oben, stand hinter einer Mauer. Und sie winkte ihm mit beiden Armen überschwänglich. Bonetti zückte sein Taschentuch und winkte zurück.

Giovanni erreichte den Dorfplatz von Corvesco. Vom Richter war keine Spur. Dabei hätte er längst da sein müssen. Er trank einen Schluck Wasser aus dem Brunnen und sah nach, ob Bonetti vielleicht auf dem Kirchplatz wartete oder bei der Haltestelle des Postautos.

Er ging eine Weile auf und ab, bis ihm einfiel, dass Bonetti ja wusste, wo seine Eltern das Ferienhaus hatten; vielleicht war er direkt dorthin gefahren. Giovanni überquerte den Platz und lief zu dem Haus am Dorfrand. Das Gartentor stand offen. Giovanni nahm seinen Rucksack ab und ging nach hinten in den Garten, wo sein Vater, das Kabel um die Schultern, den Rasenmäher vor sich herschob. Giovanni rief ihn, aber sein Vater hörte nichts. Er stellte sich ihm kurzerhand in den Weg.

Ernesto Canova erschrak, stellte den Motor ab und fragte: »Was ist denn? Wolltet ihr nicht spazieren gehen?«

»Ich bin noch mal zurückgekommen, ich hab was im Auto vergessen.«

»Das heißt, du brauchst den Schlüssel. Der liegt auf dem Küchentisch.«

»Danke. Sag mal, hast du vielleicht zufällig den Bonetti gesehen?«

Giovanni sagte es rasch und beiläufig, um seinem Vater nicht erklären zu müssen, dass sie auf der Suche nach den Erinnerungen an den ersten August waren und der Richter seine Hilfe angeboten hatte … Es war alles zu kompliziert.

»Bonetti?«, sagte sein Vater. »Wer ist jetzt das …«

»Ach, du weißt schon, der Richter, der war doch auch mal hier bei uns, dieser Vormundschaftstyp, der entscheiden musste, was aus Natalia wird?«

»Ach ja, natürlich … Nein, ich hab ihn nicht gesehen, ich habe niemanden gesehen. Warum?«

»Egal. Ich muss zurück. Wenn du ihn siehst, den Bonetti, rufst du mich an?«

»Ja, mach ich.«

Ernesto Canova sah seinem davongehenden Sohn kopfschüttelnd nach und schaltete den Rasenmäher wieder ein.

Giovanni kehrte zum Dorfplatz zurück. Er wollte Natalia anrufen und ihr sagen, dass es länger dauerte – bis ihm wieder einfiel, dass es oben in Valnedo ja keinen Empfang gab. Stattdessen versuchte er Bonetti anzurufen; der hatte aber sein Telefon ausgeschaltet. Giovanni hinterließ eine Nachricht auf der Mailbox und suchte sich einen Platz im Schatten. Es blieb ihm nichts anderes übrig, als zu warten und zu hoffen, dass Bonetti den vereinbarten Treffpunkt richtig verstanden hatte.

11

Geduld braucht es

Natalia sah von oben zu, wie sich Bonetti zwischen Felsen bergauf quälte. An die Mauer gelehnt, ließ sie den Blick über das Tal schweifen und hob ihn dann zum Himmel und den bräunlichen Bergen in der Ferne. Wie eine innere Aufwallung war ein Sammelsurium von Stimmen und verschwommenen Bildern in ihr, die alle aus den Tagen nach dem ersten August stammten.

Jetzt hatte sie zwar die Sprache wiedergefunden, musste aber einsehen, dass Wörter nicht ausreichen. Sie war nur einen Schritt von der Wahrheit entfernt, sie spürte es deutlich, dass nur noch ganz wenig fehlte. Aber sie fürchtete Täuschungen, falsche Erinnerungen.

Von ihrer Mauer aus sah sie Bonetti nur noch ein paar Hundert Meter unter ihr. Gleich wäre er bei ihr und würde ihr seine Idee erklären. Vielleicht konnte er ihr ja wirklich helfen, die entscheidenden Momente zu rekonstruieren, diese ersten wirren Stunden nach ihrer Rückkehr unter die Menschen. Sie hörte wieder De Marchis Fragen, seine leise Stimme: *Natalia, Natalia, Ihre Mutter…* ist tot, schrie es in ihr, meine Mama ist tot! Und Bonetti, der ihn unterbrach: *He, nicht so hastig*. Blitzartig sah Natalia sich selbst: wie sie im Begriff war, von dem Mord zu berichten, dem zweiten Mord.

Dem zweiten Mord?

Sie schloss die Augen. Sie sah, wie ein Mann ihrer Mutter einen Stoß versetzte. Sie sah Savi … das war er, Savi, er stieß die Mama gegen den Schreibtisch.

Aber dann …

Etwas stimmte nicht. Der erste Mann? Der zweite Mann?

Das war nicht mehr ihre Geschichte, die Bilder hatten eine neue Färbung angenommen, und die Worte hallten durch ihren Kopf, als würden sie direkt in ihr Ohr gesprochen.

Sie hörte Bonettis Stimme. *Moment!* Dann sah sie den Mann, den über ihre Mutter gebeugten Mann, und den Rauch … Rauch in den Augen …

Der Aschenbecher.

Natalia sieht, wie der Mann den Aschenbecher hebt und ihrer Mutter ins Gesicht schlägt. Im nächsten Moment ist sie es, die nach dem Aschenbecher greift; er liegt neben ihrer Mutter auf dem Boden. Sie hebt auch die verstreuten Papiere vom Boden auf und holt mit dem Aschenbecher aus, als sie den Mann auf der Schwelle erblickt. *He!* Natalia will fliehen. *He! Halt!* Sie kann sich nicht rühren, der Mörder kommt auf sie zu. *Komm, gib das her.* Dieser Mann redet mit ihr, dann verfolgt er sie, er hastet hinter ihr her durch den Wald … und dieser Mann, das ist der Richter Bonetti.

Schlagartig war alles wieder da. Sie erinnerte sich an alles: an den Streit zwischen ihrer Mutter und Savi, den sie mitgehört hatte, den Sturz ihrer Mutter. Wie sie vor Savi geflohen, wie sie noch einmal zurückgekommen war. Wie Bonetti sie überrascht hatte.

Bonetti! Aber warum, wie konnte das sein?

Jetzt erinnerte sie sich, dass sie die Papiere samt dem Aschenbecher in eine Felsspalte geschoben hatte, am Ufer des Tresalti, und Moos und Steine davor aufgehäuft hatte, um das Versteck zu tarnen. Bestimmt waren sie noch da – es hatte sie doch niemand entdeckt! Vielleicht konnte sie das Versteck wiederfinden und den Richter Bonetti …

Es war keine Zeit!

Bonetti kam den Abhang herauf. Es trennten sie nur noch wenige Meter.

Giovanni war das Warten leid. Von Bonetti war nichts zu sehen, und ans Telefon ging er auch nicht. Bei seinem Telefonat mit Natalia hatte er behauptet, er sei unterwegs nach Corvesco – das heißt, er hätte schon drei Mal da sein können. Der Dorfplatz war leer, und das Einzige, was sich rührte, war das Plätschern des Brunnens.

Es war ein typischer Dorfplatz mit Blumenkästen vor den Fenstern, dem gelben Schild der Post und einem Telefonhäuschen. Giovanni hatte seinen Rucksack an eine Hausmauer gelehnt und tigerte nervös auf und ab. Dass Bonetti sich angekündigt hatte, begeisterte ihn wenig. Es war ja nett von ihm, Natalia helfen zu wollen, aber dass er sich jetzt in ihre Zweisamkeit drängte, war äußerst ärgerlich.

Wer weiß, ob sich wieder eine Gelegenheit ergäbe, mit ihr allein zu sein! Es war ein schöner Spätsommertag, sie waren allein miteinander im Wald unterwegs, Natalia war optimistisch, und auch er fühlte Zuversicht. Das Letzte, was sie brauchten, war ein uralter Exrichter mit seinen väterlichen Ratschlägen und seinen abartigen Brillengläsern.

Giovanni ermahnte sich innerlich, nicht unfair zu sein – Bonetti kam doch, um zu helfen. Aber warum brauchte er dann so lang? Und wieso ging er nicht ans Telefon?

»Na, junger Mann, was machst du denn hier ganz allein?«

Giovanni fuhr herum und erblickte Signora Peduzzi, die mit Kopftuch und Stock aus einem Gässlein aufgetaucht war.

»Ich warte auf jemanden …«

»Ach ja, Geduld braucht es immer!«

Signora Peduzzi schickte sich zu einer langsamen Überquerung des Dorfplatzes an, deren Ziel die Postautohaltestelle war. Sie machte immer drei, vier Schritte mit gesenktem Blick, dann hob sie den Kopf, um die Entfernung abzuschätzen, die sich kaum merklich verringerte, und trippelte weiter.

Giovanni seufzte ärgerlich und lehnte sich an einen Poller vor dem Kirchentor. Dann kam ihm eine Idee. Signora Peduzzi, die zwar bedächtig, aber häufig unterwegs und eine eifrige Postautonutzerin war, wusste bestimmt über alles Bescheid, was in Corvesco so passierte. Auf der Mitte des Dorfplatzes holte er sie ein.

»Entschuldigung, haben Sie zufällig den Herrn Bonetti gesehen? So um die sechzig, mit Riesenbrille, nicht besonders groß...«

»Den Richter?«, unterbrach sie ihn. »Den kenne ich. Vor ewigen Zeiten war doch dieser Prozess um die Grundstücke unterhalb der Monti di Cò, und ich weiß noch, wie wir in Bellinzona vor Gericht...«

»Aber heute, haben Sie ihn da vielleicht hier im Dorf gesehen?«

»Komisch, dass du das fragst, weil ich habe ihn nicht gesehen, aber die Frau Manetti von der Metzgerei hat mir vorhin erzählt, dass sie ihn getroffen hat. Das heißt, er ist in ihrem Laden gewesen, weil...«

»Sie hat ihn getroffen? Dann ist er ja da!«

»Sie hat gesagt, er hat sie nach dem Weg gefragt, er ist hier mit Freunden zu einem Spaziergang verabredet...«

»Einem Spaziergang!?«

»Junger Mann, wie soll ich reden, wenn du nicht zuhörst?«

Giovanni hielt den Mund.

»Er wollte wissen, wie man nach Valnedo kommt, er war wohl zu spät zur Verabredung und wollte jetzt seine Freunde vom hinteren Weg her einholen, obwohl der meiner Meinung nach ordentlich zugewuchert sein muss, es kümmert sich ja keiner mehr um die Wege …«

Giovanni hörte folgsam zu, bis Signora Peduzzis Rede gewissermaßen an ihr natürliches Ende gelangt war. Dann dankte er ihr für die Auskunft, verabschiedete sich, holte seinen Rucksack und machte sich beschleunigt auf den Weg nach Valnedo.

Wahrscheinlich hatte Bonetti falsch verstanden, er hatte gedacht, sie warteten in Valnedo auf ihn, und sich schon auf den Weg gemacht. Und ans Telefon ging er nicht, weil in diesem Gebirgstal kein Empfang war. Giovanni war ihm völlig umsonst entgegengegangen, und jetzt hatte er einen langen Marsch vor sich, den er sich hätte sparen können, und beeilen musste er sich außerdem, um die verlorene Zeit wettzumachen. Sehr ärgerlich.

Bonetti wäre natürlich lang vor ihm bei Natalia, und sie würde ihm das Missverständnis erklären. Hoffentlich warteten sie auf ihn, bevor sie Bonettis Idee umsetzten, was immer die sein mochte.

Von Corvesco ging der Weg zwischen den vereinzelten Häusern am Ortsrand hindurch, kam auch unweit von Continis Haus vorbei und führte dann aufwärts durch das Gebirgstal zu dem verlassenen Dorf. Giovanni ging schnell. Kurz bevor das Tal anfing, bellte sein Telefon aus dem Rucksack.

Gerade noch rechtzeitig, ehe er kein Netz mehr hätte. Beim Blick auf das Display erkannte er Continis Nummer.

»Hallo, Contini!«

»Ja, ich bin's.«

»Stell dir vor – grad bin ich an deinem Haus vorbeigekommen.«

»Ist Natalia bei dir? Weil … ich komme, aber …«

Der Empfang war gestört. Von den fünf Symbolen auf dem Display war nur eines zu sehen.

»Was? Ich hör dich schlecht!«

»Natalia … kontrollieren … nicht erschrecken, ich erklär's dir dann.«

Giovanni hielt sich das freie Ohr zu und drückte das Telefon fest an das andere.

»Tut mir leid, ich versteh dich fast nicht. Natalia *was*?«

»Ist Natalia bei dir?«

Jetzt ging es wieder besser. »Nein, sie ist oben in Valnedo. Aber es ist alles okay. Brauchst du was?«

»Nein, keine Sorge. Ich hatte eine Idee und wollte mit ihr reden.«

»Ach! Weißt du, dass auch der Richter Bonetti eine Idee hatte?«

»*Was?*«

»Ja, er ist auch hier, er war beruflich in der Nähe und hat angerufen …«

»Wo ist Bonetti? Ich hör dich sehr schlecht.«

»Bonetti ist bei Natalia, ja, sie warten in Valnedo auf mich.«

»WAS?? Hör zu! Bonetti hat einen Mord … aber alle drei …«

»Wie bitte?«

»Ich weiß, es ist schwer zu … Bonetti hat … aber so ist es, du musst dich wahnsinnig beeilen!«

»Bonetti hat *was* gemacht?«

»Ich habe herausgefunden, dass er Natalia an den Kragen will … sie kann sich an Dinge erinnern, die gefährlich für … rechtzeitig in …«

»Ich versteh dich nicht!«

»… bei ihm zu Hause, aber es war niemand da.«

»Ich hör dich nicht, soll ich umkehren?«

»Geh zu Natalia! Schnell! Bleib bei ihr, aber … verstehst du?«

»Ich gehe zu Natalia, ja, aber …«

»Du musst aufpassen, er kann … u … i …«

Continis Stimme reduzierte sich auf ein paar Vokale und war verschwunden. Giovanni stand wie angewurzelt mit dem stummen Telefon am Ohr. Er fragte sich, ob er umkehren sollte, ins Dorf zurückkehren, wo der Empfang besser war. Um diese irre Geschichte aufzuklären – von wegen Natalia in Gefahr und Bonetti gefährlich und Bonetti ein Mörder … Hatte er richtig gehört?

Giovanni zögerte nur einen Sekundenbruchteil, dann wusste er, was er zu tun hatte. Mit doppelter Geschwindigkeit stieg er weiter auf nach Valnedo. Vorläufig war es egal, ob er kapierte, was los war, für Zweifeln und Nachdenken war keine Zeit. Jetzt gab es nur eines: Er musste bei Natalia sein.

12

Valnedo

Natalia starrte Bonetti sekundenlang an, dann drehte sie sich um und rannte zum Dorf davon. Hinter sich hörte sie Steine unter den Füßen des Mannes davonrollen. Hinter sich. Wieder rannte sie vor ihm davon. Der Atem brannte ihr heiß in der Lunge, und in ihrem Gehirn drehte sich alles. Dieselben Wörter: renn, wie du kannst, fliehe weit und schnell. Schon wieder. Mit der Lunge und dem Gehirn.

Sie ahnte, dass sie es nicht rechtzeitig bis in den Wald schaffen würde, geschweige denn zu dem Weg am anderen Ende von Valnedo. Sie stolperte zwischen den verfallenen Häusern dahin, rutschte auf moosbewachsenen Steinen aus, verfing sich in Brombeerranken. Mit leerer Lunge, leerem Gehirn. Hinter sich hörte sie Bonettis Stimme: »Natalia! Natalia, wo willst du denn hin?«

Natalia stürzte durch die klaffende, halb in Schutt und Dickicht versunkene Türöffnung einer Ruine. Von innen betrachtet, waren die Wände eine prekäre Zuflucht, sie sahen aus, als könnten sie jeden Moment einstürzen. Aber hatten sie nicht Jahrhunderte überdauert und Stürmen, Schnee und wuchernder Vegetation standgehalten? Natalia kauerte sich in einer Ecke zusammen. In der Wand über ihr waren drei Löcher, die einmal Fenster gewesen waren. Natalia blickte hinauf.

»He, Natalia! Wo bist du? Warum läufst du weg?«

Der Boden war mit trockenem Laub übersät. Im Lauf der Zeit war das Erdreich gewachsen, und die Fenster, die jetzt auf Kopfhöhe waren, hatten wahrscheinlich einmal zum ersten Stock gehört. Natalia schloss die Augen, und es war, als würde sie mitgerissen. Sie hörte Bonettis Stimme nicht mehr. Als sei die Zeit vor Jahrhunderten stehen geblieben. Ein festes Haus, in wochenlanger Arbeit Stein um Stein erbaut. Der Geruch der Herdstelle, der Lehmfußboden und draußen die Geräusche der Tiere, die Stimmen der Frauen vor dem Haus …

Natalia riss die Augen auf und schüttelte wild den Kopf.

Sie durfte sich nicht gehen lassen. Valnedo war ein totes Dorf, schon lang. Sie waren alle gestorben, vor Jahrhunderten, niemand konnte ihr helfen. Vorsichtig näherte sie sich der Fensteröffnung und spähte hinaus. Bonetti stand mitten auf dem Dorfplatz.

»Hier bin ich!« Mit einem nervösen Lächeln sah er sich um. »Natalia, ich bin früher gekommen als gedacht! Wo steckst du denn?«

Natalia packte den Fenstersims. Das Mauerstück, das einmal Sims gewesen war. Eines Fensters, das jetzt nur noch ein Loch war. Die Füße auf dem Boden, die Hände an der Mauer.

»Natalia! Keine Angst, ich bin's nur!«

Ein Mann auf dem Weg, der durchs Dorf führt. Alles ist eingestürzt. Alle sind tot, und nur er ist noch da, steht im hellen Sonnenschein.

»Warum versteckst du dich? Hier bin ich!«

Bonetti zog etwas aus seiner Hosentasche. Natalia kniff die Augen zusammen, um besser sehen zu können, und meinte eine Waffe zu erkennen. Bonetti ließ das Objekt in die Tasche seines Sakkos gleiten und zog das Sakko an. Dann begann er die Häuser zu kontrollieren. Er ging von einem zum anderen, trat ein, sah sich um. Systematisch. Er arbeitete sich vorwärts. Er näherte sich Natalias Versteck.

Also stimmt es, dachte Natalia. Also stimmt es wirklich, es ist keine falsche Erinnerung, kein Hirngespinst. Bonetti. Er. Bonetti hat meine Mutter umgebracht.

Er war es.

Bonetti hat meine Mama ermordet, und jetzt ist er hier und will mich umbringen.

Am Ende hatte die Wirklichkeit alle ihre Bemühungen übertroffen, das Gedächtnis wiederzuerlangen und zu erzählen, was geschehen war. Er war nicht mehr der Mann, der sie durch den Wald verfolgte, die namenlose Angst. Er war der Richter Bonetti, mit einer Pistole im Sack.

»Natalia, jetzt komm endlich raus … wir haben nicht ewig Zeit!«

Ein Haus nach dem anderen. Bonetti kam näher.

Fünf Ruinen trennten sie von ihm.

Natalia wandte sich vom Fenster ab und zur Tür. Vorsichtig spähte sie hinaus und sah, wie Bonetti das viertletzte Haus vor ihrem Versteck betrat. Ich muss weg, dachte sie, ich muss fliehen, mir irgendwas suchen, wo er mich nicht findet. Sie wich tiefer ins Haus zurück, und dabei stieß sie versehentlich an einen Schutthaufen, von dem ein paar Steine herabrollten. Deutlich hörbar.

Sie erstarrte.

Nach sekundenlanger Stille kam Bonettis Stimme: »Na los, Natalia, sei ein braves Mädchen und komm raus!«

Er weiß, wo ich bin. Natalia wich in den hintersten Winkel des Hauses zurück. Er hat mich gehört, er weiß, dass ich hier drin bin. Jetzt wird er mich finden, und wenn er mich gefunden hat … wenn er mich gefunden hat …

In ihrem Kopf war wieder alles leer.

Contini sah den Polizisten erst, als es zu spät war.

Von Monte Carasso war er nach Bellinzona Süd zurückgefahren, und als er sich einer Ampel näherte, hatte er es noch einmal bei Natalia und bei Bonetti probiert. Beide waren unerreichbar: In Valnedo war kein Funkempfang. Contini war beunruhigt. Wenn er richtig vermutete, und davon war er inzwischen überzeugt, dann war Natalia jetzt allein mit dem Mörder. Allein mit einem Mann, der, nur um seine Fassade zu wahren, drei Menschen umgebracht hatte.

Es war keine Minute zu verlieren. Contini tippte De Marchis Nummer ein, und genau in dem Moment sah er das Polizeiauto.

»Hallo?«, fragte De Marchi. »Hallo!«

Contini ließ wortlos das Handy sinken.

»He, Contini, sind Sie das?«, tönte es aus dem Telefon.

Contini beendete das Gespräch, doch der Polizist hatte alles gesehen, trat vor und schwenkte seine Kelle. Contini bremste ab. Mit einer Geste forderte der Polizist ihn auf, das Fenster zu öffnen.

»Fahren Sie bitte mal rechts ran?«

»Klar«, sagte Contini, »aber …«

»Hier bitte.«

Contini fuhr an den Straßenrand, während die Autos an ihm vorbeizogen. Unglaublich, dass ihm das hatte passieren müssen – jetzt steckte er tatsächlich in einer Straßenkontrolle fest! Der Polizist wies ihn an, noch ein Stück weiter zu fahren und anzuhalten.

»Ich hätte es ein bisschen eilig. Ich habe gerade mit einem Ihrer Kollegen telefoniert …«

»Seien Sie so freundlich und machen den Motor aus.«

Contini gehorchte.

»Führerschein und Fahrzeugausweis, bitte.«

Er hatte noch den Papierführerschein, einen bläulichen, abgegriffenen Lappen, den der an Scheckkartenformate gewohnte Polizist mit unverhohlener Verachtung musterte. Auch der Fahrzeugausweis war ein Problem: Contini wusste nicht mal mehr, wie der aussah. Aber er musste ja irgendwo sein, versteckt zwischen Kassetten, Altpapier, Landkarten …

»Finde ich jetzt gerade nicht …«

Der Polizist runzelte die Stirn.

»Sie wissen, warum wir Sie angehalten haben, Signor Contini.«

Der Tonfall war ein Mittelweg zwischen Frage und Feststellung.

»Wegen des Telefons?«

Der Polizist nickte.

»Aber ich muss unbedingt mit einem Kollegen von Ihnen reden, dem Kommissär De Marchi.«

»Ist mir gleich, wer Ihr Gesprächspartner ist.«

»Ich dachte, jetzt fängt sowieso ein Stau an, und dann hätte ich …«

»Der Verkehr war fließend, Signor Contini, und Sie haben eine Ordnungswidrigkeit begangen.«

»Ja, aber schauen Sie, ich wollte nur anrufen, um zu sagen, dass ich unterwegs …«

»Tut mir leid, Signor Contini, genau deshalb kontrollieren wir hier, damit niemand beim Fahren telefoniert.«

Lass es, dachte Contini. Diskussionen mit Polizisten sind kontraproduktiv.

»Na gut, tun Sie, was Sie tun müssen. Ich hab's ein bisschen eilig.«

»Warten Sie bitte im Fahrzeug.«

Der Polizist entfernte sich, und Contini saß auf glühenden Kohlen. Er dachte daran, De Marchi sofort wieder anzurufen, aber das wäre ihm womöglich als Provokation ausgelegt worden. Er zückte seine Brieftasche und wartete auf die Rückkehr des Gesetzes.

»Das macht dann hundert Franken, bitte. Zahlen Sie gleich, oder sollen wir Ihnen den Bußgeldbescheid nach Hause schicken?«

»Ich zahle sofort. Bitte sehr.«

»Danke.«

»Kann ich jetzt weiterfahren?«

»Warten Sie bitte noch auf die Quittung.«

Eine Quittung! Das hatte ihm gerade noch gefehlt! Er öffnete die Tür, um diesem Idioten mit größerem Nachdruck klarzumachen, dass er es eilig hatte, doch der Polizist wies ihn mit einer Handbewegung ins Auto zurück.

»Bleiben Sie bitte im Fahrzeug.«

Später würde sie sich an die Wand lehnen, später würde sie diesen Stimmfetzen lauschen, der Geschichte eines Hauses voller Leben und Gerüche und Geräusche – jetzt musste sie sich verteidigen. Aber vielleicht gab es gar kein Später! – warum war ihr der Ernst der Lage nicht bewusst? Warum dachte sie ständig an eine vollkommen fremde Vergangenheit, warum hatte sie den Kopf voller Stimmen von Menschen, die es gar nicht gab?

Natalia war müde. Bonetti war ganz in der Nähe; er suchte sie und würde sie finden, hier in diesem halb zerfallenen Haus in eine Ecke gekauert. Wieder fielen ihr die Augen zu, und sie trieb davon aus der Gegenwart, und wieder war ihr, als erwachte das Dorf ringsum zum Leben. Sie war kein Opfer, hinter dem ein Mörder her war, sondern ein junges Mädchen, das am Fenster eines Bergbauernhofs saß und die letzten schönen Sommertage genoss.

Später würde sie schlafen.

Sie hatte nur ein Bedürfnis – mit geschlossenen Augen dasitzen und vor sich hinträumen –, und das durfte sie nicht, sie musste wach bleiben. Selbst wenn Bonetti sie fand, konnte sie immer noch ins Freie laufen und um Hilfe schreien. Sie versuchte sich darauf vorzubereiten, doch insgeheim wusste sie, dass sie es nicht schaffen würde. Sie brachte keinen Ton heraus, war wieder stumm, wie in den ersten Tagen nach dem Mord an ihrer Mutter. Natalia im Wald ohne Sprache. Und Bonetti hatte eine Schusswaffe. Sie war müde, grenzenlos müde.

Bonetti kam aus dem Haus gegenüber; er musste den Kopf einziehen, um durch die Türöffnung zu passen. Er rief sie nicht mehr, er suchte sie nur; er wusste, dass sie ihm nicht mehr entkam. Jetzt stand er vor dem Haus neben Natalias Versteck. Er warf nur einen Blick hinein und sah gleich, dass es leer war.

13

Der schwer gefasste Entschluss

Gegenüber dem Schreibtisch war die Wand, und an der Wand war eine gemusterte Tapete. Die eher zu einem Hotelzimmer gepasst hätte als zum Dienstzimmer eines Polizisten: Es waren Bahnen von Rauten aus ineinander verschlungenen Blättchen, aus denen hier und dort eine gelbe, rote oder violette Blüte spross. Commissario De Marchi starrte schon eine ganze Weile auf die Tapete.

Es war keine leichte Entscheidung. Brenno Bonetti war Richter gewesen, Abgeordneter im Großen Rat, dem Kantonsparlament. Auch nach seiner Pensionierung gab er sich nicht dem Müßiggang hin, sondern widmete sich dem Schutz Minderjähriger und überhaupt dem Gemeinwohl. Wie würde er auf die Unterstellung reagieren, er habe drei Menschen umgebracht?

Tja, wenn man Contini glaubte, hatte er sogar noch einen vierten Mord im Sinn. Eines musste man zugeben, es hatte eine gewisse Logik. Auch ein hoch angesehener pensionierter Richter kann unaussprechlichen Versuchungen erliegen, kann Abweichungen von der Normalität anheimfallen, die er verständlicherweise um jeden Preis zu verheimlichen sucht. Der Kommissär hatte einige Erfahrung auf diesem Gebiet und wusste, wie leicht die Grenze überschritten wird: sexuelle Euphorie, Alkohol, das berauschende Gefühl einer Übertretung, es fällt die Maske, und die Reue ist groß.

Wirklich, es war eine schwere Entscheidung.

Contini hatte ihn vom Auto aus angerufen – unmittelbar nachdem er sowieso wegen Telefonierens am Steuer gefasst worden war! – und ihn auf den neuesten Stand gebracht. Jetzt raste er Richtung Corvesco, als wäre der Henker hinter ihm her, und wäre wohl bald dort.

De Marchi konnte eine Streife schicken. Wenn sich Continis Theorie aber als bloßes Hirngespinst entpuppte, was dann? In den höheren Etagen würde sofort jemand seinen Kopf fordern, und es wäre sicher nicht die beste Verteidigung, wenn er zugab, dass er die Tipps eines verkrachten Detektivs in die Praxis umsetzte. Andererseits konnte er auf keinen Fall Natalias Tod in Kauf nehmen. Wenn auch nur die geringste Chance bestand …

Was tun? De Marchi suchte eine Lösung im Tapetenmuster, und derweil verging die Zeit. Es war in der Tat doch sehr merkwürdig, sagte er sich, wenn es stimmte, dass Natalia und Bonetti allein dort oben am Berg waren. Schließlich befreite er sich aus der Hypnose durch Blätter und Blüten, stand auf und öffnete das Fenster. Es war später Nachmittag. Aus dem Haupttor kamen Beamte mit feierabendlich gelockerter Krawatte, und die Leute von der Abendschicht trudelten ein.

De Marchi fasste seinen Entschluss. Er würde eine Streife schicken. Vielleicht war es ein Fehler, für den er zur Rechenschaft gezogen würde, aber dann hatte er zumindest ein ruhiges Gewissen. Hoffentlich erwies sich Continis Theorie nicht als Blendwerk. Und hoffentlich kamen sie nicht zu spät. Die Streifenbeamten müssten ja erst nach Corvesco fahren und dann zu Fuß durch den Bergwald marschieren und ein Ruinendorf finden. Contini kannte die Gegend besser, vielleicht wäre er früher dort.

De Marchi schloss das Fenster. Er kehrte an den Schreibtisch zurück, tätigte einen Anruf und überließ sich wieder dem Bann der Tapete. Jetzt hieß es warten.

14

Zu spät

Natalia rappelte sich auf und wich in den finstersten Winkel des Hauses zurück. Der Schutt eingestürzter Mauern vermittelte eine Ahnung davon, wie die Zimmer einmal aufgeteilt waren. Sie ließ sich in die uralten Laubschichten sinken, und ein absurder Gedanke schoss ihr durch den Kopf: Wie eklig, das ist bestimmt alles voller Insekten. Dann musste sie beinahe hysterisch lachen: Als wären Insekten ein Problem, wenn dieser Mann, dieser Mörder, dieser … Sie zerbrach sich den Kopf nach dem Namen. Jetzt ließ auch das Gedächtnis sie wieder im Stich.

Brenno Bonetti. So hieß er.

Sie hörte ihn näher kommen, sie sah seine Silhouette in der Türöffnung. Sie versuchte sich zu konzentrieren, doch vor ihrem geistigen Auge zogen verwischte Bilder vorüber, wie in einem Fiebertraum. Giovanni hätte ihr helfen können, aber wo war er? Natalias Lider waren bleischwer, ihre Augen brannten, und sie hatte nur einen Wunsch: sie zu schließen, zu schlafen. Schlafen! Der Schlaf war eine warme Umarmung, war Trost und Geborgenheit.

Ab und zu schüttelte sie sich und riss entschlossen die Augen auf. Doch gleich fielen sie wieder zu, ihr Geist schweifte ab, und sie war weit fort. Wie im Traum nahm sie die Gegenwart dieses Mannes wahr. Dieses Bonetti, der den

Raum betrat, in dem sie sich versteckt hatte. Sie hörte Zweige knacken und dürre Blätter rascheln. Zweige. Blätter. Manche Wörter kamen, andere glitten davon.

Er war da. Bonetti stand vor ihr. Er sah sie an. Natalia bohrte die Fingernägel in die Handflächen.

»Da bist du ja.«

Sie durfte nicht die Augen schließen! Sie musste wach bleiben, fliehen. Bonetti beugte sich über sie. Natalia hievte sich mühsam hoch, eine Hand an der Mauer. Draußen näherten sich unversehens Schritte. Sie blickten beide zum Fenster hinüber. Bonetti war schneller als sie.

Natalia sah seine Mundwinkel sich abwärts krümmen. Er trat einen Schritt zurück und fuhr mit der Hand in die Jackentasche.

Giovanni hoffte und bangte. Dass er nur nicht zu spät kam! Er hätte Zeit gebraucht, um nachzudenken, in Ruhe eine Entscheidung zu treffen. Was immer dort oben in Valnedo geschah – es war nicht harmlos, und die Zeit drängte: Continis Anruf hatte ihn über die Maßen beunruhigt.

Er rannte nicht, denn im Gebirge rennt man nicht; aber er ging mit der Flinkheit der Jugend. Das Herz schlug ihm bis in den Hals, und seine muskulösen Beine trabten geschmeidig.

Richter Bonetti war hinter Natalia her.

Es schien ihm undenkbar.

Andererseits hatte Giovanni in diesem Sommer manches erlebt, das ihm früher undenkbar erschienen wäre. Er hatte sich in ein Mädchen aus dem Wald verliebt, war in einen Mordfall hineingeraten, hatte sich mit einem ehemaligen Detektiv angefreundet. Und vielleicht war das noch nicht alles.

Kurz vor dem Dorf wurde er langsamer, um seine Kräfte zu schonen. Natalia war allein mit Bonetti. Er hatte das Gefühl, sie seit Jahren zu kennen und selbst über weite Entfernungen hin ihre Gedanken zu erraten. Das hatte ihn am meisten verblüfft – schon ganz am Anfang, als sie noch kein Wort gesprochen hatte, war ihm Natalias Schweigen wie Heimat erschienen, wie ein gastlicher Ort, an dem er sich zu Hause fühlte.

Und jetzt? Giovanni war voller Zweifel, und Antworten gab es nicht. Er überwand die letzte Stufe und stand auf dem Plateau von Valnedo.

Es war niemand zu sehen. Rasch ließ er den Blick über die Ruinen und Trümmerhaufen gleiten, die Buchen und Haselnussstauden, das Brombeergestrüpp über Mauerresten. Eilig ging er bis zur Mitte des einstigen Dorfplatzes und rief versuchsweise: »Natalia!«

Niemand antwortete. Doch aus dem Augenwinkel nahm er eine Bewegung wahr.

»Natalia, wo bist du?«

Aus einem Haus am anderen Ende des Dorfs trat ein Mann. Giovanni fuhr zusammen. Das war Bonetti.

»Giovanni, da bist du ja!«

Er lächelte, der Richter; er kam auf ihn zu und lächelte. Vielleicht hatte Contini sich ja geirrt, vielleicht war alles ein Missverständnis. Giovanni könnte so tun, als wäre nichts, und Bonetti freundlich begrüßen.

Und wenn aber Contini Recht hatte? Lieber kein Risiko eingehen. Er ging weiter bis zu einem Haus, dessen Wände noch standen, und fragte von der Türschwelle aus: »Wo ist sie denn?«

»Weiß ich nicht«, sagte Bonetti. »Als ich kam, war kein Mensch da.«

»Wir waren unten im Dorf verabredet.«

»Ja, aber ich wollte schon mal vorausgehen – ich bin ja viel langsamer als du.«

Während Bonetti sprach, kam er auf ihn zu. Immer lächelnd. Immer freundlich. Giovanni wusste nicht weiter.

»Komm doch«, forderte der Richter ihn auf. »Suchen wir sie gemeinsam. Sie muss ja hier irgendwo sein, oder?«

Genau in dem Moment tauchte sie auf. Ein farbiger Fleck auf der Schwelle des Hauses, aus dem der Richter gekommen war. Das war ihr blaues T-Shirt. Das war sie! Sie hielt sich mit einer Hand an der Türöffnung fest, als sei ihr nicht gut. Giovanni blickte zu ihr hinüber, sah Bonetti an. Er las Furcht im Blick des Richters. Und hatte keine Zweifel mehr. Er sah Bonetti herumfahren, doch der hatte sich gleich wieder in der Hand und sagte: »Hey, Natalia! Wo kommst du denn her?«

Giovanni wich einen Schritt zurück.

»Wart ihr hier verabredet?«, fragte der Richter, eine Hand in der Tasche seines Sakkos.

»Was hat sie, warum geht's ihr schlecht?«, fragte Giovanni.

»Geht's ihr schlecht?«, gab Bonetti zurück und drehte sich kurz zu dem Mädchen um. »Woher willst du wissen … Hey, wo …?«

Giovanni war losgerannt. Er rannte zwischen den Ruinen der Häuser dahin, übersprang ein Mäuerchen, umrundete die Trümmer eines viel größeren Hauses und verbarg sich hinter einem steinernen Trog, der vielleicht einmal zu einem Brunnen gehört hatte. Er hörte Bonettis Stimme. »Giovanni!«, rief der Richter, »Giovanni, komm zurück!«

Contini hatte Recht, mit diesem Mann stimmte etwas nicht.

Giovanni beobachtete den Richter aus seinem Versteck heraus und sah ihn auf Natalia zugehen, die reglos vor dem Hauseingang stand und ins Leere starrte.

»So, komm wieder mit rein«, befahl ihr Bonetti.

Natalia schien aus ihrer Abgestumpftheit zu erwachen. »Giovanni!«, rief sie. »Pass auf …«

Doch Bonetti hatte sie am Arm gepackt und riss sie hinter sich her ins Haus. Giovanni verharrte in seinem Versteck, unschlüssig, was er tun sollte. Er durfte auf keinen Fall panisch werden. Lieber versuchen, Zeit zu gewinnen; früher oder später würde Contini auftauchen.

Lautlos schlich er zurück zum Dorfrand. Von hier aus sah er das Haus nicht mehr, in dem Bonetti und Natalia waren, sah aber den Hauptplatz und den Weg durchs Dorf, und nach einer kurzen Weile hörte er Schritte. Er spähte um eine Ecke und sah, dass Bonetti wieder herausgekommen war.

»Wo steckst du denn jetzt, Giovanni?«

Der gab keine Antwort. Wenn Bonetti, wie zu befürchten war, tatsächlich den Verstand verloren hatte, musste man mit dem Schlimmsten rechnen.

»Giovanni, mir reißt allmählich die Geduld.«

Bonetti wanderte zwischen dem einen und dem anderen Haus hin und her, während Giovanni, sich an Mauern entlang drückend und hinter Gestrüpp verbergend, aufs Geratewohl weiterschlich. Er machte sich Sorgen um Natalia: Sie schien ihm völlig weggetreten, wie unter Drogen. Er überlegte, ob er versuchen sollte, den Richter fortzulocken, dann Natalia herauszuholen und mit ihr zu fliehen. Aber wenn Bonetti tatsächlich ein Mörder war, würde er vor weiteren Morden nicht zurückschrecken. Sicher war er bewaffnet.

»Wenn du nicht *sofort* herauskommst, wird Natalia dafür büßen!«, schrie der Richter erbost.

Er ließ seine Maske fallen.

»Du machst einen Fehler, Junge«, rief er jetzt gefasster. »Komm her, ich will mit dir reden.«

Bonetti hatte noch immer die Hand in der Tasche seines Sakkos, und Giovanni vermutete dort die Pistole. Es war zu spät. Die Brille saß leicht schief im schweißnassen Gesicht des Richters, und Giovanni, der nur wenige Meter entfernt von ihm war, fürchtete, dass der Mann dem Nervenzusammenbruch nahe war.

»Ich gebe dir zehn Sekunden, dann muss Natalia dran glauben, kapiert? Kapiert?«

15

Ein anderes Leben

Brenno Bonetti, der sein Leben dem Dienst an Gemeinschaft gewidmet hat. Was machte einer wie er, erst erfolgreicher Anwalt, dann Richter, Friedensstifter und Ehrenmann, der immer zu seinem Wort stand, mit einer Pistole im Sack in einem verfallenen Dorf?

Es war, als fände dies alles in einem anderen Leben statt, als hätte es ihn in eine zweite Wirklichkeit verschlagen. Er konnte sich nicht mehr erklären, wie er so weit gekommen war. Heiliger Himmel, das war ja wie in einem abgeschmackten Western – die Geisterstadt, die Pistole, das Mädchen und der junge Held … Das Misstönende darin war er, Richter Brenno Bonetti. Ein Leben im Dienst an der Gemeinschaft.

Schönes Leben. Es braucht ganz wenig, um einen Menschen zugrunde zu richten. Daran war niemand anderes schuld als er – aber er hatte auch wirklich Pech gehabt, das musste man auch sagen. Gewiss war er nicht der Einzige, der eine Schwäche für Sexspiele mit schönen jungen Frauen hatte. Und nicht der Einzige, der einmal die Kontrolle verloren hatte – ein einziges Mal! Vielleicht war es ein Fehler gewesen, die Sache vertuschen zu wollen. Im Tessin vertuscht man nichts, früher oder später kommt alles ans Licht.

Bonetti stand vor der Ruine, in der sich Giovanni versteckt hatte und sich für unsichtbar hielt. Es war ihm klar, dass er schon viel zu lange gezögert hatte. Er musste endlich eine Entscheidung treffen – entweder sich durchringen und zu Ende bringen, was er angefangen hatte, um danach mit der Vergangenheit abzuschließen und ein neues Leben zu beginnen. Oder er musste sich für besiegt erklären und die Konsequenzen tragen.

Wie war er nur auf die Idee gekommen, Sonia Rocchi umzubringen?

Es war absolut nicht geplant gewesen. Er hatte die Auseinandersetzung zwischen ihr und Savi belauscht, bereit, im Notfall einzugreifen und sich andernfalls wieder aus dem Staub zu machen. Auf der Terrasse war er gestanden, als Savi die Frau niedergeschlagen hatte und dann der flüchtenden Natalia nachgesetzt war. Ins Haus treten, die Frau halb betäubt vorfinden, ihr mit dem Aschenbecher den Schädel einschlagen war eins gewesen … Ohne einen Gedanken. Er hatte einfach gehandelt.

Und hierher hatte es ihn gebracht. Hier stand er und zählte die Sekunden wie ein Komödiant. »Giovanni«, hörte er sich rufen, »ich zähle bis zehn!«

Aber Giovanni dachte nicht daran zu gehorchen, und er musste abermals handeln. Bestand noch eine Chance, aus der Sache herauszukommen, ohne Gewalt anwenden zu müssen?

Bonetti stellte sich vor, wie er sich die Pistole an die Schläfe setzte und abdrückte.

Es ging nicht.

Nicht nach drei Morden. Bonetti umklammerte den Griff der Waffe in seiner Jackentasche. Aber stattdessen diese zwei jungen Leute? – nicht einmal in Gedanken brachte er es über sich, sie zu erschießen. Er zwang sich, alle Gedanken auszublenden. Wie am Abend des ersten August. Wie danach, als er erst Mankell und dann Savi das Maul gestopft hatte.

Jäh fuhr er herum und marschierte auf die Ruine zu, in der er das Mädchen gelassen hatte. Es war anscheinend wieder die Beute einer Psychokrise geworden, es brachte keinen Ton heraus und war von einer seltsamen Betäubung befallen, die es schlaff wie eine Stoffpuppe machte. Er packte es am Arm und zwang es, aufzustehen und mit ihm hinauszugehen. Es versuchte halbherzig, sich ihm zu entwinden, gab aber seinen Widerstand rasch wieder auf. Der Griff um seinen Oberarm war zu stark und das Mädchen viel zu schwach und verwirrt.

Bonetti schob es den Weg entlang vor sich her bis zu dem Haus, in dem er, nachdem er ihn nicht hatte herauskommen sehen, noch immer Giovanni vermutete. Im Übrigen war es gleichgültig; Bonetti hatte das Mädchen in seiner Gewalt und damit auch Giovanni, der nicht weit sein konnte.

»So, Knabe, hier sind wir. Hier hast du deine Liebste. Was sagst du?«

»Ich bin hier«, antwortete Giovanni.

Die Stimme kam von drinnen. Der Junge hatte sich nicht fortbewegt, er war verzweifelt und ratlos. Panik schwang in seiner Stimme mit, als er rief: »Signor Bonetti, was haben Sie denn gegen uns?«

»Nichts«, antwortete Bonetti. »Wir sind hier, um zu reden.«

»Dann lassen Sie Natalia los. Kommen Sie rein zu mir, und wir reden.«

Der Junge wagte nicht, sich auf der Schwelle zu zeigen. Wahrscheinlich hoffte er, dass Bonetti seine Geißel laufen ließ, um sich ihn vorzunehmen.

»Jaja, ich komm schon, Giovanni.«

Bonetti ließ Natalia keineswegs laufen, sondern betrat mit ihr die Ruine.

16

Es ist doch noch Sommer

Sonnenlicht, das durch belaubte Baumkronen fiel, auf den alten Mauern lag, in Ritzen und Spalten eindrang. Der Boden mit einem Herbstlaubteppich bedeckt, durch leere Fensteröffnungen hereinwachsende Zweige. Natalia nahm alle Details wahr.

Sie hatte auch Giovanni entdeckt. Und ihn zu warnen versucht.

Die Willensanstrengung genügte nicht, um den Schock zu überwinden. Natalia war sich bewusst, was mit ihr geschah, war aber zu schwach, um sich zu wehren, und alle Wörter schienen ihr verzerrt, eine Aneinanderreihung sinnloser Laute. Und die Müdigkeit machte jede Bewegung zur Qual.

Sie hatte die Angst in Giovannis Stimme wahrgenommen und begriffen, dass auch er über Bonetti Bescheid wusste. Aus Bonettis Tonfall hatte sie, auch ohne zu verstehen, was er sagte, den Schluss gezogen, dass er am Ende war. Und nach der Art, wie er sie gepackt und den Weg entlang vor sich hergestoßen hatte, rechnete sie mit dem Schlimmsten.

Sie sah alles, sie konnte sich alles vorstellen. Aber sie konnte nichts tun.

Wenn ein Begriff in ihrem Geist Gestalt angenommen hatte, konnte sie ihn nicht in Worte fassen: Sie wollte Giovanni zurufen, er solle fliehen, aber es fielen ihr alle möglichen Worte ein, die sie nicht brauchte – Druckerei, Wald, Feuerwerk, Tukan, Mama, Polizei, Fische, Regen, Postauto –, alle gleichzeitig, und was sie eigentlich sagen wollte, kam nicht.

Deshalb ließ sie sich von Bonetti bis zu Giovannis Versteck zerren und reagierte nicht, als Bonetti sie ins Haus schob. Sie sah, dass er die Pistole in der Hand hielt. Und dass er auf Giovanni zielte.

Und Giovanni flüchtete in einen Winkel.

Das alles geschah auf eine seltsam mechanische Weise – was daran liegen mochte, dass Natalia kein einziges Detail entging. Bonetti, der sie nicht losließ, herrschte Giovanni an: »Los, steh auf.«

Giovanni hob die Hände und sagte: »Bitte warten Sie …«

Aber die Mechanik lief unbeirrt weiter. Bonetti versetzte Natalia einen Stoß, der sie vorwärts stolpern und mit Giovanni zusammenprallen ließ. Schräge Sonnenstrahlen fielen durchs Fenster und warfen helle Streifen auf die Bruchsteinmauern.

»Ihr macht keinen Wank«, befahl Bonetti.

In dem Moment löste sich eine Gestalt aus dem Schatten, packte Bonetti von hinten und schleuderte ihn gegen die Wand, und Natalia erkannte verblüfft Contini. Die Überraschung kam so plötzlich, dass die Mechanik ins Stocken geriet.

Bonetti stieß einen erstickten Laut aus.

»Mach keinen Blödsinn«, sagte Contini leise.

»Aber …«

Contini hielt Bonetti an beiden Armen gepackt und zwang ihn, sich umzudrehen. Gleichzeitig fragte er über die Schulter: »Bei euch alles okay?«

»Ja«, antwortete Giovanni. »Natalia, du?«

Natalia nickte langsam. Sie empfand ein unwiderstehliches Bedürfnis, sich zu setzen. Die bleierne Müdigkeit, die sie befallen hatte, lähmte ihre Arme und Beine. Sie sah Giovanni an und sagte: »Gehen wir.«

»Ja.« Giovanni deutete mit einer Kopfbewegung zur Tür. »Lieber dort raus.«

Contini presste Bonetti gegen die Mauer, obwohl der gar keinen Widerstand leistete.

»Lassen Sie, Contini … ich gebe auf.«

»Die Pistole«, forderte Contini.

»Hier.« Bonetti reichte sie ihm. »Ich versichere Ihnen, dass ich nicht die Absicht habe, jemandem etwas zuleide zu tun.«

Contini nahm ihm die Waffe ab und trat einen Schritt zurück. Bonetti klopfte sein Jackett ab und sagte höflich: »Wollen wir uns draußen setzen?«

Contini ließ ihm den Vortritt, und Bonetti ging mit aschfahler Miene und hängenden Schultern voraus. Dann standen sie alle vier draußen im Sonnenlicht und sahen einander an.

»Haben Sie die Polizei verständigt?«, fragte Bonetti.

»Müsste bald kommen«, sagte Contini.

Natalia fragte sich, ob sie mit Bonetti reden sollte. Dieser Mann, der Mörder ihrer Mutter, hatte sich mit Gewalt in ihr Leben gedrängt und es auf den Kopf gestellt. Aber was hätte sie zu ihm sagen sollen? Sie starrte ihm nur sekundenlang in die Augen, dann wandten beide den Blick ab.

»Vielleicht«, sagte Natalia, noch ein wenig mühsam, aber unsäglich erleichtert, »weiß ich, wo die Papiere sind.«

Contini nickte nur.

»Und ich weiß jetzt auch wieder, dass Fotos dabei waren von misshandelten Mädchen. Und Zeugenaussagen. Meine Mutter hat mir davon erzählt.«

Die Worte kamen langsam, aber sie kamen. Es war nicht ganz leicht, die Kiefermuskeln und die Zunge zu bewegen, die schwer waren wie ihre Arme und Beine, aber sie bewegten sich.

»Diese Aussagen hätten Bonetti überführt«, sagte Contini. »Aber das hat sich jetzt ja von selber erledigt, würde ich sagen.«

»Der Aschenbecher ist auch dabei«, fügte Natalia hinzu.

Contini sah sie verständnislos an.

»Mit dem Aschenbecher hat er …«

»Ah. Verstehe.«

»Das braucht es doch alles nicht«, warf Bonetti ein. »Jetzt ist …«

Er beendete den Satz nicht. Mit gesenktem Blick fragte er noch einmal: »Wann wird die Polizei eintreffen?«

In stummem Einverständnis wandten sich Natalia und Giovanni ab und gingen zum Dorfrand davon. Auf dem Weg vom Tal herauf war niemand zu sehen. Natalia lehnte sich an dieselbe Mauer, von der aus sie den Richter hatte aufsteigen sehen, als in ihrem Geist noch eine große Wirrnis geherrscht hatte. Jetzt war alles wieder da, sie wusste, was geschehen war, und erkannte den Weg, den sie zurückgelegt hatte.

»Bist du müde?«, fragte Giovanni.

»Bisschen.«

Sie hatte jetzt das Gefühl, sie könnte sich an jeden einzelnen Moment ihrer Flucht in den Wald erinnern. An die Stunden der Sprachlosigkeit und Einsamkeit. Und an die vielen Tage danach, an denen sie die Sprache Wort für Wort hatte wiederfinden müssen. Nichts verband sie mehr mit dem jungen Mädchen, das zu ihren Freundinnen nach Genf gefahren war, so wenig wie mit der Tochter, die sich bemüht hatte, nach dem Tod des Vaters nicht zu weinen.

»Wann ist Contini denn gekommen?«, fragte sie.

»Kurz bevor Bonetti mit dir reinkam. Es war wirklich haarscharf. Ich hatte keine Ahnung, was ich machen soll, als Bonetti durchgedreht ist. Contini hat sich von hinten angeschlichen. Gerade rechtzeitig.«

Giovanni sprach hastig. Auch er stand unter Schock.

»Tut mir leid«, sagte Natalia. »Dass ich dich da mit reingezogen habe.«

»Meinst du das ernst? Ich bin's doch sowieso. Reingezogen, meine ich. Normal.«

Natalia lächelte. »Siehst du hier irgendwas Normales?«

Auch Giovanni lächelte. »Tja, war irgendwie ein spezieller Sommer.«

»Ja.«

Nach einer Weile fragte Giovanni: »Und jetzt?«

»Weiß nicht«, sagte Natalia und strich sich das Haar aus dem Gesicht. »Vielleicht ist immer noch ein spezieller Sommer.«

Der Polizeibeamte Daniel Guglielmoni wusste es gleich, wenn ein Tag nicht seiner war. Das fängt damit an, dass einem am Morgen der Kaffee überkocht und sich in den Herd einbrennt, der Tank leer ist, wenn man sowieso zu spät dran ist, der Chef in Mörderlaune ist. Dann fehlt nur noch, dass man am späten Nachmittag zum Einsatz auf einen verdammten Berg geschickt wird.

»Na komm, wir sind doch fast da«, sagte Filippo Torti, sein Kollege.

Filippo Torti marschierte auch in seiner Freizeit. Trekking nannte er das, oder Nordic Walking, irgend so was. Da sagt sich das leicht, »wir sind fast da«.

»Aber wieso müssen wir so rennen?«

»Der Kommissär sagt, wir sollen uns beeilen.«

»Das sagen sie doch immer.«

Guglielmoni glaubte nicht an einen echten Notfall. Es war halt wieder so eine Idee gewesen, wie sie den Chefs von Zeit zu Zeit in den Sinn kamen, dann gaben sie seltsame Anweisungen, einfach um ihre Macht zu demonstrieren. Chefs sind so.

»Außerdem ist es doch ein toller Tag«, sagte Filippo. »Die Sonne scheint noch, und es ist schön, im Freien zu sein, das Laufen ist gut für ...«

»Ja, danke, kenn ich alles.«

Nach einer Wegbiegung blickte Guglielmoni auf und sah das verlassene Dorf vor sich. Bis dorthin lag noch ein ätzend steiles Stück vor ihm. Bevor Torti noch einmal sagen konnte, sie seien ja fast da, packte er ihn am Arm.

»Schau, da oben! Da ist doch wer ... zwei Leute.«

Torti zückte sein Fernglas. Er blickte eine Zeitlang hindurch, dann sagte er: »Du dürftest Recht haben. Es ist *nicht* eilig.«

Er reichte ihm das Fernglas. Guglielmoni richtete es auf die zwei Personen und stellte scharf. Ein Junge und ein Mädchen. Sie saßen direkt am Ende des Wegs auf einer Steinmauer und küssten sich. Eng umschlungen, so dass man von den Gesichtern nicht viel sah, aber Guglielmoni war so gut wie sicher, dass es sich bei dem Mädchen um die nach Ansicht des Kommissärs in Lebensgefahr schwebende Natalia Rocchi handelte.

»Haha, schöne Gefahr«, sagte er. »Die braucht uns sicher nicht.«

»Das meine ich auch.«

»Haben wir uns also völlig umsonst hier raufgeschleppt?«

»Sagen wir so, wir hatten einen netten Nachmittag. Es ist

doch noch Sommer, oder? Bei diesem Prachtwetter ist es das reinste Glück, dass wir …«

»Schon gut. Gehen wir.«

17

Geschäftsessen

Ferdi hatte sich nicht eingemischt. Was rückblickend ein Fehler war: Der arme Savi war zwar ein guter Organisator, aber unvorhergesehene Umstände und Krisen überforderten ihn, und am Ende war er panisch geworden. Ferdi kniff die Augen zusammen; dann nahm er eine Hand vom Steuer und tastete nach seiner Sonnenbrille.

Es war der erste September, und die Sonne spiegelte sich blitzend im See und auf den Scheiben der Autos. Ferdi fuhr die Kantonsstraße nach Gandria und dachte über die absurde Tukan-Sache nach. Mit Polizeikontrollen hatte man ja gerechnet, ebenso mit dem einen oder anderen Bußgeldbescheid und mit Scherereien wegen Mädchen, deren Papiere nicht in Ordnung waren. Aber Gewaltexzesse waren natürlich eine andere Größenordnung.

Allerdings war es sinnlos, sich über Vergangenes den Kopf zu zerbrechen.

Als Gandria in Sicht kam, ließ Ferdi die Seitenscheibe herunter und genoss das pittoreske Panorama der in den Steilhang gebauten, übereinandergeschichteten, unmittelbar an den See anstoßenden Häuser, an deren Türen das Wasser schwappt, weil es nicht einmal den schmalsten Uferstreifen gibt: Die Boote sind direkt unter den Fenstern verankert. Ferdi parkte am Dorfrand und ging durch ein Gässchen abwärts. Besonders schätzte er die exotischen Pflanzen, die Oliven- und Feigenbäume, die ihn an seine Zeit am Ufer des Mittelmeers erinnerten.

Jetzt aber musste er den Kanton Tessin überwachen.

»Keine einfache Gegend«, sagte Advokat Berti, nachdem er ihm am Eingang der Antica Hostaria dei Tor die Hand gedrückt hatte.

»Nein«, räumte Ferdi ein.

Auf der Terrasse mit Seeblick, umschwirrt von weiß befrackten Kellnern, warteten die beiden anderen Geladenen: Giorgio Galli, Architekt und Mitglied im Großen Rat des Kantons Tessin, und der Mailänder Unternehmer Gianni D'Elia. Abgeschirmt von einer immergrünen Hecke, saßen die vier Herren an einem diskreten Tisch in einer Ecke. Rechtsanwalt Berti, dessen Stimme an das Brummen einer Hornisse erinnerte, nötigte alle zu einem Aperitif: »Es diskutiert sich doch viel leichter, wenn man einen Merlot vor sich stehen hat. Und zwar einen von der besseren Sorte.«

Es war ein informelles Treffen, das den Zweck hatte, ein Abkommen zu skizzieren. Ganz unverbindlich.

»In den nächsten Monaten werden wir büßen«, sagte Galli. »Die Öffentlichkeit ist ein bisschen aufgebracht.«

»Und mit Recht!«, sagte Berti. »Das ist doch skandalös, wenn es so aussieht, als billigten wir Gewalt! Gerade wir müssen den größten Wert darauf legen, dass …«

»Versuchen wir ja«, fiel ihm Ferdi ins Wort. »Savi war einfach nicht der richtige Mann für uns.«

»Das haben wir gemerkt«, seufzte Galli. »Schaut nur mal in die Zeitungen …«

Galli bückte sich nach den drei Tessiner Tageszeitungen, die er neben seinem Stuhl auf den Boden gelegt hatte. Alle drei brachten Bonettis Geständnis, die Schließung des Tukan und das verschärfte Vorgehen gegen illegale Prostitution auf der Titelseite.

»Die drei Morde waren ja praktisch eine Einladung«, bemerkte Galli. »Sie schikanieren uns jetzt schon den ganzen Sommer.«

»Das geht wieder vorbei«, sagte Ferdi. »Wir müssen unsere Arbeit machen.«

»Solange wir in der Legalität bleiben«, meinte D'Elia. »Ich habe kein Interesse, in eine Sache wie mit dem Tukan hineinzugeraten.«

»Das war nur ein dummer Zwischenfall«, sagte Berti. »Mit der bedauerlichen Folge, dass Bonetti und Savi und dieser Doktor durchgedreht sind.«

»Es hätte sicher eine für alle Beteiligten vorteilhafte Lösung gegeben«, sinnierte Ferdi.

»Aber ihr habt sie nicht gefunden«, entgegnete D'Elia.

»Nein.« Ferdi schüttelte den Kopf. »Diesmal nicht.«

Zum Essen bestellten sie Risotto mit Seeschleie und feinen Kräutern, gefolgt von *pesce in carpione* und Salat. Zum Abschluss Sorbet, Wodka und Apfeltarte.

»Wie ist denn der Fisch?«, erkundigte sich D'Elia, dessen Adonisfigur den sehr bewussten, um nicht zu sagen heiklen Esser nahelegte.

»Ganz ausgezeichnet«, erwiderte der Kellner. »Es sind marinierte Renkenfilets. Sehr einfach – nur mit ein paar Zwiebeln, Karotten und ein bisschen Rosmarin.«

»Knoblauch?«

»Wenig, wirklich nur ganz wenig.«

»Hm.« D'Elia strich sich übers Kinn. »Na gut, versuchen wir's.«

Während des Essens redeten sie vom Essen. Und vom Reisen und vom Sport. Ferdi hielt sich eher zurück, wusste aber die Gesellschaft und den guten Wein ebenso zu schätzen wie die Nützlichkeit eines verlässlichen Netzwerks. Daher praktizierte auch er die Kunst des Smalltalks, wenngleich er im Übrigen nicht gern seine Zeit mit Nebensächlichkeiten vergeudete.

»Es war ein schwieriger Sommer«, sagte Berti. »Aber das bügeln wir wieder aus.«

»Das Wichtigste ist doch, dass immer alles korrekt zugeht«, warf Galli ein.

Er blickte Ferdi an, der die Gabel niederlegte, sich den Mund abtupfte und sagte: »Ganz meine Meinung.«

»Wer hat eigentlich dieses Restaurant ausgesucht?«, fragte D'Elia.

»Als ich in Castagnola gewohnt habe, war ich jeden Sonntag hier«, antwortete Berti. »Damals war es ein ganz bescheidener Laden, nichts Überkandideltes. Dann haben sie vergrößert.«

Bertis tiefes Hornissengebrumm beförderte die Verdauung. Ferdi lehnte sich zurück und sagte: »Wie ich sehe, stehen in der Gegend etliche schöne Häuser zum Verkauf.«

»Ja, aber pass auf, dass du dich nicht übers Ohr hauen lässt«, sagte D'Elia. »Auf Occasionen vertraut man besser nicht.«

»Zumindest«, präzisierte Berti, »muss man erkennen können, wann es eine echte Occasion ist.«

Ferdi blickte auf den See hinaus. Eine leichte Brise war aufgekommen, und es roch nach Fisch und Tang. Die Sonne wanderte gemütlich über die Mauern und Fenstern der Häuser und rund um die Terrasse, und auf der Straße unter ihnen bellte ein Hund.

19

Locarno, gegen Abend

Locarno, gegen Abend. Die Stadt räkelte sich in den letzten Sonnenstrahlen, rund um das Casino flammten die ersten Lichter auf, die Parkhauseinfahrt war schon beleuchtet. Contini ließ das Auto in der Nähe der Treppe stehen und machte sich zu Fuß auf den Weg zur Piazza Grande.

Bevor er zu ihr ging, wollte er sich ein Gläschen Wein genehmigen. Sich jetzt Fragen zu stellen war sinnlos. Die einzige Antwort, das wusste er, bestand darin, zu Francesca zu gehen; er müsste ihr nur in die Augen blicken, um zu verstehen. Theoretisch wäre sie in ein paar Wochen in den USA, vielleicht schon in ein paar Tagen. Theoretisch? Wahrscheinlich hatte sie bereits das Billett.

Der Schatten kroch die Hügel von Locarno Monti hinauf, von der Piazza Grande hatte sich die Sonne bereits zurückgezogen. Aber es war noch angenehm warm und ein Genuss, mit einem gut gekühlten Weißwein im Freien zu sitzen. Contini hatte sich feingemacht, er trug Jackett und Krawatte.

Er ließ ein Fünf-Franken-Stück auf dem Tisch liegen und brach auf. Am Ende hatte er sich entschieden. Auch wenn es sein gesamtes Leben auf den Kopf stellte: Er brauchte Francesca. Das war keine melodramatische Entscheidung, sondern die Feststellung einer Tatsache. Er stieß das Haustor auf und trat in das Treppenhaus aus fensterlosem Beton –

ohne künstliches Licht herrschte hier eine fast undurchdringliche Dunkelheit. Contini atmete tief durch. Wie würde sie reagieren? Er hatte sie nicht mehr angerufen, sich überhaupt nicht mehr gemeldet. Was, wenn sie ihre Abreise vorverlegt hatte? Wenn sie von ihm nichts mehr wissen wollte?

Zu viele Fragen. Contini nahm die letzten Stufen bis zu ihrem Treppenabsatz, zog seinen Krawattenknoten zurecht und drückte auf die Türglocke. Er hörte es hinter der geschlossenen Tür läuten. Dann war wieder alles still, nur aus den Nachbarwohnungen kamen gedämpfte Stimmen. Im Halbdunkel, das Gewicht erst auf dem einen, dann auf dem anderen Fuß, wartete Contini, dass Francesca auftauchte.

finis